HEYNE ‹

AF201906

Der Roman

Köln im Sommer 1979: Die siebzehnjährige Selma kann es gar nicht erwarten, nun bald ihre Jugendliebe Ismet zu heiraten. Doch dazu wird es nicht kommen. Am helllichten Tag wird sie von Orhan, der ebenfalls aus einer türkischen Familie stammt, entführt, missbraucht und damit für alle Zeiten gebrandmarkt. Da er Selma entehrt hat, bleibt ihr keine andere Wahl, als diesen gefährlichen Mann zu heiraten, ohne dass ihre Eltern einschreiten können. Für Selma beginnt ein jahrelanges Martyrium. Schläge und Erniedrigungen sind an der Tagesordnung – auch noch nach der Geburt der gemeinsamen Tochter. Aber Selma gibt die Hoffnung nicht auf. Und tatsächlich gelingt ihr eines Tages zusammen mit der kleinen Elif die Flucht in die Freiheit. Der Weg in ein selbstbestimmtes Leben ist dennoch steinig für eine Frau mit türkischen Wurzeln. Wie Selma es geschafft hat, den Glauben an sich selbst nicht zu verlieren, erzählt Hera Lind in diesem überaus bewegenden, Mut machenden Tatsachenroman.

Die Autorin

Hera Lind studierte Germanistik, Musik und Theologie und war Sängerin, bevor sie mit zahlreichen Romanen sensationellen Erfolg hatte. Seit einigen Jahren schreibt sie ausschließlich Tatsachenromane, ein Genre, das zu ihrem Markenzeichen geworden ist. Mit diesen Romanen erobert sie immer wieder die SPIEGEL-Bestsellerliste. Hera Lind lebt mit ihrem Mann in Salzburg, wo sie auch gemeinsam Schreibseminare geben.

Von Hera Lind sind im Diana und Heyne Verlag bisher erschienen:
Die Champagner-Diät – Schleuderprogramm – Herzgesteuert – Die Erfolgsmasche – Der Mann, der wirklich liebte – Himmel und Hölle – Der Überraschungsmann – Wenn nur dein Lächeln bleibt – Männer sind wie Schuhe – Gefangen in Afrika – Verwechseljahre – Drachenkinder – Verwandt in alle Ewigkeit – Tausendundein Tag – Eine Handvoll Heldinnen – Die Frau, die zu sehr liebte – Kuckucksnest – Die Sehnsuchtsfalle – Der Prinz aus dem Paradies – Drei Männer und kein Halleluja – Mein Mann, seine Frauen und ich – Hinter den Türen – Die Frau, die frei sein wollte – Über alle Grenzen – Vergib uns unsere Schuld – Die Hölle war der Preis – Die Frau zwischen den Welten – Grenzgängerin aus Liebe – Mit dem Rücken zur Wand – Für immer deine Tochter

HERA LIND

Die Frau, die frei sein wollte

Roman nach einer wahren Geschichte

WILHELM HEYNE VERLAG
MÜNCHEN

Vorbemerkung
Dieses Buch erhebt keinen Faktizitätsanspruch. Es basiert zwar
zum Teil auf wahren Begebenheiten und behandelt typisierte Personen,
die es so oder so ähnlich gegeben haben könnte. Diese Urbilder wurden jedoch
durch künstlerische Gestaltung des Stoffs und dessen Ein- und Unterordnung
in den Gesamtorganismus dieses Kunstwerks gegenüber den im Text
beschriebenen Abbildern so stark verselbstständigt, dass das Individuelle,
Persönlich-Intime zugunsten des Allgemeinen,
Zeichenhaften der Figuren objektiviert ist.

Für alle Leser erkennbar erschöpft sich der Text nicht in einer
reportagehaften Schilderung von realen Personen und Ereignissen,
sondern besitzt eine zweite Ebene hinter der realistischen Ebene.
Es findet ein Spiel der Autorin mit der Verschränkung von Wahrheit
und Fiktion statt. Sie lässt bewusst Grenzen verschwimmen.

Penguin Random House Verlagsgruppe FSC® N001967

3. Auflage
Neuausgabe 03/2023
Copyright © 2018 by Diana Verlag, München,
in der Penguin Random House Verlagsgruppe GmbH
Copyright © 2023 dieser Ausgabe
by Wilhelm Heyne Verlag, München,
in der Penguin Random House Verlagsgruppe GmbH,
Neumarkter Straße 28, 81673 München
produktsicherheit@penguinrandomhouse.de
(Vorstehende Angaben sind zugleich Pflichtinformationen nach GPSR)

Umschlaggestaltung: t.mutzenbach design, München
Umschlagmotive: © Plainpicture/Mihaela Ninic; Shutterstock/
Anca Dumitrache/Solis Images/RossHelen
Satz: Leingärtner, Nabburg
Druck und Bindung: GGP Media GmbH, Pößneck
Printed in Germany
Alle Rechte vorbehalten
ISBN 978-3-453-42812-6

www.heyne.de

1

Nebenan parkte ein gelber BMW.

»Baba, kennst du den?« Interessiert beugte ich mich aus dem Schaufenster unserer Lederkleidung- und Jeansboutique, um den tollen Schlitten besser sehen zu können. »Bochumer Kennzeichen«, stellte ich fest. »Was will die Luxuskarosse hier in unserer Straße?«

Vater war mit irgendwelchem Abrechnungskram in seinem Büro im Hinterzimmer beschäftigt. »Wovon redest du, Tochter?«

»Na diese quietschgelbe Karre hab ich hier noch nie gesehen!«

»Keine Ahnung, Selma.« In seiner gut sitzenden Lederjacke und mit seinen grauen Schläfen, die damals der Mode entsprechend mit beachtlichen Koteletten verziert waren, kam er ins Geschäft. Er wirkte irgendwie fahrig.

»Hör zu, Selma, ich muss dringend weg.« Er überreichte mir seinen Ladenschlüssel und kramte nach Autoschlüsseln, Geld und anderen Utensilien, die so ein türkischer Patriarch immer bei sich hat. »Ich muss dich leider alleine lassen, aber ich bin überzeugt, dass du das schaffst. Du hältst hier bis zwei Uhr die Stellung, und wenn ich bis dahin nicht zurück bin, schließt du einfach ab. Die Abrechnung mach ich dann später.«

Verwundert blickte ich meinen Vater an. Es war in unserer Familie und in unserem Kulturkreis eigentlich nicht üblich, dass ein siebzehnjähriges Mädchen allein gelassen wird, und dann noch in einer stark frequentierten Boutique. Ich war bildhübsch, hatte lange schwarz glänzende Haare, große grüne Augen und eine schlanke Figur, die ich mit engen Jeans, einem breiten Ledergürtel und einer weißen Leinenbluse aus eigener Produktion betonte. Wir waren eine moderne türkische Familie, und selbst meine Mutter trug kein Kopftuch.

Mein Vater und seine Brüder hatten sich in den Sechzigerjahren hier im Kölner Raum mit einem Schneideratelier erfolgreich selbstständig gemacht, und in diesen Sommerferien half ich mit aus, weil meine Mutter samt meinen Brüdern in die Türkei gereist war, um meine Hochzeit vorzubereiten! Üblicherweise durfte die Braut bei diesen Gesprächen nicht mit dabei sein.

Ich freute mich wahnsinnig darauf, meine Jugendliebe Ismet zu heiraten, der ganz offiziell mit seinen Eltern bei meiner Mutter und meinem ältesten Bruder Cihan um meine Hand angehalten hatte.

Meine Eltern lebten getrennt, und ich wohnte mit meinen kleinen Brüdern bei meiner Mutter in Hannover, aber damit ich nicht allein und unbeaufsichtigt war, hatte meine Mutter mich für die Ferien zu meinem Vater nach Köln geschickt. Und jetzt das! Er ließ mich in seinem Geschäft allein!

Egal. Vater ging schon lange eigene Wege, hatte immer irgendwelche dringenden Termine – leider auch mit anderen Frauen, woran die Ehe meiner Eltern trotz sechs gemeinsamer Kinder letztlich auch gescheitert war. Bestimmt hatte Baba gerade wieder so eine Dame am Start. Vielleicht hatte sie ja sogar was mit dem schicken BMW zu tun, der vor der Konditorei nebenan auf dem Parkplatz stand? Das würde auch erklären, weshalb er plötzlich so nervös war, der unverbesserliche alte Filou!

»Baba, mach dir keine Sorgen, ich pack das schon.« Ein bisschen den Laden hüten? Das würde ich wohl noch schaffen. Dann konnte ich wenigstens meine Lieblingsmusik hören, und das waren keine türkischen Liebesschnulzen, sondern die neuesten Hits aus dem Radio.

»Aber sei pünktlich bei Onkel und Tante und deiner Cousine Yasemin, hörst du? Ich komme zum Mittagessen auch zu Engin und Sule, also bis spätestens halb drei!« Baba klimperte schon mit den Autoschlüsseln. »Mein Bruder und meine Schwägerin wollen das Wochenende mit uns verbringen. Sie haben dich doch so lange nicht gesehen.«

»Natürlich, Baba.« Ich gab ihm einen Kuss auf die stoppelbärtige Wange. Vater roch immer so gut! Nach Kindheit und Geborgenheit, aber auch nach großer weiter Welt. Es war ein orientalisches Parfüm. Natürlich hatte er ein Date! Ich unterdrückte ein wissendes Grinsen. »Ich nehme den Bus um zehn nach zwei.«

Baba sprang in seinen Mercedes – ebenfalls ein teurer Schlitten, der für ihn als Statussymbol sehr wichtig war – und brauste davon.

Im Radio wurde der »Swan Song« von den Bee Gees gespielt, und sorglos summend machte ich mich daran, die Pullover zu falten, die meine letzten Kunden achtlos auf einen Haufen geworfen hatten. Hüftschwingend und mit kleinen, gut gelaunten Tanzschrittchen räumte ich sie nach Größen und Farben geordnet wieder in die dafür vorgesehenen Regale. Schon bald würde ich in die Türkei fliegen, zu meiner eigenen Traumhochzeit! Ismet und ich kannten uns von der Schule in Köln, wo ich damals noch mit beiden Eltern lebte. Obwohl ich erst dreizehn gewesen war, hatte der damals achtzehnjährige, gut aussehende und vor allem gut erzogene junge Mann jeden Tag heimlich auf mich gewartet. Hand in Hand waren wir verstohlen am Fluss entlangspaziert, hatten uns scheu unsere Liebe gestanden und von einer gemeinsamen Zukunft geträumt. Natürlich war allein schon das harmlose Händchenhalten mit einem Jungen streng verboten, und niemand hätte davon erfahren dürfen, aber jetzt … Jetzt war alles offiziell! Ismet war mit seinen Eltern nach Hannover gekommen und hatte ganz traditionell um meine Hand angehalten, und Mutter hatte Ja gesagt! Mein Jugendtraum Ismet studierte inzwischen Medizin, und unserer gemeinsamen Zukunft stand nichts mehr im Wege! Wir würden natürlich in Deutschland leben, denn hier waren wir beide aufgewachsen. Aber die prunkvolle Traumhochzeit würde traditionsgemäß in der Türkei stattfinden. Die Glücksgefühle prickelten wie Kohlensäurebläschen in einer Zitronenlimonade, das Leben war herrlich und leicht! Zum ABBA-Song »Super Trouper« hängte ich gerade eine schwere Lederjacke auf den Bügel, als die Ladenglocke ertönte und ein junger dunkelhaariger Mann forsch die Boutique betrat. Gut gelaunt steckte ich den Kopf hinter den Jacken hervor. »Kann ich Ihnen helfen?«

Wow, der sah gut aus. Pechschwarzes, nach hinten gegeltes Haar, frisch rasiert, kräftige Augenbrauen, männliche Statur. Für den hatte ich ein paar schicke Klamotten im Angebot!

»Hallo, Selma!« Mit zwei langen Sätzen war er bei mir und gab mir zwei galante Wangenküsschen.

Kannten wir uns irgendwoher? Er roch nach irgendetwas Süßlich-Scharfem, das ich nicht einordnen konnte.

»Dein Blick verrät mir, dass du dich gerade fragst, woher wir uns kennen, stimmt's?« Der attraktive Kunde fixierte mich mit dunklen Augen, in denen es eigentümlich flackerte. Erst jetzt bemerkte ich die Narbe bei seiner rechten Augenbraue.

»*Falls* wir uns überhaupt kennen«, gab ich tapfer zurück. Als unverheiratetes türkisches Mädchen durfte ich ihm eigentlich nicht in die Augen sehen, also wandte ich den Blick ab und schaute sittsam auf den Boden.

»Aber Selma!« Er hielt mich auf Armeslänge von sich ab und lachte. Sein Atem roch nach Pfefferminz. »Du weißt wirklich nicht mehr, wer ich bin?«

Noch einmal sah ich ihn verlegen an, dann entfuhr mir ein nervöses Kichern. »Orhan? Bist du das? Der Sohn von Vaters ehemaligen Mitarbeitern Muhamet und Neslihan?«

»Ja, jetzt hast du's, Kleine! Du bist ja noch viel hübscher geworden! Wie machst du das, dass dein Haar so glänzt?«

»Das ist mein Geheimnis.« Geschmeichelt, aber auch verunsichert wich ich ein paar Schritte zurück und hielt schützend die weiche Lederjacke samt Bügel vor mich. »Wie lange ist das jetzt gleich wieder her?«

»Dass meine Eltern für Alper Tuclu, deinen Vater geschneidert haben?« Orhan schaute zur Decke und schien zu rechnen. »Warte mal. Vor zwei Jahren haben wir uns mal kurz im Betrieb deines Onkels Engin getroffen. Daran wirst du dich nicht mehr erinnern, da warst du ja auch noch ein schüchternes kleines Schulmädchen.«

Das längst heimlich mit Ismet zusammen war!, dachte ich. Auch wenn wir uns jahrelang nur schrieben. Natürlich hatte ich keine Augen für andere Jungs gehabt, auch nicht für Orhan, der mir jetzt schon etwas großspurig vorkam.

»Und, wie geht's dir so?« Nervös pustete ich mir eine widerspenstige Strähne aus der Stirn. Im Spiegelbild der offen stehenden Umkleidekabine sah ich eine ziemlich verwirrte, rotfleckige Selma. »Ich dachte, du wärst damals mit deinen Eltern zurück in die Türkei gegangen?«

»Ja, aber da hab ich keine Arbeit gefunden. Wir sind schon länger wieder in Deutschland.«

Beiläufig musterte er die Jacke, hinter der ich mich verschanzt hatte, und zupfte daran herum. Ich sah die schwarzen Härchen auf seinen durchtrainierten Unterarmen und versuchte, eine Berührung zu vermeiden.

»Wie läuft denn der Laden?«, fragte er gönnerhaft.

»Gut, denke ich. Ich helfe hier ja nur während der Sommerferien aus.« Ich räusperte mich nervös. »Meine Mutter, meine siebenjährigen Zwillingsbrüder und ich wohnen ja jetzt schon seit drei Jahren in Hannover, wo ich in einem Jahr mein Abi machen werde.« Ich grinste verlegen. »Und danach will ich Modedesign studieren.«

»So? Dein Abi?! Wow.« Täuschte ich mich, oder zuckten seine Mundwinkel spöttisch?

Was erzählte ich ihm denn da für Familiengeheimnisse? Vielleicht wusste er noch gar nichts von der Trennung meiner Eltern? Für das türkische Moralempfinden war das nichts, was man an die große Glocke hängen sollte. Und nachdem seine Eltern nicht mehr für meinen Vater arbeiteten, konnte mir dieser Orhan auch ziemlich egal sein. Ich setzte ein professionelles Gesicht auf. »Kann ich dir irgendwas zeigen? Sonst würde ich nämlich gleich schließen.« Geschäftig hängte ich endlich die Lederjacke zurück, um aus dieser Ecke herauszukommen, in die er mich gedrängt hatte.

»Nee, lass mal, Selma. Ich wollte eigentlich DICH sehen.« Orhans Augen funkelten begehrlich. Er musterte mich so unverhohlen, dass ich mir nackt vorkam.

»Woher weißt du denn überhaupt, dass ich bei meinem Vater in der Stadt bin?« Mein Herz polterte auf einmal so unrhythmisch. Ich presste einen Ledergürtel an mich.

»Man erfährt so einiges, wenn man sich bemüht.«

Sein Blick war mir nicht geheuer. Ich schielte auf die große Uhr an der Wand. Es war zehn vor zwei. Mich überfiel das dringende Bedürfnis, ihn aus dem Laden hinauszukomplimentieren und hinter ihm abzuschließen. Es schickte sich nicht, dass ein junges Mädchen mit einem jungen Mann allein in einem Raum war. Hier in der Stadt lebten inzwischen viele türkische Familien, die alle mehr oder weniger miteinander verwandt oder verschwägert waren, und zu meinem Leidwesen passten sie auch ziemlich gut aufeinander auf. Speziell auf die unverheirateten Töchter. Moralische Fehltritte, und seien sie auch noch so harmlos, verbreiteten sich wie ein Lauffeuer, und dann war die Familienehre dahin. Ich wusste das nur zu gut: Baba hatte vor Jahren meine ältere Schwester Fidan verstoßen, weil sie sechzehnjährig von einem Kurden namens Bekir schwanger geworden war. Niemand aus unserer Familie durfte mehr mit ihr reden!

Wenn Orhan nichts kaufen wollte, sollte er verschwinden. Nicht auszudenken, wenn uns jetzt jemand sehen würde! Mein Vater würde es schneller erfahren als die Zweiuhrnachrichten, und dann würde es auf jeden Fall Ärger geben. Er würde bestimmt enttäuscht von mir sein, dass er mich nicht mal zwei Stunden in seinem Laden allein lassen konnte.

»Tja, Orhan, dann mach's mal gut.« Ich wies freundlich, aber bestimmt zur Tür. »War nett, dich mal wiederzusehen, und grüß deine Eltern.«

»Ich musste oft an dich denken.« Orhan nahm mir den Gürtel aus der Hand und strich spielerisch über die schwere, blank polierte Silberschnalle. Erst jetzt fiel mir auf, dass sie ein Totenkopfmotiv zierte.

»Ach bitte leg das weg, ich wollte gerade abschließen.« Mutig griff ich danach, aber Orhan ließ die Schnalle klirrend durch seine Hände gleiten.

»Ziemlich oft sogar. Die schöne Selma mit den glänzenden Haaren. Und als ich erfahren habe, dass du heute ganz allein in diesem goldenen Käfig herumflatterst, da dachte ich, schau ich doch mal nach dem Vögelchen, bevor es davonfliegt.«

Okay, das reichte jetzt.

»Also dann, Orhan. Es war nett, dich zu treffen, aber wenn du nichts kaufen willst ...« Unwillkürlich trat ich hinter den Tresen. »Schön, dich wiederzusehen«, wiederholte ich mich. Mein Herz polterte. »Aber ich mache jetzt zu, denn ich werde um halb drei von meinem Vater bei Onkel Engin, Tante Sule und meiner Cousine Yasemin zum Essen erwartet. Und du kennst ihn, er versteht keinen Spaß.«

So. Das war doch eine deutliche Botschaft. Vor meinem Vater hatte er bestimmt Respekt.

War da nicht irgendwas gewesen? Hatte Baba seine Eltern nicht fristlos entlassen?

»Willst du gar nicht wissen, was der Anlass für meinen Besuch ist?« Orhan ließ die Schnalle vor meinen Augen baumeln und fixierte mich mit seinen schwarzen Augen.

Nervös schielte ich auf die verwaiste Straße hinaus. Wenn doch mein Vater vorfahren und in den Laden stürmen würde! Doch von Baba war weit und breit nichts zu sehen. Auch kein einziger Kunde wollte jetzt, um die heiße Mittagszeit, noch vorbeischauen.

»Was ist denn der Anlass?« Ich versuchte, meiner Stimme einen lässigen Klang zu geben. »Hab ich irgendwas verpasst?« Vielleicht war er im Begriff zu heiraten und wollte mich einladen?

Doch er ließ eine ganz andere Bombe platzen.

»Selma! Weißt du denn nicht, dass meine Eltern bei deinem

Vater um deine Hand angehalten haben?« Orhan war noch einen Schritt näher gekommen.

Mein Herz setzte einen Schlag aus, aber dann entfuhr mir ein schrilles Lachen. »Nein! Wie lustig!« Zu dem ängstlichen Gefühl von vorhin gesellte sich eine mädchenhafte Eitelkeit. Klar! Ich war eben eine glänzende Partie!

»Und?«, kokettierte ich schon ein bisschen selbstbewusster. »Was hat mein Vater gesagt?«

Kämpferisch blitzte ich ihn an. Ich wusste, dass mein stolzer Vater mich, seinen Augenstern, nie dieser einfachen Arbeiterfamilie versprechen würde.

»Er hat natürlich Nein gesagt.« Orhan legte den Gürtel auf den Tresen und steckte seine zitternden Hände in die Hosentaschen. Unwillkürlich trat er einen Schritt zurück.

Ach Gott, der war doch total harmlos! Erleichterung durchflutete mich. Am liebsten hätte ich ihn getröstet und ihm übers schwarze Haar gestrichen. Armer schwarzer Kater! Bestimmt hatte mein Vater ihm gesagt, dass ich längst einem Medizinstudenten versprochen war!

»Dein Vater meinte sogar zu meinen Eltern, sie sollten es nicht noch mal wagen, privat bei ihm aufzutauchen. Und dann hat er meine Eltern beide gefeuert.«

Oje, der Arme. Verletzte männliche Eitelkeit war für einen türkischen jungen Mann schlimmer als Zahnschmerzen und Heimweh zusammen.

»Mach dir nichts draus, Orhan. Mein Vater meint das nicht so. Du bist sicher ein ganz patenter netter Kerl. Nur: Ich bin schon anderweitig vergeben.« Stolz drehte ich an meinem Verlobungsring, den Ismet mir nach seinem Antrag feierlich angesteckt hatte. »Mein Verlobter steht kurz vor dem Examen, er wird Arzt«, erklärte ich stolz. »Also, wer auch immer dir gesteckt hat, dass ich in der Stadt bin, muss dir doch auch gesagt haben, dass ich verlobt und versprochen bin!« Ich drehte ihm den Rücken zu und schloss die Kasse ab. »Und, haben deine Eltern wieder einen Job gefunden?«

»Ich sage dir doch gerade, dass du mir nicht mehr aus dem Kopf gegangen bist«, überhörte Orhan meine Frage. »Seit unserem Treffen vor zwei Jahren weiß ich, dass du meine Frau werden wirst. Du oder keine.« Erschrocken wirbelte ich herum. Er ballte die Hände in den Hosentaschen, und seine Kieferknochen mahlten. »Und ich kriege immer, was ich will.«

Jetzt lachte ich noch ein bisschen schriller. »Bitte nimm es nicht persönlich, aber ich hab dir doch gerade erklärt ...« Als ich sein Gesicht sah, verstummte ich abrupt. Er scherzte nicht. Sein Blick hatte sich dramatisch verfinstert, und seine buschigen Augenbrauen mit der Narbe wirkten bedrohlich. Kam die von einer Schlägerei?

»Orhan, red keinen Scheiß.« Schützend verschränkte ich die Arme vor der Brust. Der sollte aufhören, mich so anzustarren!

»Ich bin sicher, dass ich dich erobern kann.« Orhans Augen glühten. »Ich kriege dich, wollen wir wetten?«

»Orhan, hast du mir überhaupt zugehört?« Ich wusste nicht, ob das hier ein heißer Wortflirt war, oder ob der Typ nicht ganz dicht war. »Ich bin nicht zu haben, und ich bin nicht interessiert. An deiner Stelle würde ich jetzt echt abhauen, bevor mein Vater dich hier sieht.« Um dem Ganzen ein wenig die Schärfe zu nehmen, schickte ich noch ein etwas zu hoch geratenes perlendes Mädchenlachen hinterher. »Schade, dass wir nicht gewettet haben – du hättest haushoch verloren!« Hoffentlich fühlte er sich jetzt nicht ausgelacht. »Und grüß deine Eltern, Neslihan und Muhamet – siehst du, ich erinnere mich noch genau an sie!«

Wie gut, dass ich Stärke gezeigt hatte. Denn diese Mischung aus Freundlichkeit und Bestimmtheit wirkte. Orhan stürzte mit langen Schritten zur Tür und riss sie auf. Die Ladenglocke zerrte an meinem Trommelfell.

»Bitte überlege es dir noch mal!«, stieß er hervor, und rote Flecken zierten sein Gesicht. »Es würde dir an nichts fehlen, ich könnte dich glücklich machen!«

»Träum weiter«, flachste ich selbstbewusst, schob die Tür hinter ihm zu und schloss ab.

Mein Herz raste noch minutenlang.

2

Köln, Sommer 1979

Plötzlich hatte ich das unstillbare Bedürfnis, Ismets Stimme zu hören. Mit zitternden Fingern wählte ich von Vaters Büro aus die Nummer meiner zukünftigen Schwiegereltern in der Türkei.

»Liebling, wie schön, dass du anrufst!« Ismets vertraute Stimme drang tröstlich an mein Ohr. »Wie geht es dir bei deinem Vater? Was macht das Geschäft?«

»Stell dir vor, was mir gerade passiert ist«, sprudelte es nur so aus mir heraus. »Der Sohn ehemaliger Schneider aus Vaters Betrieb ist hier gerade aufgetaucht und meinte, er hätte bei Vater um meine Hand angehalten, jedoch vergeblich!«

»Na, das will ich wohl meinen!« Ismet lachte warm und sonor. »Du bist mir versprochen, aber versuchen kann er es ja mal, der Hund!«

Ich musste lachen. »Er heißt Orhan. Er meinte, er würde mich seit zwei Jahren nicht mehr aus dem Kopf kriegen, dabei sind wir uns nur einmal ganz kurz begegnet, und ich konnte mich kaum noch an ihn erinnern.«

»Liebling! Du bist die schönste junge Türkin zwischen Hannover und Köln! Es würde mich total befremden, wenn der Kerl NICHT seitdem an dich denken würde!« Stolz und Humor schwangen in Ismets Stimme mit. Jetzt musste ich auch ein bisschen selbstgefällig kichern.

»Ich bin jedenfalls froh, dass ich ihm zuvorgekommen bin«, rief Ismet glücklich. »Die Hochzeitsvorbereitungen laufen auf Hochtouren, du wirst staunen, was für Überraschungen wir für dich planen!«

Neugierig wollte ich Einzelheiten wissen, aber Ismet machte ein Riesengeheimnis daraus. »Liebling, du sollst dich einfach nur auf Händen tragen lassen. Es wird die prächtigste Hochzeit, die unsere Heimatstadt je gesehen hat!«

»Und? Wie geht es deinen Eltern und Geschwistern?«

»Großartig! Alle sind in heller Vorfreude! Du solltest erleben, welchen Zirkus meine Schwestern wegen der Kleider veranstalten, die sie passend zu deinem Hochzeitskleid tragen wollen!« Wieder hörte ich sein glückliches Lachen. »Und ich freue mich so auf unsere Hochzeitsreise, Liebling! Wenn wir die ganze Verwandtschaft hinter uns gelassen haben und endlich in unser Liebesnest auf Çanakkale in der Ägäis segeln – ich hab nämlich eine kleine Jacht gechartert ...«

»WAS? Ismet, wir segeln?« Aufgeregt hüpfte ich auf der Stelle.

»Ups, das sollte doch eine Überraschung werden!« Ismet wurde sofort wieder sachlich.

»Liebes, du ziehst mir alles aus der Nase, was ich dir überhaupt noch nicht verraten wollte. Bitte gedulde dich noch ein bisschen. Wir bereiten hier so viele Dinge für dich vor, du wirst schreien vor Glück!«

Ismet berichtete dann noch in aller Ausführlichkeit von seiner weitläufigen Verwandtschaft, welche Onkel und Tanten und Cousinen und Cousins noch alle anreisen würden und nach welchen Geschenkwünschen sie gefragt hätten. Ich platzte fast vor Vorfreude, Stolz und Liebe. Alle Verwandten von Ismet hatten mich längst ins Herz geschlossen und freuten sich aufrichtig für uns. Die ganze Familie bestand aus Akademikern, auch seine Schwestern studierten noch. Ich würde in eine wirklich angesehene, moderne Familie einheiraten und wusste, dass meine Eltern darauf sehr stolz waren.

»Liebling, ich muss jetzt Schluss machen, ein Teil deiner Überraschung wird gerade angeliefert. Oh, wenn du sehen könntest, was ich sehe …«

Ich konnte förmlich hören, wie Ismet strahlte.

»Ismet, mach es nicht so spannend!« Vor meinem inneren Auge wurde gerade das kostbarste goldene Geschmeide vor ihm ausgebreitet, das er mithilfe meiner Mutter für mich ausgesucht hatte.

»Grüß mir deinen Vater! Er ist natürlich ebenso herzlich eingeladen, aber bitte ohne eine andere Frau. Es wäre sehr brüskierend für deine Mutter, und das würden meine Eltern niemals zulassen!« Ismet senkte taktvoll die Stimme, und ich ging davon aus, dass meine Mutter gerade den Raum betreten hatte.

»Aber Liebster, natürlich kommt er allein! Er ist zwar manchmal ein Hallodri und hält sich nicht immer an die strengen moralischen Regeln, aber was seine Lieblingstochter betrifft, weiß er doch, was sich gehört!«

Ja, nach dem Rauswurf meiner Schwester Fidan war ich

seine einzige ehrbare Tochter neben vier Söhnen, und ich wollte meinem Vater keine Schande machen. Obwohl er uns selber ziemlich viel Schande gemacht hatte – aber er war eben ein Mann.

Ich lachte aufgeregt und ließ noch ein paar Luftküsschen los. »Bis dann, Liebster! – Oh, es ist schon nach zwei, ich muss den Bus kriegen!« Hastig legte ich auf und griff nach meiner Jacke.

Die Haltestelle war nur dreißig Meter von unserem Laden entfernt, und ich sah den grünen Linienbus bereits herannahen.

»Verdammt, den wollte ich doch erwischen … Wo ist denn jetzt meine Tasche?«

Hektisch packte ich meinen Kram, löschte das Licht und schloss die Ladentür von außen ab. Der Bus stand an der Bushaltestelle, als würde er auf mich warten, und ich gab Fersengeld.

Mist, warum hatte ich ausgerechnet heute diese Riemchensandaletten mit den hohen Absätzen an? Ich ruderte mit den Armen, knickte um und unterdrückte einen undamenhaften Fluch: Zischend schlossen sich die Türen des Busses, der mir buchstäblich vor der Nase davonfuhr.

Gerne hätte ich laut geflucht, doch das tat ein anständiges türkisches Mädchen natürlich nicht. Hatte der Fahrer mich im Rückspiegel denn nicht gesehen? Oder bremste er zwar für Tiere, aber nicht für Türken?

Puh, zehn nach zwei. Ich hatte mich einfach verplaudert.

Oje, jetzt wartete die Verwandtschaft mit dem Essen auf mich! Vater hasste Unpünktlichkeit. Wie peinlich, wenn sie jetzt nicht anfangen konnten, nur weil ich den blöden Bus verpasst hatte! Der nächste fuhr erst in einer Stunde.

Das würde wieder Ärger geben!

Ratlos raufte ich mir die Haare und überlegte, was ich jetzt tun sollte. Geld für ein Taxi hatte ich nicht. Mein abgezähltes Fahrgeld für den Bus nützte mir nichts mehr. Da sah ich in der gleißenden Sonne etwas aufblitzen.

Wie von Geisterhand gelenkt, rollte der kanariengelbe BMW direkt neben mich, die Beifahrertür öffnete sich, und Orhan rief freundlich vom Fahrersitz: »Du willst zu Yasemin? Ich kann dich gerne mitnehmen!«

Ich erstarrte. Oh nein, das ging GAR nicht! Aus Gründen der Ehre und des Anstandes gehörte es sich nicht für ein heiratsfähiges türkisches Mädchen, in ein fremdes Auto einzusteigen. Da hätte ich gleich nackt auf der Straße tanzen können.

»Du weißt genau, dass die Gerüchteküche nur so brodeln wird«, knurrte ich und kehrte ihm den Rücken zu. Sollte ich wieder in den Laden gehen? Von dort könnte ich wenigstens zu Hause anrufen. Aber ich schämte mich auch vor Orhan, den ich gerade noch so souverän abgebürstet hatte. *Träum weiter!* Das war echt cool von mir gewesen. Da hatte er gleich Respekt vor mir gehabt. Der hielt mich jetzt bestimmt für eine feige Zimperliese. Ach verdammt! Mein Magen knurrte. Ich hatte solchen Hunger!

»Selma! Ich tu dir doch nichts!« Er warf die Hände in die Luft und machte ein Gesicht, als hätte er es mit einer naiven Dreijährigen zu tun. »Wir sind doch alte Familienfreunde! Was ist denn schon dabei!«

»Es gibt wahrlich genug Menschen hier in der Stadt, die nur darauf warten, meinem Vater mal eins auszuwischen«, zischte ich ihm zu. »Wenn seine tugendhafte Tochter bei einem fremden Mann einsteigt, ist es endgültig um seine Ehre geschehen.«

Orhan schnalzte abfällig. »Ich lass dich an der Tankstelle unauffällig aussteigen, dann läufst du die letzten Meter zum Haus deines Onkels!«

Die brütende Hitze sorgte dafür, dass ich fast mit dem Bürgersteig verschmolz.

»Jetzt komm schon, Hasenfuß!« Orhan grinste mich einladend an. Sein behaarter Arm hielt die ganze Zeit die Beifahrertür auf. »Ich hab auch 'ne kalte Cola für dich!«

Eigentlich hatte er recht. Wer sollte mich denn sehen? Die Straßen waren wie ausgestorben. Wenn Orhan mich jetzt schnell mitnahm, würde ich in zehn Minuten zu Hause sein, und keiner würde was merken. Ich freute mich so auf meine Lieblingscousine Yasemin und Tante Sules köstliches Essen. Und die Cola lachte mich so erfrischend an!

Wie von Geisterhand gesteuert, schlüpfte ich in den gelben BMW. Schick war das Teil ja. Kühle Ledersitze schmiegten sich an meinen Rücken. So selbstverständlich wie möglich griff ich nach dem Anschnallgurt. WOW. Eigentlich schade, dass mich niemand sehen würde. Dieser Orhan war schon ziemlich cool!

»Was wird das denn jetzt?« Die kalte Colaflasche auf den Knien, starrte ich ihn mit schreckgeweiteten Augen an, als ich plötzlich in den Gurt gepresst wurde.

»Ich hab noch was vergessen. Dauert nicht lange.«

Vor einer roten Ampel riss Orhan plötzlich das Lenkrad herum und wendete mit quietschenden Reifen. Im ersten Moment hoffte ich wirklich, er würde nur schnell noch irgendwo was abholen. Ich zwang mich zur Ruhe. Komm, Selma, er will nur ein bisschen angeben, jetzt wo du in seiner gelben Testosteronschleuder sitzt. Was anderes hat er doch nicht zu bieten!

Doch Orhans Kieferknochen mahlten mit wilder Entschlossenheit, seine Hände umklammerten so fest das Lenkrad, dass seine Knöchel weiß hervortraten. Der Wagen jagte in entgegengesetzter Richtung aus der Stadt!

»He«, schrie ich panisch. »Lass mich raus! Ich muss nach Hause! Mein Vater wartet doch auf mich!« Mein Herz begann zu rasen, und in meinen Ohren rauschte das Blut.

»Beruhige dich.« Orhan knallte den fünften Gang rein, gab Gas bis zum Anschlag und raste über die Ausfallstraße Richtung Autobahn. »Lehn dich ganz entspannt zurück, Selma. Wir machen nur eine kleine Spritztour.« Seine Halsschlagader wummerte genauso wild wie die aggressive Musik, die er plötzlich eingeschaltet hatte. Ich spürte, wie die Bässe in den Polstern vibrierten. Na toll!

»Lass den Scheiß jetzt, Orhan, das ist nicht lustig!« Meine Hände waren plötzlich feucht.

Er grinste mich von der Seite an, und das Auge unter der Narbe blitzte diabolisch. »Du willst das doch auch, einmal so richtig fliegen, oder?«

»Nein! Ich will nach Hause!« Schlaff wie Gummi hingen die Beine an mir herab. Ruhig, Selma. Ruhig. Reiß dich zusammen. Du bist cool. Er hat Respekt vor dir. Er will nur angeben.

Ich krallte mich in den Sitz. Da hinten war eine Ampel. Die letzte vor der Autobahn! Bitte werde rot, bitte werde rot, bitte bitte … Die Ampel sprang um.

Fluchend legte Orhan eine Vollbremsung hin, dass die Reifen quietschten. Der Anschnallgurt schnürte mir fast die Luft ab.

Okay, Selma. Er wird nichts merken. Du steigst jetzt einfach aus.

Meine Finger suchten nach der roten Taste, mit der man den Anschnallgurt lösen konnte. So geräuscharm wie möglich klinkte ich den Gurt aus. Seine behaarten Hände trommelten nervös aufs Lenkrad. Gehetzt spähte er in den Rückspiegel.

Unauffällig tastete ich nach dem Türgriff und spannte sämtliche Muskeln an. Jetzt!

Ruckartig stieß ich die Tür auf, aber sie war sperrig und schwer, und in derselben Sekunde lag Orhan auf mir, riss die Tür wieder zu und gab Gas, bevor es überhaupt wieder grün war. Der Wagen schlingerte, und jemand hinter uns hupte unwillig.

»Versuch das nicht noch mal, Selma! Du wirst hier bleiben!« Orhan knallte die Gänge rein und drückte das Gaspedal durch. Die letzten Häuser der Stadt rasten an mir vorbei wie ein Film im Schnelldurchlauf.

Todesangst überkam mich.

Er ließ den Motor so richtig aufheulen und preschte auf die Autobahn Richtung Dortmund. Ich wurde in den Sitz gepresst und sah die blauen Schilder an mir vorbeifliegen.

»Orhan! Ich flehe dich an! Mein Vater wird mich suchen, du kriegst Riesenärger, das schwör ich dir!«, schrie ich gegen die wummernden Bässe an.

»Beruhige dich, Selma, ich meine es nur gut mit dir!« Mein Entführer lenkte den Wagen sofort auf die Überholspur und preschte an den rechts fahrenden Autos vorbei. Verzweifelt versuchte ich den Fahrern Zeichen zu machen, doch er riss meinen Arm herunter.

»Wir werden heiraten, und du wirst mich lieben. Wenn du stillhältst, werde ich dir nichts tun.«

Wie gelähmt starrte ich auf die flirrende Autobahn. Der meinte das ernst, der Wahnsinnige! Der Asphalt vor meinen Augen schien flüssig zu sein. Mein Gehirn weigerte sich, die Informationen zu verarbeiten. Das war eine Entführung! Und eine Entführung war, zumindest unter heißblütigen Liebenden, gar nicht mal so unüblich. Mein Vater hatte meine Mutter entführt, als sie Wasser vom Brunnen holte! Darauf war er sein Leben lang stolz! Aber meine Mutter war total verschossen in meinen Vater, die Entführung war zwischen ihnen abgesprochen – das war der kleine, aber wesentliche Unterschied. Ich dagegen liebte Orhan kein bisschen, im Gegenteil! Er widerte mich an mit seinem protzigen Gehabe.

Ich konnte keinen klaren Gedanken mehr fassen. Die nackte Panik drosch auf mich ein wie eine Axt auf ein ahnungsloses Schlachtschaf. Warum war ich nur zu ihm ins Auto gestiegen? Warum hatte ich mich nur dazu überreden lassen? Warum, warum? Wegen einer kalten Cola? Weil ich cool sein wollte?

Ich wollte ihm die Flasche gegen die Schläfe schmettern, aber er entriss sie mir blitzschnell und warf sie bei voller Fahrt aus dem Fenster.

»So nicht, du Früchtchen. So nicht.«

Plötzlich hörte ich mich schreien wie ein in die Falle geratenes Tier. Wut auf mich selbst, Angst, Verzweiflung und Zorn auf ihn, der sich erdreistet hatte, mich in diesen Hinterhalt zu locken, ließen mich jede Fassung verlieren.

»Babaaaa! Hilf mir! BABAAAAAA!« Ich versuchte das Fenster runterfahren zu lassen.

»Hör auf zu schreien!« Nervös schaute Orhan in den Rückspiegel. »Zwing mich nicht, dir wehzutun!«

Aber ich schrie, was meine Lungen und meine Stimmbänder hergaben. »BABAAAA! Onkel Engiiiiinnn!«

Ich fühlte mich wie fünf! In meinem ganzen Leben hatte ich noch nicht so geschrien. Meine Füße trampelten auf den Boden, und ich warf den Kopf hin und her. Er umklammerte meine Hände mit seiner Rechten, das Auto schlingerte und kam der Leitplanke gefährlich nahe, die Tachonadel zeigte 180 Stundenkilometer an, und plötzlich ließ er los, holte aus und schlug mir mit aller Wucht ins Gesicht. Der Schmerz kam erst nach

Sekunden, der Schock ließ mich weiß werden, und ich schmeckte Blut. Der brennende Schmerz breitete sich in mir aus wie ein Lauffeuer.

»Bitte lass mich gehen«, wimmerte ich, während mir das Blut aus der Nase quoll und auf meine helle Bluse tropfte.

»Je mehr du dich wehrst, umso mehr tut es weh.« Orhan nahm meinen Oberarm in einen eisenharten Klammergriff. »Also bleib ruhig, und ich verspreche dir, dass alles wieder gut wird.«

»Ich will zu meinem Babaaaa!«, wimmerte ich. Beim Anblick der Blutstropfen, die auf meiner weißen Bluse immer größere Flecken bildeten, begann ich wieder zu kreischen. »Was hast du gemacht! Du Schwein! Mein Baba wird dich töten, und deine Familie wird sich von dir lossagen!«

Ich sah, wie die schwarz behaarte Hand, die mir gerade beinahe den Kieferknochen gebrochen hatte, hektisch im Handschuhfach wühlte, und dachte erst, er würde mir ein Taschentuch reichen. Doch auf einmal war ein Revolver auf mich gerichtet. Mit blutunterlaufenen Augen und Schaum vor dem Mund schrie Orhan mich an: »Wenn du dich noch einmal rührst, knalle ich dich ab. Das ist mein voller Ernst.«

Mit diesen Worten zog er mir den Kolben über die Schulter. Der nächste Schmerz schoss mir in den Körper, und ich wurde ohnmächtig.

Als ich wieder zu mir kam, schaute ich in eine triste Wohngegend in einer unbekannten Straße.

»Los, aussteigen.«

Orhan bohrte mir den Revolver in den Oberarm. »Ein einziger Mucks, und du bist tot.«

Vor mir stand ein altes graues Mietshaus. Überquellende

Mülltonnen, leere Flaschen und Stapel Altpapier moderten auf dem Bürgersteig vor sich hin.

»Wo sind wir?«

»Bochum. – Los jetzt. Keine falsche Bewegung.«

Orhan zwang mich aus dem Auto und folgte mir mit seinem Revolver, den er mir in den Rücken bohrte. Ich stolperte über einen Hundehaufen. Er stieß nach kurzem Klingeln die Haustür auf und drängte mich durch ein muffiges Treppenhaus in den dritten Stock. Meine Wange brannte nach wie vor, und mein Gaumen war ausgetrocknet. Mein linkes Auge war so zugeschwollen, dass ich fast nichts sehen konnte. Mein Schädel dröhnte, und Sterne tanzten vor meinen Augen. Mein Magen wollte sich umdrehen vor Angst.

Oben öffnete sich links die Wohnungstür, und eine alte Frau ließ uns wortlos herein.

Vielleicht war das Orhans Großmutter, er beachtete sie nicht. Sichtlich geschlaucht von seiner heldenhaften Aktion schob er mich durch den schmalen Flur ins hintere Zimmer und warf sich auf das Sofa.

Orhans Mama sprang auf und kam mir freundlich lächelnd entgegen. Das war tatsächlich Neslihan! Sie hatte damals bei meinem Baba im Hinterzimmer an der Nähmaschine gesessen, Gott, war die alt geworden! Ihre Haare waren grau und strähnig, ihr Küchenkittel fleckig. Dennoch, sie war es! Eine Riesenlast fiel mir vom Herzen. Orhans Mutter nahm meine kalten Hände und musterte unwillig mein Gesicht: »Orhan! Musste das sein?!«

Am liebsten wäre ich ihr um den Hals gefallen!

»Endlich!«, stieß ich erleichtert hervor. »Oh, Neslihan, du glaubst gar nicht, wie sehr ich mich freue, dich zu sehen! Dein Sohn ist gerade ziemlich durchgedreht.«

Na, der würde jetzt Ärger bekommen! Aber das war deren Familienangelegenheit.

Mit einem Seitenblick stellte ich fest, dass auch Orhans Vater Muhamet, der ehemalige Schneidermeister meines Babas, mit unbeteiligter Miene auf dem Sofa saß. Ein alter Mann war auch noch da, das musste Orhans Großvater sein. Sie würden sich ihren Heißsporn schon vorknöpfen. Bestimmt würden sie ihn ordentlich verdreschen, und ich gönnte es ihm von Herzen. So ein Idiot!

Neslihan klopfte mir beruhigend auf den Arm.

»Selma. Wie hübsch du geworden bist. Das sieht man sogar in deinem jetzigen Zustand.« Sie schüttelte den Kopf. »Na ja, Selma. Jetzt bist du in Sicherheit.«

Ich wollte weinen vor Erleichterung, und gleichzeitig meldete sich mein verletzter Stolz. Ich war wer! Die Tochter ihres früheren Chefs! Ich kratzte meinen letzten Rest Coolness zusammen.

»Leute!«, stöhnte ich und rieb mir die geschwollene Wange.

»Das war echt kein Meisterstück von eurem Sohn!« Ich rang mir ein tapferes Lächeln ab, was das Dröhnen in meinem Kopf nur noch verstärkte. »Keine Ahnung, was das werden sollte mit seinem getunten BMW, ich bin wirklich zu Tode erschrocken auf diesem Höllentrip. Aber jetzt seid ihr ja da. Gott sei Dank!«

Die Mutter reichte mir ein Glas Wasser, das ich mit aufgesprungenen Lippen gierig austrank. »Ich dachte schon, meine letzte Stunde hätte geschlagen«, versuchte ich gute Miene zum bösen Spiel zu machen. »Mein Vater wird toben vor Wut. Das wird ein Nachspiel haben.«

Die Alten konnten ja nichts für das, was ihr testosterongesteuerter Sohnemann da angestellt hatte.

»Am besten ihr fahrt mich sofort zurück.« Ich stellte das leere Wasserglas auf den Tisch, wo leere Mokkatassen und Sonnenblumenkerne davon zeugten, dass man hier schon länger gewartet hatte. Nachdem keiner von ihnen auf meinen Vorschlag reagierte, fügte ich hinzu: »Na gut, ich erzähle auch niemandem etwas davon.« Dankbar nahm ich die Serviette, die Neslihan mir hinhielt, und tupfte mir damit Mundwinkel und Nase ab. »Ich würde nur gern schnell mal bei euch auf die Toilette gehen, und dann können wir. Ich denke mir schon was aus, was ich meinem Baba erzähle.«

Als ich wieder aus dem engen alten Bad kam, hatten sie sich beraten.

»Meine Liebe«, beschwichtigte mich die gute alte Neslihan in einem ganz merkwürdigen Ton. »Alles ist gut. Mach dir keine Sorgen.«

Sie kam mir sehr fremd vor. Alle Güte und alles Verständnis waren aus ihrem Gesicht verschwunden, als sie kalt hinzufügte: »Bei uns wirst du dich wohlfühlen.«

Ich fuhr herum und starrte hilflos auf die drei Männer, die mit versteinerten Mienen auf dem Sofa saßen. Dann sagte ich: »Jetzt sagt ihr doch auch mal was!«

»Orhan liebt dich, und so ist das Leben nun mal.« Die Mutter sah mich ausdruckslos an. »Manchmal muss man sein Glück erzwingen.«

Augenblicklich wurde mir übel. Sie stand hinter ihm? Sie fand das richtig? Die ganze Familie – ich blickte in die unbewegten Gesichter – stand hinter ihm? Orhan hatte mit ihrem Wissen gehandelt? Sie wussten Bescheid? Die Entführung war von allen geplant gewesen? Sie hatten ihm sogar das Aufreißerauto dafür zur Verfügung gestellt?

Kalter Schweiß lief mir den Rücken hinunter.

»Das kann doch nicht wahr sein!« Ich hielt meinen Ringfinger hoch. »Ich bin verlobt, meine Mutter bereitet schon mit meinem Verlobten und meinen Brüdern die Hochzeit in der Türkei vor. Ich stehe kurz vor dem Abitur, ihr könnt das nicht machen!«

»Doch, das können wir.« Das war das Erste, was der Vater auf seinem Sofa von sich gab.

Rauchend starrte er auf seine grauen Pantoffeln. Der Opa nickte wortlos. Die meinten das tatsächlich ernst!

Ein panischer Schluchzer entrang sich meiner Brust, instinktiv taumelte ich rückwärts gegen den einzigen Sessel, und die Mutter gab mir einen Schubs, sodass ich kraftlos hineinfiel. Sie tätschelte mir die Schulter. »Du bist bei uns in Sicherheit, und keiner wird dir etwas tun, du musst dich nur fügen.«

Ich verstand überhaupt nichts mehr! Ich musste mich fügen? Wie so viele türkische Mädchen in der Vergangenheit? Lieber Gott, lass mich aus diesem Albtraum aufwachen, flehte ich innerlich. Das Ganze passiert mir doch nicht wirklich! Tränenblind starrte ich auf diese Leute, von denen ich drei nur flüchtig vom Sehen kannte.

Der Vater rührte in seiner Mokkatasse, Opa und Oma knackten Kerne und spuckten Schalen auf den Teppich, Orhan starrte mich nach wie vor mit blutunterlaufenen Augen an, und die Mutter hörte nicht auf, beschwichtigend auf mich einzureden.

»Du wirst dich an uns gewöhnen, Kind. Wir sind anständige, nette Menschen. Orhan liebt dich, und er will dich unbedingt haben. Wir stehen natürlich hinter unserem einzigen Sohn.«

Ich verstand überhaupt nichts mehr. Nein! Falscher Film! Verwechslung!, schrie alles in mir. Orhan und ich gehörten nicht zusammen! Ich mochte ihn nicht einmal. Ich verachtete und hasste ihn. Er hatte mich brutal geschlagen. Das war doch nicht akzeptabel!

Ich schluchzte und schüttelte den Kopf. »Bitte, bitte, Neslihan, versetz dich doch einmal in die Lage meiner Mutter! Ich kann doch nicht einen anderen heiraten, den ich gar nicht liebe! Sie hat doch schon ihr Einverständnis gegeben, dass ich Ismet heirate!« Es schüttelte mich bei dem Gedanken daran, wie meine beiden liebsten Menschen gerade ahnungslos und voller Vorfreude meine Traumhochzeit vorbereiteten! Vor meinem inneren Auge sah ich die Segeljacht auf dem blauen Meer kleiner und kleiner werden, bis sie am Horizont verschwand. Ismet!

»Bitte, bitte«, flehte ich und rang die Hände wie zum Gebet. »Lasst mich gehen! Ich sage niemandem, was passiert ist, ehrlich. Meinetwegen bin ich im Laden hingefallen, und mir ist schlecht geworden, Orhan hat mich gerettet und mich zu euch gefahren, weil er nicht wusste, was er machen sollte! Dann steht er als Held da und ihr auch, und mein Vater wird euch vielleicht wieder einstellen.« Ich glaubte selbst nicht, was ich da redete.

Die Mutter schnalzte missbilligend mit der Zunge. »Du glaubst doch nicht im Ernst, dass Ismets Familie dich jetzt noch will?« Sie verschränkte die Arme vor der Brust und schüttelte tadelnd den Kopf. »Glaub mir, mein Mädchen, die halbe Stadt hat gesehen, wie du zu meinem Sohn ins Auto gestiegen bist. Und zwar freiwillig. Somit ist dein Ruf für immer ruiniert.«

»Nein, das ist nicht wahr. Er hat mich in eine Falle gelockt!« Verzweifelt zerrte ich an ihrem Arm.

Sie lachte höhnisch. »Selbst wenn wir dich wieder nach Hause fahren würden: Kein Mensch würde dir abnehmen, dass du noch rein und Jungfrau bist!«

O Gott, das war die größte Katastrophe, die einem türkischen behüteten Mädchen widerfahren konnte! Ich war ruiniert. Ich hatte leichtfertig genau das weggeworfen, was der Lebensinhalt türkischer Mädchen ist: der gute Ruf! Die Jungfräulichkeit! Die Familienehre! Ich hatte sie beschmutzt und in den Dreck gezogen! Es war nicht wiedergutzumachen!

Dabei hatte ich doch gar nichts getan und war auch nicht schwanger wie meine Schwester!

Mein Leben lang hatte ich mich bemüht, den Ansprüchen meiner Familie gerecht zu werden, und die offizielle Verlobung mit Ismet war für uns alle eine Erlösung gewesen! Nur noch ein Jahr trennten mich von der Hochzeit in Weiß mit meinem Traummann. Nach meinem Abitur sollte ich für immer seine Frau sein. Ich schlug die Hände vors Gesicht und weinte bitterlich. Ich schämte mich ganz fürchterlich für die Schande, die ich über meine Eltern und Ismets Familie gebracht hatte, indem ich zu Orhan ins Auto gestiegen war. Wie hatte ich mein Liebesglück nur so leichtfertig zerstören können?

Die Mutter redete auf mich ein: »Füge dich deinem Schicksal. Das haben schon viele Frauen vor dir getan, schau mich an: Auch meine Heirat wurde von anderen verfügt, und ich bin trotzdem glücklich geworden!«

So sah die allerdings nicht aus. Im Gegenteil!

Die Alten brabbelten Zustimmung, und der Vater verkündete: »So gehört sich das und nicht anders! Wo kommen wir denn da hin!«

»Ich liebe Orhan aber nicht!«, brüllte ich verzweifelt. »Er hat mich hinters Licht geführt, er hat mich entführt und geschlagen. Ich will nicht bei euch leben, eher bringe ich mich um!«

»Liebe kann wachsen«, antwortete die Mutter stoisch. »Junge Mädchen wissen einfach noch nicht, was gut für sie ist.«

»Doch, das weiß ich! Ismet ist gut für mich! Wir lieben uns und wollen heiraten!«

»Jetzt nicht mehr!« Der Ton der Mutter wurde deutlich schärfer. »Dein Ismet fasst dich mit der Kneifzange nicht mehr an, nachdem du in Orhans Auto und in unserer Wohnung warst. Was bildest du dir eigentlich ein? Das ist ein ehrbarer Junge, der gibt sich nicht mit leichtfertigen Mädchen ab!«

Ich warf mich dem Vater zu Füßen und flehte ihn an: »Hilf mir! Du bist doch ein Freund meines Vaters gewesen! Du hast doch gehört, dass er Nein gesagt hat! Wie kannst du gegen seinen Willen handeln!«

Doch der schüttelte nur den Kopf. »Es ist Allahs Wille, Tochter. Und deines Vaters Wille inzwischen auch. Du gehörst jetzt zu uns.«

»Nein, bitte! Nein, nein!« Was redete er denn da?!

Verzweifelt schreiend brach ich über seinen Pantoffeln zusammen. Ich hätte ihm die Füße geküsst, wenn er mir nur einen Funken Hoffnung gegeben hätte! Ich schrie und schluchzte und winselte und bettelte. Vor meinen Augen tanzten Blitze, und ich rang verzweifelt nach Luft. Das war eine Panikattacke, die mich fast um den Verstand brachte. Damals ahnte ich noch nicht, wie viele noch folgen sollten!

»Junge, tu was!« Neslihan schlug die Hände über dem Kopf zusammen. »Die stirbt uns ja.«

»So, das reicht jetzt.« Orhan sprang auf und packte mich an den Haaren. Seine Eltern und Großeltern fassten mit an, und gemeinsam schleiften sie mich in das Zimmer, das vom Wohnzimmer ausging. Darin standen ein Doppelbett, ein Schrank und ein Stuhl. »Hier bleibst du, bis du dich beruhigt hast. Du kannst schreien, so viel du willst. Hier hört dich keiner.« Nach diesen Worten wurde die Tür von außen abgeschlossen.

Ich lag auf dem hässlichen Fußboden. Jede Faser meines Körpers schmerzte, mein Herz wollte zerspringen und mein

Kopf zerplatzen. Ich konnte nicht begreifen, was da passiert war. Mein Gehirn weigerte sich, die Geschehnisse dieses Nachmittags zu verarbeiten. Ich fühlte mich wie ein gefangenes Tier und stellte mich tot.

Ich träume das nur!, redete ich mir ein. Das ist nicht wahr.

Nach stundenlangem Schluchzen versuchte ich mich zu beruhigen. Mühsam stand ich auf und setzte mich auf das durchgelegene Bett mit dem braunen Überwurf.

Das war das hässlichste Zimmer, das ich je gesehen hatte. Es fiel kaum Licht hinein. Die alte Tapete mit einem grünbraunen Blumenmuster blätterte ab, in den Ecken hingen Spinnweben, und auf der Nachttischlampe konnte man mit dem Finger in den Staub malen. Ich schrieb »Help!« und starrte lange auf den Schriftzug. Der wackelige Schrank stand offen, in der einen Hälfte türmten sich Klamotten der ganzen Familie, in der anderen lagen Tischdecken, Bettzeug und Handtücher. Aus dem kleinen schmuddeligen Fenster konnte man eine schmutzige Hausmauer sehen. Unten war ein kleiner Hof, in dem Mülltonnen, eine Teppichstange und ein ausrangiertes Moped neben mehreren Fahrrädern und anderem Gerümpel vor sich hin rosteten. Weit und breit keine Menschenseele, nichts als Ödnis, Leere und Verwahrlosung. Hierher war Orhans Familie also gezogen, nachdem mein Vater die Eltern entlassen hatte!

Mit wie vielen Personen hausten die denn hier in der winzigen Zweizimmerwohnung? Eltern, Großeltern, Orhan … und jetzt auch noch ich? Wieder kamen mir die Tränen. Ausgeschlossen! Nie und nimmer konnte ich bei dieser primitiven, kaltherzigen Familie leben, in dieser beengten Hässlichkeit!

Mit meinen Eltern und meinen fünf Geschwistern hatte ich in einem lichtdurchfluteten, geräumigen, dreistöckigen Haus mit Garten gelebt, bevor meine Mutter mit mir und meinen jüngeren Brüdern nach Hannover gezogen war. Auch nach der Trennung bewohnten wir eine moderne helle Dreizimmerwohnung mit Balkon, in der ich ein hübsches Mädchenzimmer hatte. Mein weiß lackiertes Himmelbett war mit einer rosa Tagesdecke verziert, auf den modernen weißen Schränken lagen meine Kuscheltiere, und an den Wänden klebten Poster von meinen Lieblingspopstars. Ich hatte eine Musikanlage, einen Schminktisch mit einem verschnörkelten Stuhl und einen Spiegel, an dem Postkarten, Zettel und kleine Andenken steckten. Zimmerpflanzen rankten sich über die Türe, und vor den Fenstern rauschten Kastanien, die im Herbst prächtig leuchteten und im Frühling weiße Kerzen trugen. Meine Mutter behandelte mich wie eine Prinzessin, nähte mir die hübschesten Kleider, ließ mich meine Mädchenträume leben, und abends kuschelten wir gemeinsam im gemütlichen Wohnzimmer vor dem Fernseher, wo sie mir oft zärtlich über den Rücken strich, wenn ich mit dem Kopf auf ihrem Schoß lag. Das andere Zimmer bewohnten meine jüngeren Zwillingsbrüder, ein später Versöhnungsversuch meiner Eltern, denn sie waren erst fünf Jahre alt. In so einem kuscheligen Nest hatte ich meiner Mutter auch im Vertrauen gebeichtet, dass ich Ismet schon lange liebte, denn sie hatte die sündhaft teuren Telefonrechnungen von Hannover nach Köln gefunden. Doch statt mich auszuschimpfen, hatte sie mich aufgefordert, ihn und seine Eltern doch zu einem Heiratsgespräch zu uns nach Hause einzuladen, damit alles seine Ordnung hatte.

So war das bei uns Sitte und Brauch: Die Eltern des jungen Mannes machten den Eltern der jungen Frau mit Geschenken eine Aufwartung, und bei gegenseitiger Sympathie und nach Klärung existenzieller Fragen wurde dann das Einverständnis gegeben. War eine junge Frau erst einmal mit dem jungen Mann verlobt, konnte sie sich mit ihm auch in der Öffentlichkeit sehen lassen und musste nicht um ihren guten Ruf fürchten, von dem die Ehre und das Ansehen der ganzen Familie abhing. Da mein Vater von meiner Mutter getrennt lebte, war mein älterer Bruder Cihan extra angereist, um an seiner Stelle das Einverständnis zu geben. Meine heile Mädchenwelt war ein rosaroter Himmel voller Geigen gewesen. Bis heute Mittag um zwei. Ich wollte mein altes Leben zurück!

Schluchzend zog ich die Beine an und hockte zusammengekauert auf diesem muffigen Bochumer Bett. Und jetzt? War meine Ehre ruiniert, meine Hochzeit mit Ismet hinfällig und mein Leben für immer verpfuscht. Ich wollte nur noch aus dem Fenster springen, aber der Griff war abgeschraubt. Erneut schüttelte mich ein Weinkrampf.

Meine Eltern würden entsetzlich enttäuscht von mir sein, die ganze Familie würde sich von mir abwenden. Eine neue Welle der Verzweiflung und Scham überflutete mich bei dem Gedanken, was Ismets ehrbare Familie jetzt von mir halten musste. Ich war die Schande der Stadt! Ein Flittchen! Indem ich leichtfertig und lachend zu Orhan ins Auto gestiegen war, hatte ich beide Familien brüskiert. Das war nicht wiedergutzumachen! Selbst wenn Ismet dafür Verständnis haben sollte, wenn ich je Gelegenheit bekäme, ihm alles zu erklären, müsste er sich von mir abwenden – schon allein um der Ehre seiner Familie willen.

Und meine Eltern? Die wollten so ein leichtfertiges Flittchen wie mich auch nicht zurück. Jetzt hatten sie schon zwei gefallene Mädchen in der Familie, die zu verstoßen waren!

Orhans Mutter hatte es mir deutlich gesagt: Niemand würde glauben, dass ich noch Jungfrau war, nachdem ich in diesem Zimmer übernachtet hatte!

Wieder gab ich mich meiner Verzweiflung hin, bis ich völlig

leer geweint war. Längst war es draußen dunkel geworden. Hunger, Durst und der Drang, auf die Toilette zu müssen, malträtierten mich, doch ich wagte es nicht, an diese Tür zu klopfen, hinter der ich die anderen ganz normal plaudern und lachen hörte. Sie ignorierten mich einfach und warteten, bis mein Wille vollends gebrochen war.

Mit letzter Kraft kroch ich ans Fußende des Bettes und starrte aus dem Fenster, vor dem nun nur noch Schwärze zu sehen war. Kein einziger Stern stand am Himmel. Erschöpft lehnte ich meine heiße Stirn an die kühle Scheibe.

Was konnte ich nur tun? Gar nichts. Mädchen entschieden nichts selbst. In unserem Kulturkreis war es üblich, dass über die Zukunft der Tochter in ihrer Abwesenheit entschieden wurde. Eine junge Frau hatte sich zu fügen.

Über den eigenen Kopf hinweg konnten sich die Eltern mit den Bewerbereltern treffen, und wenn die Verhandlungen positiv verliefen, wurde man einfach der anderen Familie versprochen. Nie und nimmer wäre eine junge Frau auf die Idee gekommen, sich dieser Entscheidung zu widersetzen. Wenn die Frau den Mann nicht liebte oder – was oft der Fall war – gar nicht kannte, wurde von ihr verlangt, dass sie sich fügte und das Beste draus machte. Es wurde als Gottes Wille ausgelegt, und dagegen konnte ein Mädchen nichts unternehmen. Je fügsamer sie war, desto schneller gelang ihr die Integration in die fremde Familie, und mit etwas Glück gewann sie das Herz der Schwiegermutter.

Aber war es denn Gottes Wille, dass ich nun Orhans Familie ausgeliefert war? Das konnte ich einfach nicht glauben! Mein Vater hatte doch Nein gesagt! Nie und nimmer hätte er mich dieser ungebildeten Familie überlassen!

Wie Orhan erzählt hatte, hatte der Besuch bei meinem Vater

ja schon vor zwei Jahren stattgefunden, aber Baba hatte Orhans Vater zum Teufel geschickt.

Ich kaute an meinem Daumennagel, während ich mir das Szenario lebhaft vorstellte. Natürlich war Orhan in seiner männlichen Ehre gekränkt, und sein Vater, den mein Vater daraufhin entlassen hatte, erst recht. Diese Schmach konnte die Familie nicht auf sich sitzen lassen. Zuerst war man in die Türkei gefahren, um sich mit der restlichen Großfamilie zu beraten. Dort war der Entschluss gefasst worden, mich einfach zu entführen. In manchen Regionen der Osttürkei war so etwas durchaus noch üblich.

Ich kannte diesen barbarischen Brauch nur aus türkischen Filmen, wo dem Ganzen etwas Romantisches anhaftete, denn die Braut, die ihrem Schicksal hilflos ergeben war, verliebte sich meist in den heldenhaften Entführer, und am Ende wurden beide glücklich. Später nannte man das »Stockholm-Syndrom«. Selbst meine Eltern waren wie schon erwähnt auf diese Weise ein Paar geworden: Nachdem der Vater meiner Mutter den damals neunzehnjährigen Anwärter zum Teufel geschickt hatte, hatte der meine gerade mal achtzehnjährige Mutter zu Pferd entführt, als die gerade Wasser vom Brunnen geholt hatte. Nachher, als es nichts mehr zu retten gab, hatten die Eltern der Heirat doch zugestimmt, um die Familienehre zu wahren. Doch meine Anne, türkisch für Mama, war schon vorher in meinen Baba verknallt gewesen! Sie wollte ihn, und die Entführung war die einzige Chance, ihren Willen durchzusetzen.

Nach diesen primitiven Spielregeln hatte Orhans Familie heute gehandelt – jedoch absolut gegen meinen Willen! Mein zäher Gerechtigkeitssinn führte dazu, dass ich mich wieder aufrichtete: Das war nicht recht, was sie da taten! Das war Freiheitsberaubung! Wir schrieben das Jahr 1979, und es gab deutsche Gesetze! Dass sie sich strafbar gemacht hatten, wusste ich zu diesem Zeitpunkt nicht einmal, aber ich spürte, dass es Unrecht war.

Mit letzter Kraft hämmerte ich gegen die Tür. »Bitte lasst mich raus! Ich habe Durst und muss auf die Toilette! Ich will mit euch reden, bitte!«

Doch außer mitleidigem Gelächter bekam ich keine Antwort. »Wir lassen sie schmoren, bis ihr Stolz gebrochen ist. Dann wird sie uns dankbar sein, dass wir sie in unsere Familie aufgenommen haben.«

Vor lauter Verzweiflung nahm ich einen Stapel Handtücher aus dem Schrank, legte ihn auf den Fußboden und ging in die Hocke, um mich darüber zu erleichtern.

3

Bochum, Sommer 1979

Ich hörte den Schlüssel im Schloss und rieb mir verstört die Augen. Hatte ich das alles geträumt? Verschreckt fuhr ich hoch. Orhan schob sich ins Zimmer und setzte sich zu mir auf die Bettkante. Als wäre nichts gewesen, strich er mir über den Kopf. »Guten Morgen, Selma. Ich habe deinem Vater versprochen, ihn anzurufen und Bescheid zu geben, dass es dir gut geht.«

Wie ein ängstliches Tier kroch ich zur Wand und trat mit den Füßen nach ihm. Er sollte mich nicht anfassen! Und was ich da gerade gehört hatte, verschlug mir die Sprache: Er hatte meinem Vater WAS versprochen? Steckten die beiden etwa unter einer Decke? War das Ganze ein abgekartetes Spiel? So was würde mein Baba mir doch nicht antun! Ich war sein Augenstern, sein ganzer Stolz, sein kleiner Liebling, sein »Spatzenhirn«, wie er mich immer noch liebevoll nannte, weil ich vor der Geburt der Zwillinge lange Zeit die Jüngste gewesen war.

Ein Spatzenhirn. Ja, das war ich. Diese Erkenntnis traf mich wie ein Keulenschlag. Ich war auf Orhans Lügen reingefallen.

Mein Herz raste. Aber warum sollte Baba so etwas tun? War mein Vater etwa gekränkt in seiner Rolle als Familienoberhaupt und sauer auf meine Mutter, dass die ohne ihn die Einwilligung zu meiner Hochzeit mit Ismet gegeben hatte? Er war ja nicht dabei gewesen. Meine Mutter sprach seit dem Betrug und der Trennung kein Wort mehr mit ihm. Wie gesagt: Mein ältester Bruder Cihan war an seiner Stelle dabei gewesen, und er verachtete Baba für seine Weibergeschichten. War das etwa Vaters Rache an ihr? Weil er nicht gefragt worden war? Nicht eingeladen, als Ismets Eltern bei meiner Anne ihre Aufwartung machten?

Hatte er mir das wirklich angetan? Plötzlich sah ich Baba nervös aus dem Laden eilen, nachdem ich ihn auf den parkenden BMW aufmerksam gemacht hatte. »Schließ ab, wenn ich nicht bis zwei Uhr zurück bin. Die Abrechnung mach ich dann später.«

War das SEINE ABRECHNUNG? Hatte er mich Orhan etwa bewusst ausgeliefert?

Obwohl er vor zwei Jahren Nein gesagt hatte?

Dieser Verrat ließ mir das Blut in den Adern gefrieren. Nein. Nicht mein Baba! Bei all seinen charakterlichen Verfehlungen, aber das hatte er nicht auf meinem Rücken ausgetragen.

Orhan schüttelte mich.

»Hör zu, Selma. Wir rufen jetzt deinen Vater an, und du sagst ihm, dass es dir gut geht.«

Völlig schlaff und willenlos lehnte ich an der Wand wie eine Marionette.

»Reiß dich jetzt zusammen!« Orhan zerrte an mir wie an einer leblosen Lumpenpuppe und schüttelte mich, dass mein Kopf gegen die Wand knallte.

»Wenn du dich an meine Anweisungen hältst, wird dir nichts geschehen. Hast du verstanden?« Er schüttelte mich weiter. Ein Speichelfaden seilte sich aus meinem Mund ab und klebte sich an seine behaarte Hand. Widerwillig wischte er ihn mit dem Betttuchzipfel ab. »Lass den Scheiß, Selma! Sonst muss ich dich schlagen. Willst du das?« Seine Stimme wurde gefährlich laut und schrill. Die nackte Wut stand ihm im Gesicht.

Er holte schon aus, um mir zu zeigen, wozu er fähig war.

Meine Augenlider flatterten. »Nein«, krächzte ich in Todesangst und hielt reflexartig die Hände vors Gesicht.

»Na also. Geht doch.« Dann sagte er ganz dicht an meinem Ohr: »Du wirst deinem Vater Folgendes berichten: ›Hallo, Baba, mir geht es gut. Ich bin in Bochum bei Orhan und seiner Familie, und alle sind nett zu mir. Ich will viel lieber Orhan heiraten als Ismet, habe mich aber vorher nie getraut, euch das zu sagen. Bitte verzeih mir.‹ – Hast du das kapiert?«

Ich verdrehte die Augen und sank in mich zusammen, woraufhin Orhan mir zwei gesalzene Ohrfeigen verpasste. Augenblicklich röteten sich meine Wangen wieder, und in meinen Ohren rauschte das Blut.

»Du kannst es auf die harte Tour haben oder auf die nette. Das bestimmst du ganz allein.«

Um Atem ringend starrte ich ihn an. Meine linke Wange war noch von gestern geschwollen, und jetzt kehrte der Schmerz mit aller Macht zurück.

Orhan zerrte einen Schreibblock aus dem Nachttisch, knallte

einen Kugelschreiber darauf und schrie: »Schreib! Hallo Baba, mir geht es gut!«

Als ich nicht reagierte, zerrte er so fest an meinem Arm, dass er ihn mir fast auskugelte.

»Ich mach's ja!« Zitternd schrieb ich, was er mir lautstark diktierte. Seine Familie konnte das im Nebenzimmer alles mit anhören, aber niemand kam mir zu Hilfe. Meine Schrift war dermaßen krakelig, dass ich sie selbst kaum noch lesen konnte.

»So. Und jetzt sagst du das in den Hörer. Aber ohne zu heulen, ist das klar?«

Mit der Rechten riss er mich an den Haaren hoch, mit der Linken hielt er mir die Handtücher, auf die ich mich gestern Nacht erleichtert hatte, vors Gesicht. »Nur für den Fall, dass dir die Tränen kommen!«

Ein beißender Gestank drang mir in die Nase, und ich musste mich abwenden, um nicht zu würgen.

Er hatte bereits gewählt und presste mir den Hörer ans Ohr. Als mein Vater sich meldete, wollte ich laut schreien: »Baba! Hol mich hier raus!« Doch Orhan verstärkte seinen Druck, ich sah seine geballte Faust vor meinem Gesicht und las von dem Zettel ab: »Hallo Baba, mir geht es gut …«

Gefühllos sagte ich mein Sprüchlein auf.

»Macht euch keine Sorgen um mich. Ich habe mich nicht getraut, es euch zu sagen, aber ich habe mich für Orhan entschieden, und wir werden heiraten. Bitte verzeih mir.«

Kaum hatte ich matt meinen Text heruntergeleiert, schrie mein Vater mich an: »Wo ist er? Gib ihn mir, sofort!«

Stumm reichte ich den Hörer weiter. Tränenblind starrte ich Orhan an, der mit roten Ohren und wummernder Halsschlagader dem aufgebrachten Geschrei meines Vaters lauschte. Hatte ich mich doch geirrt? Stand Baba doch auf meiner Seite? Er konnte mein Lügengestammel doch unmöglich glauben? Er musste doch hören, dass etwas mit mir nicht in Ordnung war!

»Ist ja schon gut, Herr Tuclu, bitte regen Sie sich nicht auf. Natürlich werde ich ihr nichts tun.« Orhan schüttelte vehement den Kopf. »Was denken Sie denn von mir, Herr Tuclu! Ich bin ein Ehrenmann! Ich rühre sie nicht an, bis wir verheiratet sind, das schwöre ich. Sobald sich alles beruhigt hat, werden wir die Hochzeitsvorbereitungen treffen. Ja, natürlich. Meine Eltern sind hier und passen auf, dass ihr kein Haar gekrümmt wird. – Machen Sie sich keine Sorgen. Ja, sie ist freiwillig hier. Wir lieben uns und sind froh, dass Sie es nun endlich wissen.«

Mit stoischer Ruhe legte er auf. In seinen Augen stand ein grausames Leuchten.

»Ich werde dich leider töten müssen, wenn du jemals versuchst, deinem Baba oder sonst irgendwem aus deiner Familie etwas anderes mitzuteilen als das, was du gerade gesagt und von mir gehört hast.«

Ich schluckte. Die heftige Reaktion meines Vaters ließ mich wieder an das Gute glauben. Er war genauso verwirrt und geschockt, wie ich gehofft hatte! Er wusste von nichts!

»Orhan.« Ich knetete meine Hände, deren Knöchel weiß hervortraten. »Was erwartest du von mir? Glaubst du im Ernst, dass ich dich glücklich machen kann?« Die Stimme meines Vaters hatte mir Kraft gegeben. Fast hatte ich das Gefühl, er würde gleich zur Tür hereinplatzen. Selbst WENN er Orhan eine Chance gegeben haben sollte: Jetzt bereute er es mit Sicherheit. Er würde mich hier rausholen! »Orhan. Lass uns doch wie zwei vernünftige Erwachsene miteinander reden. Ich liebe dich nicht! Und daran wird sich auch nichts ändern! Ich liebe Ismet und bin ihm versprochen. Du hast gerade gesagt, du bist ein Ehrenmann! Wie willst du das mit deinem Gewissen vereinbaren?«

Plötzlich schnellte er vor und packte meine Handgelenke. »Hast du mir gerade nicht zugehört? Ich werde dich und deine Familie töten, und deinen Ismet und seine Familie auch, wenn du dich noch einmal gegen mich stellst, das schwör ich dir! Ich habe dir gesagt, dass ich immer kriege, was ich will, und dich kriege ich auch! Ja, ich BIN ein Ehrenmann! Und deshalb habe ich mir geholt, was mir zusteht! Du wirst mich lieben, das schwöre ich bei meinem Leben!«

Mein letzter Hoffnungsstrahl verschwand hinter einer dunklen Wolke. Ich sah nur noch seine schwarzen Augen mit den buschigen Augenbrauen, die mich drohend ansahen, spürte seinen Klammergriff und roch seinen schlechten Atem, den er mit Pfefferminz zu übertünchen versuchte. Spucketröpfchen sprühten mir ins Gesicht, als er auf mich einschrie: »Ich schwöre es, du wirst mich lieben, und wir werden glücklich sein!«

»Orhan, lass mich los, ich bemüh mich ja …«

So heftig, wie er mich gepackt hatte, stieß er mich von sich.

Während ich mir die schmerzenden Handgelenke rieb, änderte er plötzlich seinen Tonfall, und seine Stimme wurde fast freundlich.

»So«, sagte er und stand auf wie nach einer erfolgreichen Besprechung. »Das hätten wir erledigt. Ich habe deinem Vater versprochen, dich vor der Hochzeit nicht anzufassen, das hast du ja gehört. Er hat seinen Segen gegeben, wenn es dein Wunsch ist. Und es ist ja dein Wunsch, das hast du ihm ja gerade deutlich gesagt.« Er lachte spöttisch. »Seine Bedingung ist nur, dass du in Weiß aus dem Haus gehst, damit die Ehre der Familie wiederhergestellt ist. Ich denke, das kriegen wir hin, was, Liebling?«

»Aber es ist nicht mein Wunsch«, wimmerte eine leise Stimme in mir, doch mir fehlten die Kraft und der Mut, es laut auszusprechen. Viel zu sehr fürchtete ich mich vor seiner Faust im Gesicht und seinen Drohungen, mich und meine Familie zu töten.

Plötzlich grinste er siegessicher. »Komm ja nicht auf dumme Gedanken. Aus dem Fenster springen ist auch eine blöde Idee, da knallst du nur auf das Garagendach und brichst dir sämtliche Knochen.« Er schraubte den Fenstergriff wieder an und stellte das Fenster auf Kipp, sodass endlich etwas Frischluft hereinströmte. »Hier stinkt es ja wie im Affenkäfig. Meine Familie ist draußen. Wenn du etwas benötigst, brauchst du nur zu rufen. Aber anständig und in einem freundlichen Ton. Meinetwegen kannst du auch aufs Klo gehen, ich nehm diese Schweinerei hier mal mit.«

Er nahm die Handtücher und warf sie seiner Mutter vor die Füße. »Hier, wasch das mal.« Mit diesen Worten verließ er das Zimmer und schloss hinter sich ab.

Mein Körper glühte vor Fieber, und alles tat mir weh, sobald ich versuchte mich zu rühren. Meine Lunge schien in einem Schraubstock zu stecken, mein Hals war wie ausgedörrt, und von meiner Wange bis zu meinem Ohr zog sich ein brennender Schmerz. Als ich zum wiederholten Mal aus unruhigem Schlaf erwachte und mühsam die Augen öffnete, hatte ich kein Zeitgefühl mehr. Wieder war es dunkel. War es die zweite Nacht in diesem Zimmer? Oder die dritte? Von nebenan hörte ich Stimmen und Gelächter. Die Verwandtschaft saß immer noch beisammen – oder schon wieder? Die Stimmung schien blendend zu sein, ich hörte Gläser klirren.

Ich versuchte mich aufzurichten und meine Gedanken zu ordnen. Was war gestern gleich wieder geschehen? Hatte Orhan mich wieder geschlagen? Langsam kehrte die Erinnerung zurück.

Die Mutter hatte mir gestattet, das Bad aufzusuchen, und dort hatte ich mich auf den Klodeckel gestellt und verzweifelt an dem kleinen Fenster gerüttelt, das aber nicht aufgehen wollte. Ich hatte mit der Klobürste gegen das Rohr geschlagen, um andere Mieter auf mich aufmerksam zu machen, und da war Orhan hereingestürzt, hatte mich runtergerissen, in mein Verlies geschleift und heftig auf mich eingedroschen.

Mit zitternden Fingern fuhr ich über meine blauen Flecken und streckte meine Hände und Füße, um zu testen, ob sie noch funktionierten.

Nachdem meine Augen sich an die Dunkelheit gewöhnt hatten, entdeckte ich eine Flasche Mineralwasser und einen Teller mit Obst auf dem Nachttisch. Gierig trank ich ein paar Schlucke Wasser. Nach Essen war mir allerdings nicht zumute.

Noch immer hatte mich die Verzweiflung so fest im Griff, dass ich glaubte, nie wieder etwas hinunterzubekommen.

Wo war nur das Telefon geblieben? Suchend tastete ich nach der Steckdose, doch nichts war angeschlossen. Sie hatten es rausgetragen, damit ich nicht heimlich telefonieren konnte.

Ob sie mich noch einmal auf die Toilette lassen würden? Zaghaft klopfte ich an die Tür.

Die Stimmen verstummten. Plötzlich stand Orhan im grellen Lichtschein. Sein Atem stank nach Rauch und Alkohol. Ich erschrak fürchterlich, denn sein Blick verhieß nichts Gutes. So einen Geruch hatte ich noch nie an jemandem gerochen, wir Türken trinken kaum Alkohol, auch mein Vater nicht. Zaghaft wich ich drei Schritte zurück und prallte gegen den Schrank.

»Bitte, ich muss nur mal auf die Toilette«, hauchte ich demütig. Aller Kampfgeist war längst aus mir gewichen. Ich wollte nur keine Schläge mehr. Die Leute da draußen mussten mich doch hören! Neslihan würde doch Mitleid mit mir haben!

Orhan trat die Tür hinter sich zu. Langsam wie ein Raubtier kam er auf mich zu, packte mich und warf mich aufs Bett. Seine Augen waren blutunterlaufen. Ich wollte mich wehren und nach ihm treten, aber die Angst lähmte mich und machte eine wächserne Puppe aus mir. Nein, das würde er jetzt nicht tun. Nicht DAS. Nicht DAS EINE.

Orhan zerrte an meiner Bluse und riss sie über meiner Brust kaputt. Dann zerrte er an meinem BH und schleuderte auch dieses Stück Stoff von sich.

»Orhan, bitte, nein …« Schützend hielt ich mir die Hände vor die Brüste. »Wir sind noch nicht verheiratet, du hast es versprochen!«

»Bin ich denn bescheuert«, bellte Orhan mir ins Ohr. »Ich habe deinem Vater zwar versprochen, dass ich dich nicht anfasse, bevor wir verheiratet sind, aber was soll das verlogene Getue? Du gehörst mir sowieso schon, da ist es doch völlig scheißegal, wann ich dich flachlege, du kleines Miststück!« Er versuchte, mir die Jeans herunterzuziehen, aber ich wehrte mich mit aller Kraft, strampelte und biss ihn in die Handgelenke.

»Au! Du Hure, du!« Mit voller Wucht schlug er mich wieder ins Gesicht.

Mein gellender Schrei ließ das Geplauder im Nebenzimmer kurzzeitig verstummen.

»Hilfe!«, schrie ich mit letzter Kraft. »So helft mir doch!« Ich rammte ihm mein Knie ins Gesicht, aber das setzte nur ungeahnte Kräfte in ihm frei. »So, jetzt reicht's.«

Der Gestank aus seinem Mund, aber auch der seines schwitzenden Körpers nahm mir den Atem. Ich versuchte, den Kopf wegzudrehen, aber er presste den Mund auf meine Lippen und öffnete sie mit seiner Zunge. Es war so widerlich, dass es Brechreiz bei mir auslöste, aber ich musste mich auf das konzentrieren, was da gerade mit mir geschah.

Er riss mir die Jeans herunter, griff nach etwas mir völlig Unbekanntem in seiner Hose und rammte es brutal in mich hinein. Es fühlte sich an wie ein glühendes Messer. Ich sah nur noch Sterne, spürte, wie mir das Blut an den Beinen hinabrann, und verlor schier den Verstand. Wild schlug ich mit den Fäusten auf ihn ein, aber das schien ihn völlig kaltzulassen. Was tat er da? Es war abartig, widerlich und irre schmerzhaft! Er bohrte etwas Hartes in mich hinein, stoßweise, bis ich die Besinnung verlor! Irgendwann hatte ich keine Kraft mehr, mich zu wehren und lag da wie tot, starrte an die Decke und fühlte nichts mehr, bis er laut stöhnend über mir zusammensank. Sein Herz raste an meiner Brust, und ich wünschte mir nichts sehnlicher, als dass er tot über mir zusammenbrechen würde. Aber den Gefallen tat er mir nicht. Langsam beruhigte sich sein wilder Herzschlag, und sein stöhnender Atem pulsierte warm an meinem Hals.

Es klopfte, und seine Mutter reichte wortlos ein Geschirrtuch herein.

Er rappelte sich auf, schmierte mein Blut in das Handtuch und drückte es ihr in die Hand. Zum Beweis, dass ich noch Jungfrau gewesen war. Die Tür schloss sich wieder.

Jetzt war ich es nicht mehr. »Schlampe, du. Elende, dreckige Hure.«

Er taumelte einige Schritte zurück, stolperte über seine eigene Hose, die ihm in den Kniekehlen hing. Ich lag da, reglos, emotionslos, in der Überzeugung, tot zu sein. Alles in mir schmerzte, tobte und raste, zwang mich, mich aus diesem Körper heraus zu begeben. Warum starb ich bloß nicht? Ich konnte unmöglich weiterleben!

Weitere Beleidigungen ausstoßend, zog er sich die Hose wieder hoch, prallte gegen den Schrank und spuckte verächtlich auf die Erde.

»Du kleine Drecksnutte. Jetzt hast du, was du verdienst. Unschuld, Ehre, Ansehen … alles im Arsch. Hast es nicht besser verdient, Selma. Bist ja zu mir ins Auto gestiegen. Jetzt gehörst du mir. Für immer. Und ich kann mit dir machen, was ich will. Und das werde ich auch.«

Er warf sich sein Hemd über und taumelte zur Tür. »Dein Vater hat nur eine kleine, dreckige Nutte zu bieten. Sonst nichts. Was bildet der sich ein, der Wichser!« Er riss die Tür auf. Die Verwandten saßen im Schein der Wohnzimmerlampe und kauten Sonnenblumenkerne.

»Aber ich hab's ihm gezeigt. Wie ich es der ganzen Welt zeigen werde. Orhan lässt sich nicht verarschen. Und mein Vater auch nicht. Meinen Vater entlässt man nicht.«

Damit warf er die Tür hinter sich zu.

Ich lag auf dem Bett und fühlte mich schmutzig, benutzt, wertlos und zerstört. Wie ein achtlos weggeworfenes Spielzeug.

Nun war es passiert: Unschuld, Ehre, Ansehen – alles war futsch. Ich hatte nichts mehr von alledem. Der Wunsch, sich für den Liebsten und die erste Nacht aufzuheben, die sehnsuchtsvollen Erwartungen und Träume – alles war kaputt und ausgeträumt. Nun war ich Orhan machtlos ausgeliefert und musste mich meinem Schicksal fügen.

4

Auf einer kleinen Jacht vor Kroatien, Sommer 2013

»Es fällt mir schwer, das zu glauben, Selma.« Paul lehnt mit einem bauchigen Rotweinglas an der schmalen Reling. Hinter ihm kräuselt sich das schwarzblaue Wasser, das die untergehende Sonne golden aufschimmern lässt. Es sieht aus, als hätte jemand einen leuchtenden Teppich darüber geworfen. Der Himmel hinter ihm scheint zu brennen. Von Dunkelrot bis Zartrosa bilden die Abendwolken geheimnisvolle Figuren. Es duftet nach frisch gebratenem Fisch. Die warme Abendluft umschmeichelt uns, doch ich ziehe mir fröstelnd ein Tuch über die Arme. Meine Schilderungen lassen erneut emotionale Kälte in mir aufsteigen.

»Wie konntest du dir das alles gefallen lassen? Ich meine, irgendwann wird sich doch für dich eine Fluchtmöglichkeit ergeben haben?«

Ich ziehe die Beine an, umschlinge sie auf der Sitzbank vor dem Tisch mit meinem Laptop und schüttle den Kopf. »Paul, das kannst du einfach nicht verstehen. Wir türkischen Mädchen waren so erzogen, dass wir uns in unser Schicksal fügen müssen. Wir haben nicht gewagt, dagegen aufzubegehren.«

»Ach, Selma! Ich kenne dich als eine toughe, zupackende Frau, die sich kein X für ein U vormachen lässt.« Paul dreht sein Glas in den langen, schlanken Fingern. »Nie im Leben wäre ich mit so einem Mädchen zusammen, als das du dich gerade darstellst.«

Meine Lippen verziehen sich zu einem schmerzlichen Lächeln. »Paul, verstehst du denn nicht? Ich war eine ganz andere Selma als die, die ich heute bin! Ich versuche doch gerade,

meine Vergangenheit aufzuarbeiten, indem ich sie aufschreibe!«
Energisch klappe ich meinen Laptop zu.

»Aber es ist auch ziemlich viel orientalische Übertreibung
dabei, stimmt's?« Paul sieht mich liebevoll an. »Ihr Erzähler aus
Tausendundeiner Nacht liebt es doch, eure Geschichten hemmungslos auszuschmücken.« Er dreht sich um und schaut sin-
nierend auf das Wasser, das unser Boot behaglich schaukeln
lässt. »Bestimmt wird es dir gelingen, deinen Roman zu veröf-
fentlichen! Ich freue mich mit dir und gönne es dir von Herzen.«

»Paul, das ist kein Roman.« Ich werfe ein paar Eiswürfel in
mein Glas und trinke einen Schluck Weißwein. »Es hat sich
alles genauso zugetragen.«

Paul fährt wieder zu mir herum. Sein weißes Hemd steht offen, seine braun gebrannte, unbehaarte Brust ist immer noch
muskulös, sein Bauch fast ohne Fett. Dass ich noch so einen
wunderbaren Mann kennenlernen durfte! Für seine fünfund-
fünfzig Jahre sieht er einfach fantastisch aus.

»Selma! Ich kann nicht begreifen, wie ein intelligenter Mensch,
der in Deutschland aufgewachsen ist, bei solch vorsintflutli-
chen Ereignissen mitmachen konnte, ohne sich zu wehren. Ich
meine, du standest doch kurz vor dem Abitur. Du hättest doch
zum Telefon greifen und die Polizei anrufen können!«

Ich schüttle den Kopf. Er versteht das einfach nicht. Wie
denn auch! Er ist ganz anders erzogen worden.

»Nein, Paul. Dafür war die Schande viel zu groß. Ich war benutzt worden und damit nichts mehr wert. Ich habe mich fürchterlich geschämt!«

»Was für ein Quatsch!«, ereifert sich Paul, doch sichtlich
aufgewühlt von dem, was ich ihm gerade vorgelesen habe.
»Der Kerl schlägt und vergewaltigt dich, die Alten halten dich
in ihrer Bude gefangen, und du nimmst das einfach so hin? Je-

der normale Mensch wählt 110, und die Bullen stehen vor der Tür.«

»Ich hätte das nie gewagt.« Traurig schaue ich auf die leise plätschernden Wellen. »Erstens haben sie mich bewacht wie eine Schwerverbrecherin, und zweitens hätte ich das Unaussprechliche vor fremden Polizisten gar nicht über die Lippen gebracht.«

Paul runzelt die Stirn. »Aber du hast doch Köpfchen, Selma! Als ich dich kennenlernte, warst du Managerin in einem erfolgreichen Betrieb. Wie viele Mitarbeiter hattest du unter dir … zwanzig, dreißig?« Er fährt sich durch sein dichtes braunes Haar. »Du hättest doch abhauen können!«

»Bis dahin war es ein weiter Weg, Paul.« Ich ziehe mir den Paschminaschal enger um die Schultern. »Ein sehr, sehr weiter Weg.«

Als sich der erste Stern am Himmel zeigt, klappe ich den Laptop wieder auf und schreibe weiter.

Es ist mir wichtig, dass Paul meine Geschichte irgendwann versteht. Sie ist schließlich ein wesentlicher Teil von mir.

5

Köln, Frühling 1975

»Selma, bring den Müll runter und komm dann gleich wieder rauf, hast du verstanden?«

»Ja, Anne.«

Meine Mutter stand in der Küche vor zischenden Pfannen und Töpfen, ihre kleinen Zwillingssöhne krabbelten um sie herum, und Vater würde gleich zum Essen kommen.

»Und rede mit niemandem, den du nicht kennst, ist das klar?«

»Ja, Anne.«

»Als Mädchen schaut man Männern nie in die Augen!«

»Ist klar, Anne.«

»Das löst nämlich sexuelle Begierden in ihnen aus.«

Ich war schon auf dem Treppenabsatz, in jeder Hand einen Plastiksack.

Meine Zwillingsbrüder Hakan und Adnan machten noch in die Windeln, und dem rechten Beutel entströmten grausige Gerüche. Ich liebte die beiden Nachkömmlinge inniglich, aber sie machten natürlich auch viel Arbeit. Wenn meine Anne in der Schneiderei war, die zu Vaters Betrieb gehörte, musste ich die zwei Kerlchen nach der Schule bespaßen.

Überhaupt trug ich für meine dreizehn Jahre schon eine große Verantwortung, denn nachdem meine ältere Schwester Fidan von Vater verstoßen worden war, war ich Mamas einzige Stütze. Sie hatte mit Baba genug Ärger, meine arme, duldsame Anne!

Gehorsam trappelte ich die Treppe herunter und schleifte die Müllsäcke in den Hof.

Sexuelle Begierden. Keine Ahnung, was sie damit meinte! Aber es musste etwas ganz Schlimmes sein, schließlich war genau das Fidan passiert – also dass sie bei jemandem so was Grässliches ausgelöst hatte. Wahrscheinlich hatte sie einen Mann angesehen! Um Gottes willen, wohin das geführt hatte, vermochte ich mir gar nicht vorzustellen! Sie war mit einem dicken Bauch nach Hause gekommen. Vater hatte getobt wie von Sinnen, und am nächsten Tag war sie für immer verschwunden.

Ich wollte gerade den Deckel der Mülltonne öffnen, als mir eine Hand zuvorkam und das für mich erledigte.

»Bitte.«

Es war ein Junge. Bloß nicht hinsehen. Am liebsten hätte ich mir die Augen zugehalten und wäre weggerannt.

»Ich tu dir nichts, ich will dir nur helfen.«

»Danke«, hauchte ich schüchtern, schleuderte den Abfall in die Tonne und eilte mit gesenktem Blick wieder in unser Wohnhaus zurück.

»Du bist Selma, nicht wahr?«

O Gott, der Junge kannte meinen Namen! Wie von der Tarantel gestochen raste ich die Treppen wieder rauf, nahm immer zwei Stufen auf einmal und betete, dass mich niemand gesehen hatte.

Und doch hatte dieser freundliche sanfte Junge etwas in mir ausgelöst. Ich konnte gar nicht aufhören, an ihn zu denken! Bestimmt war das ganz schrecklich und brachte Schande über meine Familie.

Als ich am nächsten Abend erneut Müll runterbringen sollte, bekam ich sofort feuchte Hände. Mein Atem begann zu flattern. Ich traute mich nicht in den Hof hinunter!

»Selma! Was stehst du hier noch rum! Gleich kommt Baba nach Hause, und dann müssen wir am Tisch sitzen!«

»Ja, Anne!«

»Also beeil dich, und bring noch Zucker vom Laden an der Ecke mit!«

»Natürlich, Anne.«

Den Müll entsorgte ich diesmal im Schweinsgalopp. Uff! Der Junge war nicht aufgetaucht.

Es dämmerte bereits, und die Straßenlaternen gingen an. Meine Atmung beruhigte sich wieder. Alles gut. Ich beeilte mich, zum netten türkischen Gemüsehändler an der Straßenecke zu kommen, um Babas heiß geliebten Würfelzucker zu erstehen, und eilte über den schwach beleuchteten Bürgersteig zurück, als plötzlich besagter Junge vor mir stand. Er war groß, dunkelhaarig, schlank und hatte hellbraune Augen. Er trug Jeans, Turnschuhe und ein weißes Hemd. Seine damals modisch langen Haare wellten sich über dem Hemdkragen. Der war bestimmt schon siebzehn oder achtzehn und sah wunderschön aus!

O Gott, ich hatte ihn aus Versehen angesehen! Was, wenn ich jetzt schwanger wurde?

Ich erschrak so fürchterlich, dass ich fast mein Portemonnaie fallen ließ. Nervös klammerte ich mich an meine Einkaufstasche.

Sollte ich den Bürgersteig wechseln? Doch da kam gerade ein Bus. Ich musste an ihm vorbei!

»Selma«, rief er halblaut und lief federnd ein paar Schritte neben mir her. »Hier, lies das bitte. Ich würde mich freuen, wenn wir uns wiedersehen könnten.«

Verstohlen steckte er mir einen Zettel zu, und ehe ich mich versah, war er schon im nächsten Hauseingang verschwunden.

Meine Hände waren feucht vor Aufregung. Ein Zettel! Wohin jetzt damit?! Den konnte ich unmöglich mit nach Hause nehmen! Er brannte wie Feuer in meinen Händen. Also entsorgen. So schnell wie möglich. Aber ungelesen?

Nein. Ich war Selma, voller Temperament und Lebensfreude, und die Neugierde zerrte an mir wie sonst nur die vier Kinderhände meiner Brüder.

Unauffällig drückte ich mich im besagten Hauseingang herum und entfaltete mit zitternden Fingern den Zettel. Im Schein der schwachen Funzel entzifferte ich mit bebenden Lippen: »Ich würde mich freuen, wenn wir uns morgen nach der

Schule sehen könnten. Ich warte nach Schulschluss am Ausgang auf dich. Ismet.«

Ismet! Der schöne junge Mann hieß Ismet! Was für ein wundervoller Name! Er passte zu ihm. Im Rennen zerriss ich den Zettel in tausend kleine Fetzen und warf sie an der Bushaltestelle in den Abfallbehälter.

»Na endlich, Selma. Dein Vater wartet schon auf seinen Zucker!«

Meine Anne nahm mir den Einkaufsbeutel ab und bediente meinen Baba, so wie es bei uns Tradition war. Nie im Leben hätte ich das infrage gestellt.

Der Vater war das unangefochtene Oberhaupt der Familie, und alles was er sagte, war Gesetz. Erst dann kam die Mutter, die sich, obwohl sie selbst berufstätig war, aufopfernd um die Bedürfnisse der Familie kümmerte. Vor mir kamen meine älteren Geschwister Cihan, Fidan und Kenan, ich hatte zu tun, was sie mir auftrugen. Doch jetzt war Fidan ja leider nicht mehr da, und mein ältester Bruder Cihan leistete gerade seinen Wehrdienst in der Türkei. Kenan machte eine Lehre bei meinem Onkel. Dementsprechend hatte sich meine Position verschoben: Ich war jetzt die Älteste, und das hieß mit anpacken und den Eltern bedingungslos gehorchen.

Die türkische Tradition und auch die Religion ließen es nicht zu, dass Kinder und Jugendliche frei ihre Meinung äußerten, geschweige denn eigene Entscheidungen fällten.

Nie im Leben hätte ich also gewagt zu sagen: »Mensch, Baba, lass dich doch nicht dauernd bedienen!« Im besten Fall hätte er mich ausgelacht und mir erklärt, dass Kinder erst dann was zu melden hätten, wenn sie eine eigene Familie gegründet haben und in der Lage sind, diese zu ernähren. Erst dann hätten sie ein Mitspracherecht und würden ernst genommen. So war das zumindest in der Heimat meiner Eltern in Westanatolien. Mittlerweise gab es auch in der Türkei Fortschritte. Die nachfolgenden Generationen sollten sich gegen diese altertümlichen Traditionen wehren. Aber immer wieder gab es heftige politische Strömungen in die traditionelle Richtung.

»Setz dich zu mir, Spatzenhirn!« Mein Baba war gut gelaunt und winkte mich zu sich auf das Sofa. »Deine Äuglein glänzen ja so! Du wirst doch nicht mit einem Jungen geredet haben?« Mit Appetit verzehrte er die Leckereien, die meine Anne für ihn vorbereitet hatte. Sie fütterte währenddessen meine kleinen Brüder und hörte nur mit halbem Ohr zu.

»Aber nein, Baba, niemals!«

Hatte ich ja auch nicht. Kein Wort war über meine Lippen gekommen.

»Mir missfällt, dass mittlerweile viele Frauen in Deutschland öffentlich rauchen!« Mein Baba riss ein großes Stück vom warmen Fladenbrot und wickelte kleine Stücke Hammelfleisch und Gemüse darin ein. »Die sitzen sogar allein in der Kneipe und trinken Bier!«

Die Augen meiner lieben Anne funkelten verdächtig. »Woher weißt du das?«, fragte sie spitz.

Auch mir brannte diese Frage auf der Zunge, aber ich hätte es nie gewagt, sie zu stellen.

»Als Geschäftsmann komme ich natürlich in der Stadt rum.« Baba nahm einen Schluck Tee. »Rühr mir noch mehr Zucker rein, Spatzenhirn. Ich bin ein ganz Süßer, hahaha.«

Anne und ich wechselten einen vielsagenden Blick. Schon bevor die Zwillinge zur Welt gekommen waren, hatte es bei meinen Eltern mächtig gekracht. Anne war eine stolze Frau, die einmal bildschön gewesen war. Die Zwillinge waren der lebende Beweis ihrer Versöhnung und ihres ehelichen Neubeginns.

»Unfassbar, dass die deutschen Grünschnäbel ihren Eltern Widerworte geben dürfen«, erzürnte sich Baba. »Und das Schlimmste: Die jungen Männer und Frauen halten öffentlich Händchen! Ja wohin soll denn das noch führen!«

»Sie haben andere Traditionen als wir.« Anne setzte einen kleinen dicken Brummer in den Laufstall und angelte sich den zweiten. »Das muss doch überhaupt nicht heißen, dass der deutsche Nachwuchs schlecht erzogen oder verwahrlost ist! Die jungen Leute sind in Deutschland einfach bloß andere Regeln gewohnt!«

Ich lauschte der Diskussion meiner Eltern mit offenem Mund. Hakan, mein hungriger kleiner Bruder, lauschte ebenfalls begierig. Seine braunen runden Augen starrten erwartungsvoll in Annes Richtung. Allerdings nur, damit meine Mutter ihm endlich was zu essen hineinschob.

»Selma, du weißt, was sich für eine gute türkische Tochter gehört.« Baba fixierte mich streng, während er sich über den Nachtisch hermachte, den Anne ihm gebacken hatte: klebrig süße Baklava mit grünen Pistazien drauf.

»Natürlich, Baba.« Ich spürte immer noch, wie mir der längst entsorgte Zettel von Ismet in der Hand gebrannt hatte. Ein himmlisches Gefühl! Herrlich verboten, aber auch verheißungsvoll! Von dem Gebäck, das Baba mir gönnerhaft hingeschoben hatte, konnte ich nichts anrühren. War ich etwa verliebt?

»Wenn man sich als anständiges Mädchen mit einem Jungen anfreunden will, muss sich die Familie des Jungen erst bei der Familie des Mädchens bekannt machen und ernste Absichten bekunden, nicht wahr, Meryem?«

Zufrieden rieb sich Baba den vollen Bauch, lehnte sich auf dem Ledersofa zurück und lächelte meine Mutter an.

»Was bedeutet: ernste Absichten?«, zirpte ich, innerlich auf rosa Wolken schwebend.

»›Ernste Absichten‹ bedeutet: Im Namen Allahs und auf Wunsch dieser jungen Leute wird um die Hand der Tochter angehalten.« Baba trank seinen Tee aus, und ich starrte fasziniert auf seine Schnurrbartspitzen, in denen Honigtröpfchen glänzten. Er konnte doch unmöglich etwas ahnen? »Ach, Alper, unsere Selma ist noch lange nicht im heiratsfähigen Alter«, wandte meine Anne ein. Ich warf ihr einen dankbaren Blick zu.

Am nächsten Morgen war ich so aufgeregt, dass ich mich in der Schule auf nichts anderes mehr konzentrieren konnte. Ismet! Ob er wirklich am Schultor auf mich warten würde? Ob er »ernste Absichten« hegte? Immer wieder schaute ich verstohlen aus dem Fenster. Und dann, nach der sechsten Stunde, stand er wirklich da! So gut aussehend, dass mir erneut der Atem wegblieb.

Mir schoss die Röte ins Gesicht, als ich mit gesenktem Blick an ihm vorbeilief. Meine Freundinnen waren auf einmal Luft für mich.

»Selma?« Unauffällig trat er neben mich und ging ein paar Schritte neben mir her.

»Ich darf nicht mit dir reden.« Eilig ging ich auf die Bushaltestelle zu.

»Ich weiß, Selma. Meine Eltern gehören auch zu den Strengen.« Ismet sah mich von der Seite an. »Komm, lass diesen Bus sausen, wir gehen ein paar Schritte im Park spazieren.« Ehe ich mich versah, hatte er meine Hand genommen.

Sofort spürte ich wieder dieses wundervolle Prickeln. Bereitwillig folgte ich dem jungen Mann, der deutlich älter war als ich, in die Parkanlage. Die Kastanien blühten in voller Pracht, und die Vögel zwitscherten.

Gott, war das Leben auf einmal aufregend! Ich fühlte mich unsagbar leicht und frei, als könnte ich fliegen. Trotzdem schaute ich mich verstohlen um. Doch die Rentner auf den Bänken, die mit ihren Hunden sprachen, beachteten mich ebenso wenig wie die jungen Mütter, die hinter ihren Kleinkindern auf Dreirädern her schlenderten. Auch die rauchenden Jugendlichen aus meiner Schule schienen kein Interesse an uns zu haben.

»Wenn meine Eltern erfahren, dass ich hier mit dir spazieren gehe, bekomme ich den Ärger meines Lebens.« Aufgeregt trippelte ich neben Ismet her.

»Ich weiß, wovon du sprichst«, räumte er lächelnd ein. »Ich habe zwei Schwestern, und meine Eltern gehören auch zu den Erzkonservativen. Gott sei Dank bin ich ein Junge.« Er lachte, und seine strahlend weißen Zähne blitzten mich verschwörerisch an.

»Mädchen sind in unserem Kulturkreis nicht zu beneiden, aber wir Jungen kriegen genauso Ärger, wenn wir uns nicht an die Regeln halten.«

»Ich dachte, nur wir sind so altmodisch«, stieß ich aufgeregt hervor. »Dabei ist mein Baba kein Kostverächter, besteht aber auf dem ganzen traditionellen Kram.«

Ismet fragte, was meine Eltern machten, und ich erzählte von der erfolgreichen Entwicklung der Firma meines Vaters: von der kleinen Änderungsschneiderei Anfang der Sechzigerjahre bis hin zu mehreren gut gehenden Modeboutiquen, verteilt auf ganz Deutschland, in denen nicht nur Vaters Brüder, sondern vierzig Angestellte beschäftigt waren.

»Wow!«, sagte Ismet bewundernd. »Meine Eltern sind Zahnärzte, wir gehören also zur gebildeten modernen Gesellschaft. Aber auch meine Eltern können nicht aus ihrer Haut. Für sie ist ein junger Mensch nur dann anständig und gesellschaftsfähig, wenn er den traditionellen Weg geht: ANSTAND und EHRE werden großgeschrieben. Das volle Programm mit Eltern vorstellen, Anbahnungsgespräch und Heiratsversprechen.«

Ich schmachtete ihn von der Seite an. Das Wort »Heiratsversprechen« ließ mir fast das Herz aus dem Mund fallen, so märchenhaft schön klang das. Er wirkte absolut ehrlich und anständig.

»Also, wenn du möchtest, können wir uns ja im Lauf der Zeit ein wenig besser kennenlernen.«

Und ob ich das wollte! Wie auf Wolken schwebte ich neben ihm her.

»Solltest du meine Gefühle erwidern, können wir die Eltern ja irgendwann einweihen und dann den traditionellen Weg gehen. Was meinst du?« Mein Gott, was konnte der strahlen!

»Ich bin aber doch erst dreizehn«, kicherte ich geschmeichelt.

»Ich weiß. Ich bin achtzehn und mache jetzt Abitur. Schon lange habe ich dich und natürlich deine Familie im Blick. Du könntest die Richtige für mich sein.«

Ich schmolz zu goldflüssigem Honig, und mein mädchenhaftes Glücksgefühl war nicht mehr zu steigern. Verliebt und selig schlenderten wir durch den Park. Ein lauer Wind umschmeichelte uns und ließ meine langen Haare und meinen kurzen Rock flattern. Mutter nähte sehr moderne, schicke Klamotten nach meinen Wünschen für mich.

»Du siehst wunderschön aus«, stellte Ismet fest. »Das schönste Mädchen der ganzen Schule!«

Wir wagten es nicht, uns auf eine Bank zu setzen, das wäre zu viel der Intimität gewesen.

»Und was willst du nach dem Abi machen?«, fragte ich scheu, als wir zum dritten Mal den Teich umrundeten, auf dem stolze Schwäne ihre plustrig-grauen Jungen präsentierten.

»Medizin studieren wie meine Eltern und deren Geschwister auch. Meine Schwestern sind auch schon zwei Medizinern versprochen.« Er sah lächelnd auf mich herunter.

»Könntest du dir vorstellen, mit mir eine Praxis zu führen?«

»Ich weiß nicht ... Meine ganze Familie arbeitet in der Modebranche ...«

»Auch kein Problem«, sagte Ismet. »Ich bin sehr dafür, dass eine Ehefrau selbstständig ist und ihr eigenes Business hat.«

Unfassbar glücklich schwebte ich neben ihm her. Sollte ich auf Anhieb den Mann meines Lebens gefunden haben? Meine Eltern würden schwer begeistert von ihm sein! Besser ging es nicht!

»Musst du nicht zuerst noch zum Militär in die Türkei? Mein ältester Bruder Cihan ist nämlich gerade dort!«

»Ja, dann werden wir uns länger nicht sehen.« Ismet ließ seine braunen Augen auf mir ruhen. »Könntest du damit leben?«

Ich strahlte ihn schüchtern an. »Ich werde auf dich warten, Ismet.«

Von da an trafen wir uns täglich heimlich nach der Schule, denn Ismets Tage in Deutschland waren gezählt. Er schien nie groß für das Abitur büffeln zu müssen. Kaum hatte ich Schule aus, stand er schon am Tor und zog mich in den Park.

Unser ganzes Leben stand vor uns wie diese reiche Blütenpracht, die uns täglich von Neuem begeisterte. Das unermüdliche Vogelgezwitscher war die schönste Hintergrundmusik für unsere heimlichen Pläne und Träume. Längst kannte ich alle Geschichten aus seiner Familie, und auch ich hatte ihm in den schillerndsten Farben die Dramen und Verwicklungen der unseren geschildert. Wir waren einander so nahe wie beste Freunde und gleichzeitig heiß ineinander verliebt, aber niemals passierte mehr als anständiges Händchenhalten.

Ismet wäre nie auf die Idee gekommen, mich zu einem Kuss zu drängen, geschweige denn Sex mit mir zu wollen. Obwohl das Verlangen groß war, hätte ich mich nie getraut, noch vor der Eheschließung meine Unschuld zu opfern. Das war mir schon in jungen Jahren von den Eltern eingebläut worden: Die Reinheit des Mädchens ist die Ehre und der Stolz der Familie. Niemals hätte Ismet daran gerührt, erst recht nicht, nachdem er von dem Drama um meine Schwester Fidan wusste.

Als sein Abitur, und damit seine Abreise in die Türkei, immer näher rückte, tat ich alles, um täglich ein paar Minuten mit ihm zu verbringen. Schließlich schwänzte ich sogar meine Nachmittagskurse: Englisch, Französisch und Spanisch.

Bis dahin war ich immer eine brave und fleißige Schülerin gewesen, und mein Sprachtalent war offensichtlich. Aber jetzt rief meine Klassenlehrerin bei meinen Eltern zu Hause an und fragte nach meinem Verbleib. Ich war drei ganze Wochen nicht zum Unterricht erschienen! Was für eine Katastrophe!

Mein Baba empfing mich wutschnaubend, als ich eines späten Nachmittags von der »Schule« nach Hause kam.

»Was ist das für eine Schande, die du mir und deiner Mutter antust?«, brüllte er mich an.

Wäre meine Anne nicht dazwischengegangen, hätte mein Baba mir wohl seine Pantoffeln um die Ohren gehauen. Kleinlaut stand ich da, ein heulendes Bündel Elend.

»Aber wir lieben uns! Ismet ist ein anständiger junger Mann! Er will mich heiraten!«

Vater tobte, warf die Stehlampe um und zertrümmerte Annes gutes Porzellan.

»Du wirst ihn nie mehr wiedersehen! Was erlaubst du dir, mit deinen vierzehn Jahren?!«

»Wir haben nichts gemacht, wirklich, wir haben nur geredet!«

Mein Baba stellte sich taub. »Bevor du mir auch so eine Schande machst wie deine Schwester, deren Name in meinem Haus nicht mehr ausgesprochen wird, schicke ich dich zu meinen Verwandten nach Anatolien! Dann kannst du dort einen deiner Cousins heiraten und Ziegen hüten!«

Das meinte er nicht ernst, denn so altmodisch waren meine Eltern schon lange nicht mehr, aber in seiner Wut platzte diese schreckliche Drohung aus ihm heraus.

Unter Tränen flehte ich meinen Baba an, mich weiter in Deutschland zur Schule gehen zu lassen.

Auch Anne weinte bitterlich. »Das werde ich nicht zulassen! Unser schönes, kluges Mädchen soll Abitur machen und es einmal besser haben als ich!«

Nach stundenlangem Gezeter ließ mein Baba sich dazu herab, mir den weiteren Schulbesuch in Köln zu erlauben.

»Aber nur unter zwei Bedingungen: Erstens bringt dich deine Anne bis zum Schultor und holt dich auch wieder ab, und zweitens wirst du diesen Ismet nie wiedersehen!«

6

Auf einer kleinen Jacht vor Kroatien, September 2013

Der Sommer neigt sich langsam dem Ende zu, sodass es vor der Küste Kroatiens auch nicht mehr so heiß ist. Im Gegenteil: Es regnet und stürmt schon seit Tagen. Umso gemütlicher ist es auf der *Indian Summer*, unserer kleinen Jacht.

Paul brütet schon seit Tagen über einer komplizierten Firmensache, während ich damit fortfahre, meine Geschichte aufzuschreiben. Mit einer Wolldecke über den Knien und einem heißen Tee lässt es sich gut aushalten.

Vor den runden Bullaugen bricht sich silbern das Wasser. Dass unser Boot heftig schaukelt, macht weder Paul noch mir etwas aus. Wir sind daran gewöhnt.

Mit unserer Motorjacht haben Paul und ich uns einen Traum erfüllt. Diese Auszeit, fern von zu Hause, tut uns beiden gut. Wir sind in eine ganz andere Welt eingetaucht. Auch wenn wir fast den ganzen Norden Kroatiens erkundet haben, gibt es immer wieder Neues zu entdecken. Und wenn das Wetter ausnahmsweise mal nicht mitspielt, genießen wir einfach die Stille und lassen den Gedanken freien Lauf. Dann relativiert sich so manches Alltagsproblem. Noch schöner ist es für mich, einen Partner an meiner Seite zu haben, mit dem ich diese Stille genießen kann. Es soll ja Paare geben, die eine solche Nähe nicht aushalten, weil sie es nicht gewöhnt sind, auf engem Raum so viel Zeit miteinander zu verbringen. Sie haben sich nichts mehr zu sagen, und wenn, dann streiten sie. Zu Hause gibt es Ablenkung wie Fernseher, Telefon, Freunde und Kinder. Hier haben wir nur uns. Mit Paul ist es leicht, mehrere Wochen und Monate auf der kleinen Jacht zu wohnen. Wir verstehen uns, ohne uns auf die Nerven zu gehen, und haben viele Gemeinsamkeiten. Die haben uns auch zusammengebracht. Als ich Paul kennenlernte, lebte er bereits getrennt von seiner damaligen Frau und hatte zwei schulpflichtige Söhne im Alter von zwölf und vierzehn. Als er mir von sich erzählte, erkannte ich einige Parallelen zu meinem Leben. Diese Ähnlichkeit war auch der Grund, dass Paul auf Anhieb mein Vertrauen gewann. Obwohl ich nicht mehr daran geglaubt hatte, dass es noch mal einen Mann geben wird, der mein Herz gewinnen kann. Ich war felsenfest davon überzeugt, dass alle Männer triebhafte Machos und sture Egoisten sind, die sich von ihren Frauen bedienen lassen und nur »Das Eine« wollen. Dafür wollte ich mich nie mehr hergeben. Nach allem, was ich erlebt hatte, gab es von meiner Seite gar kein Interesse mehr, überhaupt noch jemanden kennenzulernen. Außerdem war mein Leben zu diesem Zeitpunkt geordnet. Ich hatte einen tollen Job, eine schöne Wohnung in Berlin-Dahlem und Elif, meine wunderbare Tochter Elif, die mit ihren zwanzig Jahren gerade ausgezogen war. »Mami, du musst mich endlich ins kalte Wasser werfen«, hatte sie gesagt. »Sonst werde ich nie erwachsen. Irgendwann muss ich mein Leben selbst in die Hand nehmen!«

Obwohl es mir schrecklich schwergefallen war, mein einziges Kind ziehen zu lassen, wusste ich, dass es richtig war. Richtig für uns beide. Ich vertraute ihr und war sicher, dass sie niemals die Fehler machen würde, die ich gemacht hatte. Endlich durfte ich mich nur um mich selbst kümmern und das Leben genießen. Bis ich auf einem amerikanischen Luxusschiff, das von Paul gechartert worden war, auf dem Meer vor Barcelona in meiner kleinen Boutique für edle Herrenartikel jemanden bediente, der eigentlich nur Gas für sein Feuerzeug wollte. Das war schwer zu beschaffen, aber mir gelang es trotzdem. Dass er der Gastgeber der beruflichen Veranstaltung für fünfhundert internationale Manager in Führungspositionen war, konnte ich ja nicht ahnen! Aber kaum hatte Paul Feuer, stand er lichterloh in Flammen. Nach vielen vertrauten Gesprächen kam ich nicht umhin festzustellen: Auch meine Leidenschaft war wieder geweckt worden – und mein Leben wurde erneut auf den Kopf gestellt.

Aber zuerst galt es, meine Vergangenheit aufzuarbeiten und sie Paul verständlich zu machen.

7

Bochum, Winter 1979

»Viele Grüße von deinem Vater. Ich habe deinen Pass geholt.«
Orhan, der inzwischen ganz selbstverständlich mit mir dieses
schreckliche Zimmer und natürlich auch das Bett teilte, kam
mit nassem Mantel und dreckigen Schuhen hereingepoltert.
»Unserer Hochzeit steht also nichts mehr im Wege.«

Wenn Vater Orhan meinen Pass gegeben hatte, war das mein
endgültiger Todesstoß. Dann gab es kein Zurück mehr. Vater
kämpfte nicht mehr um mich. Andererseits: Anscheinend glaubte
er wirklich, ich würde dieses primitive Ekel lieben.

Orhan warf den Pass auf den Nachttisch und kickte die Schuhe
unters Bett. Die sollte ich jetzt dort hervorholen, putzen und für
seine nächste Spritztour bereitstellen. Im Lauf des letzten halben Jahres waren unzählige, öde und deprimierende Tage in
diesem Zimmer vergangen, und seine Drohungen, Schläge und
Demütigungen hatten mich zu einer willigen Sklavin gemacht.
Nacht für Nacht fiel er über mich her, was er für sein gutes
Recht hielt. Wenn ich ihm nicht sofort zu Willen war, nahm er
mich mit Gewalt und schlug mich dabei ins Gesicht, würgte
mich oder drückte meinen Kopf an die Wand, bis jeder Wider-
stand brach.

Seine Eltern, die draußen auf dem Sofa campierten, überhör-
ten meine Schreie ebenso wie alle anderen Geräusche, die aus
dem Zimmer drangen.

In den ersten Wochen meiner Gefangenschaft war ich so
apathisch und deprimiert gewesen, dass Neslihan mich zwangs-
ernährt hatte. Gegen meine nächtlichen Weinkrämpfe verab-
reichte sie mir Beruhigungsmittel, die mich wiederum apa-

thisch machten. Alle Besorgungen und Einkäufe erledigten die Männer, und wenn die Eltern mal verhindert waren, nahmen die Großeltern stillschweigend deren Platz auf dem Sofa ein. An dieser Barrikade kam ich einfach nicht vorbei. Nur drei Toilettenbesuche am Tag waren mir gestattet. Diese jeweils vier Schritte hin und wieder zurück waren meine einzige Bewegung.

Längst war aus der temperamentvollen, bildschönen Frau von früher ein fahles, verblühtes Skelett geworden, dessen ehemals grün blitzende Augen wie trübe Tümpel in tiefen Höhlen lagen. Das einst so glänzende Haar hing stumpf an mir herab.

»In deinem Pass steht, dass du am fünften Dezember 1979 achtzehn wirst! Dann können wir endlich heiraten!« Orhan warf sich aufs Bett, zog die Socken aus und streckte mir auffordernd seine Füße hin. »Kleine Massage, wenn ich bitten darf.«

Ich kniete vor ihm und knetete seine Schweißmauken, mit denen er nach mir trat, wenn es ihm nicht fest genug war. »Ein bisschen mehr Liebe und Sorgfalt darf ich als dein Zukünftiger schon verlangen!«

In Wirklichkeit wurde ich erst am zwölften Mai 1980 achtzehn! Mein Vater hatte nach meiner Geburt vor lauter Aufregung einen Zahlendreher auf dem türkischen Standesamt eingetragen und das falsche Geburtsdatum später aus Faulheit oder Desinteresse nie mehr ändern lassen. So war aus dem 12.5. der 5.12. geworden.

Das war damals nichts Ungewöhnliches, denn viele Eltern wussten das genaue Geburtsdatum ihrer Kinder gar nicht. So waren die meisten Kinder offiziell am ersten Ersten eines Jahres geboren und feierten auch an diesem Tag Geburtstag.

Auch Orhan war laut Pass am ersten Ersten 1961 geboren, obwohl er im November Geburtstag hatte.

»Ich werde erst am zwölften Mai achtzehn«, wagte ich meinem zukünftigen Ehemann zu widersprechen. »Mein Vater hat einen Zahlendreher in den Pass eintragen lassen!«

Insgeheim hatte ich die Hoffnung, noch fünf Monate Zeit zu gewinnen. Fünf Monate, in denen sich vielleicht doch noch eine winzige Chance auf Befreiung für mich ergeben konnte.

Wütend stampfte Orhan ins kleine Wohnzimmer und besprach sich mit seinen Eltern. Ich hörte Neslihan laut keifen und Muhamet fluchen.

Die Tür flog wieder auf. Orhan zog die Nase hoch und ballte die Fäuste.

»Deswegen wird es jetzt eine Blitzhochzeit in der Türkei geben.«

Er streckte mir wieder die Füße ins Gesicht. »Na, los, weitermachen!«

Ängstlich starrte ich ihn an. Ich hatte weder meine Mutter noch meinen Vater je wiedergesehen und wusste immer noch nicht, welche Machenschaften meiner Entführung vorausgegangen waren. Wenn mein Vater einverstanden war, konnte das heißen, dass er von Anfang an mit Orhan und seinen Eltern unter einer Decke gesteckt hatte, um meiner Mutter und Cihan eins auszuwischen. Es konnte aber auch heißen, dass er mir mein damaliges Telefonat abgenommen hatte. Und meine Mutter? Die würde doch in Kenntnis der Dinge mit Ismet niemals ihre Einwilligung für eine Hochzeit mit Orhan geben? Sie musste doch instinktiv spüren, dass mit ihrer Tochter etwas nicht in Ordnung war? Oder hatte ich sie so beleidigt und brüskiert, dass ich ihr inzwischen egal war?

»Meine Eltern lassen sich den Scheiß echt was kosten!« Endlich zog Orhan seine Füße weg. »Bring mir frische Socken! Und gib die anderen meiner Mutter zum Waschen!«

Ich tat, was er mir befohlen hatte. Neslihan saß auf dem Sofa und blätterte in einem Versandkatalog. Das waren ja Brautkleider!

»Schau mal, Selma. Welches möchtest du?« In ihren Augen lag aufrichtige Vorfreude. Orhan war ihr einziger Sohn, und seine Hochzeit würde in Adana, ihrer Heimatstadt, für Furore sorgen!

Ich warf einen flüchtigen Blick auf die Brautkleider. »Such du eines aus«, hauchte ich matt.

»Selma! Komm wieder rein, ich rede mit dir!«, brüllte Orhan. »Und bring mir ein kaltes Bier mit!«

»Meine Eltern haben in Adana einen ganzen Kinosaal gemietet!« Orhan hatte seine Flasche mit den Zähnen geöffnet und schüttete sich nun ihren Inhalt in den Schlund. »Rate mal, wie viel Leute sie eingeladen haben.«

»Keine Ahnung.«

»Rate!«

»Ich weiß es nicht, Orhan, ich kenne sie ja nicht und ...«

»Rate, Spatzenhirn! Ich will, dass du deine Gehirnzellen anstrengst!« .

Das musste ausgerechnet er sagen. Seinetwegen hatte ich mein letztes Schuljahr nicht abgeschlossen und kein Abitur gemacht. Meine Gehirnzellen lagen seit sechs Monaten in Ketten.

»Fünfzig?«, riet ich folgsam.

»Mehr! Viel mehr!«

»Achtzig?«

»Oh, du bist so dämlich. Mehr, viel mehr!«

»Hundert?«, fragte ich scheu. Ich wusste genau, dass er wütend werden würde, wenn ich die Zahl zu hoch ansetzte. Dann beleidigte ich ihn und seine Mannesehre.

»Siebenhundert, blöde Kuh!« Er platzte fast vor Stolz. »Das

ganze Stadtviertel kommt angetanzt, wenn Orhan seine Braut heimführt!« Er klopfte sich auf die Brust. »Das wird der Oberhammer! Orhan hat sich die geilste Braut geschnappt – so wie es sich gehört.« Mit dem Fuß stieß er mich an. »He, was soll das! Du freust dich ja gar nicht!«

»Doch, ich freue mich.«

»Das klingt aber gar nicht dankbar, Selma. Meine Eltern reißen sich den Arsch auf, um uns diese Traumhochzeit zu ermöglichen! Die haben Überstunden gemacht und malocht bis zum Umfallen!« Er sprach inzwischen derbsten Ruhrpottakzent, was er sehr männlich fand.

»Ich freue mich und ich bin dankbar.«

»Wem bist du dankbar?«

»Deinen Eltern.«

»MIR etwa nicht?« Orhan gab mir einen Fausthieb auf den Hinterkopf. »Du kleine Hure! Wer nimmt dich denn sonst noch, jetzt wo du keine Jungfrau mehr bist, hä?«

»Ich bin DIR dankbar«, rang ich mir von den ausgedörrten Lippen.

Inzwischen war ich dermaßen einer Gehirnwäsche unterzogen worden, dass ich das tatsächlich selbst glaubte! Wer würde mich denn noch nehmen, »gebraucht«, wie ich war? Kein einziger Mann auf der ganzen Welt! Ich konnte wirklich froh sein, dass Orhans Familie mich immer noch nicht verstoßen hatte! Denn meine eigene Familie hatte mich verstoßen. Und sonst konnte ich doch nirgendwohin! Ohne Geld, ohne Ausbildung, ohne einen letzten Zipfel Selbstbewusstsein! Ich schämte mich, auf der Welt zu sein! Ich war ein Niemand!

»Dann kann's ja losgehen.« Orhan rülpste profund und machte eine auffordernde Geste, die bedeutete, dass ich ein zweites Bier holen sollte.

»Nächsten Samstag nach Schicht fahren wir los. Mit dem Auto. Nach Adana. Das dauert zwei Tage und zwei Nächte, und du wirst schön mit meiner Mutter und Großmutter auf der Rückbank sitzen! Ich wechsele mich beim Fahren mit meinem Vater ab. Also pack mir meine Sachen ein! Und vergiss nicht, meinen Smoking vorher in Seidenpapier einzuwickeln! Weiße Socken, weiße Fliege, weißes Hemd!«

»Natürlich«, flüsterte ich demütig. Wenn ich Glück hatte, würde mir Neslihan ohne Gezeter ihr Bügeleisen leihen.

8

Adana, 18. Dezember 1979

»Es ist nicht zu spät, ich hol dich hier raus!« Baba war weiß wie die Wand. Seine Hände zitterten, und er war aschfahl im Gesicht. »Du bist erst siebzehn! Du musst das nicht tun!«

Im Nachthemd saß mein Vater auf seinem Gästebett im Haus von Orhans Großeltern in Adana. Es war die letzte Nacht vor der Hochzeit, und alle Gäste waren schon angereist. Selbst meine liebe Anne war mit den Zwillingen gekommen, was ich ihr hoch anrechnete. Sie waren im Hotel untergebracht und hatten nicht mitbekommen, was gerade passiert war. Aber mein Vater hatte es gehört und war total entsetzt. »Mach dich fertig und pack deinen Kram. Los, wir hauen ab!« Schon schlüpfte er in seine Hose, riss sich das Nachthemd über den Kopf, warf sich in sein Hemd und kämpfte mit den Knöpfen.

»Worauf wartest du denn noch, Spatzenhirn? Komm in die Hufe!«

»Ich kann nicht, Baba.« Wie versteinert lehnte ich an der Wand.

Den ganzen Tag hatte ich mit starker Übelkeit und Migräne in meinem Zimmer verbracht, meine Anne hatte mir den Kopf gehalten, während ich mich übergeben hatte. Immer wieder hatte sie mich besorgt gefragt, ob es mir auch gut gehe.

Natürlich nicht! Ich wollte lieber tot sein als morgen Orhan heiraten!

»Ach, das war bei mir genauso«, hatte Anne abgewinkt. »Auf einmal steht man im Mittelpunkt und kann vor lauter Aufregung das Essen nicht bei sich behalten.«

Den ganzen Tag hatte geschäftige Vorfreude im Haus geherrscht, Besuch war scharenweise ein und aus gegangen, Geschenke waren überreicht worden, die Tische bogen sich unter üppigen Salaten, frischem Brot, Früchten und Kuchen, und im Hof drehten sich mehrere Lämmer und Ziegen am Grill. Alle hatten gefeiert, gelacht und getrunken, und niemand hatte mich vermisst. Ich lag oben auf meinem Bett und kotzte mir die Seele aus dem Leib. Ich hatte Fieber und starke Migräne, aber das wurde als Lampenfieber vor der Hochzeitsnacht abgetan. Vielleicht glaubten sie, ich sei schwanger …

Später am Abend war es endlich ruhiger geworden, und nach und nach wurden alle Lichter gelöscht. Vater schlief nebenan, und ich lag apathisch und geschwächt auf dem Bett. Panikattacken quälten mich, und ich wünschte mir nichts sehnlicher, als tot zu sein.

Merkten sie denn alle nicht, was mit mir los war?

Glaubten sie wirklich, ich würde dieses ungebildete, laute Scheusal Orhan aus Liebe heiraten?

Bei meiner Mutter hatte ich mich noch entschuldigt: »Verzeih mir, Mama, dass ich dir das angetan habe!«

Sie hatte kopfschüttelnd auf meiner Bettkante gesessen und nur zögerlich erzählt, wie es damals mit Ismet weitergegangen war.

»Als dein Vater mich angerufen und gesagt hat, du wärst mit Orhan durchgebrannt, hab ich mich so fürchterlich geschämt, dass ich es Ismet und seiner Familie nicht sagen konnte.«

Mit großen leeren Augen hatte ich sie angestarrt, ein Tuch vor meinen Mund gepresst. »Wann hat er es erfahren?«

»Ich bin damals Hals über Kopf mit deinen Brüdern abgereist. Später habe ich der Familie einen Brief geschrieben.« Sie schlug die Hände vor das Gesicht. »Ich habe nie eine Antwort darauf erhalten.«

Es brach mir das Herz, als ich das hörte. Die Ehre von Ismets Familie war schwer verletzt! Mitten in den Hochzeitsvorbereitungen hatte ich ihn verraten, betrogen und entehrt! Wie es in meinem geliebten Ismet aussah, wollte ich mir gar nicht vorstellen. Schon wieder hing ich würgend über dem Eimer, was meine Mutter als Scham und Reue interpretierte. Sie klopfte mir begütigend auf den Rücken.

»Ja, ja, Kind, du hast uns alle schrecklich in Verruf gebracht.«

»Es tut mir so leid, Anne, es tut mir so unendlich leid!«

»Du warst noch viel zu jung, Kind. Wir hätten dich nicht allein lassen dürfen. Diesen Vorwurf machen dein Vater und ich uns oft.«

Obwohl sie nach wie vor von meinem Vater getrennt lebte, schienen sich meine Eltern in einem einig zu sein: Meine Hitzköpfigkeit, Sprunghaftigkeit und eine Sommerlaune hatten mich in Orhans Auto und damit in seine Arme getrieben.

»Wir konnten ja nicht ahnen, dass du heimlich Orhan liebst!«

Wie gern hätte ich die Wahrheit gesagt! Wie gern hätte ich meiner Mutter anvertraut, wie es in Wirklichkeit gewesen war! Dass er mich schon längst entjungfert hatte, damit ich nicht mehr zurückkonnte, wagte ich ihr aber nicht zu sagen. So war es. Ich KONNTE nicht zurück! Der Zug war abgefahren! So waren die Spielregeln.

Also war sie traurig gegangen. »Wir sehen uns morgen, mein Kind. Versuch, noch ein wenig zu schlafen.«

Das war mir unmöglich gewesen, stattdessen hatte ich auf dem Bett gelegen wie ein Lamm auf der Schlachtbank.

Bis Orhan draußen vor meinem Balkon stand und das ganze Haus zusammenbrüllte:

»Du Hure! Mach gefälligst auf! Dein Mann kommt nach Hause und hat Hunger!«

Ich hatte mich auf meinem Bett tot gestellt. Schließlich waren noch andere Leute im Haus, und nebenan wusste ich meinen Vater. Auch wenn ich ihm nicht mehr vertraute, würde er doch nicht zulassen, dass Orhan mir etwas antat. Orhan war sturzbetrunken und kam offensichtlich gerade von seinem Junggesellenabschied zurück.

Mit einer Eisenstange schlug er gegen den Balkon.

»Warum hörst du nicht und machst mir nicht auf?«, brüllte er in die Nacht hinein. »Das wirst du noch lernen müssen!«

Reglos lag ich auf dem Bett. Mein Herz raste vor Angst, und mein Kopf drohte zu zerspringen. Ich wollte ja gehorsam sein, war aber zu schwach zum Aufstehen.

»He! Wo seid ihr alle!«, randalierte Orhan weiter. »Ihr habt wohl alle Angst vor mir, was?«

Plötzlich hörte ich seine Stimme und seine polternden Schritte auf der Treppe. Jemand musste ihn hereingelassen haben. Die Großeltern, die unten schliefen, hatten wohl Angst um

ihren guten Ruf – so wie er die Nachbarschaft zusammenbrüllte!

»Wer will Prügel? Kommt nur alle raus, ihr sollt mich kennenlernen!« Orhan krachte von außen gegen die Tür und fiel
quasi mit ihr ins Zimmer.

Ängstlich verkroch ich mich unter der Decke.

»Wo hast du dich versteckt, du Dreckshure?« Orhan zog
mich an den Haaren aus dem Bett und stieß mich in eine Zim-
merecke. »Du wirst noch lernen, deinem Mann zu gehorchen,
wenn wir erst mal verheiratet sind! Dann werden andere Saiten
aufgezogen!« Mit diesen Worten fiel er wie ein nasser Sack aufs
Bett und schlief sofort ein.

Zitternd vor Angst schlüpfte ich aus dem Zimmer und stand
wie ein Gespenst im dunklen Flur, als sich die Nebentür öffnete
und mich mein Vater zu sich ins Gästezimmer zog.

»Selma, worauf wartest du! Pack deine Sachen und wir fahren nach Köln zurück! Jetzt und sofort!«

»Ich kann nicht, Baba.«

»Selma, Spatzenhirn! Lass uns hier verschwinden aus diesem
Irrenhaus! Ich hatte ja keine Ahnung. Bitte verzeih mir, komm,
ich fahr den Wagen vor!« Schon hatte er seine Manschetten-
knöpfe befestigt und seinen Koffer leise geschlossen.

Stumm schüttelte ich den Kopf. Er hatte mich doch in diese
Situation gebracht! Er, mein eigener Vater, hatte doch mit Orhan gemeinsame Sache gemacht, um sich an meiner Mutter zu
rächen! Neslihan hatte es mir inzwischen mehrfach bestätigt!
Die ganze Entführung war ein abgekartetes Spiel gewesen, und
ich vertraute meinem Vater nicht mehr.

Außerdem ging Baba nach wie vor davon aus, dass ich noch
Jungfrau war. Hätte er gewusst, dass ich es längst nicht mehr
war, hätte er mir diesen Vorschlag nie gemacht.

»Du heiratest ihn also morgen?!«

Ich senkte den Blick, starrte stumm zu Boden. Was blieb mir auch anderes übrig?

»Du musst wissen, was du tust. Schließlich bist du jetzt offiziell volljährig, selbst wenn du es erst im Mai sein wirst, Spatzenhirn. Aber mich hält hier nichts mehr in dieser kranken Familie.«

Vater drückte mir einen Kuss auf die Stirn, nahm seinen Koffer und verließ ebenso leise wie eilig das Haus. Als ich seinen Wagen davonfahren hörte, war meine letzte Hoffnung dahin. Mein Herz war zu Stein geworden.

9

Auf einer kleinen Jacht vor Kroatien, Herbst 2013

»Was ist mit dir, Liebling? Du zitterst ja!«

Paul sieht mich besorgt an, steht auf, eilt um den Tisch und nimmt meine Hände, die wie gelähmt auf der Tastatur liegen. »Du bist ja eiskalt!«

Ich schlucke. Längst sind mir Tränen in die Augen gestiegen und fallen jetzt wie Regentropfen auf die Tasten.

»Meine Güte, Selma, dein Herz rast ja wie der Hochgeschwindigkeitszug Shinkansen zwischen Tokio und Osaka!« Paul will einen Witz machen, merkt aber, dass ich nicht lache. Er legt seinen Kopf an meine Brust, wiegt mich sanft hin und her und macht »sch-sch … Ist ja alles gut, mein Schatz!«

Ich möchte weinen, schreien und den Laptop gegen die Wand werfen. Stattdessen werfe ich Paul die Arme um den Hals und flüstere: »Was hat man mir damals wehgetan! Man hat mich um meine Jugend gebracht! Um meine Freiheit, meine Schönheit, meine Unbeschwertheit, meine Bildung und meine Träume!«

Tröstend streicht mir Paul übers Haar. »Beruhige dich, Liebling. Wenn dir das Schreiben so schwerfällt, musst du es nicht tun!«

»Aber ich will es doch! Eine muss doch endlich den vielen anderen Frauen, denen Ähnliches passiert ist, eine Stimme geben!«

Paul setzt sich neben mich, flößt mir heißen Tee ein und liest die letzten Seiten.

»Es fällt mir wirklich schwer, das zu glauben. Ich dachte, Präsident Atatürk hat bereits in den Zwanziger- und Dreißigerjahren mit den verkrusteten Strukturen und Institutionen des Osmanischen Reiches gebrochen?«

Ich stimme ihm zu. »Noch früher sogar! Googel mal seine Tagebuchaufzeichnungen von 1918!« Natürlich habe ich mich schon längst damit beschäftigt und bin selbst immer wieder verblüfft, wie fortschrittlich Atatürks Gesinnung schon damals war.

Paul liest mit wachsendem Erstaunen vor, was Mustafa Kemal Atatürk als Siebenunddreißigjähriger notiert hat: »Sollte ich eines Tages großen Einfluss oder Macht besitzen, halte ich es für das Beste, unsere Gesellschaft schlagartig – sofort und in kürzester Zeit – zu verändern. Denn im Gegensatz zu anderen glaube ich nicht, dass sich diese Veränderung erreichen lässt, indem die Ungebildeten nur schrittweise auf ein höheres Niveau geführt werden.«

Bei »Ungebildeten« denkt Paul natürlich an Orhan und seine Familie, und ich sehe, wie seine Gehirnzellen arbeiten. Er fährt fort:

»Aus welchem Grund sollte ich mich auf den niederen Stand der allgemeinen Bevölkerung zurückbegeben, nachdem ich viele Jahre lang ausgebildet worden bin, Zivilisations- und Sozialgeschichte studiert und in allen Phasen meines Lebens Befriedigung durch Freiheit erfahren habe? Ich werde dafür sorgen, dass sie auch dahin kommen. Nicht ICH darf mich IHNEN, sondern SIE müssen sich MIR annähern.«

Paul blickt auf. »Wow, der Mann wusste, was er wollte.«

»Und er hat ja auch ganz radikal viele Veränderungen durchgesetzt«, gebe ich ihm recht. »Zum Beispiel hat er schon Anfang der Zwanziger die typische Kopfbedeckungen bei Männern, den Fez, abgeschafft und die Leute unter Androhung von Strafe gezwungen, westliche Hüte zu tragen. Den Frauen hat er das Kopftuch verboten, Paul!« Ich muss lachen. »Vor fast hundert Jahren!«

Paul sieht mich skeptisch an. »Wahrscheinlich hat er sein Volk mit diesem Tempo überfordert. Sonst hätte sich doch in den Köpfen mancher Menschen das Rad nicht dermaßen zurückgedreht!«

»Er hat das Scheidungsrecht zugunsten der Frauen verändert. Frauen waren theoretisch schon in den Dreißigerjahren gleichberechtigt!«, sage ich. »Er selbst hat 1923 eine selbstbewusste Frau geheiratet, ganz ohne religiöse Zeremonie! Seine junge Frau Latife hat zur Modernisierung des Frauenbilds in der Türkei maßgeblich beigetragen. Die Frauen bekamen dann auch bald das Wahlrecht, durften höhere Schulen besuchen und hatten freien Zugang zur Universität. Außerdem hat Atatürk die christliche Zeitrechnung eingeführt, der Sonntag wurde statt des islamischen Freitags als arbeitsfreier Tag durchgesetzt und die Rechtsprechung nach den Gesetzen der islamischen Scharia durch ein modernes Strafrecht abgelöst«, erwidere ich eifrig. »Und dann wurde das lateinische Alphabet statt der arabischen Schrift eingeführt. Atatürk ist mit der Kreide in der Hand höchstpersönlich in die Schulen gegangen und hat das durchgesetzt. Er wollte innerhalb weniger Jahre die gesamten Gesellschaftsstrukturen und das Denken der Menschen komplett umkrempeln. Vermutlich hast du recht, vielen einfachen Menschen ging das einfach zu schnell.«

Paul nickt. »Nur so kann ich mir erklären, warum dich diese Machos wie dein Vater und Orhan fast ein Jahrhundert später so behandelt haben. Sie wollten ihr Patriarchat um keinen Preis aufgeben. Die Vorstellung von den zweiundsiebzig Jungfrauen im Paradies sagt doch alles aus!« Er lacht verächtlich.

Ich verziehe das Gesicht. »Schon Atatürk fand es ungerecht, dass der Prophet Mohammed den Männern im Paradies viele Jungfrauen verspricht, den Frauen aber nichts dergleichen.«

Paul drückt meine Hände, die inzwischen nicht mehr eiskalt sind.

»Ich versuche wirklich zu verstehen, was damals geschehen ist, und es ist sicher hilfreich, die politischen und gesellschaftlichen Hintergründe ein bisschen besser zu kennen. Trotzdem verstehe ich nicht wirklich, was Orhan davon hatte. Wenn er doch wusste, dass du ihn niemals lieben würdest. Ich jedenfalls könnte das nicht. Liebe, das beruht doch auf Gegenseitigkeit.« Zärtlich mustert er mich. »So gesehen kann ich mir keine bessere Frau vorstellen!«

Kunststück. Er hatte vor mir nur eine, und die ist inzwischen gestorben. Aber das ist eine andere Geschichte.

»Rache und falsch verstandenes Ehrgefühl, Machtgier und Dummheit – das waren die Motive, und das sind sie bei manchen Männern dieses Kulturkreises immer noch!«

»Ich schätze, nicht nur dieses Kulturkreises«, bemerkt Paul trocken.

»Ja«, gebe ich ihm recht. »Meine Geschichte passiert auch heute noch Tausenden von Frauen in Deutschland, die mit Deutschen verheiratet sind. Männliche Gewalt gegen Frauen und speziell die eigene Ehefrau hat zunächst einmal nichts mit einem fremden Kulturkreis zu tun, sondern nur mit der Brutalität von Männern jedweder Herkunft, die ihre körperliche Überlegenheit ausnutzen.«

Während ich neben meinem geliebten Mann auf der Bootsbank sitze, geborgen in der Kajüte, merke ich, dass es mir selbst nach dreißig Jahren immer noch schwerfällt, über das Geschehene zu sprechen. Immer wenn ich daran zurückdenke, bekomme ich Schüttelfrost, und mein Herz fängt an zu rasen.

»Aber du hast doch schon zahlreiche Therapien gemacht!« Paul streicht sanft über meinen Rücken, der in einem grob gestrickten Pullover steckt. »Ist es denn immer noch so schlimm?«

»Ja. Zu den psychischen Traumata kommen chronische Schmerzen, die ich einfach nicht loswerde.«

»Warum bist du denn damals bloß nicht mit deinem Vater abgehauen?«

»Ach, Paul!« Dankbar nehme ich noch einen Schluck Tee, in den Paul mir einen kräftigen Schluck Rum gemischt hat. »Rückblickend kann ich mein Verhalten selbst kaum noch nachvollziehen. Wie soll es dir dann erst als Mann und Westeuropäer ergehen?«

Paul sieht mich lange prüfend an. »Ich werde mir alle Mühe geben.« Dann spielt ein Grinsen um seine Mundwinkel. Mit gespieltem türkischen Straßenslang fügt er schelmisch hinzu: »Isch schwöre bei meine Mutta.«

Da muss ich endlich auch wieder lächeln. »Deshalb gebe

ICH mir allergrößte Mühe beim Aufschreiben meiner Geschichte. Ich möchte nochmals betonen, dass es sich nicht nur um ein türkisches Schicksal handelt. Es gibt genügend Frauen aus aller Welt und auch deutsche Frauen, die diese Geschichte unterschreiben können.«

10

Köln, November 1966

»Warum weinst du denn, kleine Selma?« Meine Anne ließ ihr Bügelbrett stehen und hockte sich neben mich. Ich stand am Fenster meines Kinderzimmers, drückte mir die Nase an der Scheibe platt und starrte ins trübe Regenwetter hinaus.

»Ich will nach Hause«, jammerte ich. »Hier ist alles langweilig!«

»Aber Liebes, wenn ich mit der Hausarbeit fertig bin, nehme ich dich mit zum Einkaufen!«

Meine Anne sprach Türkisch mit mir, denn wir sollten unsere Muttersprache nicht verlernen. Meine drei älteren Geschwister Cihan, Fidan und Kenan waren schon in der Schule. Nur ich durfte noch nicht dorthin. Ich hing am Rockzipfel meiner Mutter, kam mir überflüssig vor und sehnte mich nach meiner Oma in Manisa. Da war ich im Paradies gewesen: ein sonniges Fleckchen Land, Ziegen und Hühner, ein Brunnen vor dem Haus, keine Autos, Freiheit und eben meine liebe Oma, die mir immer warmes, selbst gebackenes Fladenbrot mit süßem Rahm und frischen Eiern gemacht hatte.

Und hier, in Köln? Graues pappiges Brot aus dem Supermarkt, tiefgekühlte Fertiggerichte, gefährliche Autos auf asphaltierten Straßen, hektische Menschen in nassen Regenmänteln, die keine Zeit hatten, hässliche Mietshäuser, meine Mama, die sich hinter abweisenden Leuten in die Schlange einreihen musste und mit der niemand freundlich plaudern wollte.

»Ich will nicht da raus«, weinte ich verzweifelt. »Da draußen ist es kalt und dunkel! Ich will zurück nach Manisa, dort ist es warm, und es scheint immer die Sonne!«

Für mich knapp Vierjährige war der Kulturschock am größten. Meine Geschwister hatten bereits Freunde und Ablenkung durch Schule, Spiel und Sport.

»Aber Liebes, der Baba muss doch hier in Deutschland Geld verdienen!« Meine Anne hob mich hoch und trug mich in die Küche. »Schau mal, was der Postbote gerade für dich gebracht hat!« Auf dem Küchentisch stand ein Paket. Dass es weder eine korrekte Anschrift noch eine Briefmarke hatte, konnte ich als kleines Mädchen natürlich nicht erkennen.

»Mach's auf«, forderte meine Anne mich lächelnd auf.

Ich kletterte auf den Küchenstuhl und zerrte mit meinen kleinen Händchen am Packpapier. Zum Vorschein kam ein Sechserpack Eier. Dass die Aufschrift deutsch war, begriff ich natürlich auch nicht.

»Na so was!« Meine Anne klatschte begeistert in die Hände. »Das Paket ist von deiner Oma! Aus Manisa! Und die Eier haben ihre Hühner extra für dich gelegt!«

Ich errötete vor Stolz und kindlichem Glück. »Ist das wahr?«

»Aber natürlich ist das wahr, kleine Selma! Und weißt du was? Jetzt mache ich dir Kaymak, dazu gibt es Omas frische Eier!«

Beim Gedanken an die dicke Sahne mit Honig lief mir das Wasser im Munde zusammen. Auf einmal war die enge Mietwohnung in Deutschland gar nicht mehr so bedrückend. »Oh ja! Danke, Anne!«

Kurz darauf saß ich glücklich spachtelnd am Tisch.

»Weißt du was, Liebes?« Meine Mama stützte die Arme auf. »Du bist ja jetzt schon groß. Was hältst du davon, wenn ich auch arbeiten gehe? Dann verdienen wir noch mehr Geld und können noch eher in die Türkei zurückkehren!«

Interessiert blickte ich sie an. »Ja, hast du denn auch Arbeit in Deutschland?«

Mama lachte. »Dein Papa ist bei seinem Chef in der Kleiderfabrik bereits so beliebt, dass der auch für mich eine Nähmaschine frei hat!«

Ich schob den Teller von mir. »Ja, und wo soll ich den ganzen Tag bleiben?«

»Bei Tante Elise!« Meine Anne nahm mich an die Hand und schob mich aus der Wohnungstür. Sie klingelte gegenüber, und eine ältere Frau mit Kittelschürze und Dauerwelle öffnete. »Na, kleine Selma? Wollen wir beide es mal miteinander versuchen?«

Sie ging in die Hocke und reichte mir die Hand. Zuerst versteckte ich meine Händchen schüchtern hinter meinem Rücken. Meine Anne schob mich gut gelaunt in Elises Wohnküche. Und da staunte ich nicht schlecht: In der identisch geschnittenen Wohnung sah es ganz anders aus als bei uns! Sie hatte ein Sofa in der Küche stehen, auf dem großen Herd brutzelte irgendwas in einem riesigen Topf, das nach Schweinefleisch roch, und an der Wand hing das Foto von einem Mann, der eine Suppenschüssel auf dem Kopf hatte.

»Das ist mein Sohn Bruno«, sagte Tante Elise. »Er ist im Krieg gefallen.«

»Und warum ist er nicht wieder aufgestanden?«, fragte ich.

Wir hatten natürlich noch Sprachprobleme, und Tante Elise musste trotz ihrer Traurigkeit lachen. »Jetzt habe ich ja dich«, sagte sie später, als ich sie besser verstand.

Bald durfte ich den Tag bei Tante Elise verbringen, und wir hatten es wahnsinnig gemütlich. Sie kochte mir Pudding, ließ mich stundenlang Bilder aus Zeitschriften ausschneiden und in einem Buch blättern, das »Das doppelte Lottchen« hieß. Darin waren zwei wunderhübsche Mädchen abgebildet – Zwillinge, die vertauscht worden waren. Nach den Ferien fuhren sie einfach zum jeweils anderen Elternteil und schlüpften in die Rolle der Schwester. Tante Elise las mir die Geschichte immer wieder vor, und ich konnte mich an den Bildern nicht sattsehen.

Zwischendurch ging sie mit mir in ihren Schrebergarten, dort durfte ich Beeren ernten, Unkraut zupfen und mit ihr unter der Markise sitzen. Tante Elise kannte dort viele nette Leute, die alle mit mir spielten, mir Süßigkeiten und Obst mitbrachten und mir nach und nach Deutsch beibrachten. Tante Elise baute Höhlen aus Wolldecken und Matratzen mit mir, gemeinsam kletterten wir auf ihren einzigen Baum, um dann in den Heuhaufen darunter zu springen. Am Anfang war Tante Elise oft traurig, weil sie ihren Bruno so vermisste, aber später sagte sie oft, dass Bruno jetzt vielleicht genauso ein kleines Mädchen hätte und dass ich jetzt ihr Enkelkind sei.

So gab sie mir das Gefühl, wichtig zu sein und gebraucht zu werden. Sie roch ganz anders als meine Oma in Manisa, aber ich hatte sie schon bald richtig lieb und schlang die Ärmchen um sie, wenn wir auf ihrer Schrebergartenbank oder auf dem gemütlichen Küchensofa in der Mietwohnung saßen.

Dennoch freute ich mich auf die Abende, denn um Punkt sechs klingelte es bei Tante Elise, und meine Anne oder eines meiner Geschwister holte mich ab.

Dann wurde es bei uns gemütlich! Anne kochte, während sich die ganze Familie auf dem riesigen Ledersofa um meinen Baba scharte. Und ich als Jüngste wurde geknuddelt, gedrückt und gekitzelt.

»Baba! Sie ärgern mich!«

»He, lasst Selma am Leben!«, ging mein Baba dazwischen, wenn ich allzu laut quietschte. »Sie ist unser Nesthäkchen, aber das heißt nicht, dass ihr sie vor lauter Liebe zerquetschen dürft!«

»Aber sie ist so niedlich!«

Schnell suchte ich Schutz in den starken Armen meines Babas.

»Anne, wen von uns hast du am liebsten?«, fragte ich keck. Anne kochte ganz anders als Tante Elise, aber beides hatte seinen Reiz. Natürlich wollte ich hören, dass sie mich am liebsten hatte. Tante Elise sagte immer, dass sie mich am allerliebsten auf der Welt hätte. Die Kriegerwitwe, deren einziger Sohn Bruno auch noch gefallen war, nicht mehr sehr wählerisch, doch das konnte ich damals nicht ahnen.

»Ich hab euch alle gleich lieb«, antwortete meine Anne diplomatisch. Mit dicken Küchenhandschuhen holte sie ein köstlich duftendes Blech mit Börek aus dem Backofen, nachdem meine Geschwister bereits den Tisch gedeckt hatten. Baba erhob sich und pflückte mich gleichzeitig von sich ab. »Selma, so was fragt man doch nicht!« Lachend setzte er mich auf meinen Hochstuhl und ließ sich am Tisch nieder. Mama verteilte die knusprigen Teigröllchen auf die Teller, die wir Kinder ihr hungrig reichten.

»Cihan, mein Ältester, ist sehr gut in der Schule. Auf ihn bin ich auch stolz, weil er so toll Fußball spielt und viele Freunde hat. Und Fidans Lehrerin hat mir gesagt, wie gut sie in Handarbeit ist. Hier im Haushalt hilft sie mir auch schon fleißig. Kenan hat gerade das Alphabet gelernt, und du, kleine Selma, kannst das ganze ›Doppelte Lottchen‹ auswendig.« Sie sah uns alle vier liebevoll an. »Auf wen von euch sollte ich da weniger stolz sein?«

»Ihr seid alle gleich viel wert«, sagte auch mein Baba. »Ihr seid alle vier Wunschkinder und wunderbar gelungen.« Liebevoll nahm er die Hand meiner Anne, die sich endlich auch an den Tisch gesetzt hatte. »Eure Mutter ist eine Frau mit einem sooooo großen Herz.«

Er strahlte sie an und malte ein riesiges Herz in die Luft. Ich hing an seinen Lippen.

So wollte ich später auch einmal von meinem Mann geliebt werden. Mein Mann sollte so groß, stark und schön sein wie mein Baba.

»Ich lebe nur für meine Kinder«, sagte Anne lächelnd. Sie war ein bisschen rot geworden und freute sich über die netten Sachen, die ihr mein Baba gesagt hatte.

»Aber ich mache mir auch ständig Sorgen um euch. Wenn euch hier in der Fremde etwas zustoßen würde, könnte ich mir das nie verzeihen.«

»Was sollte uns denn zustoßen?«, fragte Cihan mit vollen Backen. »Wir passen schon auf.«

»Ihr müsst besonders auf Selma aufpassen. Sie ist noch so klein.«

»Ja, mach dir keine Sorgen. Auf unser kleines Spatzenhirn passen wir am meisten auf!«

Wieder erhielt ich einen brüderlichen Knuff in die Seite und verpasste meinem großen Bruder Cihan heimlich unter dem Tisch einen Tritt.

Baba schaute zufrieden in die kinderreiche Runde.

»Wir sind sehr stolz auf euch und wollen, dass ihr euch ganz besonders hier in Deutschland vorbildlich benehmt.«

»Wieso ganz besonders in Deutschland?«, wollte Kenan wissen. »Weil wir Ausländer sind?«

Das Wort hörten wir natürlich oft von anderen Kindern. Selbst von Erwachsenen wurde dieses Wort häufig gebraucht. Wir waren die »Gastarbeiterkinder«.

»Ihr seid unser Aushängeschild.« Prüfend schaute Baba uns an. »Die Leute beurteilen uns danach, wie gut ihr erzogen seid. Also vergesst nie, die Nachbarn freundlich zu grüßen, haltet das Treppenhaus sauber, macht keinen Krach und vertragt euch mit den anderen Kindern!«

Und das taten wir auch. Wir wussten, wie hart unsere Eltern arbeiteten, damit sie uns ein besseres Leben bieten konnten. Wir ehrten und respektierten sie dafür. Nie hätten wir ihnen widersprochen oder nicht im Haushalt geholfen.

»Bitte lass mich heute abwaschen«, bettelte ich und schob meinen Hocker ganz nah an die Spüle heran. Das heiße Schaumwasser im Spülbecken faszinierte mich. »Bei Tante Elise darf ich auch helfen!«

»Du kleines Spatzenhirn, das ist nichts für dich!« Cihan entwand mir die Spülbürste, die in meinen Händchen wirkte wie ein Strohbesen. »Du setzt die ganze Küche unter Wasser, geh spielen!«

»Nein, ich kann das!«, wehrte ich mich, als mir Cihan auch schon den Hocker unter den Füßen wegzog. »Du bist noch zu klein! Werd du erst mal älter, dann wirst du noch genug mithelfen dürfen!«

»Immer hast du die Macht und das Sagen!«, schmollte ich.

»Ich bin eben der Älteste, und ihr müsst mich als euren großen Bruder respektieren!«

Respekt wurde bei uns großgeschrieben.

»Die Jüngeren haben vor den Älteren Achtung zu haben, das ist eben so!«

Fidan fegte eifrig die Küche. »Hol das Kehrblech, Selma. Und du, Kenan, hol den Staubsauger.«

»Nein, ich hab in meinem Zimmer zu tun«, erwiderte Kenan selbstbewusst. »Ich muss Pullover und T-Shirts falten.« Er war ein Ordnungsfetischist. Seine Schränke waren immer perfekt aufgeräumt.

»Dann will ich staubsaugen!«

»Nein, Spatzenhirn, das kannst du noch nicht! Du kannst Handtücher falten.«

Fidan riss mir das schwere Teil aus der Hand. Sie verteilte die Aufgaben an uns Kinder. Und wenn einer mal nicht erledigen wollte, was ihm aufgetragen worden war, wurde darum gepokert. Fidan gewann meistens und konnte sich ihre Aufgabe aussuchen. Sie liebte es, zu bügeln, zu nähen oder zu stricken, weil sich dabei Radio hören ließ. Schon früh konnte sie die meisten Hits auswendig.

»Los Leute, wir hauen ab!« Die Zeit verging und es war wieder einmal Sommer. Die drei Großen waren mit mir zu Hause. Die Eltern hatten uns strengstens eingeschärft, die Wohnung nicht zu verlassen.

»Psst, leise, damit keiner der anderen Mieter uns bei den Eltern verpetzt!«

Cihan schlich voraus, und wir eilten auf leisen Sohlen hinter ihm her.

»Und wohin jetzt?« Cihan sah sich ratlos um. »Wir haben doch kein Geld!«

»Freibad kommt also nicht infrage«, meinte Fidan. »Eis essen auch nicht.«

»Dann geh ich eben allein zum Fußballspielen.« Kenan wollte schon losziehen.

»Halt! Wir bleiben auf jeden Fall alle zusammen!« Cihan packte seinen kleinen Bruder am Schlafittchen. »Wenn dir was passiert, bringt Baba mich um.«

Dachten unsere Eltern wirklich, wir würden den ganzen Tag zu Hause in der Wohnung sitzen, während draußen dreißig Grad herrschten?

»Wir könnten zu Tante Elises Schrebergarten laufen!«, zirpte ich glücklich. »Ich weiß den Weg!«

»Spatzenhirn, du hast ja manchmal richtig gute Ideen!«

Stolz hüpfte ich vor meinen großen Geschwistern her. Endlich hatte ich mal was richtig gemacht!

Über Felder und Wiesen tobten wir dorthin und überraschten meine Tagesmutter.

Die saß gerade einsam auf ihrer Bank und entkernte Kirschen. »Na so eine Überraschung!« Sie schlug die Hände über dem Kopf zusammen, als sie uns Viererbande bei sich einfallen sah. »Wissen denn eure Eltern Bescheid?!«

»Ach, Tante Elise, man muss auch mal ein kleines Geheimnis haben.« Ich schmiegte mich an sie, und sie war so froh über unsere Gesellschaft, dass sie sogar ein altes Planschbecken anschleppte. Gießkanne für Gießkanne füllten wir es gemeinsam mit Wasser.

So verbrachten wir die Sommerferien heimlich in Tante Elises typisch deutschem Reich. Die Brüder spielten Fußball, Fidan blätterte in bunten Illustrierten, und ich mampfte, was ich kriegen konnte. Vollgestopft mit frischen Beeren und Pudding von Dr. Oetker, kehrten wir um vier Uhr nachmittags heimlich wieder nach Hause zurück. Dort wuschen wir uns schnell die Hände, und dann ging es los: Aufräumen und Tisch decken, um unser schlechtes Gewissen zu erleichtern.

»Pssst! Leise, sie kommen!« Der Schlüssel klirrte im Schloss, und schon waren die Stimmen unserer Eltern, die Einkäufe herbeischleppten, im Flur zu hören.

Wie die Zinnsoldaten standen wir da und hofften, sie würden weder unsere roten Münder noch die dreckigen Knie sehen.

Anne wirkte blass und müde, als sie die Küche betrat. Sie hatte in einem dunklen Hinterzimmer acht Stunden an der Nähmaschine gesessen. »Ach, meine Lieben!« Sie rieb sich die Augen und konnte die Tränen nicht zurückhalten. »Da habt ihr den ganzen Tag artig zu Hause auf uns gewartet!«

Wir nickten betroffen und knufften uns verstohlen.

»Ja, das war auch schrecklich langweilig«, jammerte Kenan. »Dabei wollte ich so gerne Fußball spielen!«

»Oder ins Freibad gehen«, maulte Cihan, dessen Haare noch ganz nass waren von der Wasserschlacht am Planschbecken.

»Außerdem haben wir schrecklichen Hunger«, piepste ich und dachte selig an den Himbeerpudding.

Unsere Anne ließ sich weinend auf den Küchenstuhl sinken. »Ach, Alper, was bin ich nur für eine schlechte Mutter, dass ich die Kinder allein gelassen habe! Sie gehören doch an die frische Luft! Ausgerechnet jetzt, wo das Wetter in Deutschland endlich auch mal schön ist!«

Vor schlechtem Gewissen wären wir am liebsten im Erdboden versunken. Fidan wurde rot und starrte auf die Küchenfliesen.

»Meryem, hör auf zu weinen, ich habe wunderbare Nachrichten für euch.«

Baba warf sich in Positur und zauberte einen unbekannten schwarzen Gegenstand aus der Hosentasche.

»Was glaubt ihr, was das ist?«

»Ein Autoschlüssel?«, fragte Kenan ungläubig.

»Quatsch, das ist ein Mercedesschlüssel!«, rief Cihan ehrfürchtig.

Wir Mädchen staunten unseren Baba mit offenen Mündern an. Selbst unsere Anne hob das verweinte Gesicht. »Geht es uns denn so gut, Alper? Können wir uns das denn leisten?«

»Tja, da seid ihr ausnahmsweise einmal sprachlos, was?« Baba klapperte mit dem Autoschlüssel und ließ seine dunklen Augen blitzen. »Packt eure Koffer, Kinder! Wir fahren für den Rest der Ferien in die Türkei!«

11

Manisa in der Türkei, Spätsommer 1970

Und schon fuhren wir mit dem dicken Gebrauchtwagen los, der schaukelte wie eine alte Postkutsche. Wir vier Kinder waren auf die Rückbank gepfercht, wo wir zwischenzeitlich aufeinander lagen und schliefen. Anschnallgurte gab es noch nicht. Unsere Anne reichte uns abwechselnd Essen, Spielkarten, Bilderbücher oder den Nachttopf nach hinten, den sie dann aus dem offenen Fenster kippte, und unser Baba fuhr strotzend vor Selbstbewusstsein in zwei Tagen und zwei Nächten so ziemlich ohne Pause durch bis nach Manisa, wo unsere Großeltern lebten.

Dort wurden wir Kinder nach Strich und Faden verwöhnt und wollten gar nicht mehr zurück nach Deutschland! Wir waren glücklich bei unserer Omi, die uns jeden Wunsch von den Augen ablas. Sie konnte aber auch sehr streng sein. Wenn wir nicht artig waren, reichte ein einziger Blick von ihrer Seite, um uns verstummen zu lassen. Wir hatten immer Respekt! Aber sie war uns nie richtig böse. Die Dolchblicke gehörten zu ihren wirksamen Erziehungsmaßnahmen, und die hatten, wie sie oft scherzhaft sagte, ja schon bei unserem Baba gewirkt.

Abends saß die Großfamilie im Wohnzimmer zusammen und diskutierte. Die Stimme meines Vaters hörte ich selbst oben im Mädchenschlafzimmer aus allen anderen heraus. »Ich will euch mal was sagen, Familie! Was Herr Windeck kann, das kann ich schon lange!«

»Was meinst du damit, Alper?« Das war die Stimme meiner Omi. »Willst du dich etwa selbstständig machen?«

»Warum denn nicht!«, trumpfte Vater auf. »Ich war doch schon hier in Manisa das führende Bekleidungsunternehmen!«

»Aber Junge, wie stellst du dir das denn vor? In Deutschland haben sie nicht auf dich gewartet!« Das war die Stimme meines Opas. »Die haben doch da eine ganz andere Mode!«

»Was? Wer kann denn dermaßen präzise Maßanzüge schneidern und türkisches Leder verarbeiten?«

»Da muss ich Alper recht geben.« Das war die Stimme meines Onkels Engin, der ebenfalls mit seiner Familie in Manisa zu Besuch war. Wir Mädels, Fidan und unsere Cousine Yasemin, lauschten mit roten Ohren an der Zimmertür.

»Also, Bruderherz, mal ganz abgesehen davon, dass ICH die besten Maßanzüge und Lederjacken schneidern kann ...« – an dieser Stelle brach die Familie in schallendes Gelächter aus – »biete ich dir eine Partnerschaft an: Lass uns in Köln eine eigene Firma gründen! Ich bin für das Design zuständig und du für die Produktion und den Betrieb!«

Das löste unten im Wohnzimmer heftigen Tumult aus, alle riefen durcheinander, jeder wollte seine Meinung kundtun, bis die Frauen kleine Gläser herbeiholten. Dann wurde es noch lauter und fröhlicher, und schließlich wurde unten so laut gefeiert, dass wir Mädels neugierig im Nachthemd aus unserem Zimmer kamen. Die Brüder und Cousins standen längst unten im Flur und legten die Finger auf die Lippen: »Das ist Männersache! Das kapiert ihr Mädchen überhaupt nicht!«

»Und ob, ihr Blödmänner!«

»Pssst! Ab in eure Betten, ihr Kleinkinder!«

»Wir haben alles gehört!«

»Nichts habt ihr gehört! Habt gefälligst Respekt! Das geht auch gar nichts an!«

Erste Knüffe und Püffe wurden verteilt, und wir Mädchen rieben uns heulend die blauen Flecken. So trieben uns die Brüder wieder rauf in unser Mädchenzimmer. »So, da bleibt ihr. Keine Widerworte. Respekt. Und du erst recht, kleines Spatzenhirn!« Wie einen Sack warf mich mein Bruder Cihan ins Bett.

»Und sie gründen TROTZDEM eine Firma«, hatte ich das letzte Wort. »Und wenn ich groß bin, tu ich das auch!«

Bevor er mir für diese Frechheit eine kleben konnte, zog ich mir die Decke über den Kopf.

12

Bochum, Frühling 1980

Ich lag in meinem Bett und zog mir die Decke über den Kopf.

Nun war ich also Orhans Frau, und er konnte mit mir machen, was er wollte. Das hatte er zwar auch schon vorher getan, aber jetzt hatte er Brief und Siegel.

Die Hochzeit war wie ein Film an mir vorbeigezogen. Hunderte von Fremden hatten Orhan und seinen Eltern gratuliert, es hatte ein riesiger Tumult geherrscht in diesem Kinosaal, auf dessen Bühne ich leblos thronte wie eine Gipsfigur. Ich wurde bestaunt wie ein seltenes Insekt. Zwar wurden mir Unmengen von Geschenken auf einen extra bereitgestellten Gabentisch gelegt, aber ich hatte kein Auge dafür. Meine Anne hatte mir wertvollen Goldschmuck überreicht, der mir aber auch keinen Glanz in die Augen treiben konnte. Sie und meine kleinen Brüder hatten stumm in einer Ecke gestanden, und als die Feier irgendwann ausartete, hatten sie sich klammheimlich verdrückt. Ich konnte mich noch nicht mal mehr von ihnen verabschieden. Mein Vater hatte sich ja schon am Vortag aus dem Staub gemacht.

Alle spürten, dass mich diese Hochzeit ins Unglück stürzte. Doch niemand konnte mehr etwas daran ändern. In Filmen fliehen Bräute in letzter Sekunde vor dem Traualtar, schwingen sich auf ein Pferd und galoppieren mit wehendem Schleier davon.

Doch die Realität einer türkischen jungen Frau sah anders aus. Ich war schließlich erst siebzehn, und mein Selbstbewusstsein hatte die Größe einer Ameise.

Apathisch hatte ich die Zeremonie über mich ergehen lassen, um mich so bald wie möglich wieder in mein Zimmer zu verdrücken. Trotz starker Migräne schaute niemand nach mir – so oft und heftig ich mich auch übergeben musste. Die Hochzeitsfeier ging einfach noch drei Tage ohne mich weiter. An die lange Rückfahrt im überfüllten Auto mit Orhan, den Schwiegereltern und den vielen Geschenken konnte ich mich gar nicht mehr erinnern, ich hatte mich nur wie einen Gegenstand transportieren lassen.

Und jetzt hockte ich wieder in diesem schrecklich engen Zimmer mit den alten Tapeten, dem klobigen Schrank und dem Ausblick auf einen trostlosen Bochumer Hinterhof.

Orhans Mutter Neslihan verfolgte mich auf Schritt und Tritt, sobald ich das kleine Zimmer verließ. Etwas anderes als eine kurze Katzenwäsche konnte ich sowieso nicht nehmen. Eine Dusche gab es in diesem Bad nicht, geschweige denn eine Wanne. Ich war schon froh, mich nicht vor aller Augen an der Küchenspüle waschen zu müssen.

Ein endloser Albtraum aus Einsamkeit, Apathie, Erbrechen und tiefen Depressionen wartete auf mich. Nach Lust und Laune kam Orhan herein, um mich zu besitzen. Wenn er anschließend ging, tat er das selten, ohne verächtliche Schimpfwörter auszuspucken. Ich stumpfte immer mehr ab, mein Selbstwertgefühl befand sich längst am Nullpunkt, und ich fing an zu glauben, dass ich dieses Leben tatsächlich verdient hatte. Ich würde für immer von meiner Familie getrennt sein.

Neslihan hatte mir Kleidung hingelegt, die sie ohne mich zu fragen für mich ausgesucht hatte. Ihr Mann Muhamet, Vaters ehemaliger Schneidermeister, hatte inzwischen eine kleine Stelle in einer Änderungsschneiderei und fertigte lange Röcke sowie unmodische Blusen und Westen für mich. Früher hatte ich Jeans und Stiefel getragen, im Sommer freche Kleider und kurze Röcke mit T-Shirts. Jetzt war ich wie eine konservative Türkin gekleidet, ohne jeden weiblichen Reiz. Aber das war mir nur recht, denn vor Orhan wollte ich in keiner Weise reizvoll erscheinen. Meine einst langen glänzenden Haare waren nun zu einem stumpfen Zopf geflochten. Da ich ohnehin nicht rauskam, war es mir auch egal, wie ich aussah. Die Wohnung war mein enges Gefängnis. Nach wie vor schliefen Orhans Eltern, Neslihan und Muhamet, auf dem Sofa im Wohnzimmer, das man durchqueren musste, um in unser Schlafzimmer zu gelangen. Davor befanden sich das winzige Bad und eine ebenso kleine Küche. Das Einzige, was ich tun durfte, war, Neslihan im Haushalt zu helfen.

Meine Tagesmutter Tante Elise hatte mir oft das Märchen vom Aschenputtel erzählt, und genauso fühlte ich mich jetzt.

»Selma, was liegst du noch faul im Bett herum! Los, putz die Wohnung, wir kriegen Besuch!«

Obwohl ich so wackelig auf den Beinen war, dass ich kaum stehen konnte, drückte sie mir einen Lappen in die Hand. »Das Klo muss blitzblank sein! Auch die Kacheln drum herum, der Besuch schaut überall genau hin!«

Mir war alles egal. Ich hatte keinen Willen mehr, keinen Stolz und keine Würde. Während ich den eingetrockneten Urin von den Fliesen kratzte, dachte ich an Ismet.

Mit ihm hätte ich bald in Köln in einem schönen Haus leben können! Bestimmt würde er bald eine gut bezahlte Stelle im Krankenhaus haben oder sogar eine eigene Praxis eröffnen.

Seine Eltern hatten es schon zu viel gebracht, die Familie besaß bereits einige Häuser, in denen auch seine Schwestern mit ihren Männern lebten.

Vielleicht war Ismet inzwischen auch verheiratet? Das scharfe Scheuerpulver trieb mir die Tränen in die Augen und verursachte erneut Übelkeit. Ich wollte schluchzend über der Kloschüssel zusammenbrechen, aber …

»Selma! Wie lange dauert das denn noch! Die Gäste kommen gleich! Los, wasch dir die Hände und hilf mir mit dem Lammeintopf! Du kannst die Kartoffeln schälen und das Gemüse putzen!«

Neslihan legte mir ein Küchenmesser hin, mit dem ich sie am liebsten erstochen hätte, wenn ich noch die Energie dafür gehabt hätte. Bestimmt würde es mir im Gefängnis besser gehen als hier, aber ich hatte weder die Kraft noch die kriminelle Energie, mich von den Menschen zu befreien, in deren Gefangenschaft ich geraten war.

»Die Leute, die uns besuchen, sind aus Köln.« Nervös zerteilte Neslihan das Lammfleisch, das Muhamet vom türkischen Metzger mitgebracht hatte. »Wir kennen sie noch von unserer ersten Arbeitsstelle. Das sind ganz vornehme Leute, die sich den westlichen Sitten bereits angepasst haben.«

»Du meinst Leute aus der Firma meines Vaters?«

»Wie schlau du doch bist!« Neslihan warf mir einen verächtlichen Blick zu und stocherte in dem Eintopf herum. »Es wäre nett, wenn du dich zur Abwechslung mal ein bisschen hübsch machen würdest!«

Lethargisch ließ ich mich von ihr zu einer rosa Bluse mit Schlüpp und einem braunen wadenlangen Rock überreden und zog gerade die Wollstrumpfhosen hoch, als es auch schon an der Wohnungstür klingelte.

Das türkische Ehepaar war wirklich modern und westlich gekleidet. Die beiden beäugten mich neugierig und sparten nicht mit Komplimenten.

»Das ist also die Kleine von Alper Tuclu! Da könnt ihr aber stolz drauf sein!« Der Mann tätschelte mir die Wange, während mir die Frau namens Emriye eine Schachtel Pralinen überreichte. »Von der Konditorei neben dem Geschäft deines Vaters! Vielleicht erinnerst du dich noch?«

Und wie ich mich erinnerte! Vor dieser Konditorei hatte der gelbe BMW geparkt, den ich für das Auto der heimlichen Geliebten meines Vaters gehalten hatte, damals, als mein Albtraum seinen Lauf nahm! Wie dumm ich doch gewesen war!

Emriye wirkte sympathisch und aufgeschlossen, wenn auch ein bisschen neugierig.

Ich war viel zu scheu und verängstigt, um auch nur eine ihrer Fragen zu beantworten!

Beim Essen plauderten sie angeregt über dies und das, und mir zog sich schmerzhaft das Herz zusammen, als ich die Namen mir bekannter Leute und Orte hörte: Das Leben dort ging weiter, als wäre nichts geschehen!

»Selma, geh in die Küche und bereite den Mokka vor.« Meine Schwiegermutter Neslihan türmte das benutzte Geschirr auf ein Tablett, drückte es mir in die Hand und schob mich anschließend zur Tür hinaus.

»Sie ist immer noch schrecklich schwer von Begriff«, hörte ich sie zu den Gästen sagen. »Aber sie wird schon. Nicht wahr, Muhamet? Man muss nur ab und zu ein bisschen streng zu ihr sein. Sie war halt schrecklich verwöhnt.«

Kurz darauf kam Emriye zu mir in die Küche. Ich spülte gerade ab, nachdem ich den Mokka aufgesetzt hatte.

»Da hast du also Orhan geheiratet.« Beiläufig räumte sie ein paar alte Zeitschriften von der Küchenbank und setzte sich. »Das hätte ja in Köln niemand gedacht.«

Mit diesem Satz streute sie (unwissentlich?) Salz in meine Wunden, aber ich sagte nichts. Denn wenn sie eine Freundin von Neslihan war ... Schweigend schrubbte ich die Töpfe sauber.

»Wir kennen ja deine Familie, Hasan und ich. Wir sind ja zur gleichen Zeit nach Deutschland gekommen wie deine Eltern.«

»Ach?«, war das Einzige, was mir einfiel. Meine Finger verkrampften sich um den Schwamm.

Sie senkte die Stimme und raunte in vertraulichem Ton:

»Nie hätten wir geglaubt, dass du Orhan Ismet vorziehen

könntest.« Beiläufig schob sie herumstehendes Geschirr hin und her. »Aber wo die Liebe hinfällt ...«

Ich versteinerte. »Kennen Sie Ismet?«, fragte ich. Diese modern gekleidete, mitteilungsfreudige Frau strahlte etwas Vertrauenswürdiges aus – doch was, wenn sie mir eine Falle stellte?

»Ja natürlich!« Sie lachte und warf ein paar Krümel in den überquellenden Mülleimer.

»Ismet ist so ein feiner Kerl! Er macht jetzt sein praktisches Jahr!« Sie strahlte mich an. »Sein Vater wollte ja, dass er Zahnarzt wird, aber ... er will Kinderarzt werden. Das passt gut zu ihm.«

Ich presste den Topf an mich. Mein Herz war längst genauso stählern wie er. Hätte es noch einen Funken Leben in sich gehabt – ich wäre wohl weinend zusammengebrochen. »Wissen Sie, ob er ... Wie geht es ihm?«

»Nun, er arbeitet halt Tag und Nacht, weißt du, Kindchen.« Sie nahm den Aschenbecher, leerte ihn und warf ihn in mein Spülwasser.

»Ja, so ist das nun mal. Wo die Liebe hinfällt ...«, wiederholte sie nachdenklich. Jetzt stand sie ganz dicht neben mir. Aus dem Wohnzimmer drangen die Stimmen der anderen.

Sie sah mich von der Seite an. »Du hast ihm ganz schön wehgetan, ist dir das eigentlich klar?« Dann flüsterte sie mir zu: »Wie konntest du diesen Prachtkerl aus angesehener Familie nur gegen das hier eintauschen?« Naserümpfend sah sie sich um.

Meine Beine gaben nach. Hastig stellte ich den Topf weg und kümmerte mich um die Mokkatassen, die in meinen zitternden Händen klirrten. Emriye schien meine Verfassung zu bemerken. Sie stutzte und sah mich prüfend an. »Alles in Ordnung?«

»Ich denke schon.« O Gott, was sollte ich denn jetzt machen?

Konnte ich ihr vertrauen? Oder hatte Neslihan sie in die Küche geschickt, um mich auszuhorchen?

Die Mokkakanne blubberte, und ich zog sie mit einer raschen Geste von der Flamme. »Autsch!«

»So nimm doch einen Topflappen, Kind.« Emriye legte mir die Hände auf die Schultern und drückte mich in einen Stuhl. »Du bist ja aschfahl im Gesicht!«

Sie zog sich den anderen Stuhl heran und setzte sich neben mich. »Ismet hat dich sehr geliebt, das weiß ich von seiner Schwester Gökhan.«

Plötzlich kullerten mir die Tränen wie Sturzbäche aus den Augen. Ich hatte gar nicht gewusst, dass ich noch Tränen hatte, so viel hatte ich in dieser Wohnung schon geweint. Sie drückte mir das Küchenhandtuch in die Hand. »Seine Eltern waren so stolz, dass Ismet das schönste und klügste Mädchen der Stadt heiratet. Du hättest ja im Jahr darauf Abitur gemacht. Sie waren so enttäuscht, dass du ihrem Augenstern den Laufpass gegeben hast. Ihr wäret ja so ein tolles Paar geworden ...«

Verzweifelt hielt ich mir das Tuch vor die Augen und schluchzte hinein.

»Ja, das ist in der Tat ein Grund, sich zu schämen, Kleines. Die armen Eltern von Ismet sind sehr ins Gerede gekommen – genau wie deine Eltern. Wirklich jeder in der Stadt hat erfahren, dass du einfach mit Orhan durchgebrannt bist! Erst Fidan mit Bekir und dann du! Das ist wirklich eine Schande!«

»Emriye, ich ...«

»Die ganze Familie war in heller Aufruhr. Dein Bruder Cihan hat den armen Ismet angerufen, nachdem du mit Orhan nach Bochum abgehauen bist, das weiß ich von Gökhan!«

Ich kannte Ismets Schwester Gökhan, wir hatten früher zusammen Sport gehabt und uns immer köstlich über die altmodische Lehrerin amüsiert. Wir hatten uns so sehr darauf gefreut, Schwägerinnen zu werden!

»Was hat Cihan denn genau zu Ismet gesagt?« Ich versuchte, den riesigen Kloß herunterzuschlucken, der mir im Hals saß.

»Meine Schwester ist mit Orhan durchgebrannt. Vergiss sie, Ismet. Sie ist deiner nicht wert.«

»DAS hat er gesagt?« Ich schlug die Hände vor den Mund. Meine Augen waren groß wie Untertassen.

»Na ja, wo du doch deinem Vater gesagt hast, dass du freiwillig mitgegangen bist und Orhan immer schon heimlich geliebt hast …« Emriyes Augen durchbohrten mich.

Ich nickte wie eine Blume, die gleich vom Stängel fällt. »Ja, das habe ich gesagt.«

»Ismet muss geschrien haben wie ein Tier: ›Weißt du, was du da sagst?! Das kann ich nicht glauben! Wir lieben uns! Sie kennt diesen Orhan doch gar nicht! Sie hat noch darüber gelacht, mit was für einer quietschgelben Karre dieser Orhan da vorgefahren ist.‹ Darauf Cihan: ›… in die sie dann lachend eingestiegen ist.‹ Und dann hat Ismet gestöhnt: ›Also doch.‹ Er muss regelrecht zusammengebrochen sein.«

Ich starrte sie an. Scham und Kummer ließen mich schier vergehen. Es tat so unfassbar weh!

Emriye redete sich begeistert in Rage, denn nichts ist für manch türkische Frau schöner als ein deftiger Tratsch: »Cihan hat ihm dann gesagt, dass er dich vergessen muss: ›Sie ist nichts mehr für dich, Ismet. Sie wohnt schon bei ihm. Verstehst du, sie schläft mit ihm. Freiwillig, sie hat es unserem Vater selbst am Telefon gesagt. Sie hat unseren Ruf und unsere Ehre ruiniert. Es ist besser, du lässt los und vergisst sie.‹«

»Das hat mein eigener Bruder Cihan gesagt?« Spatzenhirn!, schoss es mir durch den Kopf.

»›Sie ist zwar meine Schwester, aber sie hat uns alle hintergangen, und wir sind fertig mit ihr. Genau wie mit Fidan.‹ – Genau das hat dein Bruder Cihan wörtlich zu Ismet gesagt.«

Gott, war das bitter! So dachten sie also von mir!

»Und wie ging es dann weiter mit ihm?«

»Ismet wollte sein Studium hinschmeißen, aber mithilfe seiner Familie hat er es schließlich geschafft.«

Ich wagte nicht, sie anzusehen.

»Emriye, ich traue mich ehrlich gesagt gar nicht darüber zu sprechen«, brachte ich schließlich hervor. »Schließlich gehört das Kapitel Ismet endgültig der Vergangenheit an, und es ist so, wie es ist.« Ich war fest davon überzeugt, dass Neslihan hinter der Küchentür lauschte. Ich biss mir auf die Lippen und knetete das Geschirrtuch in meinen Händen wie ein rettendes Tau. Wahrscheinlich hatte ich schon zu viel gesagt. »Ich wollte Ismet und seine Familie nicht verletzen!« Flehentlich sah ich sie an. »Es ist einfach Schicksal, und dem habe ich mich gefügt.«

»Natürlich.« Emriye griff nach dem Tablett mit den Mokkatassen. »Wenn du willst, werde ich das Ismets Schwester so ausrichten. Ich treffe sie nächste Woche beim Yoga.«

Ich stellte die Mokkakanne auf das Tablett und vergaß fast den Zucker.

Plötzlich kam mir eine Idee. Vielleicht könnte ich einen Brief schreiben? Gökhan und ich hatten uns immer gut verstanden!

Scheu zupfte ich Emriye am Ärmel.

»Wenn ich Ihnen einen Brief mitgeben würde … würde Gökhan den auch bekommen?«

Sie stutzte. Und zeigte mit dem Kinn Richtung Wohnzimmer, wo man bereits ungeduldig wartete. »Wissen die davon?«

»Nein«, zischte ich panisch. »Kann ich mich auf Sie verlassen?«

Mit einem wortlosen Nicken verließ sie die Küche.

Meine Finger zitterten so sehr, dass es mir fast nicht gelang, den Stift zu halten. Ich verschanzte mich im Bett und kritzelte in panischer Angst, entdeckt zu werden, Folgendes aufs Papier:

Liebe Gökhan!

Ich hoffe, dieser Brief erreicht dich. Ich weiß, was ich euch und meiner Familie angetan habe und dass dies unverzeihlich ist. Ihr sollt nur wissen, dass das, was geschehen ist, nicht aus freiem Willen geschehen ist, sondern dass ich dazu gezwungen wurde.

Ismet war und ist meine große Liebe!

Ich wende mich mit diesem Brief an dich, da ich zu dir eine besondere Beziehung hatte und glaube, dass du als Frau Verständnis für mich aufbringen kannst. Nachdem mich Orhan entführt hatte, stand ich unter Schock und hatte nicht den Mut, davonzulaufen. Und dann war es zu spät: Es war mit Gewalt geschehen, und ich hatte meine Unschuld verloren, traute mich nicht mehr, Ismet unter die Augen zu treten.

Ich schäme mich so sehr! Darum habe ich es vorgezogen, alle in dem Glauben zu lassen, ich hätte diese Ehe selbst gewollt.

Unter solchen Umständen wäre es für Ismet und eure Familie unzumutbar gewesen, eine entehrte Person wie mich zu Ismets Frau zu machen. Ich hoffe, dass dieser Brief den Groll gegen mich etwas besänftigen wird, denn es ist mir wichtig, das verzerrte Bild, das ihr jetzt von mir habt, etwas zurechtzurücken. Auch wenn das an den Tatsachen nichts ändert. Ich wünsche Ismet eine Frau, die ihn glücklich macht und die besser zu ihm passt.

Bitte vergebt mir!

Selma

Die Schrift war kaum lesbar; meine zitternden Finger wollten nicht so, wie ich wollte, und dass ich unter der Bettdecke, unter Zeitdruck und Angst schrieb, machte es auch nicht gerade leichter. Dicke Tränen tropften aufs Papier, das ich mangels Umschlag zu einem winzigen Quadrat zusammenfaltete und Emriye heimlich in die Manteltasche steckte, bevor ich mich wieder zu den anderen gesellte.

»Selma, wo warst du denn! Wir brauchen Nachschub.« Neslihan sah mich böse an. Die Haussklavin hatte sich eine Auszeit gegönnt.

»Ach, sie hat schon wieder geheult«, sagte sie kalt zu den anderen. »Sie badet gern in Selbstmitleid und will einfach nicht erwachsen werden.«

Während ich neuen Mokka kochte, spürte ich Emriyes forschenden Blick. Hochnervös wühlte ich in meiner Rocktasche, als suchte ich ein Taschentuch, und sie nickte unmerklich. Ich konnte nur hoffen, dass sie meinen Wink richtig verstanden hatte, denn wir hatten keine Gelegenheit mehr, unter vier Augen zu sprechen. Gleichzeitig befürchtete ich nach wie vor, dass sie mir eine Falle gestellt hatte. Nicht auszudenken, welche Steilvorlage ich Orhan damit liefern würde! Dann hätte er allen Grund, mich grün und blau zu schlagen. Kurz darauf verabschiedeten sich die Gäste. Muhamet half Emriye höflich in den Mantel, und ich starrte auf die Manteltasche, als befände sich eine geladene Waffe darin. Doch sie plauderte und lachte, tat so, als hätte sie unser kleines Komplott längst wieder vergessen.

Das war meine erste und letzte Aktion des Widerstands, etwa zwei Jahre nach meiner Entführung. Leider sollte ich nie erfahren, ob mein Brief Ismets Familie je erreicht hat.

13

»Du versuchst doch nicht etwa, Kontakt zu deiner Familie aufzunehmen?«

Orhan kam angetrunken hereingetorkelt. Es war früher Abend. Seine Schicht als Lagerarbeiter einer Bochumer Textilfabrik war um vier zu Ende, was bedeutete, dass er noch Zeit in seiner Stammkneipe verbracht und sich mal wieder in Rage getrunken hatte.

Mir rutschte das Herz in die Hose. Nein, mit MEINER Familie hatte ich keinen Kontakt aufgenommen. Heftig schüttelte ich den Kopf und senkte den Blick.

»Das will ich wohl meinen!« Orhan ließ sich aufs Bett fallen und streifte seine Schuhe ab.

Wie üblich forderte er eine Fußmassage, die fast immer mit dem endete, was er wirklich wollte. Ich musste ihn befriedigen, aber anschließend schlief er wenigstens ein.

Ich hatte dann die Wahl, ihm entweder beim Schlafen zuzusehen oder Neslihan im Wohnzimmer Gesellschaft zu leisten. Also entschied ich mich für das kleinere Übel.

Neslihan hatte inzwischen einen Fernseher, in den sie den ganzen Tag starrte.

Ihrem Mann Muhamet war die Wohnsituation übrigens zu eng geworden, er schlief fast immer in seiner Änderungsschneiderei, wo er sich ein Klappbett hingestellt hatte.

Angeblich, weil er so viel zu arbeiten hatte, aber ich spürte, dass seine Ehe mit Neslihan alles andere als erfreulich war. Neslihan hatte das Sagen und hackte oft auf ihm herum. Meinen Schwiegervater bekam ich kaum noch zu Gesicht. Dafür war das Fernsehprogramm manchmal recht unterhaltsam.

Als jetzt das Telefon klingelte, hatte ich nur Angst, Orhan könnte aufwachen und lautstark meine Anwesenheit einfordern. Aber er schnarchte nebenan weiter. Neslihan nahm ab und plauderte liebenswürdig auf Türkisch. Plötzlich erstarrte ich: Die Stimme, die leise aus dem Hörer drang – das war doch meine Mutter!

»Ja, sie ist hier. Natürlich geht es ihr gut. Gerade war sie bei ihrem Mann, die beiden versuchen ja schon fleißig, uns zu Großeltern zu machen!« Sie stieß ein etwas zu schrilles Lachen aus, und ich hörte meine Mutter etwas sagen.

»Ja, natürlich kannst du sie sprechen. Warum auch nicht? Wir haben doch keine Geheimnisse voreinander!«

Neslihan reichte mir mit Adlerblick den Hörer, um anschließend sofort Orhan wach zu rütteln.

»Anne!«, stammelte ich und musste auch schon weinen. »Welche Freude, deine Stimme zu hören! Wie geht es dir?«

»Ich rufe aus Hannover an«, sagte sie, »und wir müssen uns kurz fassen. Es ist immerhin ein Ferngespräch. Den Zwillingen und mir geht es gut. Die anderen sind ja überall verstreut, und von deinem Vater weiß ich nichts. Aber wie geht es dir, meine Tochter?«

Mein Herz polterte. Ich presste den Hörer ans Ohr, um meiner Mutter ein bisschen näher zu sein. Wie liebevoll und besorgt das klang: meine Tochter! War ich das denn noch? Sie schien mir verzeihen zu wollen.

In diesem Moment tauchte Orhans rotes, verquollenes Gesicht im Türrahmen auf. Hasserfüllt starrte er mich an und wollte mir schon den Hörer entreißen, als Neslihan beruhigend auf ihn einredete. Er fuhr sich mit der flachen Hand über die Kehle: Ein falsches Wort, und ich töte dich.

Das hatte er mir immer wieder angedroht, auch dass er

meine ganze Familie auslöschen würde. Und so eingeschüchtert, wie ich war, so ohne jedes Selbstwertgefühl, nahm ich ihm das auch ab.

»Mir geht es gut, Anne«, stammelte ich schluchzend. Gleichzeitig ließ ich Orhan nicht aus den Augen, kam mir vor wie ein Kaninchen, über dem bereits der Adler kreist. »Orhan und seine Eltern arbeiten fleißig, alle haben viel zu tun, die Großeltern sind auch wohlauf …«

»Kind, ich mache mir Sorgen um dich«, flüsterte meine Mutter. Sie weinte doch nicht etwa auch? »Ich würde dich so gern in Bochum besuchen!«

»Tja, ähm, das wird schwierig sein, denn die Familie arbeitet so viel, und ich glaube nicht, dass du hier schlafen könntest.«

Orhan hypnotisierte mich weiter, und Neslihan schüttelte nur kühl den Kopf.

»Ich gehe natürlich ins Hotel!«, sagte Mutter bestimmt.

Wortlos gab ich Neslihan den Hörer zurück, und diese war höflich genug, meiner Anne den Besuch nicht zu verwehren. »Aber dass du hier nicht schlafen kannst, weißt du?«

Mutter versicherte noch einmal, dass sie ins Hotel gehen würde. »Die Zwillinge haben Osterferien, ich würde sie gern mitbringen, aber macht euch bitte keine Umstände!«

Zu meinem grenzenlosen Erstaunen wurde der Besuch fest vereinbart. Bei uns Türken wird Gastfreundschaft großgeschrieben – auch das ist eine Frage der Ehre und des Anstands.

Ich konnte mich kaum beherrschen, so sehr freute ich mich! Meine Anne würde mit meinen Brüdern kommen!

Als ich an Orhan vorbei in die Küche schlüpfen wollte, um die Nachricht in Ruhe zu verdauen, vertrat er mir den Weg. Er hatte nur seine weiß gerippte Unterhose an. Inzwischen hatte er einen deutlichen Bierbauch. Barsch packte er mich am Arm.

»Deine Mutter bei uns zu Besuch? Das muss ich wohl erlauben, sonst kommen wir ins Gerede. Aber untersteh dich, auch nur eine falsche Bemerkung zu machen! Schon bei der kleinsten Geste …, kapiert?«

Ich zuckte zusammen. »Ich hab's kapiert! nicht«, stammelte ich. Meine Hände waren feucht vor Angst.

»Du weißt also, wie du dich zu verhalten hast?«

»Natürlich.«

Knurrend verzog sich Orhan wieder ins Zimmer. »Und du kommst jetzt auch ins Bett, ist das klar?!«

»Ja.« Gehorsam legte ich mich neben ihn. Glücklicherweise schnarchte er schon nach wenigen Minuten erneut, und sein alkoholgeschwängerter Atem füllte den Raum. Hauptsache, meine Mutter kam! Sie war mir wieder gut! Ich musste mir auf die Fäuste beißen, um nicht laut loszuheulen. Nebenan stellte Neslihan den Fernseher lauter. Bestimmt dachte sie, wir arbeiteten weiter an ihren Enkeln.

Am Ostersonntag klingelte es pünktlich um achtzehn Uhr an der Wohnungstür. Ich hatte schon das ganze Wochenende mit Neslihan ein opulentes Festmahl vorbereitet, denn nichts wäre Orhans Familie peinlicher gewesen, als vor meiner Mutter als arm oder knauserig dazustehen. Orhan schlief noch, aber das war mir nur recht. Wie von der Tarantel gestochen, stürzte ich zur Tür und riss sie auf. Mutter war immer noch schön und äußerst gepflegt. Sie trug ein hellblaues Kostüm und dazu eine passende Handtasche. Die Zwillinge waren groß geworden! Ich fiel allen abwechselnd in die Arme und weinte wie ein Schlosshund.

Meine Anne weinte auch, während sich die Zwillinge verlegen im engen dunklen Flur herumdrückten. Ihr entsetzter Blick huschte durch die Wohnung, die schmuddelig wirkte, obwohl wir sie nach Kräften auf Hochglanz gebracht hatten.

»So kommt doch rein, setzt euch! Selma, hol Tee und Limonade! Orhan kommt gleich, er hatte Nachtschicht und macht sich noch frisch.«

Orhan hatte überhaupt keine Nachtschicht gehabt – beziehungsweise wenn, dann in der Kneipe mit seinen Kumpels!

Nach einer endlosen Begrüßungszeremonie samt Übergabe von Geschenken saßen wir schließlich alle am Tisch. Orhan hatte sich hastig angezogen und versucht, seine Alkoholfahne mit Pfefferminz zu überdecken. Gequält grinsend fläzte er im Sessel, während Mutter und die Zwillinge befremdet auf dem Sofa saßen.

In der Küche zischte mir Neslihan zu: »Reiß dich zusammen und hör auf zu heulen!«

Dann tischten wir die köstlichsten Sachen auf und genossen die Leckereien.

»Wo ist denn dein Mann, Neslihan?« Mutter sah sich suchend um.

»Der arbeitet Tag und Nacht, der Arme.« Meine Schwiegermutter begann, Belanglosigkeiten über die Änderungsschneiderei von sich zu geben, und ich spürte, wie unsere kostbare Zeit verrann. Ich wollte so gern allein mit meiner Mutter reden! Aber daran war nicht zu denken. Die Jungs baten darum, fernsehen zu dürfen, und setzten sich auf den Fußboden. Wie gern hätte ich die beiden geknuddelt und sie über ihr Leben in Hannover ausgefragt!

Nun beschränkte sich das Gespräch auf seichtes Geplauder zwischen den beiden Frauen, während ich unter Orhans Dolchblicken wie gelähmt auf meinem Schemel hockte.

»Liebes, wo schlaft ihr denn?« Mutters Blick huschte besorgt zur einzigen Tür, die noch von diesem Wohnzimmer abging. Küche und Bad hatte sie bereits inspiziert.

»Da drin.«

»Aber ist das denn nicht schrecklich eng hier für vier Personen?«

»Meryem, du hast ja keine Ahnung, wie schwierig es ist, eine geeignete Wohnung für das junge Paar zu finden!« Neslihan schenkte beflissen Tee nach. »Wir versuchen alles, was finanziell machbar ist, und die Männer arbeiten hart dafür. Aber zum Glück verstehen wir uns ja ganz wunderbar, nicht wahr, Selma?« Sie legte die Hand auf die meiner Mutter und sagte mit falscher Freundlichkeit: »Ich bin ja so froh, dass meine geliebte Schwiegertochter bei uns ist. So bin ich nicht allein, wenn die Männer arbeiten müssen. Sie geht mir zur Hand, und uns beiden wird nie langweilig, nicht wahr, Herzchen?«

Ich nickte. Herzchen. So hatte sie mich noch nie genannt.

Orhan griff in die Chipstüte, die eigentlich für die Kinder gedacht war, und nuschelte mit vollem Mund: »Die beiden sind ein Herz und eine Seele.«

»Es ist so schön, endlich eine Tochter zu haben!« Neslihan lächelte. »Insofern finden wir es gar nicht schlimm, dass die jungen Leute noch bei uns wohnen. So nimmt man Anteil am jungen Glück.«

Die Augen meiner Mutter ruhten liebevoll auf mir. Ich war IHRE Tochter, und das sagte mir auch ihr Blick, während wir beide schwiegen.

»Orhan sucht schon seit einer Weile nach einer bezahlbaren Wohnung. Es wird sich schon noch was Passendes finden.«

Neslihan wechselte das Thema und kramte alte Fotoalben hervor, die meine Anne aber nicht interessierten. Sie ließ mich nicht aus den Augen und unterbrach Schwiegermutters Geschwätz: »Sag mal, Kind, warum bist du so abgemagert? Und was ist mit deinen schönen glänzenden Haaren passiert? Die Ehe scheint dir nicht gut zu bekommen!«

»Sie ist eben immer noch total verliebt.« Orhan griff nach mir und zog mich in seine Arme. »Außerdem finde ich, dass sie gar nicht dünn genug sein kann. Ich hasse dicke Weiber.«

So leicht ließ sich meine Anne nicht beruhigen. »Bekommst du nicht zu essen, oder warum bisst du so dürr?«

»Doch, doch«, brachte ich hervor, während Orhans Arm mir wie eine Würgeschlange um den Hals lag.

»Es geht mir gut. Mach dir keine Sorgen.«

Der Abend verging mit nichtigem Geschwätz. Weder Neslihan noch Orhan ließen uns eine Sekunde allein. Stattdessen schickten sie mich für jeden Handgriff in die Küche, und sobald ich wiederkam, hatte Neslihan meine Mutter in ein neues seichtes Gespräch verwickelt.

Die war sichtlich genervt von der primitiven Neslihan, die außerdem Kette rauchte.

Als das Fernsehquiz mit Hans-Joachim Kulenkampff zu Ende war, stand meine Anne auf und strich ihren Kostümrock glatt.

»Also, dann gehen wir jetzt mal. Jungs, bedankt euch und zieht eure Mäntel an.«

Das taten meine kleinen Brüder – sichtlich erleichtert, endlich gehen zu dürfen.

Als Mutter mich an sich zog, stutzte sie. »Wo ist denn dein ganzer Schmuck, den du zur Hochzeit bekommen hast?« Sie starrte auf meine Hände, an denen nur der Ehering steckte. »Ich hatte dir doch eine goldene Uhr und wertvolle Armreife geschenkt, und von den anderen Gästen hast du doch auch wunderschönen Schmuck bekommen?«

»Ja, man hat ja dein Brautkleid fast gar nicht mehr gesehen vor lauter Gold!«, pflichteten ihr die Zwillinge bei.

Das hatten sie toll gefunden. Nach türkischem Brauch hatte ich Goldtaler, Ohrringe, Armreife, Goldketten und Halsketten angesteckt bekommen, unter denen ich fast zusammengebrochen war. Orhan hingegen war mit Geldscheinen zugepflastert worden, und das alles zu lauter Musik und unter begeistertem Klatschen der Gäste.

Ich sah an mir hinab. Nichts.

Direkt nach der Hochzeit hatte mir meine Schwiegermutter alles Gold abgenommen – mit den Worten: »Das bewahre ich mal lieber für dich auf. Du bist ja noch zu jung.«

»Ach, Mutter, du weißt doch, dass ich zu Hause keinen Schmuck trage. Beim Ausgehen natürlich schon.«

Mit dieser letzten Lüge schob ich meine liebe Anne und meine kleinen Brüder zur Tür hinaus. »Es war schön, euch wiederzusehen. Bitte kommt uns bald noch mal besuchen!«

»Ich will mich nicht aufdrängen«, flüsterte mir Anne bei der Umarmung ins Ohr. »Ich habe das Gefühl, hier nicht willkommen zu sein.«

14

Köln, Sommer 1972

»Ich habe das Gefühl, hier nicht willkommen zu sein!«

Vater kam nach einer seiner Geschäftsreisen in unser schönes großes Haus gepoltert, das wir inzwischen in Köln bezogen hatten, streifte die Schuhe ab und ließ sie in der Eingangshalle liegen.

Normalerweise kamen wir Kinder angeschossen, fielen ihm in die Arme, halfen ihm aus Mantel und Schuhen und brachten ihm die Pantoffeln.

»Was ist denn das für eine frostige Begrüßung?« Wütend ließ er seinen Koffer im Flur fallen und warf den Autoschlüssel auf die Konsole. Auch wenn ich erst zehn Jahre alt war, wusste ich, dass sein roter Lamborghini da draußen etwas ganz Besonderes war und letztlich auch der Anlass für die schlechten Schwingungen zwischen meinen Eltern.

»Beruhige dich, Alper. Die Kinder können nichts dafür!«

Mutter warf einen kühlen Blick aus der Küche, in der sie gerade für die Großfamilie werkelte. »Das Essen ist gleich fertig.«

»Was heißt das, die Kinder können nichts dafür?!« Wutschnaubend stapfte mein Vater rauf ins Bad, um sich in die Wanne zu legen. »Was ist das hier eigentlich für eine feindselige Atmosphäre? Ich schufte wie ein Tier für diese undankbare Familie, und wenn ich dann erschöpft nach Hause komme, tut ihr alle so, als hätte ich was verbrochen!«

Fidan und ich sahen uns betreten an. Fast jeden Abend hörten wir, wie unsere Mutter sich in den Schlaf weinte. Unser Vater war ständig mit seinem roten Flitzer unterwegs und kümmerte sich kaum noch um uns. War er dann doch mal zu Hause, schrien meine Mutter und er sich nur noch an. Angeblich hatte Vater eine fremde Frau in diesem Auto mitgenommen, und das hatte sich in der türkischen Gemeinde schneller herumgesprochen, als der rote Flitzer fahren konnte.

Als unser Vater nach seinem Entspannungsbad die Treppe herunterkam, hatte ich das kindliche Verlangen, die frühere Harmonie wiederherzustellen.

Verlegen drückte ich mich im Treppenhaus herum.

»Was ist?«, herrschte Vater mich an. »Wie war's in der Schule?«

»Gut, Baba, ich habe nur Einser und Zweier.«

»Na bitte.« Langsam entspannte er sich. »Komm her, Spatzenhirn. Du kannst mir die Füße massieren.«

Während Fidan unserer Anne in der Küche half, versuchte ich, meinen immer noch heiß geliebten Vater langsam von seiner Wutwolke herunterzuholen. Mithilfe von türkischem Duftöl massierte ich ihm die Füße, so gut ich das mit meinen kleinen Händen konnte. Mutter ließ sich zu solchen Zärtlichkeiten nämlich nicht mehr hinreißen.

Eine Bekannte, die in Vaters Firma arbeitete, hatte ihr vor Kurzem gesteckt, dass der rote Lamborghini des Öfteren vor einer bestimmten Wohnung ihrer Hochhaussiedlung parke und dass in dieser Wohnung eine nicht sehr ehrbare Dame wohne.

Meine Anne war tief gekränkt und hatte Baba deswegen schon so manche Szene gemacht.

»Das ist doch alles ein Riesenblödsinn!«, hatte Baba sich aufgeregt. »Dummes Geschwätz! Natürlich mache ich Kundenbesuche, ich muss schließlich die maßgeschneiderten Kleider ausliefern. Viele Kundinnen probieren die Sachen lieber zu Hause an, und ich nehme dann gleich die entsprechenden Änderungen vor. Und bevor ihr dumme Fragen stellt: Natürlich warte ich im Nebenzimmer!«

Meine Anne glaubte Vater kein Wort.

Und ich auch nicht, ehrlich gesagt. Vor einer Weile hatte mein Baba mich nämlich auf eine Spritztour in seinem »jämmerlichen Angeberauto«, wie Anne das nannte, mitgenommen. Unser Bruder Cihan war schon beim Militär in der Türkei, und das machte unseren Baba wieder leichtsinniger. Mit seinem ältesten Sohn hatte er sich heftige Wortgefechte geliefert, und da Cihan zu einem großen stattlichen Mann herangewachsen war, hatte mein Baba Respekt vor ihm. Cihan hatte ihm immer wieder ins Gewissen geredet, unsere Anne nicht zu verletzen und sich nicht wie ein räudiger Hund zu benehmen. Sie hatten sich angeschrien und waren sogar handgreiflich geworden, aber jetzt hatte Baba wieder freie Bahn.

Stolz sauste er mit mir auf dem Beifahrersitz schnittig durch die Stadt, das Radio lief in voller Lautstärke und spielte türkische Liebeslieder, und ich genoss es, unter den Blicken meiner Schulfreunde in diesem tollen Auto zu sitzen, bis er plötzlich mit quietschenden Bremsen neben einer komischen Frau in einem roten Kleid anhielt. Noch eben hatte ich mich stolz wie Oskar gefühlt, doch jetzt beschlich mich ein eigenartiges Gefühl.

Die Frau stand auf dem Bürgersteig – ganz so als hätte sie auf Baba gewartet.

Baba ließ die Scheibe herunter und machte der Frau die süßlichsten Komplimente.

»Dieses Kleid kann aber auch wirklich nur diese wunderschöne Frau tragen!«, gurrte er wie ein liebeskranker Täuberich, und die rote Taube gackerte und plusterte sich auf.

Ich fühlte mich unbehaglich, denn meine Anne war in meinen Augen tausendmal schöner als diese aufgetakelte Kuh, und das rote Kleid war ECHT KURZ!

Die Frau, die übermäßig geschminkt war, lange blonde Haare und einen weißen Pudel hatte, beugte sich vertraulich ins Wageninnere und stützte sich dabei mit rot lackierten Fingernägeln am Fenster ab. Instinktiv wich ich vor ihr zurück und presste mich in den kühlen Ledersitz.

Ein schwere Wolke süßlichen Parfüms wehte zu uns herein, als sie mich mit ihren viel zu weißen Porzellanzähnen anlächelte und gönnerhaft auf die dünnen Beinchen klopfte.

»Gott, Alper, was ist die süß! Ist das deine Tochter?«

»Meine Kleine, ja. Sieht mir ähnlich, was?«

»Ja, ganz der Papa! Dieses volle schwarze Haar und diese ausdrucksvollen grünen Augen! Dazu diese markante Nase … Was bist du eigentlich für ein Sternzeichen?«

Ihr übertriebenes Gezirpe ging mir ganz gehörig auf den Geist, aber natürlich konnte ich nichts machen. Ich hoffte inniglich, mein Papa würde weiterfahren und diese Bordsteinkrähe mit ihrem viel zu roten Schnabel stehen lassen!

Doch die hackte weiter auf meine Mädchenseele ein. »Wo ist denn die Mutter dieses hinreißenden Geschöpfs, Alper?«

Vater zerrte verlegen an seiner Krawatte, beugte sich über mich, sodass sich sein Aftershave mit dem der Dame vermischte, und raunte ihr zu: »Wir sind ja leider getrennt. Das Kind soll es aber nicht wissen.«

Hallo? Dachte er, ich hätte eine Wolldecke über dem Kopf? Ich hatte alles ganz genau gehört! Und konnte schwören, dass Anne und Baba nicht getrennt waren!

Obwohl ich damals erst zehn Jahre alt war, spürte ich deutlich, dass mein Baba sich ungehörig benahm.

Der Erfolg der Firma, die er mit Onkel Engin und weiteren männlichen Verwandten aufgebaut hatte – selbst meine großen Brüder mussten nach der Schule dort helfen – war ihm wohl zu Kopf gestiegen.

Während meine Mutter sich ausschließlich der Familie und dem neuen großen Haus mit Garten widmete, genoss mein Vater seine finanzielle und auch sonstige Freiheit. Er schien sich einen Dreck um die von ihm früher so hochgepriesenen Werte wie Anstand, Familienehre und eheliche Treue zu scheren. Für ihn galt das auf einmal nicht mehr.

Besondere Kundinnen wollten eben einen besonderen Service. Ein Schelm, wer Böses dabei dachte!

Obwohl ich seine Ausflüchte gerne glauben wollte, entging mir nicht, wie meine stolze Mutter litt, und irgendwann begann ich, meinen einst heiß geliebten Baba für sein Verhalten zu hassen.

15

Bochum, 7. April 1980

Nachdem meine liebe Anne gegangen war, versank ich in absolute Traurigkeit. Obwohl draußen Frühling war und die Amseln selbst in diesem trostlosen Bochumer Hinterhof sangen, verbrachte ich die nicht enden wollenden Tage und Nächte ausschließlich in meinem Zimmer. Ich wollte nicht mehr essen und konnte mich kaum noch bewegen, so geschwächt waren meine Muskeln.

Hatte ich mich vorher noch an den letzten Zipfel Hoffnung geklammert, von meiner Anne gerettet zu werden, versank ich jetzt endgültig in Depressionen.

Ich lag wieder einmal apathisch auf dem Bett, als Orhan gegen Abend angetrunken hereinplatzte und auf mich zu taumelte. Ich sah das Unvermeidliche schon auf mich zukommen, doch zu meiner Überraschung zerrte er mich aus dem Bett. »Jetzt reicht's mir aber mit deinem Selbstmitleid. Reiß dich gefälligst zusammen! Wasch dich, zieh dir was Anständiges an und warte in der Küche auf mich!«

Wortlos tat ich, was er von mir verlangte. Wenn ich ihm etwas kochen sollte, war das das kleinere Übel.

Er saß mit einer Bierflasche am Küchentisch und hatte den Kopf in die Arme gestützt. Neslihan war verschwunden.

»Wo ist Mutter?«, fragte ich scheu.

»Sie hat gemeint, ich soll mal mit dir reden.« Er klopfte auf den Platz neben sich auf der Küchenbank. »Du gehst uns ja noch ein wie eine Primel. Also reden wir.«

Verwundert, aber gehorsam setzte ich mich neben ihn. Das hatte er noch nie getan. Reden! Worüber denn?

»Andere Frauen erzählen ihren Männern Geschichten.« Glasigen Blickes starrte er mich an. »Nur du heulst die ganze Zeit rum und bist so langweilig wie ein platter Autoreifen. Los, erzähl was!«

Ich schluckte. »Was möchtest du denn hören?«

Er zeigte mit seiner Bierflasche auf mich. »Erzähl die Geschichte von Bekir.«

»Bekir?« Meinte er den Mann meiner Schwester Fidan?

»Genau, der Kurde. Der war doch irgendwann plötzlich tot.« Sein Gesicht nahm einen sensationslüsternen Ausdruck an. »Da war doch was mit einem Mord oder so.«

Ich rieb mir die Stirn. »Diese schreckliche Geschichte möchtest du hören?«

»Ja! Schließlich sind wir jetzt eine Familie. Mein Kollege Ahmet hat mich in der Arbeit danach gefragt, und ich konnte ihm nichts dazu sagen.«

»Also gut.« Ich starrte an ihm vorbei an die Küchenwand und begann zu erzählen.

»Meine Schwester Fidan musste ja mit sechzehn unser Elternhaus in Köln verlassen, weil sie von Bekir schwanger war.« Ich schluckte.

»Schlampe«, sagte Orhan verächtlich. »Ihr Frauen seid doch alle gleich.«

»Mein Vater hat sie verstoßen, und niemand aus unserer Familie durfte mehr mit ihr reden.«

Orhan setzte die Flasche an den Mund und ließ mich dabei nicht aus den Augen.

»Zum Glück war Bekir, ihr Freund, ein sehr netter junger Mann, gemeinsam konnten beide bei meinem Onkel Engin unterschlüpfen.«

»Der Bruder deines Vaters hat das Flittchen und ihren Hurenbock aufgenommen?«

»Ja. Bekir war in Onkel Engins Betrieb als Schneider angestellt, und meine Schwester Fidan konnte nach der Geburt ihres Kindes bei ihm als Sekretärin anfangen. Sie hat sich voll in den Betrieb eingearbeitet und war irgendwann so was wie seine rechte Hand.«

»Das hat dein Vater aber scheiße gefunden, was?« Orhan grinste.

»Mein Vater war damit zwar nicht einverstanden, aber im Grunde seines Herzens bestimmt erleichtert, dass Fidan und ihre kleine Familie bei Onkel Engin und seiner Frau Sule untergekommen sind. Meine Cousine Yasemin war ja auch noch da, und so fand sich eine neue Großfamilie zusammen.«

Orhan hielt mir seine Flasche hin. »Hier, trink mal.«

»Nein, danke.« Ich schob seinen Arm weg. Erbarmungslos packte Orhan meinen Nacken.

»Trink, hab ich gesagt!« Er schüttete mir Bier in den Mund, das ich folgsam schluckte.

»Und jetzt komm endlich zum Punkt. Ich will das mit dem Mord hören!«

»Bekir stammte aus einer kurdischen Familie.« Ich rieb mir den schmerzenden Nacken. »Als ich vierzehn war, sind meine Mutter, mein großer Bruder Cihan und ich mit den damals vierjährigen Zwillingen in den Sommerferien nach Urfa gefahren, wo Bekirs Familie wohnte. Mein Vater durfte nichts davon wissen, aber damals waren meine Eltern sowieso schon getrennt. Wir haben bereits in Hannover gelebt.«

»Ja und?« Die Pranke umklammerte wieder meinen Nacken.

»Wir sind also in den Südosten der Türkei geflogen, wo man Kurdisch spricht. Wir konnten kein Wort verstehen, es ist eine völlig andere Sprache als Türkisch!« Ich musste fast ein bisschen lächeln, als ich an diesen märchenhaften Urlaub zurückdachte. »Bekirs Familie nahm uns so herzlich auf, als ob Fürsten zu Besuch gekommen wären. Es war eine sehr große Familie. Bekir hatte zehn Geschwister.«

»Die haben eben noch keinen Fernseher«, lästerte Orhan arrogant. »Perverse Schweine!«

»Dort ist es üblich, so viele Kinder zu haben. Die Familie lebte noch nach sehr traditionellen Regeln: Die Frauen aßen getrennt von den Männern und hielten sich auch in getrennten Zimmern auf.«

»So muss das sein.« Orhan knallte seine Bierflasche auf den Tisch und rülpste profund, wobei er sich anscheinend ungeheuer männlich vorkam.

»Sie waren wundervoll«, geriet ich ins Schwärmen. »Eine unheimlich herzliche, gastfreundliche Familie. Bekirs Eltern haben uns ihr Schlafzimmer überlassen und darauf bestanden, dass wir Gäste das schönste Bett bekommen. Bekirs Vater war das unangefochtene Familienoberhaupt. Was er anordnete, war Gesetz, und alle hielten sich ohne Widerworte daran.«

»So muss das sein«, wiederholte Orhan selbstzufrieden.

»Trotzdem habe ich mich frei und ernst genommen gefühlt. Tagsüber habe ich mit den Zwillingen auf den Feldern herumgetobt und durfte zum ersten Mal in meinem Leben auf einem Esel reiten!« Meine Augen begannen zu leuchten, und das missfiel Orhan. »Der Mord!« beharrte er. »Dieses Mädchengeschwätz interessiert mich nicht. Ich lass dich nachher auch mal auf meinem Esel reiten, hahaha!«

»Okay, also etwa ein Jahr nach dieser Reise ist Bekir unter seltsamen Umständen in seiner Wohnung in Koblenz, die er inzwischen mit Fidan und zwei kleinen Töchtern bewohnt hat, tot aufgefunden worden.«

»Jetzt wird es spannend.« Orhan stellte die leere Flasche auf den Tisch, und ich beeilte mich, sie zu entsorgen und ein neues Bier aus dem Kühlschrank zu holen, das ich für ihn öffnete. Ein Glas wollte er nicht, er trank lieber aus der Flasche.

»Das war an einem Wochenende im Jahr 1977. Ich war inzwischen fünfzehn und bin noch in Hannover zur Schule gegangen, aber Mutter, die Zwillinge und ich waren zu Cihan nach Bad Godesberg gefahren, der dort mittlerweile mit seiner deutschen Freundin Christa gewohnt hat.«

»Der MORD!«

»Natürlich.« Verkrampft versuchte ich, alles möglichst chronologisch zu schildern.

»Das war die Gelegenheit, Fidan und ihre kleinen Töchter zu sehen. Fidan hatte seit einiger Zeit ein eigenes kleines Geschäft. Sie war mit den Kindern von Koblenz nach Bad Godesberg gereist, ungefähr eine gute Stunde Fahrt und ...«

»Laber hier nicht rum, ich will das mit dem Mord hören.«

»Das ist aber wichtig für das, was gleich kommt: Wir haben uns also alle in Cihans Wohnung in Bad Godesberg getroffen, uns riesig gefreut, endlich wieder beieinander zu sein.«

»Komm endlich zur Sache, sonst knallt's!«

»Bekir war zu diesem Zeitpunkt noch in Onkel Engins Firma, eine Sonderschicht einlegen. Angeblich musste noch dringend Ware an einen Kunden verschickt werden.«

»Heiße Ware«, ließ Orhan mit Kennermiene verlauten.

»Keine Ahnung, ich war fünfzehn, und wir hatten einfach nur Spaß, als Fidan plötzlich meinte, dass sie kurz Bekir anrufen will. Sie wollte ihm sagen, dass sie und die beiden Töchter gut angekommen sind. Sie hatte damals noch nicht lange den Führerschein, und Bekir hätte sich sonst Sorgen gemacht. Sie hat es also in der Firma versucht, und als niemand ranging, bei sich zu Hause in Koblenz. Besetzt. Sie war ziemlich verärgert und meinte, wenn Bekir jetzt schon zu Hause wäre, hätte er genauso gut mitkommen können.«

»Vielleicht hatte er 'ne andere Mieze am Start, so wie dein Vater!«

»Nein, so war Bekir nicht! Die beiden haben sich geliebt und waren glücklich!«

Ich wischte mir über die Augen.

»Immer wieder hat sie es auf beiden Nummern versucht, aber in der Firma ging keiner ran, während in der Wohnung ständig besetzt war. Wir haben dann alle bei meinem Bruder Cihan und seiner Freundin Christa übernachtet. Am nächsten Morgen hat sich Fidan dann echt Sorgen gemacht und den Hausmeister in Koblenz angerufen. Der sollte nach dem Rechten sehen.«

Orhan saugte an seiner Flasche, ohne die rot unterlaufenen Augen von mir abzuwenden.

»Dann hat der Hausmeister zurückgerufen und gemeint, der Schlüssel würde von innen stecken. Zuerst dachte Fidan, Bekir hätte vielleicht einen über den Durst getrunken und würde … na ja …« Mit einem Seitenblick auf Orhan beschloss ich, dieses Thema nicht zu vertiefen. »Aber Bekir hat eigentlich nie Alkohol getrunken, sodass Fidan den Hausmeister gebeten hat, die Tür aufzubrechen.«

Orhan starrte mich sensationslüstern an.

»Da lag er. Tot. Grausam zugerichtet, in seinem Blut. Der Hausmeister hat sofort die Polizei verständigt.«

Bei der Erinnerung an dieses schreckliche Ereignis musste ich einen Moment Pause machen. Ich stand auf und holte mir ein Glas Leitungswasser.

»Ein Verhör folgte aufs andere«, fuhr ich fort, während ich im Stehen an meinem Glas nippte. »Alle, die ganze Familie, wurde vernommen.«

»Du auch, Spatzenhirn? Komm, setz dich wieder zu mir.«

»Ich auch.« Ich nickte. »Dabei hatte ich keine Ahnung, was passiert sein könnte. Ich mochte Bekir und wusste, dass Fidan und er eine glückliche Ehe führen.«

»So wie wir.« Orhan grinste. Schon hatte er wieder den Arm um meinen Hals geschlungen und drückte zu wie eine Kobra.

Ich überhörte das. »Alle waren verdächtig, und Fidan musste als Hauptverdächtige in U-Haft. Meine Mutter hat die beiden kleinen Mädchen mit nach Hannover genommen. Cihan hat sich um Fidans Geschäft gekümmert. Sie war immer so tüchtig und dann …«

»Dann saß sie im Knast.«

Orhan hielt nichts von berufstätigen Frauen, die erfolgreicher waren als ihre Männer.

»Ja. Richtig lange sogar. Die Ermittlungen dauerten ewig!«

»Habt ihr deine Schwester im Knast besucht?«

Ich schüttelte den Kopf. »Durften wir nicht! Es muss entsetzlich für sie gewesen sein: ihr geliebter Mann tot, die Kleinen weit weg, keiner aus ihrer Familie durfte zu ihr, und vom wahren Mörder fehlte jede Spur!«

»Warum wurde Fidan denn verdächtigt?« Orhan wischte sich mit dem Handrücken den Mund ab. »Die hatte doch bestimmt auch Dreck am Stecken?«

»Nein!«, verteidigte ich meine Schwester empört. »Sie war ahnungslos und unschuldig! Aber ein Unbekannter, der in den Fall verwickelt war, hat sie durch eine Falschaussage belastet: Sie hätte den Mörder gekannt und ihm einen Tipp gegeben, wie man Bekir ausschalten kann. Bei der Gerichtsverhandlung, die in Frankfurt stattfand, schien der Richter erst zu glauben, Fidan hätte Bekir loswerden wollen, weil er ein brutaler, schlechter Ehemann war. Für ihn lag nahe, dass Fidan den Mord in Auftrag gegeben hat – so wie das vielleicht manchen in den Sinn kommt.« Erschrocken verstummte ich. Das Thema war mir viel zu nahe.

»Jedenfalls hat der angebliche Zeuge im letzten Moment, kurz vor der Urteilsverkündigung, zugegeben, dass er eine Falschaussage gegen Fidan gemacht hat, um den Kopf aus der Schlinge ziehen zu können. Der wahre Mörder ist festgenommen worden und hat das Verbrechen endlich gestanden.

Er und seine Landsleute, zu denen auch der falsche Zeuge gehört hat, hatten Bekir zur Herausgabe der Ware zwingen wollen. Es kam zu einer Schlägerei, bei der Bekir natürlich unterlag. Nachdem er verraten hatte, wo die Ware ist, haben sie ihm mit einem Küchenmesser die Kehle durchgeschnitten. Dann haben sie das Telefonkabel aus der Wand gerissen und den Plattenspieler angestellt, damit die Nachbarn glauben, hier fände eine Party statt. Fidan ist freigesprochen worden und hat eine finanzielle Entschädigung bekommen, die aber weder den Verlust ihres Mannes noch die psychischen Folgen aufwiegen konnte.«

»So. Und was war das nun für ›Ware‹?«

»Wie sich herausstellte, hat Bekirs Vater der politischen Partei PKK angehört. Er hatte sehr viel Macht und war auch im Drogenhandel tätig. Er hat seinen ahnungslosen Sohn in dieses

Geschäft mit hineingezogen, indem er ihm Metallkisten mit Schafskäse anliefern ließ. Die Bekir gleich nach Ankunft weiterliefern sollte. In Wirklichkeit hatten die Kisten einen doppelten Boden und enthielten nicht nur Schafskäse, sondern auch Drogen. Ich bin fest davon überzeugt, dass Bekir nichts von den Drogen gewusst hat. Er hat nur die Anordnungen seines Vaters befolgt, so wie er es von klein auf gelernt hat. Der Vater hatte ihm aufgetragen, die Kisten nur gegen sofortige Barzahlung rauszurücken. Um Onkel Engin nicht mit reinzuziehen – es war schließlich ein Privatgeschäft seines Vaters –, hat sich Bekir mit den Abholern bei sich zu Hause in Koblenz verabredet. Fidan gegenüber hat er allerdings gesagt, dass er noch was für Onkel Engin erledigen muss. Er wollte auch Fidan nicht damit belasten. So hat er sich nicht nur sein eigenes Grab geschaufelt, sondern ungewollt auch seine gesamte Familie mit hineingezogen!«

Ich brauchte dringend noch ein Glas Wasser, und Orhan hielt mir schon wieder eine geleerte Bierflasche unter die Nase.

»Bekir war so ein feiner Kerl«, schluchzte ich, während ich ihm die dritte Flasche öffnete. »Er hätte niemals krumme Dinger gedreht. Ich hab ihn wirklich gemocht, und es tut mir so leid für Fidan …« Jetzt musste ich doch tatsächlich schon wieder weinen! Warum hatte Orhan mich bloß genötigt, diese schreckliche Geschichte in allen Einzelheiten zu erzählen?

Wollte er mich nur noch mehr quälen? Orhan hörte nicht auf nachzubohren, wollte immer mehr Details hören.

»Das ist alles, was ich zu dem Mord an meinem Schwager Bekir weiß«, schniefte ich und wischte mir mit dem Handrücken über die Augen. »Mehr gibt es dazu nicht zu erzählen.« Ich zitterte am ganzen Körper, so sehr hatte mich die Geschichte mitgenommen. Trotzdem hatte es gutgetan, mich aus meiner trostlosen Gegenwart zu lösen. Unfassbar, dass die Erinnerung an diese grausame Tragödie eine Verschnaufpause in meinem jetzigen Alltag bedeutete! Fröstelnd strich ich mir über die Arme.

»Ich geh dann mal wieder in mein Zimmer.«

Orhans Augen wurden zu schmalen Schlitzen. »Oh, nein. Erst musst du mir noch erzählen, wie gern du Bekir hattest.«

Wieder dieser Klammergriff. Bei mir begannen sämtliche Alarmglocken zu schrillen. Orhan steigerte sich liebend gern in völlig unbegründete Eifersucht hinein, nur um seine Launen an mir abzureagieren. Immer wieder hatte ich ihm von Ismet erzählen müssen, davon, wie gern wir uns gemocht hatten und Hand in Hand im Stadtpark spazieren gewesen waren. Obwohl ich das immer runterspielte und verharmloste, wollte er alle Einzelheiten hören: Hatten wir uns geküsst? Hatten wir uns angefasst?

Auf dem Höhepunkt seiner Eifersucht konnte Orhan explodieren wie ein Vulkan. Oder wie ein wütender Stier, in dessen Rücken bereits ein Messer steckt.

»Mit Bekir war gar nichts, Orhan! Er war mit meiner Schwester verheiratet!«

Zum Glück kam in diesem Moment Neslihan nach Hause. Sie machte den Fernseher im Wohnzimmer an, ohne zu uns hereinzuschauen.

Erleichtert atmete ich auf.

»Aber du hast ihn umarmt, wenn ihr euch getroffen habt, nicht wahr?«

»Nur wie Bruder und Schwester.«

»Aber ihr habt euch geküsst, gib's zu!«

»Auch nur wie Bruder und Schwester! Nur auf die Wange!«

»Zeig mir mal, wie ihr euch geküsst habt!« Er beugte sich vor, und sein Atem stank fürchterlich.

»So.« Ich hauchte ihm einen Kuss auf die Wange.

»So?!« Plötzlich riss er meinen Kopf zu sich her und bohrte mir die Zunge in den Mund.

»Nein, Orhan! Ganz sicher nicht«, stammelte ich, als er mich wieder zu Atem kommen ließ. »Ich sagte doch bereits, dass wir …«

Ich verstummte, als ich plötzlich einen heftigen Schlag ins Gesicht bekam. Schockiert blieb ich sitzen. Der Schmerz breitete sich ganz langsam aus, kroch vom Mundwinkel hinauf zum Ohr. Ich fühlte mich, als wäre ich mit kochendem Wasser verbrüht worden. Ein blutiger Speichelfaden rann mir aus dem Mund.

»Du Hure!«, brüllte Orhan. Um dann mit beiden Fäusten weiter auf mich einzuschlagen. Wimmernd hob ich schützend die Arme, aber gegen Orhans Hiebe hatte ich keine Chance.

Die Tür flog auf, und Neslihan kreischte: »Was tust du da, Junge? Sie hat doch nichts verbrochen!«

»Halt's Maul!«, brüllte Orhan wutentbrannt seine Mutter an. »Sonst bekommst du auch was in die Fresse!«

Entsetzt zog Neslihan die Tür wieder zu und zog sich ins Wohnzimmer zurück, wo sie den Fernseher lauter drehte.

Orhan ließ seiner Wut freien Lauf. Er konnte gar nicht mehr aufhören, mich zu schlagen. Wie in Trance tobte er sich aus und schrie hasserfüllt: »Hast du was mit Bekir gehabt, du Hure? Los, sag schon, hast du mit ihm geschlafen?«

»Nein, Orhan«, jammerte ich. »Da war nie was, er war mein Schwager!«

»Los, erzähl, wo hat er dich angefasst? Hier?« Er griff mir brutal an die Brust, und ich schrie auf vor Schmerz. »Oder hier?« Mit voller Wucht trat er mich zwischen die Beine. Ich floh unter den Küchentisch.

Seine krankhafte Eifersucht hatte sich durch den vielen Alkohol so hochgeschaukelt, dass er nicht mehr Herr seiner Sinne war. Keine Ahnung, wie lange er noch auf mich einschlug, aber doch so lange, dass die Mutter einen in der Nähe wohnenden Onkel anrufen konnte, der schließlich herbeieilte.

Die Küchentür flog auf, und der Onkel riss den völlig wahnsinnigen Orhan von mir herunter. »Junge, willst du sie umbringen?«

Der Onkel schrie genauso laut wie Orhan, und Neslihan kreischte dazwischen. Er nahm eine Schüssel, füllte sie mit kaltem Wasser und kippte sie Orhan über den Kopf. Erst da ließ er von mir ab und guckte sich ganz verdutzt um. Der Onkel verpasste ihm ein paar schallende Ohrfeigen, und Orhan begann zu weinen. Neslihan zog ihn tröstend ins Wohnzimmer und redete auf ihn ein, während der Onkel das Weite suchte.

Mit letzter Kraft schleppte ich mich in mein Zimmer und ließ mich aufs Bett fallen.

Ich wollte nicht mehr leben.

16

Köln, Sommer 1972

»Ich will nicht mehr leben!«

Fidan ließ sich bäuchlings aufs Bett fallen und vergrub das Gesicht im Kopfkissen. Meine sechzehnjährige Schwester hämmerte mit den Fäusten auf die Matratze und schluchzte hemmungslos.

»Aber Fidan, was ist denn los?« Erschrocken setzte ich mich

zu ihr auf die Bettkante und streichelte beruhigend den bebenden Rücken.

»Es ist etwas Schreckliches passiert.« Endlich wandte sie mir
ihr Gesicht zu. Tränen liefen über die noch kindlich-runden
Wangen, und ich strich ihr hilflos das verklebte Haar aus dem
Gesicht.

»Ich habe mich total in Bekir verliebt!«

»In diesen kurdischen Jungen? Aber der ist doch sehr nett!«
Mit meinen zehn Jahren war ich komplett naiv.

»Wir sind uns nähergekommen, Selma – und das ist eine
fürchterliche Katastrophe.«

Ich verstand nur Bahnhof. Was hieß das, nähergekommen?
Ich wusste nur, dass kein anständiges Mädchen einem Jungen in
die Augen sieht. Für mehr reichte meine Fantasie gar nicht.

»Selma, ich muss sterben!«

»Also Fidan, red doch nicht solchen Quatsch. Nur weil du
verliebt bist, musst du doch nicht sterben!«

Natürlich sahen wir Filme, in denen die Heldinnen verliebt
waren. Das war doch schön!

»Doch«, jammerte sie verzweifelt. »Es ist noch viel schlimmer, Selma! Sie bringen mich um!«

»Dann sag es halt keinem«, schlug ich vor. »Und triff ihn
nicht mehr! Von mir erfährt es kein Mensch, ich halte dicht.«

»Selma!« Sie zerrte an meinem Arm. »Ich bin schwanger!
Kapierst du denn nicht!«

Mein Herz setzte einen Schlag aus. Moment! DAS war
schlimm. Ich hatte zwar keine Ahnung, wie so etwas passieren
konnte – vom Küssen vielleicht? – aber DAS war ECHT schlimm.
In meinem kleinen Kopf spielten sich die fürchterlichsten Dramen ab. Das war unaussprechlich. Das durfte in keiner anständigen Familie passieren. Und erst recht nicht in unserer. Vater

würde … Nein, das wollte ich mir gar nicht ausmalen. Die Ehre unserer Familie stand auf dem Spiel. Ausgerechnet unser stolzer Vater, dem alle seinen Erfolg neideten, würde diese Schande nie verkraften. Die Leute würden sich die Mäuler zerreißen … Nein, ich durfte gar nicht daran denken.

Schweigend starrte ich sie an. Ein Weinkrampf schüttelte sie, und die nackte Verzweiflung stand ihr ins Gesicht geschrieben.

»Okay«, stammelte ich schließlich. »DAS ist schlimm.« Verdattert starrte ich sie an.

»Was sollen wir nur tun? Vater bringt uns BEIDE um, wenn er das erfährt.«

Jetzt heulte ich mit. Ich fühlte mich schuldig, weil ich jetzt eine Mitwisserin war.

Lange sagte keine von uns ein Wort. Nur unsere Schluchzer durchschnitten die Stille.

»Warst du schon beim Arzt?«

»Ja«, schrie Fidan wie ein gehetztes Tier. »Er hat es bestätigt, Selma!«

»O Gott. Jetzt ist alles aus.« Ich kaute auf meinen Fäusten.

»Mir war in letzter Zeit immer so übel, und ich hab meine Periode nicht mehr bekommen«, jammerte meine Schwester. »Da hab ich eine Freundin gefragt, was das sein könnte, und die hat mich zu ihrem Frauenarzt mitgenommen.«

»Weiß Mutter davon?«

»Natürlich nicht! Der geht es doch gerade selber nicht gut«, heulte Fidan. »Die kann ich unmöglich damit belasten!«

»Wir müssen es wegmachen lassen«, hauchte ich. Davon hatte ich schon gehört, natürlich nur unter der Hand, wenn ich als spielendes Kind irgendwo Frauengespräche mitbekommen hatte. Ich wusste, dass so etwas ging.

»Wie denn?« Panisch starrte Fidan mich an. »Das ist verboten! Nachher mache ich mich noch strafbar, und dann ist die Schande, die ich über unsere Familie bringe, noch viel größer!«

»Ja, das kannst du nicht machen.« Ich biss mir die Unterlippe blutig. Fidan war meine engste Bezugsperson, wir teilten ein Zimmer und trösteten einander, wenn unsere Eltern sich wieder mal anschrien und stritten.

Automatisch starrte ich auf ihren Bauch, der sich tatsächlich schon etwas rundete. Da Fidan schon immer die Pummeligere von uns beiden gewesen war, war ihr Zustand noch niemandem aufgefallen.

»Selma, ich hau ab.« Fidan sah mich mit brennenden Augen an.

»Fidan, das kannst du doch nicht machen!«

»Doch, Selma. Morgen nach der Schule komm ich nicht mehr nach Hause.«

Zitternd riss sie ein paar Sachen aus dem Schrank und stopfte sie in ihren Turnbeutel. »Bitte, Selma. Du darfst keiner Menschenseele etwas sagen!«

»Und wo willst du hin?«

»Keine Ahnung, Selma! Ich gehe mit Bekir fort! Ich liebe ihn, und er wird genauso Ärger kriegen wie ich! Vielleicht werfen wir uns zusammen vor den Zug!«

Ihre Verzweiflung war absolut nachvollziehbar. In ihrer Situation hätte ich dasselbe gemacht.

»Du darfst mich nicht verlassen, Fidan!« Schluchzend fiel ich ihr in die Arme.

»Es gibt keine andere Möglichkeit. Versprich mir, dass du keiner Menschenseele etwas sagst!« Aneinander geklammert sanken wir aufs Bett.

»Ich verspreche es, Fidan. Aber versprich du mir, dass du dich nicht umbringst!«

Weinend lagen wir eng umschlungen da, vereint in schwesterlicher Liebe … aber auch in panischer Angst vor unserem Vater. Dies sollte Fidans letzte Nacht in unserem Haus sein. Am nächsten Tag war sie weg.

17

Bochum, Winter 1981

»Hallo?« Wie ein Gespenst schlich ich barfuß durch die Wohnung. Konnte das sein? War wirklich niemand zu Hause? Hatten sie mich vergessen? Oder war ich vielleicht schon tot?

Seit ich mich erinnern konnte, war ich noch nie allein in der Wohnung gewesen.

Konnte ich etwa abhauen? Mein Herz schlug schneller, als ich erst sanft, dann heftig an der Wohnungstür rüttelte. Sie war natürlich abgeschlossen.

Ich trug nur mein langes weißes Nachthemd, das Neslihan für mich geschneidert hatte. Aber ich wäre damit auch durch Bochums verschneite Straßen gerannt, wenn sich für mich ein Fluchtweg ergeben hätte. Längst war ich am Rande des Wahnsinns.

Wieder war fast ein Jahr vergangen, in dem nichts weiter passiert war als Orhans unberechenbare Wutanfälle, seine brutalen Vergewaltigungen und Schläge sowie Neslihans kühles Desinteresse. Sie hatte begriffen, dass ich ausgemergeltes Etwas niemals schwanger werden würde, so sehr sie sich das auch wünschte, und strafte mich nur noch mit Verachtung. Orhan war immer seltener zu Hause, genau wie sein Vater Muhamet, sodass Neslihan und ich einander in dieser dunklen Bruchbude auf Gedeih und Verderb ausgeliefert waren. Wenn Orhan kam, war er fast immer betrunken und nahm sich, was ihm seiner Meinung nach zustand, meinen Körper. Meine Seele war schon längst nicht mehr anwesend.

Ich vegetierte auf dem Bett vor mich hin, und nur wenn mich der Durst oder der Drang, zur Toilette zu gehen, übermannten, wagte ich mich aus dem Zimmer.

Doch jetzt war ich allein.

Ein tröstlicher Gedanke hüllte mich ein wie eine warme Decke: Jetzt konnte ich mich in Ruhe umbringen. Wie in Trance öffnete ich den Wohnzimmerschrank, fand den Whiskey und flößte ihn mir ein. Der bittere Geschmack haute mich fast um, aber tapfer und zielbewusst leerte ich die Flasche. Plötzlich war ich wie in Watte gepackt, fühlte mich leicht und frei. Wie ein Geist schwebte ich durchs muffige Wohnzimmer zum Sofa. Das war der ideale Moment, meinem erbärmlichen Leben ein Ende zu setzen. Es würde ganz leicht gehen. Ich war noch keine zwanzig Jahre alt, wog gerade noch vierzig Kilo und hatte nichts mehr zu verlieren.

Hastig durchwühlte ich Neslihans Küchenschränke. Nichts. Mit zitternden Beinen stieg ich auf den Badezimmerhocker und kramte im Spiegelschränkchen. Die Utensilien fielen klirrend ins Waschbecken. Egal, die Schläge, die ich dafür kriegen würde, würde ich längst nicht mehr spüren!

Mit glasigem Blick taumelte ich zur dunkelbraunen Kommode, die Neslihan als Nachttisch benutzte, und riss beide Schubladen auf. Nur schnell jetzt, bevor sich der Schlüssel in der Wohnungstür drehte.

Bingo! Drei volle Packungen mit Schlaftabletten! Hätte ich noch klar denken können, wäre mir klar gewesen, warum mir

Neslihan nicht mehr zu Hilfe kam, wenn Orhan über mich herfiel. Sie schaltete sich mithilfe dieser Pillen selbst aus: Im Grunde war diese Frau seelisch auch schon tot.

Stoisch drückte ich eine Tablette nach der anderen aus der Blisterfolie, steckte sie mir in den Mund und spülte mit Whiskey nach. »Schlafwohl« stand auf der Verpackung, und das hörte sich tröstlich an.

Es waren bestimmt dreißig Stück, als ich aufs Sofa zurücksank und mir die Sinne schwanden.

18

Köln, Sommer 1972

»Kinder, wir haben euch etwas Erfreuliches mitzuteilen! Wo ist Fidan?«

Ausgerechnet heute kam Vater gut gelaunt nach Hause, umfasste die Taille meiner Mutter und schwenkte sie im Kreis.

Ich war in Gedanken dermaßen bei meiner armen Schwester, dass mir das veränderte Aussehen meiner Mutter gar nicht aufgefallen war. Ihre Augen hatten einen besonderen Glanz, und sie wirkte nicht mehr so eingefallen und dünn wie sonst.

Mein Bruder Kenan und ich saßen bereits auf dem Wohnzimmersofa, fehlte nur noch Fidan. Und ich war die Einzige, die wusste, dass sie nicht mehr nach Hause kommen würde. Mein Herz raste, und ich knetete nervös die Hände. Dabei starrte ich auf den Boden.

»Wo ist das Mädel?« Vater schaute ungeduldig auf die Uhr. »Wo treibt die sich noch rum?«

»Sie hat noch Sport«, hörte ich mich heiser flüstern.

Er klatschte in die Hände. »Na gut. Erfährt sie es halt später.«

»Was erfahren?« Kenan war bereits im Stimmbruch und kiekste beim Sprechen.

»Eure Mutter und ich … Wir erwarten noch mal Nachwuchs.« Vaters Brust schwoll vor Stolz, und sein gezwirbelter Schnurrbart zitterte.

Er tätschelte Mutters Bauch, der unter der Kittelschürze nicht so genau zu sehen war, und strahlte. »Es werden Zwillinge!«

Wir starrten unsere Eltern fassungslos an.

»Echt?«, kiekste Kenan. »Ihr habt euch also wieder vertragen?!«

Für diese freche Bemerkung hätte mein Baba ihm normalerweise eine geknallt, aber seine Ergriffenheit hielt ihn davon ab.

»Eure Mutter und ich haben unsere neu entflammte Liebe mit reichem Kindersegen besiegelt. Wenn Allah es will, werden es Söhne.« Für ihn war das die absolute Krönung seiner Männlichkeit und Potenz.

Ich schaute meiner lieben Anne ins Gesicht, und sie war sanft errötet. Wie schön für sie!, dachte ich hingerissen. Dass meine Eltern doch noch mal die Kurve gekriegt haben. Und dann gleich Zwillinge! Am liebsten hätte ich in die Hände geklatscht vor Freude. Zwei süße Babys, um die ich mich kümmern durfte!

Aber weil ich das von Fidan wusste, verging ich fast vor Kummer. Jetzt waren meine Mutter und meine Schwester also gleichzeitig schwanger? Wie absurd war das denn!

Hin- und hergerissen, versuchte ich mich mit Mutter zu freuen und schmiegte mich gleichzeitig Trost suchend an sie.

Den ganzen Abend sprachen wir über diese wunderbare Neuigkeit. Vater hatte sogar schon Namen parat! »Wenn es

Söhne werden, heißen sie Jimmy und Steve Clark. Wo bleibt Fidan, das unverschämte Gör!«

»Hä?«, machte Kenan und zuckte automatisch zurück, als Vater ihm eine kleben wollte.

»Das sind doch keine türkischen Namen!«

»Ich fühle mich inzwischen fast wie ein Deutscher!«

Vater trank zur Feier des Tages einen Whiskey, Mutter in Anbetracht der Umstände natürlich nur Tee.

»Oder besser gesagt, international!«

»Aber Alper, ich darf doch auch noch ein Wörtchen mitreden!« Meine Mutter konnte über Vaters großspuriges Gerede nur den Kopf schütteln. »Steve Clark klingt mir nun wirklich zu angeberisch! Ich bin für Hakan und Adnan!«

»Wo bleibt Fidan, verdammt?« Vater knallte sein Whiskeyglas auf den Tisch und sprang auf. »Jetzt hat sie bestimmt keinen Sport mehr!« Er fixierte mich wie der Jäger das Reh. »Los! Maul auf! Du weißt mehr, als du sagst, Spatzenhirn!«

»Nein, Baba, ich weiß wirklich nichts«, jammerte ich ängstlich. Vaters eben noch strahlende Laune drohte sich ins Gegenteil zu verkehren. Sein unbändiger Mannesstolz wurde durch Fidans Ausbleiben verletzt.

»Wo treibt die sich rum?« Vater war aufgesprungen und durchmaß mit großen Schritten das Wohnzimmer. Im Fernseher lief längst die Tagesschau. Ich wunderte mich, dass der Tagesschausprecher nichts von Fidans unaussprechlicher Schande vermeldete! Vielleicht hatte sie sich längst vor einen Zug geworfen? Mit feuchten Augen starrte ich angsterfüllt auf die Mattscheibe.

»Selma.« Vater zerrte an mir und starrte mir in die Augen. »Ihr sagt euch doch alles. Wo ist sie?«

»Ich habe keine Ahnung!« Weinend verkroch ich mich hinter meiner Mutter, die nun ebenfalls besorgt auf dem Sofa saß.

»Los, wir telefonieren alle Bekannten ab.« Schon riss Vater den Hörer von der Gabel.

»Vielleicht sollten wir das Telefon lieber nicht benutzen, Alper«, sagte Mutter müde. »Falls Fidan sich meldet, sollte die Leitung frei sein!«

Ob sie etwas ahnte? Wir wurden immer unruhiger, und ich glaubte, die Spannung nicht länger ertragen zu können, als endlich gegen zweiundzwanzig Uhr das Telefon schrillte.

Wir zuckten alle zusammen, und Vater ging dran.

Es war Onkel Engin! Ich hörte, wie er mit ernster Stimme auf seinen Bruder einredete.

»Was? Sie ist bei dir? Gib sie mir! Sofort!«, wütete Vater. »Die soll mir nach Hause kommen, dann kann sie was erleben!«

Wieder redete Onkel Engin begütigend auf ihn ein, und Vaters Augen wurden immer größer. Plötzlich wurde er leichenblass. Er erstarrte. Das Einzige, das sich an ihm noch bewegte, war sein zitternder Schnurrbart. Fasziniert starrte ich darauf.

Es war so still im Zimmer, dass wir Onkel Engin inzwischen gut verstehen konnten.

»Reg dich nicht so auf, Alper. Bekir ist ein guter Junge. Er ist fleißig und gewissenhaft und stammt aus einer sehr traditionellen, streng religiösen Familie.«

»Was? Dieser kleine Nichtsnutz, ein dahergelaufener Kurdenbengel, der als einfacher Näher in unserer Firma arbeitet?« Vater hatte Schaum vor dem Mund! »Den bring ich um!«

»Alper! Sei doch froh, dass er bereit ist, Fidan zu heiraten!«, drang Onkel Engin weiter in ihn ein.

Das brachte meinen Vater schier zum Wahnsinn, und er warf mehrere Gläser gegen die Wand.

»Lass sie heiraten, dann ist unsere Familienehre wiederhergestellt.« Engin bemühte sich um Gelassenheit. »Bekir ist fleißig und wird es schon zu was bringen.«

»Wenn ich diese kleine Hure in die Finger kriege«, schrie Vater zornesrot. »Sie hat meinen Namen in den Dreck gezogen und uns lächerlich gemacht! Mein eigener kleiner Angestellter wagt es, meine Tochter anzurühren? Ich bringe sie beide um!«

Ängstlich klammerten wir uns an unsere Anne, deren Herz ebenfalls unter der Küchenschürze raste. Ihr Gesicht war ganz weiß, und der Schweiß stand ihr auf der Stirn. So hatten wir unseren Vater noch nie toben sehen!

Endlich brach mein Vater schluchzend über dem Telefon zusammen.

»Ich habe keine Tochter namens Fidan mehr! Hört ihr? Ich will sie nie wiedersehen!«

Verzweifelt klammerten wir uns aneinander. Hätten wir noch in einer Mietwohnung gewohnt, hätte wohl längst die Polizei vor der Tür gestanden, so lange und laut hatte Vater herumgeschrien.

Doch so waren wir dieser Katastrophe ganz allein ausgeliefert.

»Und wenn einer von euch es wagt, mit dieser Schlampe Kontakt aufzunehmen, bekommt er es mit mir zu tun!« Vater schrie seinen Schmerz hinaus wie ein angestochener Stier. »Habt ihr mich verstanden!?«

»Ja, Vater«, hauchten wir zitternd.

»Und du auch, Meryem!« Er packte Mutters Hände und schüttelte sie. »Niemals wirst du je wieder mit dieser Ausgeburt der Hölle sprechen! Wir kriegen jetzt neue Kinder, und ich will nie wieder ein Wort über Fidan hören. Sie ist und bleibt für unsere Familie gestorben.«

Für mich war eine Welt zusammengebrochen. Alles Gute und Schöne, an das ich in mädchenhafter Naivität geglaubt hatte, war dahin. In meinem Zimmer war es kalt und leer, wenn ich nachts mit klopfendem Herzen allein dalag. Meine Schwester fehlte mir! Sie hatte immer Rat gewusst und mich immer beschützt. Niemand von uns traute sich, Kontakt zu ihr aufzunehmen.

Bekir und Fidan heirateten kurz darauf, wie wir von Onkel Engin und Tante Sule erfuhren, wenn auch nicht in Weiß. Meine Cousine Yasemin erzählte mir hinter vorgehaltener Hand sämtliche Neuigkeiten.

Fidan bekam ein prächtiges Mädchen namens Nazan, das ebenfalls in Onkel Engins Familie aufwuchs, und Bekir nahm seinen Platz in der Firma meines Onkels Engin ein, der sich inzwischen ebenfalls mit einer Bekleidungsfirma selbstständig gemacht hatte. Mithilfe anderer Familienmitglieder arbeiteten sie hart an der Expansion ihrer Läden in ganz Deutschland. Bis die Familie Tuclu über dreißig Filialen ihrer Jeans- und Lederboutique vorweisen konnte.

Später kehrte auch Fidan in die Firma zurück, in der sie bereits eine Lehre gemacht hatte, und schaffte es, sich mit besagter eigener Filiale in Koblenz selbstständig zu machen. Aber bis dahin sollten noch Jahre vergehen.

Bekir war ihr ein guter Ehemann, und nach zwei Jahren bekamen sie ein zweites kleines Mädchen.

Pünktlich zur Geburt unserer Zwillinge kehrte mein ältester Bruder Cihan nach seinem zweijährigen Wehrdienst in der Türkei wieder nach Deutschland zurück. Meine Eltern bekamen tatsächlich Söhne, Hakan und Adnan. Sie waren zweieiig und sahen sich kein bisschen ähnlich: Adnan war fast blond, hatte blaue Augen und helle Haut, Hakan dagegen pechschwarze

Haare, dunkle Augen und einen dunklen Teint. Beide waren hinreißend süß, und ich hatte mit meinen dreizehn Jahren alle Hände voll zu tun, die beiden Hosenscheißer bei Laune zu halten und Mutter zu entlasten.

Über Fidan wurde in Anwesenheit meines Vaters nie wieder ein Wort gesprochen.

19

Bochum, Winter 1981

»Selma? Hallo! Wach auf! – Sie kommt zu sich!«

Jemand tätschelte energisch meine Wange. Irgendwie sah ich alles verschwommen, fühlte mich wie auf Wolken gebettet und wusste eines ganz genau: Ich wollte auf keinen Fall aufwachen, dazu war es in meinem Traum viel zu schön gewesen! Ich hatte zwei niedliche Babys im Arm gehabt und ihnen das Fläschchen gegeben. Sie rochen so gut, und meine Anne war bei mir und …«

»Selma, aufwachen!«

»Hallo! Frau Arslan?!«

Moment. Frau Arslan, das war doch Neslihan, Orhans Mutter. Wieso wurde die denn gerufen?

Und dann sah ich das Gesicht einer Krankenschwester über mir schweben.

»Frau Arslan. Da sind Sie ja wieder.«

Oh. Frau Arslan, das war ja ICH!

Entsetzt starrte ich sie an, als sich auch schon die verhassten Visagen Orhans und Neslihans über mich schoben.

»Selma!«

»Was machst du denn für Sachen!«

»Sie haben dir den Magen ausgepumpt, Spatzenhirn!«

Ich lebte also noch. Was für eine Tragödie.

»Du bist im Krankenhaus!«

Kaum schlug mir Orhans Atem entgegen, stellte sich ein vertrauter Würgereiz ein.

»Selma! Was hast du mir nur angetan?«

Schluchzte er etwa? Inszenierte er hier den reuevollen Ehemann?

»Bitte mach das nie wieder! Ich liebe dich so sehr, und ich werde mich ändern! Ich werde dir nichts mehr tun!«

Aus den Augenwinkeln sah ich, wie die Schwester kopfschüttelnd das Zimmer verließ. Seine pathetische Darbietung schien sie nicht überzeugt zu haben.

Neslihan schüttelte mein Kopfkissen auf. »Als wir dich gefunden haben, warst du schon ganz blau. Mein Gott, war das eine Aufregung! Was tust du uns da an, was werden bloß die Leute sagen!«

»Die Leute sagen gar nichts«, blaffte Orhan sie an. »Wir sagen, Selma war schwanger und hat es nicht behalten. So einfach ist das!«

Wieder stieg die hässliche Erinnerung in mir auf, wie er mich in der Küche zusammengeschlagen, gegen seine eigene Mutter die Hand erhoben hatte, als sie mir, zum ersten und einzigen Mal zu Hilfe kommen wollte.

Erschöpft schloss ich die schweren Augenlider. Wäre ich doch nur gestorben!

Das Wort »schwanger« hallte in meinen Ohren nach. Das wäre die totale Katastrophe! Von Orhan schwanger zu sein würde meine Abhängigkeit nur noch verschlimmern.

Ein paar Tage später schaute eine persische Ärztin bei mir vorbei. Sie war Muslima, trug ein Kopftuch und hielt einfühlsam meine Hand.

»Frau Arslan, ich wollte einfach mal nach Ihnen schauen. Wie geht es Ihnen?«

Ängstlich sah ich mich im Zimmer um. Es war ein Vierbettzimmer, und neben mir schlief eine ältere Frau.

Die Ärztin zog dezent einen Vorhang zu. »Wenn Sie irgendwelche Probleme oder Fragen haben, bin ich gern für Sie da.«

Sofort füllten sich meine Augen mit Tränen. Sie ließ mich erst mal weinen und gab mir das Gefühl, mich zu verstehen.

»Haben Sie irgendwelche Schmerzen?«

»Ja«, hauchte ich nach einer Weile. »Im Unterleib.«

»Soll ich Sie einmal gynäkologisch untersuchen? Ich bin Frauenärztin.« Sie lächelte mich mitfühlend an. »Von der Krankenschwester weiß ich, dass Ihr Mann gesagt hat, er tut Ihnen nichts mehr an. Deshalb stehe ich hier.«

Ich schluckte trocken. Noch nie im Leben hatte ich mich gynäkologisch untersuchen lassen! Das war bei uns Türken damals nicht üblich.

Während dieses Gespräches standen Orhan und seine Mutter draußen im Flur. Die persische Ärztin hatte sie hinausgeschickt.

Um Himmels willen!, schoss es mir durch den Kopf. Wenn ich jetzt von Orhan schwanger bin! Dennoch nickte ich tapfer.

»Aber sie stehen draußen«, flüsterte ich panisch.

Die persische Ärztin, Frau Dr. Navid, öffnete die Tür und ließ die beiden wieder hereinkommen.

»Verdacht auf Blasenentzündung«, erklärte sie sachlich. »Wir schieben Frau Arslan in die Gynäkologie.«

Ohne lange zu fackeln, löste sie die Bremsen an meinem Bett

und ließ Orhan und Neslihan schön mit anpacken. Im Aufzug glaubte ich, vor Angst sterben zu müssen.

Orhans und Neslihans Dolchblicke sprachen eine deutliche Sprache.

»Sie warten bitte draußen.«

Die Ärztin ließ mich vorsichtig aufstehen und half mir auf den Untersuchungsstuhl.

Ich wusste vor Verlegenheit gar nicht, wo ich hinschauen sollte und starrte angestrengt an die Decke.

»Schauen Sie.« Sie verteilte etwas Feuchtes auf meinem Bauch und zeigte gleichzeitig auf einen Bildschirm, auf dem ich nichts als Schneegestöber erkennen konnte. »Schwanger sind Sie nicht, aber da sind innere Verletzungen, durch Stöße oder Schläge.«

Ich versuchte, Tränen der Erleichterung zurückzudrängen, gleichzeitig fühlte ich mich so gedemütigt! Frau Dr. Navid verstand sofort. »Ich verschreibe Ihnen ein Schmerzmittel.« Kopfschüttelnd trocknete sie mich mit Papiertüchern ab. In ihrem runden Gesicht stand der nackte Zorn. »Soll ich Ihnen sonst noch etwas verschreiben, meine Liebe?«

»Was denn?«, hauchte ich ahnungslos.

»Die Antibabypille zum Beispiel.«

Erwartungsvoll hob ich den Kopf. »Ja, geht das denn?«

»Natürlich geht das. Sie sind ja noch jung, und mit Ihren knapp zwanzig Jahren müssen Sie noch überhaupt keinen Kinderwunsch haben.«

»Aber mein Mann hat ihn«, flüsterte ich matt. »Und meine Schwiegermutter.«

Laut machte sie sich an ihren Apparaten zu schaffen.

»Das ist doch ihr Problem, meinen Sie nicht?«

Die freundliche Ärztin half mir aus dem ungewohnten Stuhl.

»Jetzt machen Sie sich erst mal keine Sorgen. Sie nehmen gewissenhaft jeden Tag zur gleichen Zeit eine Pille, sehen Sie, hier.« Sie erklärte mir wie einem Kleinkind, wie diese Pillen einzunehmen waren, und beschwor mich, keine zu vergessen. »Und vielleicht lassen Sie die Packung nicht groß irgendwo herumliegen«, beendete sie unser Gespräch. »Man kann diese kleinen Helfer ganz diskret irgendwo aufbewahren. Unter der Matratze zum Beispiel.« Ein Lächeln stahl sich in ihr Gesicht. »Wir Frauen sind schließlich erfinderisch, nicht wahr?«

»Und … wenn die alle sind?« Dankbar umklammerte ich die Pillenschachtel.

»Dann lassen Sie sich von Ihrem Frauenarzt Neue verschreiben.«

»Und wenn ich keinen Frauenarzt kenne?« Ich traute mich nicht, ihr zu sagen, dass ich nie und nimmer die Erlaubnis vor Orhan und meiner Schwiegermutter bekommen würde, einen aufzusuchen!

»Dann kommen Sie wieder zu mir.« Sie klopfte mir aufmunternd auf die Schulter und steckte mir die Pillenschachtel in einer neutralen Tüte in die Bademanteltasche.

»Notfalls erfinden Sie wieder Bauchschmerzen. Sie schaffen das schon.«

Draußen warteten Orhan und Neslihan wie die Geier auf der Bank. Sofort schossen sie hoch.

»Sie haben Glück, Herr Arslan. Die Blasenentzündung lässt sich durch viel Schonung auskurieren.« Sie nahm sich Neslihan zur Brust. »Und Sie sorgen bitte dafür, dass die Patientin in Ruhe gelassen wird, sonst kann ich nicht garantieren, dass sie jemals schwanger wird. Haben wir uns verstanden?« Sie half mir wieder auf das rollbare Bett.

Neslihan nickte unterwürfig und versicherte, sich persönlich um mein Wohl zu kümmern, während Orhan auf dem Rückweg ins Krankenzimmer die ganze Zeit meine Hand hielt. Er hatte Tränen in den Augen.

Kaum waren wir allein, holte meine Schwiegermutter einen Koran aus ihrer Handtasche und sagte auf Türkisch zu Orhan, der reumütig vor sich hin stierte.

»So, und jetzt schwörst du auf den Koran, dass du sie nie wieder schlagen wirst.«

Orhan brach in Tränen aus. Er führte den Koran an die Stirn und rief:

»Bei Allah! Ich werde meine Frau nie wieder schlagen, das schwöre ich!«

»Und du wirst keinen Tropfen Alkohol mehr trinken«, keifte Neslihan auf ihn ein.

»Ich werde keinen Tropfen Alkohol mehr trinken, das schwöre ich bei Gott! Ich werde sie nie wieder anrühren, ich werde nur noch lieb zu ihr sein, ich werde eine Wohnung für uns finden und ein vorbildlicher Ehemann sein!«

Schluchzend brach er auf meiner Bettdecke zusammen.

»Selma, bitte verzeih mir! Ich wollte das alles nicht, ich werde mich ändern! Gib mir noch eine Chance! Wir werden ein glückliches Leben führen, ich werde alles besser machen, ich liebe dich doch! Wir werden eine Familie gründen und glücklich sein, das schwör ich dir!«

Schweigend starrte ich ihn an, die Pillenpackung in der Bademanteltasche fest umklammert.

»Selma, es ist nur der Alkohol, der mich zum Monster werden lässt. Ich trinke, weil mein Lagerjob so schrecklich ist. Und weil mich die Kollegen immer dazu überreden«, weinte Orhan an meiner Brust. »Ich werde mir einen neuen Job suchen, Selma, ich habe schon gekündigt!«

»Ja, hat er«, sagte Neslihan. »Gib ihm eine Chance, Selma.«
Flehentlich wandte Orhan mir sein verheultes Gesicht zu.

»Alles wird sich ändern, Selma, alles! Wenn du hier rauskommst, dann machen wir einen langen Urlaub in der Türkei!«
Er nahm meine Hände und drückte sie an sein Herz. »Ich habe eine Woche in einem Fünfsternehotel für uns beide gebucht, ich werde dich auf Händen tragen, und du wirst einen ganz neuen Orhan kennenlernen!«

Ich wollte ihm so gerne glauben. Wenn ihn mein Selbstmordversuch vom Saulus zum Paulus bekehrt hatte, dann hatte es sich wenigstens gelohnt. Noch immer staunte ich, dass ich den Mut dazu gehabt hatte. Doch ob ich dem Braten trauen konnte?

Ein Urlaub in der Türkei würde mich aus meiner zweijährigen Gefangenschaft erlösen.

Zwar hatten die Ärzte darauf hingewiesen, dass suizidgefährdete Menschen unter besonderer Beobachtung stehen sollten, und Orhan und Neslihan eine Liste mit Psychologen in die Hand gedrückt, aber das ging ihnen dann doch zu weit. Natürlich wollten sie nicht, dass ich über Dinge sprach, die sich innerhalb unserer vier Wände abspielten. Auch das war eine Frage der Ehre.

Dann lieber eine Reise in die Türkei, um alles zu vertuschen.

Blass und still saß ich auf dem Rücksitz des alten Opels, den Orhan und Neslihan randvoll gepackt hatten. Wir fuhren ohne Pause über Wien, Budapest und Sofia bis Istanbul und weiter nach Adana, wo Neslihans Familie wohnte.

Da Orhan als Einziger von uns den Führerschein hatte, ließ er sich von Neslihan während der Fahrt bedienen und stellte nur ein paar Mal den Motor auf einem Rastplatz aus, um ein paar Stunden im Auto zu schlafen. Neslihan und ich vertraten uns in der Zwischenzeit die Beine. Keine der Städte, an denen wir vorbeifuhren, war eine Besichtigung wert. Die Arslans wollten nur so schnell wie möglich zu ihrer Verwandtschaft.

In Adana gab es ein riesiges Hallo. Schließlich war unsere Hochzeit schon zwei Jahre her, und alle hatten viel zu erzählen.

Neslihan und Orhan hatten unfassbar viele Geschenke dabei, mit denen sie herumprotzten. Ich wunderte mich, von welchem Geld sie die wohl besorgt hatten, aber es war mir egal. Ich verbrachte die Zeit entweder auf unserem Zimmer oder saß zwischen den anderen, ohne geistig anwesend zu sein.

Meine schlechte Verfassung erklärten die beiden auch hier mit der Lüge, ich sei schwanger gewesen, hätte das Kind aber verloren. So kam mir niemand mit Fragen zu nahe, und alle ließen mich in Ruhe.

Nach zwei Wochen folgte endlich der angekündigte Urlaub in einem Fünfsternehotel in Istanbul. Neslihan, ihre Schwester und deren Ehemann kamen selbstverständlich mit.

Jetzt saß ich mit zwei Frauen auf der Rückbank, Orhan und sein Onkel auf dem Fahrer- beziehungsweise Beifahrersitz. Im Hotel floh ich sofort auf unser Zimmer.

Die anderen hatten Spaß, plauderten unentwegt, lachten und genossen das Leben.

»Die haben ein Spielcasino!«, begeisterten sich die Verwandten Orhans. »Da werden wir unsere Abende verbringen!«

»Ich muss aber auch Zeit für Selma haben«, kehrte Orhan den liebenden Ehemann heraus. »Schließlich wollen wir weiter an unserer Familiengründung arbeiten!«

Kreischendes Gelächter war die Antwort.

»Orhan, du hast versprochen, sie zu schonen«, mahnte Neslihan ihren Sohn. »Sie muss sich noch von ihrer Fehlgeburt erholen.«

Und so kam es während dieser einen Woche tatsächlich zu keiner Gewalttat. Orhan bemühte sich, seine Eherechte ohne Schläge und Beschimpfungen einzufordern.

Ich ließ alles über mich ergehen und starrte an die Decke. Danach verschwand er immer sofort und gesellte sich zu seiner Familie ins Spielcasino.

Tagsüber lagen sie im Schatten am Pool und bestellten alle Köstlichkeiten, die auf der Speisekarte standen. Geld schien keine Rolle zu spielen. Ich selbst bekam nach wie vor nicht viel herunter und verbrachte meine Zeit am liebsten allein auf dem Zimmer.

Das Schönste an diesem Luxushotel war der Fernseher. Nach Lust und Laune konnte ich jetzt wieder türkische Filme schauen. So saß ich oft weinend auf dem Bett, starrte auf die Mattscheibe und ließ die mitreißenden Liebesgeschichten an mir vorüberziehen, die mich alle an Ismet und mein früheres Leben erinnerten. Ich vermisste ihn so sehr! Auch meine Familie fehlte mir.

Nach einer Woche reisten wir wieder ab, brachten Onkel und Tante nach Hause, um dann drei Tage und zwei Nächte zurück nach Bochum zu fahren.

Das war der vielgepriesene Urlaub mit einem ganz neuen, geläuterten Orhan gewesen.

So grotesk das auch alles war: Nach dieser Reise fühlte ich mich Ismet wieder näher.

»Neslihan, kannst du mir meinen Schmuck geben?«, bat ich an einem besonders schönen Herbsttag, an dem draußen das Laub golden leuchtete. »Ich würde ihn gerne tragen.«

»Was willst du denn mit dem Schmuck?« Neslihan schaute

von ihrer Näharbeit auf und starrte mich misstrauisch an. »Gehen wir irgendwo hin, junges Fräulein?«

»Nein. Aber meine Anne fand doch an Ostern ebenfalls, dass ich ihn ab und zu tragen soll. Nur für mich.« Es war das erste Mal, dass ich Lust hatte, mir selbst wieder etwas Schönes zu gönnen, was für neu erwachte Lebensgeister sprach.

Neslihan ließ ihr Nähzeug sinken und durchbohrte mich mit ihrem typischen Adlerblick.

»Nein, den kannst du nicht haben.«

Verwundert sah ich sie an. »Aber du hast doch damals nach der Hochzeit gesagt, dass du ihn für mich aufhebst, bis ich alt genug dafür bin. Jetzt hätte ich ihn gern ab und zu.«

»So, die Prinzessin hätte gern ihren Schmuck.« Sie lachte höhnisch auf. Ich zuckte erschrocken zusammen. Was hatte ich nun schon wieder falsch gemacht?

»Was glaubst du wohl, wovon wir Urlaub gemacht haben?«, keifte sie plötzlich los. »Und die ganzen Geschenke für die Familie gekauft haben?«

Ich ahnte Schreckliches. Instinktiv fasste ich mir an den Hals.

»Das zahlt sich doch nicht von selbst?!«, setzte Neslihan nach.

»Ich verstehe nicht …« Machte Orhan nicht dauernd Überstunden? Und was war mit Neslihans Näharbeiten von zu Hause aus?

»Ich habe den Schmuck versetzt, um den Urlaub damit zu finanzieren.« Neslihan lachte mich aus. »Während du im Krankenhaus lagst, haben Orhan und ich alles getan, um dir eine schöne Zeit zu organisieren!«

»Aber das war doch mein Schmuck, hättet ihr mich nicht wenigstens fragen müssen?«

»Ja, was WILLST du denn nun?« Wütend sprang sie auf.

»Wir haben dir alles versprochen, nur damit du aufhörst, dich umbringen zu wollen. Und jetzt, wo wir diese Traumreise hatten, willst du deinen Schmuck zurück?! Und was heißt hier überhaupt DEIN Schmuck? Du bist mit Orhan verheiratet, und wir sind eine Familie!«

»Ist ja gut«, lenkte ich ein. »Aber den Schmuck meiner Mutter, die goldene Uhr und den Armreif mit meinen Initialen, den hast du doch noch, oder?«

»Nein. Alles ist weg. Und jetzt lass mich in Ruhe damit«, schnauzte sie mich an und knallte die Tür hinter sich zu.

Fassungslos stand ich da. Wie konnte ein Mensch so grausam sein? Sie hatte das Hochzeitsgeschenk meiner Anne, mit dem sie mir zeigen wollte, dass sie mir verziehen hatte, gegen Geschenke für ihre Verwandtschaft in Adana eingetauscht?! Und großspurig damit angegeben, wie fleißig ihr Orhan sei?!

Hemmungslos fing ich an zu weinen. Die Sehnsucht nach meiner Mutter zerrte an meinen Eingeweiden wie die Zähne eines Raubtiers. Ich wollte hier raus. Ich hasste sie, ich hasste sie alle so sehr!

»Was ist denn jetzt schon wieder los?«, brüllte Orhan, als er mich weinend auf dem Bett vorfand. »Ich reiß mich doch wirklich zusammen und arbeite mir den Arsch ab, um dich satt zu kriegen!«

Tränenüberströmt berichtete ich von der Schmuckaktion, davon, wie gemein Neslihan zu mir gewesen war.

»Wenn sie wenigstens Mutters Geschenke nicht versetzt hätte«, schluchzte ich. »Das werde ich ihr nie verzeihen!«

»Und ich werde dir deine Undankbarkeit nie verzeihen«, keifte Neslihan dazwischen. »Orhan, ich ertrage dieses nutzlose Geschöpf nicht mehr!« Und dann fing sie selbst an, theatralisch zu heulen: »Alles haben wir für sie getan, unser Schlafzimmer geräumt, damit ihr es schön habt: Muhamet und ich schlafen seit drei Jahren auf dem Sofa, er ist sogar in die Schneiderei gezogen, meine eigene Ehe geht den Bach runter, aber dafür hat sich dieses verhätschelte Miststück noch nie bedankt!« Sie weinte in ihre Kittelschürze. »Alles tue ich, damit ihr in Ruhe eine Familie gründen könnt. Ich koche, putze, fahre mit euch in den Urlaub, und sie …« Sie wies hasserfüllt auf mich. »Die gnädige Frau, die den ganzen Tag im Bett herumliegt, möchte ihren SCHMUCK anlegen!« Höhnisch hob sie die Hände. »Ich will endlich ein Enkelkind, und was will sie? Ich kann mit dieser hochnäsigen, faulen Person nicht mehr unter einem Dach leben!«

Das war die erste gute Nachricht, die ich aus ihrem Munde hörte. Erwartungsvoll hob ich den Kopf.

Orhan rieb sich verlegen den Nacken. »Wenn das so ist, dann werde ich den Job in Bonn annehmen, Mutter.«

»Was denn für einen Job in Bonn?« Panik blitzte in ihren Augen auf.

»Ich dachte, ich kann dir das nicht antun, aber dann mache ich jetzt Nägel mit Köpfen und ziehe mit Selma in den Kölner Raum zurück.«

Mein Herz machte einen riesigen Satz. Von dort aus war Vater nicht weit. Und Onkel Engin und Cihan, mein ältester Bruder! Und … Ismet? Ich hatte keine Ahnung. Aber es fühlte sich an wie ein zarter Hoffnungsschimmer. Hoffentlich würde sich Orhan das nicht wieder anders überlegen! Flehend schaute ich ihn an. »Das wäre wirklich eine gute Idee, Orhan. Du solltest bald nach einer Wohnung suchen.«

20

Bonn, Januar 1982

»Komm rein, Selma, und schau, was dein Mann für eine Super-wohnung klargemacht hat!« Orhan stand in Siegerpose im Treppenhaus des Mietshauses in Bonn und stieß einladend die Wohnungstür auf.

Neugierig betrat ich die möblierte Zweizimmerwohnung in einer grauen Arbeitersiedlung.

Orhan hatte mich aus meinem Bochumer Gefängnis geholt. Und Neslihan war NICHT dabei. Plötzlich fühlte ich mich un-geahnt leicht und frei.

»Im wievielten Stock sind wir hier?«

»Im dreizehnten. Ist das nicht eine Megaaussicht?«

Staunend trat ich ans Fenster des Schlafzimmers, das den Blick über mehrere identische Hochhäuser freigab. Direkt un-ter uns lagen ein großer Parkplatz voller Kleinwagen und ein Spielplatz mit ein paar verrosteten Kletterstangen.

»Wunderschön«, sagte ich schnell. »Toll.«

»Morgens beim Aufwachen kannst du bis zum Rhein gu-cken.« Orhan legte den Arm um mich, und ich fühlte mich wie-der wie in einem Schraubstock. Aber diese Aussicht war wirk-lich um Klassen besser als die, die ich jetzt über drei Jahre in Bochum auf eine Hauswand gehabt hatte.

Es war unglaublich! Die Welt schien mir zu Füßen zu liegen. Dankbar atmete ich tief durch. »Im Frühling wird das sicher wunderschön aussehen!«

Hauptsache, Neslihan war weg.

»So, und jetzt kommt das Tollste.« Orhan schob mich in das andere Zimmer.

Neben der Küchenzeile hatte er sich eine Bar eingebaut. Mit zwei Barhockern.

Davor stand noch das schwarze Sofa, das er mitgebracht hatte, der alte Holztisch und zwei Sessel. Das war unsere Wohnung.

»Toll«, sagte ich.

»Ja Mensch, jetzt guck doch mal! Das ist jetzt modern, das haben jetzt alle!«

Stolz umrundete er die Bar und stellte sich dahinter, als wäre er der Barkeeper. »Was darf ich der Dame zum Einzug anbieten?«

Er öffnete den Schiebeschrank, und zum Vorschein kamen ein gutes Dutzend Flaschen. Ich kannte mich damit nicht aus, aber es war bestimmt viel Hochprozentiges dabei.

»Orhan, ich …«

»Na los, sei kein Spielverderber. Nur ein winziger kleiner Schluck zum Einzug.«

Obwohl ich noch nie Alkohol getrunken hatte, ließ ich mir einen winzigen Sherry geben.

»Auf unser neues Leben, Selma. Du wirst sehen, jetzt wird alles besser werden.«

Er selbst kippte seinen Sherry auf ex, während ich an meinem Glas nur nippte. Angewidert verzog ich das Gesicht.

Orhan lachte mich aus und schlug begeistert mit seiner Pranke auf die Theke.

»Hahaha, du bist eben immer noch ein kleines Mädchen! Aber du hast recht, Spatzenhirn. Frauen sollten grundsätzlich keinen Alkohol trinken.« Er zeigte wie ein strenger Lehrer auf mich. »Also, heute, als einmalige Ausnahme.« Von mir aus gerne. Aber galt das auch für ihn?

»Orhan«, begann ich, nachdem ich mir im wahrsten Sinne des Wortes Mut angetrunken hatte. »Erinnerst du dich noch daran, was du deiner Mutter an meinem Krankenbett versprochen hast?« Es war gewagt, das Thema darauf zu bringen, aber ich wollte in unserem neuen Leben von Anfang an für klare Verhältnisse sorgen.

Doch damals hatte ihm sein Vater, sein Onkel oder einer der Ärzte schwer ins Gewissen geredet. Jetzt sah die Sache schon wieder anders aus. Er war in seinem eigenen Revier, mit seiner Beute ganz allein.

»Was soll das jetzt, Selma? Willst du Streit, ja? Willst du als Allererstes Streit in dieser neuen Wohnung, die ich extra für dich eingerichtet habe? Los, sag es! Den kannst du haben.«

»Orhan, ich will keinen Streit.« Resigniert stellte ich das Glas ab, dessen Inhalt wirklich widerlich schmeckte. »Du hast es auf den Koran geschworen, Orhan, dass du keinen Alkohol mehr trinkst.«

Sekundenlang starrte er mich aus zusammengekniffenen Augen an. Noch schien er mit sich zu ringen, ob er die Situation eskalieren und handgreiflich werden sollte oder aber lieber nicht.

Ich hielt die Luft an, in Erwartung, wieder angebrüllt zu werden oder eine Ohrfeige zu kassieren – wenn nicht Schlimmeres.

»Mensch, Selma«, rief er schließlich und rang sich ein Lachen ab. »Das ist doch nur für Gäste!«

Zweifelnd sah ich ihn an. »Ach so?«

Welche Gäste?, hätte ich gern gefragt. Wir kennen hier doch keinen. Oder darf ich etwa meine Familie einladen? Natürlich sagte ich nichts dergleichen.

»Ja, Mensch, ich schwöre, dass ich nicht allein trinken werde! Ich bin ein Ehrenmann, ich halte mein Wort. Nur wenn Gäste kommen, dann muss ich denen doch was anbieten oder etwa nicht?« In seinen Augen glomm unterdrückte Wut.

Ich spürte, dass ich keine einzige Silbe mehr darüber verlieren durfte, um seine mühsame Beherrschung nicht überzustrapazieren.

Also stellte ich mich erneut ans Fenster und starrte in die Dämmerung hinaus.

Das hier sollte also von nun an meine Heimat sein.

Einerseits war ich unendlich froh und dankbar, meine Schwiegermutter los zu sein. Ich würde in dieser Wohnung tagsüber tatsächlich schalten und walten dürfen, wie ich wollte.

»Orhan, was ist mit Einkaufen?« Ängstlich drehte ich mich zu ihm um. »Wo sind hier Geschäfte?«

»In der ersten Zeit erledige ich das.« Orhan stand mit einer Flasche Bier in der Hand an der Bar. Ich wusste, dass er, wenn er erst einmal damit angefangen hatte, nicht mehr aufhören konnte.

»Sobald ich vom Malochen komme, bringe ich das, was du brauchst, vom Supermarkt mit. Du verlässt mir nicht ohne Erlaubnis das Haus.« Er machte einen Schritt auf mich zu und packte mich brutal an den Haaren. »Ist das klar?!«

»Ja, natürlich, Orhan.«

Seit meiner Entführung vor drei Jahren war ich so gut wie nie alleine draußen gewesen.

Ganz selten hatte Neslihan mich in Bochum zu irgendwelchen schnellen Besorgungen geschickt, aber mit der Stoppuhr neben der Tür gestanden. Nie hätte ich gewagt, mich zu entfernen oder gar den Bus zum Bahnhof zu nehmen. Sie hätten mich verfolgt und zurückgeholt, und die Strafe, die mir dann geblüht hätte, wollte ich mir lieber nicht ausmalen.

Hier würde niemand auf mich aufpassen, und ich hoffte, dass die Zeit für mich wirken würde. Im Moment war ich sogar ganz erleichtert, keine Besorgungen erledigen zu müssen, denn ich war inzwischen ziemlich eingeschüchtert und unsicher. Seit der Entführung hatte ich mit keinem fremden Menschen gesprochen! Ich hätte mich gar nicht getraut, jemanden nach dem Weg zu fragen, geschweige denn um Hilfe zu bitten.

Andererseits war ich Orhan jetzt auf Gedeih und Verderb ausgeliefert. Mir durfte kein noch so winziger Fehler unterlaufen, damit er keinen Grund hatte, mich zu schlagen.

»So, die Spielregeln hier sind wie folgt.« Orhan setzte sich auf einen der beiden Plastikstühle am winzigen Küchentisch. Mit gespreizten Beinen saß er da, die eine Hand auf der Lehne, die andere an der Bierflasche. Seine gesamte Körpersprache kündete von unterdrückter Aggression.

»Ich gehe morgens um sieben zur Arbeit. Du stehst um sechs Uhr auf und machst mir Frühstück. Danach putzt du die Wohnung, räumst auf und kannst anschließend meinetwegen Däumchen drehen. Das hast du ja in Bochum auch jahrelang gemacht. Aber wenn ich um vier Uhr nachmittags von der Arbeit komme, ist der Tisch gedeckt, und das Essen steht auf dem Tisch. Ist das klar?!«

»Ja, Orhan.«

»Und danach bist du ein bisschen nett zu deinem Mann, dann ist dein Mann auch nett zu dir.« Er rülpste. »Daraufhin sollte das doch endlich klappen mit dem verdammten Nachwuchs.«

Ich nickte stumm. Leider war der Draht zu meiner Frauenärztin durch den Umzug gekappt, und die Pillenpackung war fast leer. Gott sei Dank hatte er sie noch nicht entdeckt.

»Wie heißt das?«

»Ja, Orhan.«

»Lauter, ich höre nichts!« Gespielt schwerhörig legte er die Hand ans Ohr.

»Ja, Orhan«, rang ich mir so laut ab, wie ich konnte.

»Gut. Dann sollte das doch mit uns beiden gut funktionieren. Wäre doch gelacht, wenn Oma nicht bald ihren Enkel kriegt.«

Schon am ersten Wochenende stand sie vor der Tür: meine verhasste Schwiegermutter.

Sie hatte sich in den Zug gesetzt, um hier nach dem Rechten zu sehen. Wahrscheinlich langweilte sie sich ohne uns in Bochum, und ihr Muhamet schien auch keine Sehnsucht nach ihr zu haben.

Neugierig spähte sie in jeden Winkel und in jeden Schrank, öffnete Schubladen und fuhr mit dem Finger über die Anrichte, um Staub oder sonstige Makel zu finden.

»Wie hast du das denn hier eingeräumt!« Sie hatte den Mantel noch an, als sie bereits begann, mein gesamtes Geschirr wieder aus dem Schrank zu holen. »Los, stell das alles auf den Tisch.«

Orhan saß nebenan im Wohnzimmer vor dem Fernseher und schaute Fußball.

»Nee, erst bringst du mir ein Bier!«, brüllte er mich an.

»Er trinkt wieder«, flüsterte ich Neslihan zu. »Hilf mir doch!«

Sie nahm ihr Kopftuch ab und warf es über den Stuhl. »Das hier sind seine eigenen vier Wände«, gab sie mit gespieltem Bedauern zurück. »Da kann ich ihm nicht reinreden.«

Aber mir konnte sie reinreden. Und wie!

Den ganzen Freitagabend verbrachte ich damit, nach ihren Anweisungen meine Küche neu einzuräumen. Sie hatte in ihrer unsäglichen Handtasche altes Packpapier mitgebracht, das ich jetzt in die Schränke legen musste, bevor ich das Porzellan wieder einräumen durfte.

»Hat man dir das denn nicht beigebracht?«, rügte sie mich wie ein Schulkind. »So schont man die Einbauschränke, die ja schließlich dem Eigentümer gehören!«

Ich hatte mich so darauf gefreut, das erste Wochenende in Freiheit auf meinem Sofa zu verbringen, aber daraus wurde nichts: Neslihan breitete ihr mitgebrachtes Bettzeug darauf aus und blieb bis Sonntag.

Als sie wieder ging, glich meine Wohnung einem Schlachtfeld. Alles hatte sie aus Schubladen und Schränken gerissen und auf unser Bett geworfen, um dann zu sagen: »Das ist ja ein schreckliches Chaos hier in eurer Bude! So geht das nicht. Von nun an komme ich jedes Wochenende und sorge hier für Ordnung.«

Und während ich heulend auf Knien meine Habseligkeiten wieder einräumte, hoffte ich, dass Orhan dieses Unglück abwenden würde.

Doch als er vom Bahnhof zurückkam, wütete er los: »Sag mal, bist du wirklich nicht in der Lage, so einen kleinen Haushalt allein zu führen? Meine Mutter sagt, was für eine faule Sau du bist! Du wirst noch einiges lernen müssen!« Mit diesen Worten riss er erneut Schubladen und Schränke auf. »Hier! Was ist das hier?!« Er knallte mir irgendwas vor die Füße. »Was soll das? Hm? Gehören Tassen und Gläser zusammen in einen Schrank?« Und schon flogen die ersten Scherben.

»Orhan, bitte …«

»Gar nichts, ›Orhan bitte‹!« Mit Wucht schleuderte er unsere einzige Teekanne gegen die Wand. »Das ist doch ein einziger Saustall hier!«

»Orhan, ich versuche gerade alles wieder einzuräumen …«

»Das fällt dir aber spät ein!« Seine Augen sprühten vor Zorn, als er mich am Arm packte.

»Das ist mein heiliger Sonntagabend. Morgen früh muss ich wieder auf Maloche, und was machst du? Statt deinem Mann einen gemütlichen Abend zu machen, vielleicht ein nettes Süppchen hinzustellen, machst du hier so eine Scheiße! Brauchst du ne Haushälterin oder was?«

Und schon hatte ich seine Faust im Gesicht.

»Du dämliche kleine Schlampe! Wenn du schon zu blöd bist, eine Küche einzuräumen, wie soll das dann erst später werden, hä?« Ich ahnte, dass er auf dem Rückweg vom Bahnhof in einer Kneipe Station gemacht hatte. In blinder Wut schlug er auf mich ein. Ich duckte mich in der hintersten Ecke der Küche, hielt mir das Kehrblech schützend vor den Kopf und schluchzte: »Orhan, ich werde mir Mühe geben!«

Als er sich ausgetobt hatte, trat er noch einmal vor das Kehrblech, das scheppernd zu Boden fiel, und warf sich nebenan vor den Fernseher. Die Tatort-Melodie ertönte. »Bring mir ein Bier!«, brüllte er. »Und um Punkt zehn bist du im Bett!«

»Ja, Orhan.«

»Wie heißt das?«

»Ja, Orhan!«

»Bitte? Ich hör nichts!«

»JA, ORHAN!«

»Na endlich. Und jetzt Schnauze. Ich will fernsehen.«

Mit dem Fuß trat er die Wohnzimmertür zu.

So vergingen die Wochen und Monate, und ich sah kein Licht am Ende des Tunnels. Jeden Freitag nach der Arbeit brachte Orhan seine Mutter mit, die er vom Bahnhof abgeholt hatte. Und dann ging das Theater wieder los. Sie musste mir demonstrieren, dass es ohne sie nicht ging, und am Ende des Wochenendes hetzte sie Orhan gegen mich auf: Wieso ich immer noch nicht schwanger sei, wieso ich immer noch keine bessere

Hausfrau sei, und wieso ich mich immer noch gegen sie auflehne. Sobald ich allein zu Hause war, heulte ich mir die Seele aus dem Leib, fand aber keine Lösung für mein Problem. Und gewöhnte mich an den Gedanken, auch in der neuen Wohnung, in der Nähe meiner früheren Heimat, nichts als eine Gefangene zu sein.

Ab und zu telefonierte ich heimlich mit meiner Mutter in Hannover, aber ich riss mich zusammen und weinte ihr nichts vor, denn sie hatte mit Fidan ganz andere Sorgen.

Die Geschichte, die sie mir erzählte, ließ mich meinen eigenen Kummer kurzzeitig vergessen.

21

Urfa, Herbst 1977

Nachdem Bekir unter der Erde war, traf sich die Großfamilie im Haus seiner Eltern. Man saß beim Totenschmaus. Fidan war zu dieser Zeit bereits eine erfolgreiche Geschäftsfrau mit einem eigenen Laden in Koblenz.

Sie hatte inzwischen den Führerschein, beschäftigte mehrere Angestellte und hatte ihre beiden kleinen Töchter in einer Kindertagesstätte untergebracht. Auch wenn sie der Tod ihres Mannes und die schrecklichen Begleitumstände in tiefe Trauer stürzten, war sie in keiner Weise finanziell von seiner Familie abhängig. Im Gegenteil! Die Eltern und ein Teil seiner zehn Geschwister lebten inzwischen in Häusern in Istanbul, die Fidan mit ihren Einkünften finanziert hatte.

Sie und Mutter hatten bereits die Rückflugtickets in der Tasche und besprachen gerade, wie sie am nächsten Morgen zum Flughafen kommen sollten. Sie wollten ein Taxi nehmen. Schließlich konnte das Geschäft nicht allzu lange warten, und die Kinder sollten so schnell wie möglich wieder in ihre gewohnte Umgebung zurück. Auch Mutter musste wieder nach Hannover. Es herrschte schon Aufbruchsstimmung.

Der alte kurdische Vater, der durch die heiße Ware in den Schafskäsekisten mitnichten unschuldig am Mord seines Sohnes war, erhob sich und hielt eine Ansprache.

Sofort wurden alle Versammelten mucksmäuschenstill. Niemand wagte auch nur zu atmen. Er trug die traditionelle Kleidung, ein langes weißes Gewand und einen Fez. Das verlieh ihm zusätzlich Autorität und Würde.

»Ich höre gerade, dass du deinen Aufbruch nach Deutschland planst, Fidan. So geht das natürlich nicht! Unsere kurdische Tradition lässt es nicht zu, dass du ohne deinen Ehemann allein nach Deutschland zurückkehrst, Schwiegertochter.«

Fidan wollte etwas erwidern, aber Mutter drückte ihren Arm und gebot ihr so zu schweigen.

Der alte Mann sprach weiter.

»Nachdem du, Fidan, nun die Witwe meines Sohnes Bekir bist und nicht mehr allein in der Fremde leben kannst, ist es Brauch bei uns Kurden, dass du seinen nächstjüngeren Bruder heiratest, also Bekirs jüngeren Bruder Bora.«

Gemurmel wurde laut. Die westlich orientierten modernen Türken schüttelten energisch den Kopf, die traditionell eingestellten Kurden nickten dagegen zustimmend. »Ja, natürlich. Bei Allah. So muss es sein. Alles andere wäre *haram*.«

Haram. Sünde, schmutzig. So schrecklich die Situation bereits war – diese Worte machten sie noch schrecklicher. Fidan und ihre kleinen Töchter, meine westlich gekleidete Mutter, meine Brüder und alle anderen Verwandten aus Deutschland starrten den alten Mann fassungslos an.

»Das meint der nicht ernst.«

»Das ist nur so ein rituelles Geschwätz.«

»Das sagt der jetzt, um sein Gesicht zu wahren.«

Doch der alte Kurde machte eine herrische Geste, und sofort herrschte wieder Ruhe.

»Da du es so eilig hast, Fidan, zu deinen Geschäften zurückzukehren, habe ich entschieden, dass du meinen Sohn Bora noch heute heiratest. Dann hat alles seine Ordnung, die Ehre der Familie bleibt gewahrt, und Bora wird morgen mit dir nach Deutschland reisen.«

Wieder brach Tumult aus, der aus gegensätzlichen Meinungen und Überzeugungen gespeist wurde. Fidan schlug die Hand vor den Mund, um nicht laut loszuschreien. So langsam dämmerte ihr, dass es der alte Schwiegervater ernst meinte.

Meine mutige Mutter erhob sich, und Cihan sprang ihr sofort wortgewandt bei.

»Das wollen wir nicht! Bei aller Gastfreundschaft und heiliger Tradition: Wir kennen euren Brauch nicht, und er geht uns nichts an. Wir sind keine Kurden, sondern moderne Türken, und Fidan gehört jetzt wieder zu unserer Familie. Durch Bekirs Tod ist sie kein Teil eurer Sippe mehr. Wir nehmen sie morgen mit nach Hause.«

Wieder wurde es laut. Wieder waren die Meinungen geteilt: Die einen nickten bekräftigend und schlugen Cihan auf die Schulter, die anderen brachen in kreischendes Protestgeschrei aus. Nach einigem Hin und Her schlug Bekirs Vater auf den Tisch. »Ich lasse mich durch euer Geschwätz nicht beeindrucken! Wir haben unsere Traditionen, und nach denen leben und sterben wir! Fidan wird Bora heiraten! Andernfalls wird sie ihre

Kinder nie wiedersehen!« Im selben Augenblick packten zwei Männer aus seinem Clan die kleinen Mädchen und trugen sie zu dem alten Mann hinüber. Sie schrien in Panik und strampelten mit den Beinen, aber die beiden Männer hielten ihnen die Münder zu. Fidan wollte ihnen zu Hilfe eilen, wurde aber selbst festgehalten. Selbst Mutter und Cihan fühlten sich plötzlich umzingelt.

»Nehmt sie mit nach Deutschland«, wetterte der Alte. »Wir brauchen sie nicht mehr! Aber die Kinder bleiben hier! Schließlich haben sie unseren Namen und unser Blut!«

Unsägliches Entsetzen machte sich breit.

Fidan brach fast zusammen. Aber dann wurde ihr Kampfgeist wach. Sie riss sich von den beiden Kerlen los, die sie festhielten, stob auf den Schwiegervater zu, trommelte mit beiden Fäusten gegen seine Brust und zerrte an seinem bodenlangen Hemd. »Wie kannst du es wagen, mich wieder zu verheiraten, wo euer Sohn gerade erst unter die Erde gebracht wurde?« Wutschnaubend wandte sie sich an ihre Schwiegermutter, die tief verschleiert hinter ihrem Mann stand: »Glaubt ihr etwa, das hätte Bekir gefallen?« Schnaubend sah sie sich im Kreise der traditionellen Großfamilie um. »Nein, ich werde keinen von euch heiraten!« Inzwischen hatten die beiden Männer sie wieder im Griff, und der Alte strich ordnend über sein festlich besticktes Gewand. Das hatte noch niemand gewagt, ihn anzufassen, erst recht keine Frau!

In seinen Augen war Fidan eine Ungläubige, eine westliche Verdorbene, die keinen Anstand und keine Ehre mehr besaß, und vor allen Dingen keinen Respekt!

Dass sein Sohn Bekir als kleiner Hilfsarbeiter nach Deutschland gekommen war und schließlich mithilfe der tüchtigen Fidan, die er als Fünfzehnjährige geschwängert hatte, sehr viel

Geld an seine Familie schicken konnte, zählte nicht für ihn. Schließlich war er damals großzügig genug gewesen, einer Heirat mit der bereits beschmutzten Fidan zuzustimmen. Dass diese Milde nicht ganz uneigennützig gewesen war, lag auf der Hand. Doch jetzt war der Schwiegervater zu keinen weiteren Kompromissen bereit.

»Du heiratest noch heute Bora. Er ist einverstanden. Wir haben alles in die Wege geleitet.«

»Meine Wunden sind noch längst nicht verheilt!«, schrie Fidan ihre ehemaligen Schwiegereltern unter Tränen an. »Ich habe ihn geliebt! Ich werde erst in Ruhe trauern, bevor ich über eine Wiederheirat nachdenke!«

Inzwischen hatten die zwei Männer sie zu ihrem Stuhl zurückgeschleift und sie gezwungen, sich zu setzen. So eine Szene war in diesem Hause noch nie vorgekommen, jedenfalls nicht von einer Frau.

»Ich werde morgen nach Deutschland zurückreisen und meine Kinder mitnehmen«, schrie Fidan. »Ihr mit eurer Familienehre und Schande! Wer hat denn seinen eigenen Sohn in dieses dubiose Drogengeschäft verwickelt! DAS ist eine Schande! Mein geliebter Bekir würde heute noch leben, wenn du ihn nicht so hinterhältig benutzt hättest!«

Der Alte war ein gefürchteter Mafiaboss, der weit über die Grenzen seines Dorfes hinaus bekannt war, und das konnte er sich auf keinen Fall bieten lassen.

»Du wirst tun, was ich dir befehle. Solltest du etwas anderes in Erwägung ziehen, bringe ich dich und die Kinder um! Dass ich mit so etwas nicht spaße, dürfte keinem der Anwesenden hier entgangen sein.« Er griff nach seinem Gewehr, das hinter ihm an der Wand lehnte, und hielt es den kleinen Mädchen unter die Nase. Die Kinder schrien vor Angst, und Mutter, Cihan und die Zwillinge klammerten sich in Panik aneinander. Die Situation drohte komplett aus dem Ruder zu laufen.

In diesem Moment sprang Berkan, Bekirs älterer Bruder auf. Er war Single geblieben, da er eine Neigung hatte, über die in dieser Familie noch nicht mal nachgedacht, geschweige denn ein Wort verloren werden durfte.

»Fidan, kann ich dich mal einen Moment unter vier Augen sprechen?«

Fidan, die leichenblass auf ihrem Stuhl hockte, hob den Kopf.

»Vater, darf ich?« Ehrerbietig verbeugte sich Berkan vor dem Patriarchen. Die Mutter stand die ganze Zeit über reglos und verschleiert hinter ihrem Mann und sagte kein Wort.

Dieselben Leute, die uns damals so großzügig ihr Schlafzimmer überlassen hatten! Die uns nach Strich und Faden verwöhnt und uns drei traumhafte Ferienwochen beschert hatten! Bei denen ich auf dem Esel reiten durfte und mich so frei und glücklich gefühlt hatte! Als ich diese Geschichte von meiner Anne hörte, konnte ich es nicht glauben.

Der Alte stieß ein kurzes Knurren aus und zeigte mit dem Kinn zum Nebenzimmer. Immerhin ließ er das Gewehr sinken. Die Kleinen schluchzten haltlos und streckten ihre Arme nach meiner Mutter aus. Die eilte zu ihnen und zog sie an sich, was der Alte widerwillig geschehen ließ.

»Hör gut zu, Fidan, du hast keine Wahl.« Berkan hatte die Tür zugeworfen, sich ihr gegenüber auf einen Stuhl gesetzt und ihre Hände genommen. »Vater wird seine Worte wahr machen.«

»Das glaub ich einfach nicht, Berkan.« Fidan entriss ihm die Hände und warf sie in die Luft. »Ich kenne doch meinen alten Schwiegervater. Er ist normalerweise die Güte in Person, wenn es um seine Familie geht.«

Berkan stieß ein harsches Lachen aus. »Ja, wenn er seinen Willen kriegt. Nein, wenn es um seinen Ruf geht. Du kennst ihn nicht, Fidan! Wenn er etwas angedroht hat, dann macht er es auch! Ansonsten würde er seine Ehre und sein Ansehen verlieren!«

Plötzlich wurde Fidan still. Die dramatischen Folgen dieser Tradition waren ihr gerade brutal vor Augen geführt worden. Und sie kannte unseren eigenen Vater. Der sie für immer verstoßen hatte. Aus genau denselben Gründen: Ehre und Ansehen. Was die Leute dachten, war viel wichtiger, als was die eigenen Kinder fühlten.

»Gott!« Sie ließ den Kopf sinken und verbarg ihr Gesicht in den Händen. »Ich will Bora nicht heiraten! Ich kenne ihn gar nicht und … ich steh auch nicht auf ihn.«

»Fidan.« Berkan berührte leicht ihre Schulter. »Ich habe dir einen Vorschlag zu machen.«

Fidan ließ ahnungsvoll die Hände sinken. »Berkan? Du weißt, wie sehr ich dich mag. Aber bitte sag jetzt nicht, was ich gerade denke. Denn ich steh auch nicht auf dich. Und du nicht auf mich. Also vergiss es!«

»Fidan, es ist das Beste für uns alle.« Berkan sah sie flehentlich an. »Ich habe hier nichts mehr zu verlieren. Also werde ich mich opfern und dein Ehemann werden.«

»Ähm … hallo?« Fidan machte ein skeptisches Gesicht. »Du bist … ähm … vom anderen Ufer des Bosporus?!«

»So können wir gemeinsam nach Deutschland reisen und so tun, als ob wir ein Paar wären. Was wir dann später aus der Situation machen, ist …«

»… ein weites Feld«, sagte Fidan.

»Dann musst du dir keine Sorgen mehr um deine Kinder machen und ich mir keine Sorgen mehr um … mich. Das Ansehen unseres Vaters ist in jeder Hinsicht wiederhergestellt, und jeder lebt sein Leben. Es ist eine Win-win-Situation.«

Fidan dachte einige Sekunden nach. »Genial«, seufzte sie dann erleichtert auf.

Einen Tag später saßen Fidan, die Kinder, Berkan, meine Anne, Cihan, Kenan und die Zwillinge im Flieger nach Deutschland.

Und irgendwo im wilden Kurdistan kraulte sich ein alter PKK-Mafiaboss zufrieden den Bart.

22

Bonn, Anfang 1982

»Okay, Anne, ich muss jetzt auflegen! Ich höre Orhan kommen! Danke dass du mir das alles erzählt hast!«

Mit schweißnassen Fingern warf ich den Hörer auf die Gabel. Zum Glück hatte ich für Orhan bereits das Abendessen zubereitet, und frischer Salat stand mit selbst gebackenem Brot wunschgemäß auf dem Tisch, während das Börek im Backofen brutzelte.

»Hallo, Orhan. Wie war es in der Arbeit?!«

»Bring mir ein Bier.«

»Ja, natürlich. Entschuldigung.«

»Wieso ist das nicht kalt?!«

»Ich … ich habe telefoniert und …«

Zack!, hatte ich bereits seine Hand im Gesicht. Ich taumelte rückwärts gegen den Herd. »Wann wirst du endlich lernen, dass ein Bier kalt sein muss?«, schrie Orhan mich an. »Bist du denn zu gar nichts zu gebrauchen?«

»Es tut mir leid, Orhan. Es kommt nicht wieder vor!« Schnell tränkte ich einen Lappen mit kaltem Wasser und presste ihn an die brennende Wange.

Orhan stützte beide Ellbogen auf den Küchentisch und ließ sich das Essen aufgeben. Er hatte sich noch nicht mal die Hände gewaschen! Ich rieb mir immer noch die Wange und überlegte, wie ich jetzt schnell das zweite und dritte Bier kalt kriegen konnte, ohne mir die nächste Ohrfeige einzufangen. Am besten ins Eisfach, aber bloß nicht dort vergessen! Zu kalt war genauso schlimm wie zu warm, und würde eine Flasche dort platzen, wäre das mein Todesstoß. Unauffällig bückte ich mich nach der Bierkiste und nahm zwei Flaschen heraus. Ein stechender Schmerz schoss mir in den Unterleib. Hatte er mich schon wieder getreten? Nein, es kam von innen! Meine Eingeweide schienen zerreißen zu wollen. War es die Geschichte von Fidan, die Sehnsucht nach Mutter oder die Angst, von Orhan geschlagen zu werden? Das war bestimmt nur ein Phantomschmerz. Ich sank auf einen Stuhl und versuchte, ruhig durchzuatmen.

»Mit wem hast du telefoniert?« Orhan schaufelte schmatzend sein Essen in sich hinein. »Und leg den widerlichen Lappen weg, wenn ich esse! Das ist ja ekelhaft!«

»Mit Anne, mit meiner Mutter. Sie hat mir eine wirklich spannende Geschichte über Bekirs Familie erzählt. Die dürfte dich auch interessieren, du willst doch immer gern, dass ich dir beim Essen was erzähle, oder?«

Zitternd saß ich neben ihm am Küchentisch. »Ich stell das Bier nur schnell ins Eisfach ... AU!«

Vor dem Kühlschrank sank ich kraftlos zu Boden.

»Stell dich nicht so an! Meinst du, ich durchschau dein Theater nicht?«

»Orhan, ich ...« Mit schmerzverzerrtem Gesicht richtete ich mich auf. »Ich glaube, ich ....« Schwallartig übergab ich mich auf den Küchenfußboden.

»Was ist denn jetzt schon wieder, du Sau! Ich bin am Essen, Mensch!«

»Es tut mir leid Orhan. Mein Bauch!« Schnell presste ich mir ein Küchenhandtuch vor den Mund.

Wütend schob Orhan seinen Teller von sich. »Wehe, du simulierst. Schweinerei ist das hier!«

»Nein, ich ...« O Gott, was war das für ein Messer in meinem Unterleib?

»Das ist jetzt aber nicht von der kleinen Backpfeife!«

Orhan wurde langsam unruhig.

»Ich hab dich ja kaum angerührt!«

»Nein, es ist ...« Mir wurde schwindelig vor Schmerzen, und ich sah Sterne vor meinen Augen tanzen. Stöhnend brach ich auf dem Fußboden zusammen.

»Orhan, ich glaub, ich muss in die Notaufnahme!«

»Selma!« Mit zwei Schritten war er bei mir und stützte mich besorgt. »Was ist los?«

»Ich weiß nicht, Orhan, ich ...«

»Dir steht ja der kalte Schweiß auf der Stirn. Ich bring dich ins Krankenhaus.«

Mein sonst so misstrauischer, oft brutaler Mann griff mir unter die Arme und schleifte mich besorgt in den Lift und quer über den Parkplatz zu seinem Auto.

»Selma, ich liebe dich doch! Was ist denn los? Ich mach mir Sorgen um dich! Du weißt doch, ich will, dass alles gut wird.« Er ließ den Motor an und preschte los.

In diesem Moment peitschten so starke Unterleibsschmerzen auf mich ein, dass ich seine Fürsorge genoss.

In letzter Zeit hatte ich mich oft übergeben, aber das gehörte seit Jahren zu meinem Tagesablauf. Mein Körper wehrte sich gegen mein Leben.

Im Krankenhaus fuhr man mich im Laufschritt auf die Gynäkologie.

»Aber kein Mann rührt meine Frau an!«, schrie Orhan, als sich die Türen vor ihm schlossen.

Es war eine nette blonde Ärztin, die mich vorsichtig untersuchte. Wieder fuhr ein feuchtes Ding über meinen Bauch, und wieder zeigte die Ärztin auf einen Bildschirm, auf dem nur Schneetreiben vor einem schwarzen Hintergrund zu sehen war. Sie fuhr mit dem Ultraschallkopf hin und her, hielt inne, fuhr wieder zurück, nickte erfreut und strahlte mich schließlich an.

»Herzlichen Glückwunsch, Frau Arslan. Sie sind schwanger.«

Mein Herz setzte einen Schlag aus.

»Wie? Das kann nicht sein?!«

»O doch, schauen Sie mal! Es ist schon deutlich zu sehen!«

Ich hob den Kopf und starrte auf den Bildschirm. Tatsächlich. Da war ein übergroßes Gummibärchen zu sehen, und das hatte sogar den Daumen im Mund.

»Aber … Ich möchte Orhans Kind nicht«, stammelte ich aufgewühlt. »Können wir das bitte wegmachen?«

»Dafür ist es zu spät.« Die Ärztin schaute noch einmal besorgt auf den Bildschirm. »Sie sind locker in der sechzehnten Woche! Da macht man keinen Abbruch mehr. Und schauen Sie: es ist gesund, es bewegt sich … Ja freuen Sie sich denn gar nicht?«

Entkräftet ließ ich meinen Kopf auf die Liege zurückfallen und starrte tränenblind an die Decke. Wie hatte das passieren können? Ich hatte doch die Pille immer genommen!

Allerdings schon seit einiger Zeit nicht mehr, wie mir plötzlich schlagartig klar wurde.

Irgendwann war die Packung leer gewesen, und an Nachschub zu kommen war mir seit dem Umzug nach Bonn unmöglich! Dann musste es also gleich nach dem Bezug der neuen Wohnung passiert sein!

»Kommt es Ihnen so ungelegen?« Die Ärztin reichte mir ein Papiertuch und half mir beim Aufstehen. »Wie ist denn Ihre familiäre Situation? Sie sind doch verheiratet, wenn ich dem stürmischen jungen Mann da draußen Gehör schenken darf?«

»Es ist erst mal ein ziemlicher Schock.« Blass und verzweifelt zog ich mich hinter einem Vorhang wieder an. Mein Schluchzen war nicht zu überhören.

»Kommen Sie mal zu mir an den Schreibtisch.« Sie wies mir freundlich einen Stuhl zu und lächelte mich aufmunternd an. »Viele junge Mütter reagieren erst mal so.« Sie schob mir die Box mit den Taschentüchern hin. »Da kommt eine große Verantwortung auf Sie und Ihren Mann zu. Aber das kann auch für viele Ehen ein toller Neuanfang sein.«

Ungläubig sah ich sie an. »Meinen Sie?«

»Sie müssen Ihren Mann jetzt in die Pflicht nehmen!« Ihr Gesichtsausdruck hatte etwas Eindringliches. »Schauen Sie, wenn er erfährt, dass er Vater wird, wird er sich vielleicht ändern! Hm? Geben Sie ihm eine Chance!«

Halbwegs getröstet, verließ ich nach einer halben Stunde ihre Ordination.

Orhan saß draußen und verknitterte eine Zeitung, die er nicht gelesen hatte.

»Was ist?« Er war blass und sichtlich um mich besorgt.

»Ich sag es dir, wenn wir im Auto sind.«

Innerlich wuchs ich bei jedem Schritt um einen Zentimeter.

Sie hat recht!, dachte ich. Ich trage jetzt sein Kind unter dem Herzen. Er wird mir nichts mehr tun. Es wird ihn mit Stolz erfüllen, und seine schreckliche Eifersucht wird sich in Luft auflösen.

»Der liebe Gott meint es anscheinend gut mit uns und schenkt uns ein Kind.« Wir saßen im Auto, aber Orhan war noch nicht losgefahren. Ich legte meine Hand auf seinen Arm und sah ihn flehentlich an. »Es wird Zeit, dass du deine Ängste ablegst, du kannst dir sicher sein, dass wir jetzt eine Familie sind. Du hast keinen Grund mehr, dich zu betrinken – mal abgesehen davon, dass es deinem Kind nicht guttut, wenn es einen Vater hat, der trinkt und aggressiv ist.«

Orhans Kieferknochen mahlten. Er starrte ins Leere. Ich sah, wie seine Gehirnzellen arbeiteten.

»Ich werde mir alle Mühe geben, dass es dem Kind gut geht, Orhan, und du solltest das auch tun.«

Schweigend fuhr Orhan los. Seine Hände umklammerten das Lenkrad, und seine Knöchel traten weiß hervor. Dieselben Hände, die ich damals, bei der Entführung, so verzweifelt angestarrt hatte. Dieselben Hände, die mich schon unzählige Male brutal geschlagen hatten. Vielleicht würde ich sie jetzt nie wieder spüren müssen?

Ich nahm all meinen Mut zusammen und legte sanft meine Hand auf sein Knie.

»Orhan. Das ist unsere Chance für einen Neubeginn.« Mir war selbst nicht klar, wie ich diese Worte herausgebracht hatte. Aber wenn ich schon mit diesem Irren zusammenleben musste, war dieses Kind vielleicht wirklich der rettende Strohhalm.

Ich sah, wie er mit sich kämpfte. Sich von mir eine Moralpredigt anhören zu müssen war nicht einfach für seine Mannesehre. Aber dann wurden seine Gesichtszüge weich.

»Ja, du hast recht! Ich werde keinen Alkohol mehr trinken, versprochen!«

Dieses Versprechen hielt genau bis zum Wochenende. Denn schließlich gab es guten Grund zum Feiern. Er wurde Vater und musste dies stolz seiner ganzen Familie kundtun.

Nicht nur Neslihan, sondern auch Muhamet sowie mehrere Onkel und Vettern bevölkerten unsere kleine Wohnung, und die dazugehörigen Frauen saßen bei mir in der Küche. Statt mich zu schonen, musste ich die ganze Verwandtschaft der Familie Arslan bedienen, immer wieder neu aufkochen und hinter ihnen herräumen.

Neslihan sparte nicht mit sinnlosen Ratschlägen und dummen Sprüchen: »Wenn dir oft schlecht ist, wird es ein Junge, und wenn du nachts von Schafen träumst, wird es ein Mädchen!« Begeistertes Kreischen war die Reaktion auf diesen Schwachsinn. »Wenn es bei Vollmond gezeugt wurde, werden es Zwillinge«, gaben ihre Cousinen und Schwägerinnen ernsthaft zum Besten. »Du musst ab sofort viele Backpflaumen essen, dann wird es schnell sauber, und mit Seifenlauge gurgeln, dann lernt es schnell sprechen.« Ich verdrehte innerlich die Augen. Unglaublich, wie viel Dummheit und Ignoranz in dieser Familie herrschte! Ich durfte gar nicht darüber nachdenken, dass ich vor meiner Entführung kurz vor dem Abitur gestanden hatte. Noch ein Jahr, und ich hätte wie Ismet, studieren können!

Stattdessen verdonnerte meine Schwiegermutter die gesamte weibliche Verwandtschaft dazu, mir ab sofort Babysachen zu stricken und ihre ausrangierten Babymöbel in meine Bude zu schleppen, was ich am liebsten mit Händen und Füßen verwehrt hätte, denn ich träumte von einem neuen Himmelbettchen für mein Baby. Aber es wurde ein riesiges Tamtam gemacht.

Leider nicht um mich. Sie taten so, als wäre Orhan derjenige, der Schonung und eine Sonderbehandlung brauchte. An der Bar grölten und lachten die Männer und schliefen irgendwann volltrunken auf dem Sofa ein, während ich das Ehebett mit Neslihan und zwei Cousinen teilte.

Erst am späten Sonntagabend brachte Orhan seine Bagage wieder zum Bahnhof und zwar volltrunken. Auch er hatte sich eine Menge Ratschläge anhören dürfen, die vermutlich beinhalteten, dass er mich jetzt noch strenger anfassen und keinerlei Launen meinerseits durchgehen lassen sollte.

Die darauffolgenden Monate wurden nicht leichter für mich. Orhans Eskapaden und Sauforgien wurden nicht weniger, nur weil ich schwanger war. Im Gegenteil! Es gab immer häufiger Situationen, in denen er sich an mir vergriff.

Manchmal nahm er noch nicht mal Rücksicht auf das Baby in meinem Bauch. Wenn er betrunken war, war ihm in seiner Wut ganz egal, wo er hinschlug. Oft trafen seine Tritte meinen Bauch so fest, dass ich mich auf dem Fußboden zusammenrollte und nur noch schluchzen konnte vor Schmerz und Angst, mein Baby zu verlieren.

Im siebten Monat meiner Schwangerschaft überkamen mich immer öfter schmerzhafte Krämpfe, die sich wie Wehen anfühlten. Es war eine sehr kritische Phase, denn es bestand die Gefahr einer Frühgeburt. Ich flehte meine Ärztin an, die restlichen Wochen im Krankenhaus verbringen zu dürfen, denn hier fühlte ich mich sicher vor Orhans Grausamkeiten. Ich durfte. Sie hatte mein Elend begriffen.

23

»Ganz großartig machen Sie das, Frau Arslan. Ja, man sieht schon das Köpfchen, gleich haben Sie es, und jetzt noch mal. Aufrichten und pressen. Pressen, pressen!«

Die große Uhr an der Wand des Kreißsaals zeigte fünfzehn Minuten nach Mitternacht.

Die Hebamme und die Ärztin fieberten seit zwölf Stunden mit mir, und ich glaubte, innerlich in Stücke gerissen zu werden. Aber dann machte es plötzlich flutsch!, und sie hielten mir das zerknautschte kleine Menschlein unter die Nase, dessen bläuliche Nabelschnur mich noch mit ihm verband.

»Toll haben Sie das gemacht, Frau Arslan! Herzlichen Glückwunsch! Es ist ein Mädchen!«

Vor Erschöpfung und Fassungslosigkeit kamen mir die Tränen.

»Pechschwarze Haare hat es und grüne Augen, genauso bildhübsch wie die Mama!«

Schweißgebadet, aber so glücklich wie noch nie im Leben schloss ich das maunzende Kind in die Arme. Es schnaufte an meiner Nase, die Fäustchen schützend vor dem zerknitterten Gesichtchen geballt.

Fasziniert bestaunte ich mein winziges Töchterchen, das in meinem Bauch schon so viel hatte mitmachen müssen.

»Ein properes Sonntagskind!« Die Hebamme hatte mein Baby gewaschen und in ein flauschiges rosa Tuch gehüllt. »Dreitausendsechshundert Gramm schwer und zweiundfünfzig Zentimeter groß. Respekt!«

Ich konnte mich gar nicht an meinem Baby sattsehen. Alle

Schmerzen und Leiden waren wie weggeblasen. Das war meine Tochter! Ich wurde von unfassbar starken Gefühlen überwältigt, die mit nichts auf der Welt zu vergleichen waren. Von diesem Moment an wusste ich wieder, wofür es sich zu leben lohnte: Für dieses winzige Geschöpf, mein allergrößtes Glück, wollte ich da sein.

»Frau Arslan, Ihr Mann steht draußen.«

Inzwischen war es sieben Uhr morgens, und ich hatte mein Kind ununterbrochen bestaunt, liebkost und leise und zärtlich mit ihm gesprochen. Es schien mir, als wäre es schon immer bei mir gewesen. Wir waren unzertrennlich. Ihr Name sollte Elif sein. Aber natürlich konnte ich das nicht ohne Orhan entscheiden.

»Sollen wir ihn reinlassen?«

Seufzend nickte ich. Das war wohl nicht zu vermeiden. Hauptsache, Neslihan war nicht dabei!

Orhan näherte sich strahlend und wie auf Zehenspitzen. In seinem Gesicht stand so etwas wie Bewunderung für mich, das hatte ich noch nie gesehen. Als ihm die Schwester das Kind in die Arme legte, liefen ihm dicke Tränen über die Wangen.

»O Mann eh, ich bin Vater, eh, ich kann das echt nicht glauben!«

Männlicher Stolz überflutete ihn. Auf einmal war er etwas wert. Fast gerührt betrachtete ich ihn.

»O Mann, Selma, das ist dir perfekt gelungen, eh!« Ungeschickt hielt er das Baby und wiegte es eine Spur zu heftig. »Boah, diese winzigen Fingerchen, und diese Stupsnase, voll klein! Und so viele schwarze Haare, dann die grünen Augen, das ist voll krass!«

»Vorsicht, Orhan. Es ist ganz zerbrechlich.« Ich wollte und konnte mir nicht vorstellen, dass er unserem Kind je ein Haar krümmen würde.

»Bitte gib es mir wieder!« Zum Glück war die Schwester im Raum, die uns nicht aus den Augen ließ.

»Jetzt ruf ich deine Mutter an, Selma! Und deinen Bruder Cihan, die sollen sofort kommen!«

Zu meiner grenzenlosen Freude rief er MEINE Mutter an und nicht SEINE! Er war kaum wiederzuerkennen.

Schon am nächsten Morgen stand meine liebe Anne mit den Zwillingen an meinem Bett, und auch mein ältester Bruder Cihan und seine Freundin Christa waren da.

Fidan war gerade selbst schwanger – interessanterweise von ihrem neuen Mann Berkan! – und schickte nur Blumen und süße Strampler.

Als mein anderer älterer Bruder Kenan mit seiner Freundin auch noch auftauchte, war mein Glück perfekt. Alle verhielten sich rücksichtsvoll, brachten geschmackvolle Geschenke mit und gönnten mir immer wieder Ruhephasen, in denen ich lernte, unser kleines Mädchen zu stillen. Und meine Anne saß lächelnd dabei und half mir mit geübten Griffen ohne ein einziges überflüssiges Wort.

Orhan musste ja arbeiten und kam immer erst gegen Abend. Auch wenn er eine Fahne hatte, verhielt er sich anständig. Da ich in einem Vierbettzimmer lag und ständig viele andere Leute im Raum waren, hätte er nie gewagt, aus der Rolle zu fallen.

Eine ganze Woche durfte ich noch in diesem wunderbaren Krankenhaus liegen, das fast schon mein Zuhause geworden war, ohne dass mich jemand aus Orhans Familie belästigte. Es war die schönste Woche meiner gesamten Ehe. Ich hatte Ruhe und Muße für mein Kind und mich und plauderte mit den anderen jungen Müttern, die ich so gern nach diesem Krankenhausaufenthalt als mögliche neue Freundinnen wiedergetroffen hätte. Aber ich wusste, dass ich keine von ihnen je wiedersehen würde.

Doch am Wochenende darauf wurde ich aus dem Krankenhaus entlassen. Orhan kam mit Neslihan, um das Baby und mich abzuholen. Kaum hatte die Schwiegermutter unser süßes Mädchen gesehen, riss sie es aus seinem Bettchen und drückte es so fest, dass ich Angst hatte, sie würde es zerdrücken.

Ich war ihr keines Blickes wert. Gemeinsam mit Orhan schleppte sie es in einer mitgebrachten Kindertrage zum Auto, setzte sich auf den Rücksitz und überschüttete das Neugeborene mit lauten Entzückensschreien, wobei sie ihre Spucketröpfchen auf meinem Kind verteilte. Nichts als dumme Sprüche über Ähnlichkeiten mit ihren Verwandten und abergläubisches Geschwätz kamen aus ihrem Mund.

Das Nachhausekommen fühlte sich schrecklich an. Die kleine Wohnung platzte schier aus allen Nähten, so viele Verwandte von Orhan waren gekommen. Sie hatten in meinem Bett geschlafen! Menschen, die ich noch nie gesehen hatte, fummelten an meinem verschreckten Würmchen herum. Fremde Frauen zogen meine Tochter nackt aus und begutachteten ihren noch nicht verheilten Nabel. Dazu gab es wieder jede Menge Weisheiten aus dem letzten Jahrtausend. Bei Vollmond an einem Teich vergraben sollte ich die Nabelschnur, dann würde Elif eines Tages einen reichen Prinzen heiraten.

Als mein kleines Mädchen verängstigt das Gesicht verzog und bitterlich anfing zu weinen, schrillte ihm hysterisches Gelächter entgegen. Ich wollte mein Baby an mich nehmen und in Sicherheit bringen, doch ich hatte keine Chance.

»Ich werde meine Enkeltochter jetzt baden!«, verfügte Neslihan. »Und ihr dürft alle zusehen!«

Zu meinem Entsetzen schüttete sie Salz in eine Schüssel und Wasser in eine andere.

»Wenn ein Baby direkt nach der Geburt mit Salz eingerieben

wird, wird es geschmeidig und hört besonders auf die Person, dies es damit eingerieben hat!«

Sie rieb das Salz auf die Haut meines Babys und ließ weder Augen, Schambereich noch Mündchen aus! Elif schrie wie am Spieß, und ich wurde von den schadenfroh johlenden Frauen festgehalten.

»Jetzt wird sie ihrer Großmutter immer aufs Wort gehorchen!«

»Und immer ein anständiges Mädchen sein!«

»Die öffnet ihre Beine nicht so schnell wieder!«

»Und ihren Mund auch nicht, hahaha!«

Es war ein entsetzlicher Albtraum. Ich hasste diese Familie abgrundtief! Mich hatten sie quälen und demütigen dürfen, aber bei meinem hilflosen Baby würde ich das nicht mehr zulassen.

Als die grässliche Bagage am Sonntagabend endlich weg war, rief ich weinend meine Mutter an und erzählte ihr, was sie meinem unschuldigen Kind angetan hatten.

Orhan hatte seine Tochter nicht etwa beschützt und mich verteidigt, sondern sich bei lauter Musik mit seinen Onkeln und Cousins im Wohnzimmer die Kante gegeben.

»Mein Schatz, weine nicht, du musst jetzt stark sein für dein Kind. Ich komme aus Hannover, sobald ich kann.«

Zu meiner Freude kam meine Mutter bald danach zu Besuch. Das mit dem Salz fand sie gar nicht lustig und sagte, sie hätte von so einem Brauch noch nie gehört.

»So ein primitives Pack«, murmelte sie erschüttert, als Orhan außer Hörweite war.

»Ach, Anne, ich gäbe alles darum, mit dir und Elif nach Hannover zu kommen und mich von dir verwöhnen zu lassen«, flüsterte ich, als sie mir das rosige Kind an die Brust legte und Elif sofort anfing, selig zu nuckeln.

»Das geht leider nicht, meine Tochter.« Anne schaute uns traurig an. »Auch wenn ich noch so glücklich bin, so ein hübsches kleines Mädchen meine Enkelin nennen zu können – du gehörst zu deinem Mann.«

Orhan hätte mich ohnehin aufgestöbert und gewaltsam zurückgeholt. Ich hatte keine Chance.

Dass Orhan immer wieder androhte, in so einem Fall erst mich, dann das Kind, meine ganze Familie und schließlich sich selbst zu erschießen, konnte ich meiner Mutter unmöglich sagen.

Und so fuhr sie schon am nächsten Tag allein nach Hannover zurück, denn sie hatte die Zwillinge zu versorgen und war dort auch selbst berufstätig.

Ich hatte viel zu tun, um Haushalt, Kochen und die Kleine unter einen Hut zu bringen. Orhan hatte sich leider kaum verändert. Er trank nach wie vor und wurde nach dem dritten Bier aggressiv.

Ohne Rücksicht auf unsere Tochter führte er seinen Lebensstil wie gehabt weiter.

24

Braubach, Ende Februar 1984

»Selma, es ist so schön, dich zu sehen! Meine Güte, kleine Schwester, du wirst ja immer hübscher!« Strahlend fiel Fidan mir in die Arme. Sie hatte Anfang des Jahres ihr drittes Kind bekommen, und zwar überraschenderweise von Berkan, Bekirs Bruder, ihrem zweiten Mann, und Orhan und ich waren zum

Antrittsbesuch in ihr neues Haus in Braubach eingeladen. Die beiden Männer kannten sich bereits.

»Kommt rein, ihr Lieben! – Hallo, Orhan, schön, dich zu sehen.«

Wir Schwestern hatten uns seit Jahren nicht mehr gesehen und präsentierten einander unsere Kinder. All die Dramen, die Fidan zwischenzeitlich erlebt hatte, kannte ich ja nur aus den Erzählungen meiner Anne. Mein Gott, was hatte meine arme Schwester inzwischen alles durchgemacht.

»Gott, was seid ihr groß geworden«, begrüßte ich die beiden älteren Mädchen, die uns vergnügt entgegensprangen. Beide gingen längst zur Schule. Die Ältere war elf, die Jüngere acht. »Wie toll, ihr habt ja einen Garten!«

Die aufgedrehten Mädchen zeigten uns ihre Schulsachen und ihre Schaukel, und Orhan schlug seinem Schwager Berkan auf die Schulter, dass dieser fast zusammenbrach. »Neues Haus, neue Frau, neues Baby! Da soll noch einer sagen, du bist schwul, hahaha! Da haben wir ja was zu feiern, Alter!«

Die beiden verschwanden im Wohnzimmer und drehten die Musik auf.

Fidan und ich verzogen uns mit den Kindern in die Küche, wo wir gemeinsam kochten.

Die Mädchen waren tadellos erzogen und halfen ihrer Mutter, wo sie nur konnten.

Am Nachmittag gab es ein riesiges Festmahl, anschließend schickte Fidan ihre Töchter mit einem Malbuch ins Kinderzimmer, während die Männer sich wieder im Wohnzimmer ihrer gemeinsamen Leidenschaft, dem Alkohol zu türkischer Musik, hingaben.

»Wie läuft's mit Berkan?« Entspannt saß ich mit Elif in einer gemütlichen Ecke der Wohnküche, während Fidan ihr drei Monate altes Baby in der Wiege schaukelte.

»Du weißt bestimmt von Mutter, dass es anfangs eine Zweck-gemeinschaft war.« Fidan rührte sich Zucker in den Tee.

»Allerdings. Die Geschichte hat mich umgehauen. Bist du froh, dass er dich gerettet hat?«

»Na ja.« Fidan seufzte. »Am Anfang ja. Du weißt ja, dass ich meine Mädels sonst bei der Familie im wilden Kurdistan hätte lassen müssen!« Sie schüttelte nur den Kopf und lachte schrill auf. »Dann lieber das!«

»Er macht doch einen sehr netten Eindruck! Und das andere war wohl nur ein Gerücht.«

Ich spürte, wie ich rot wurde. Über solche Dinge sprach man als anständige Frau nicht.

»Ja, am Anfang war ich auch erleichtert. Er war ja total harm-los, wenn du weißt, was ich meine. Wenn wir erst mal in Deutschland sind, geht jeder seinen Interessen nach, hab ich mir gedacht. Aber er ist hier völlig hilflos ohne mich.«

Ich nickte und betrachtete mein Töchterchen. Elif hatte ihre klaren grünen Augen auf mich gerichtet und spielte mit ihren Fingerchen, während sie ruhig auf meinem Schoß saß. Sie war mit ihren anderthalb Jahren ganz allerliebst, und wenn sie lächelte, erschien ein Grübchen auf ihrer Wange, das mich zum Dahinschmelzen brachte. Sie schien alles zu verstehen, was wir uns erzählten, so weise war ihr Blick.

»Weißt du, es war, als hätte ich noch ein Kind an der Backe. Er verstand kein Wort Deutsch – natürlich nicht, woher denn auch.« Fidan pustete in ihren Tee. »Aber ich hatte ja mein Ge-schäft. So haben wir das Haus hier gekauft und eingerichtet – du kannst dir vorstellen, was das für Arbeit war, denn Berkan konnte mir ja nicht helfen.«

»Na, beim Umzug schon.«

»Ja, aber alles, was im administrativen Bereich war und ist …

Er sitzt dann immer dabei wie ein unmündiges Kind. Ich kann ihn keine Sekunde allein lassen. Selbst zu meinen Geschäftsterminen nehme ich ihn mit. Er möchte natürlich bestimmen, weil er der Mann ist, aber in Deutschland ticken die Uhren anders!«

»Was war er denn in der Türkei von Beruf?«

»Lehrer.« Fidan stieß ein trauriges Lachen aus. »Er hat studiert, Selma, das ist ja das Schreckliche! Er ist eigentlich ein kluger, gebildeter Mann, der NICHT den Macho raushängen lassen muss. Aber hier in Deutschland, wo er nicht in seinem Beruf arbeiten und nur rumsitzen und auf mich warten kann, hat er einen Minderwertigkeitskomplex entwickelt.« Sie trank einen Schluck. »Und das kann ich auch verstehen. Stell dir mal vor, wie sein Leben vorher war! Auch wenn er keine eigene Familie hatte, war er doch anerkannt, eine Autorität. Man hat auf ihn gehört, er hatte was zu sagen!«

»Verstehe. Außerdem war er der Älteste von zehn Geschwistern. Ihm wurde Respekt entgegengebracht, und niemand hat gewagt, ihm zu widersprechen.«

»Ja, und jetzt ist er einfach … ein Niemand! Meine Töchter lassen sich nichts von ihm sagen, sie verstehen ihn kaum mit seiner kurdischen Sprache. Und Deutsch kann er nur ein paar Brocken.«

»Das hört sich nicht gerade nach einer Traumehe an.« Betroffen sah ich meine Schwester an. »Aber mit Bekir warst du doch so glücklich!«

»Ja, das war Liebe auf den ersten Blick.« Sie lächelte traurig. »Wir hatten es nicht einfach, damals, als Vater mich verstoßen hat. Aber mithilfe von Onkel Engin konnten wir uns zu erwachsenen, gleichberechtigten Partnern entwickeln und an einem Strang ziehen. Bekir hat zu mir gepasst. Aber Berkan …«

»Und wie kommt es dann, dass ...« Mit einem verlegenen Seitenblick auf die Wiege verstummte ich.

»Dass wir Derya bekommen haben?« Fidan senkte die Stimme. »Berkan fing an, im Alkohol Trost zu suchen. Er hat sich ja schon mehrmals mit Orhan getroffen.«

Ich nickte. »Da haben sich zwei gefunden!«

»Orhan hat ihm wohl immer wieder eingeschärft, dass er sich durchsetzen, sich nichts von mir gefallen lassen soll, dass ein paar Ohrfeigen noch keiner Frau was geschadet haben. Dann kam eins zum anderen, und er hat mich mit Gewalt genommen.«

Plötzlich sahen wir uns an und verstanden uns auch ohne Worte.

Geistig konnten uns unsere Männer nicht das Wasser reichen. Also mussten sie ihre körperliche Überlegenheit gnadenlos ausnutzen.

Lange schwiegen wir verlegen. Sollte unser Schicksal tatsächlich so ähnlich sein? Beide waren wir mit Männern zwangsverheiratet, die wir nicht liebten. Unsere Väter, Schwiegerväter und Ehemänner hatten so viel Macht über uns! Es war ihr falscher Stolz, der sie mit uns treiben ließ, was ihnen gerade in den Sinn kam. Wir waren ihre Spielbälle, weiter nichts.

Besorgt betrachteten wir unsere unschuldigen kleinen Töchter Elif und Derya, die inzwischen beide in ihren Bettchen lagen und so süß aussahen! Als dann noch die älteren Töchter Fidans herunterkamen, um uns Gute Nacht zu sagen, wollte mir fast das Herz brechen: Würden ihre Väter in Zukunft auch noch so viel Macht über sie haben? Würden sie später ebensolchen Männern ausgeliefert sein? Oder würden wir Mütter es schaffen, sie davor zu beschützen, sie zu mutigen, eigenständigen Frauen erziehen?

»Wir sollten dann mal aufbrechen.« Seufzend stand ich auf und hüllte Elif in ihren rosafarbenen Ausgehanzug. »Ich würde so gerne noch weiter mit dir plaudern, Schwesterherz! Aber wenn Orhan jetzt nicht aufhört zu trinken, kann er nicht mehr fahren.«

Während Fidan ihre Großen zu Bett brachte, schmuste ich abwechselnd mit Elif und meiner kleinen Nichte Derya, von der ich mich kaum trennen konnte.

Da kam Berkan hereingeplatzt. »Hol uns noch zwei kalte Bier, Selma.« Mit blutunterlaufenen Augen funkelte er mich aufgedreht an. »Wollt ihr etwa schon abhauen?«

»Ich glaube, ich sollte Orhan lieber bitten, jetzt aufzubrechen.« Freundlich sah ich meinen Schwager an. »Sonst kann er nicht mehr fahren.«

»Ach, scheiß drauf, Schwägerin!« Berkan fasste mich um die Taille und wirbelte mich zu der türkischen Musik aus dem Wohnzimmer herum. »Immer wollt ihr Frauen bestimmen, wo es lang geht! Jetzt sage ich als Hausherr: Ihr bleibt!«

Dem hatte Orhan offensichtlich in jeder Hinsicht eingeschenkt. Fast musste ich lachen. »Aber wir sind müde, und die Kinder müssen auch ins Bett.«

»Ihr schlaft heute Nacht hier! Wozu haben wir so ein großes Haus!« Berkan plusterte sich voller Stolz auf. Orhan war inzwischen auf dem Gästeklo, ich hörte die Spülung rauschen.

Plötzlich kam mir diese Idee sehr verlockend vor. Noch einen ganzen Tag mit meiner geliebten Schwester Fidan in diesem großen Haus verbringen zu dürfen war allemal schöner, als mit Orhan nachts zurückzufahren und morgen wieder in unserer Hochhauswohnung zu sitzen. Stattdessen konnten wir vielleicht mit den Kindern einen ausgedehnten Frühlingsspaziergang machen.

»Ja, geht das denn klar, Berkan?« Unsicher spielte ich mit meinen Haaren. »Wo sollen wir denn schlafen?«

»Frag Fidan, die ist hier die Hausfrau!«

In dem Moment kam Fidan wieder herunter. »Hat Berkan erlaubt, dass ihr hier schlaft?« Ihre Augen leuchteten, und sie umarmte mich erfreut.

»Pass auf, dann nehme ich Selma und Elif jetzt mit in unser Schlafzimmer, und ihr Männer könnt hier noch in Ruhe weiterfeiern«, schlug sie vor. »Dann sind wir Frauen bei den Kindern und stören euch heute Nacht nicht, wenn sie schreien.«

Berkan nickte und holte zwei neue Flaschen Bier aus dem Kühlschrank.

»Sag Orhan bitte nicht, dass das unsere Idee war«, flüsterte ich. »Sonst wird er sauer!«

Berkan lachte. »Den Schwager hab ich schon im Griff. Gute Nacht, Weiber. Ich finde auch, dass er nicht mehr fahren sollte. Wir pennen auf dem Sofa.«

Kurz darauf lagen Fidan und ich in ihrem Ehebett, das sie schnell frisch bezogen hatte. Auch Nachthemd und Zahnbürste hatte sie mir geliehen. Die Kleinen schliefen ruhig in ihren Bettchen.

Es war das erste Mal, dass wir wieder in einem Zimmer schliefen und unsere Geheimnisse miteinander teilten. Genau wie damals in unserem Kinderzimmer in Köln! Zwölf Jahre waren seitdem vergangen.

Auf die Ellbogen gestützt, lagen wir da und tuschelten leise.

»Mein Gott, was alles passiert ist seitdem!« Seufzend lehnte Fidan sich auf ihr Kissen.

»Ich habe wirklich nicht gewusst, dass dein Berkan keinen Deut besser ist als Orhan«, murmelte ich.

»Euch sieht man ja auch nicht an, was da abgeht!«, flüsterte Fidan. Ich hatte ihr inzwischen ein paar Andeutungen über sein brutales, gemeines Verhalten gemacht.

Unten grölten und lachten die Männer, die Musik plärrte überlaut aus den Lautsprechern, und irgendwann fiel ein schwerer Gegenstand um.

»Es nützt ja nichts zu jammern«, wisperte ich. »Das können wir ja auch keinem erzählen, weil es so peinlich ist!«

»Ich glaube, unsere Mutter ahnt etwas«, erwiderte Fidan. »Aber sie kann uns ja auch nicht helfen!«

»Meinst du, unser Vater hat Mutter früher auch geschlagen?«

»Keine Ahnung. Das würde sie uns niemals verraten. Das ist der türkische Stolz.«

»Jedenfalls haben wir die süßesten Kinder der Welt.«

»Und trotz allem bin ich Berkan immer noch dankbar, dass er mir aus der Patsche geholfen hat. Keine Ahnung, was mir mit Bora passiert wäre! Den fand ich irgendwie ekelhaft, Berkan sieht ja noch halbwegs gut aus.«

»Gute Nacht, Schwesterherz!«

»Gute Nacht, Selma. Ich bin wahnsinnig froh, dass wir uns wiedergefunden haben!«

»Gemeinsam schaffen wir das schon!«

Nach Mitternacht – wir waren gerade eingeschlafen – hämmerte es an die Schlafzimmertür.

»Selma, bist du da drin?!«

Erschrocken fuhr ich hoch. Orhan!

»Komm sofort da raus und zeig mir, wo ich schlafe!«

Ja, hatte Berkan das denn nicht getan? Schuldbewusst schlich ich barfuß in Fidans Nachthemd zur Tür. Meine Schwester und die Kinder sollten nicht geweckt werden.

Leise öffnete ich die Tür. »Berkan hat gesagt …«

»Komm da raus!« Orhan packte mich an den Haaren und zerrte mich in den Flur.

Er war sturzbetrunken. Von Berkan keine Spur.

»Zeig mir, wo ich schlafen soll, du Schlampe! Wer ist da bei dir?«

»Fidan und die Kinder! Au, Orhan, du tust mir weh!«

Orhan schleifte mich an den Haaren ins gegenüberliegende Bad und schleuderte mich voller Wucht gegen die Wand. Der Schmerz nahm mir die Luft zum Atmen. In Zeitlupe sank ich blutüberströmt auf den Boden.

»Du Hure, wieso hast du mir nicht gesagt, wo ich schlafen soll?!« Orhan schlug mit den Fäusten weiter auf mich ein. »Wie bescheuert stehe ich denn jetzt da? Alle pennen irgendwo, und ich häng allein im Wohnzimmer rum oder was?«

»Bitte beruhige dich, Orhan!« Wimmernd hielt ich die Hände vor den Kopf. Der schöne weiße Badezimmervorleger war blutbespritzt.

»Du zeigst mir jetzt das Schlafzimmer, in dem wir schlafen!« Er versetzte mir einen heftigen Tritt. »Und ich habe WIR gesagt, klar? Du bist meine Frau, eh! Wir machen jetzt hier kein Mädchenpensionat auf!«

»Ja, ich zeig's dir ja!« Mühsam rappelte ich mich auf, drückte mir ein Handtuch auf die pochende Wunde und öffnete irgendwelche Türen, vor die er mich schleifte. Hinter der ersten schliefen die Mädchen, hinter der zweiten schnarchte Berkan.

Das dritte Schlafzimmer war das, in dem Fidan mit den Kindern lag. Bestimmt war sie längst wach.

»Ich glaube, es ist vorgesehen, dass du bei Berkan schläfst«, wimmerte ich, weil er mich immer noch an den Haaren zog.

»Du Hure! Das würde dir so passen! Bin ich schwul oder

was!« Er riss mich zurück ins Treppenhaus und knallte mich gegen das Treppengeländer. Ich sah nur noch Sterne.

»Jetzt gehe ich ins Wohnzimmer aufs Sofa, aber warte nur bis morgen! Dann werde ich dir zeigen, wie man mit seinem Mann umgeht!« Er verpasste mir einen weiteren Fußtritt und taumelte die Stufen fluchend wieder hinunter. Dort hörte ich die Wohnzimmertür knallen und einen Sessel umfallen.

Wimmernd versuchte ich, mich am Geländer hochzuziehen. Er hatte mir ganze Haarbüschel ausgerissen.

Auf allen vieren kroch ich zurück ins Bad, wo ich mich übergeben musste. Wahnsinnige Kopfschmerzen hämmerten auf mich ein.

Mit einem Satz war Fidan neben mir.

»Um Gottes willen, Selma!«

Sie war so weiß wie ihr Nachthemd, als sie neben mir niederkniete und mit einem nassen Waschlappen versuchte, mich zu säubern.

»Fidan, ich will nur noch sterben.«

»So darfst du nicht reden, Selma. Denk an Elif!«

Sie rannte ins Schlafzimmer, holte unsere Sachen und schloss das Zimmer, in dem sich die schlafenden Kinder befanden, vorsorglich von außen ab. »Ich bring dich ins Krankenhaus.«

Willenlos ließ ich mich von ihr in die Garage lotsen, wo sie mich ins Auto packte und zum Krankenhaus fuhr. Es war etwa ein Uhr nachts, als wir in der Notaufnahme ankamen.

Wieder wurde ich im Laufschritt auf einer Rollbahre in einen gekachelten Untersuchungsraum gebracht. Fidan trabte nebenher und hielt meine Hand.

»Wer hat Sie denn so zugerichtet, Frau Arslan?«

Ich konnte nicht antworten und spürte außer brennendem Schmerz nur die nackte Verzweiflung wegen Elif, die jetzt mit ihrer kleinen Cousine im fremden Schlafzimmer lag und sich wahrscheinlich die Seele aus dem Hals brüllte. Hoffentlich brachen die betrunkenen Männer die Tür nicht auf!

»Sie ist in meinem Bad ausgerutscht.« Diese Lüge ging Fidan professionell von den Lippen. »Sie kannte sich nicht aus und hat den Lichtschalter nicht gefunden.«

»Und wer hat ihr büschelweise Haare ausgerissen?« Der Arzt betastete nicht nur meine Kopfwunde, sondern auch meine kahlen Stellen.

Fidan und ich wechselten einen stummen Blick. »Sie ist an der Türklinke hängen geblieben.«

Der junge Notarzt schien uns kein Wort zu glauben. »Sie bleiben auf jeden Fall ein paar Tage zur Beobachtung hier, Frau Arslan.«

»Das geht nicht, ich habe ein kleines Kind. Elif war noch nie woanders als bei mir.«

»Darum kümmere ich mich, mach dir keine Sorgen, Selma.« Fidan tätschelte meine Hand und stand auf. »Dieses Monster!«, zischte sie, als der junge Arzt für einen Moment rausgegangen war. »Wie konnte er dir das antun!«

»Du siehst doch, dass er das kann.«

»Wenn Berkan morgen wieder nüchtern ist, wird er Orhan schon ins Gewissen reden, verlass dich drauf!«

Fidan gab mir einen vorsichtigen Kuss auf die Wange, während zwei Krankenschwestern mir einen Kopfverband anlegten.

»Werd du jetzt erst mal gesund. Am besten, du bleibst über Karneval, ich passe auf Elif auf.«

Und so blieb ich über Karneval. Nur zu gerne.

Denn das war wieder ein prima Anlass für Orhan, sich mit Wonne vollaufen zu lassen.

25

»*Happy birthday to you! Happy birthday, liebe Elif, happy birthday to you!*«

Mein bildhübsches Töchterchen blickte freudig überrascht in die lachenden Gesichter, auf die singenden Münder und Beifall klatschenden Hände. Sie wusste gar nicht, wie ihr geschah vor lauter Glück. Jedenfalls stand sie heute im Mittelpunkt, und das gefiel ihr. Die schneeweißen Milchzähnchen strahlten mit den grünen Augen um die Wette. Außerdem hatte sie ein entzückendes weißes Kleidchen mit roten Punkten an und zur Feier des Tages eine rote Schleife im Haar. Das altmodische Kleid, das Neslihan für sie genäht hatte, hatte ich unauffällig im Schrank versteckt. Wenn Orhan nachher kam, würde sie es noch früh genug anziehen müssen.

»Jetzt musst du die Kerzen auspusten, Elif!«

»Los! Ganz feste!« Mein Bruder Cihan hob sie hoch, ich hielt ihr schnell die langen schwarzen Haare aus dem Gesicht, und sie blies die Pausbäckchen auf und prustete ihre gesamte Spucke über den Kuchen.

»Bravo!«

Wieder klatschten wir begeistert und ließen Elif hochleben.

»Wie alt bist du heute?«

»Drei!«

»Und wie viel ist das? Zeig mal mit den Fingern!«

Elif hielt stolz den Daumen und zwei Finger hoch.

»Und wer hat dich ganz doll lieb?«

»Die Mami?« Elif ließ kokett die Zunge zwischen den Milchzähnen hervorschauen.

»Ja, genau. Und wer hat dich noch viel lieber?«, gluckste Cihan, der ganz verzückt war vom Charme seiner Nichte. Leider hatten er und Christa noch keine eigenen Kinder. Sie waren ja noch nicht mal verheiratet.

»Die Mami?« Elif wusste genau, was ihr Onkel hören wollte, war aber viel zu schlau, um auf seine Machomasche reinzufallen.

Mein großer Bruder hob mein Töchterchen hoch und warf Elif ein paar Mal in die Luft. Sie quietschte vor Wonne.

»Ja, aber wer hat dich noch lieber?«, zog Cihan das Spiel in die Länge.

»Die Mami!«

»Cihan, lass sie runter, ihr wird noch schlecht!«

Doch Cihan ließ sie wie ein Flugzeug durch die Wohnung kreisen. Er keuchte schon und hatte Schweiß auf der Stirn. Natürlich wollte er seinen eigenen Namen hören, und ich war selbst gespannt, wie lange das noch so weitergehen sollte.

»Und wer hat dich noch lieber als die Mami?!«, wiederholte er.

»Die Christa!«, jauchzte mein Kind.

Cihan setzte sie behutsam aufs Sofa. »Die Christa?«

»Ja, Bruderherz.« Ich verschränkte die Arme und grinste ihn an. »Dachtest du, sie sagt der Papi?«

»Nein, natürlich nicht.« Cihan zwickte Elif in den Babyspeck. »Aber dass du die Christa deiner eigenen Mami vorziehst …«

Wir lachten.

»Gott, ist die süß.« Christa, Cihans blonde Freundin, mit der er schon seit Jahren zusammenlebte, kniete sich neben Elif. Sie trug kurze ausgefranste Jeans zu Flipflops. Ihre Zehennägel waren rot lackiert. Sie hatte ein kurzes T-Shirt an, das ihren durchtrainierten Bauch freigab. Sie war alles andere als ein »anständiges Mädchen« aus türkischer Sicht, was meinen Bruder Cihan nicht daran hinderte, sie heiß und inniglich zu lieben. Wahrscheinlich gerade deshalb: Sie war eine außergewöhnlich selbstbewusste, coole junge Frau. Sie war komplett eingebunden ins Geschäft meiner Familie. Gemeinsam mit meinem Bruder führte sie die Filialen, fuhr Motorrad und stauchte die Mitarbeiter zusammen, wenn sie nicht schnell genug kapierten, was Christa von ihnen wollte. Gleichzeitig war sie sehr hilfsbereit. Hinter ihrer rauen Schale verbarg sich ein goldenes Herz, und sie liebte meinen Bruder Cihan aufrichtig.

Der Einzige, der etwas an ihr auszusetzen hatte, war Orhan. Er fand sie nicht »weiblich«, sprich unterwürfig genug.

»Soll ich dir jetzt mein Geschenk geben, Elif?«, fragte Christa. Was kam denn jetzt noch?

»Du musst mal kurz die Augen zumachen.«

Christa warf Cihan einen auffordernden Blick zu, und während sich mein Kind brav die Augen zuhielt, zauberte mein Bruder einen zugehängten Hamsterkäfig aus dem Flur hervor. »Jetzt kannst du die Augen wieder aufmachen.«

Elif schlug ihre großen Kulleraugen wieder auf.

»Was ist denn da drin?«

»Ja, zieh doch mal an dem Tuch!«

Neugierig zog Elif das Tuch vom Käfig und konnte ihre kleinen Beinchen kaum noch stillhalten vor Glück: Ein sandfarbenes Etwas saß in dem Käfig. Es hatte winzige Knopfaugen und fixierte seine neue Besitzerin mit zitternden Schnurrbarthaaren, bevor es wie aufgezogen hin und her spritzte. Heuspäne und kleine Möhrenstückchen lagen neben einem Hamsterrad. Christa hatte an alles gedacht.

»Möchtest du ihn mal streicheln?«

Blitzschnell hatte ich zur Videokamera gegriffen und diesen Moment für die Ewigkeit festgehalten. Elif schlug sich die Hände vor den Mund und stieß ein entzücktes Quietschen aus. Auch der Hamster quietschte, wenn auch eher aus Panik, denn Christa nahm das putzige Tier und reichte es Elif. Andächtig streckte sie die Hände aus und ließ das Fellknäuel daran schnuppern. Der Hamster schien Vertrauen zu ihr gefasst zu haben, denn er saß ganz still da und musterte sie aus seinen Knopfaugen.

»Wie soll der heißen?«, fragte Christa.

»Bruno«, gab Elif ohne zu zögern zurück.

»Okay, Bruno. Auch wenn du vielleicht ein Mädchen bist. Hallo, Bruno. Wie geht es dir?«

Cihan saß auf dem Boden und streichelte ganz zart den Hamster. Wir alle waren ganz vernarrt in das possierliche Tierchen, fütterten es mit Möhren und genossen Elifs verzauberten Blick.

»Ist der lebendig?«

»Ja, der ist lebendig.«

»Und wenn der tot ist?«

»Der ist nicht tot. Der ist lebendig.«

Ich kicherte hinter meiner Videokamera.

»Und wenn der mal muss?«

»Dann macht der Pipi ins Stroh. Das musst du dann auswechseln.«

»Und wenn der Heimweh nach seiner Mama hat?«

Gott, wie sozial mein Kind schon war!

»Dann geht er seine Mama besuchen.«

»Aber dann kommt er wieder?«

»Natürlich. DU bist ja jetzt seine Mama.«

Plötzlich hörten wir den Schlüssel im Schloss. Orhan!

Auf einmal war unsere unbeschwerte Stimmung dahin. Wir stoben auseinander wie ertappte Schüler, die beim Mogeln erwischt wurden, und Cihan warf das Tuch wieder über den Hamsterkäfig.

Orhan hatte einen batteriebetriebenen giftgrünen Plastikdinosaurier dabei und war sichtlich verstimmt, dass Elif ihm kaum Beachtung schenken wollte.

Cihan und Christa verabschiedeten sich sofort. »Wir müssen dann mal ... Bis bald, Elif, bis bald, Selma!«

Sie konnten Orhan nicht ausstehen, aber das Ausmaß seiner Gewalttätigkeiten mir gegenüber war ihnen nicht bekannt. Hätte Cihan davon gewusst, wäre es bestimmt zu einer Schlägerei zwischen den beiden gekommen.

»Warum hat sie das Kleid von Mutter nicht an?!«, schimpfte Orhan.

»Wir wollten es ihr gerade anziehen, nicht wahr, Elif?« Ich zog mein Kind ins Schlafzimmer. Meine Tochter hatte so feine Antennen, dass sie sich das hässliche Kleid ihrer Großmutter anziehen ließ, ohne zu protestieren. Sie verabscheute Neslihan, diese aufdringliche, grobe alte Frau, die immer an ihr herumschmatzte, als wäre sie aus Marzipan. Aber sie wusste genau, wann sie zu mir halten musste, damit ich keinen Ärger bekam. Und deshalb fragte mein schlaues Kind auch den ganzen Abend nicht mehr nach seinem Hamster.

Als Elif später im Bett lag und ich die Küche aufräumte, lümmelte Orhan wie immer breitbeinig mit einer Bierflasche vor dem Fernseher.

»Selma!« brüllte er, und an seinem Tonfall merkte ich schon, dass er miserable Laune hatte.

»Ja?« Den Lappen in der Hand, eilte ich herbei. »Noch ein Bier?«

194

»Wer hat sich denn diese Scheiße einfallen lassen?«

Wütend trat er gegen den Käfig, unter dessen Tuch der arme Hamster einen Stressmarathon im Laufrad absolvierte. »Das stinkt ja wie im Zoo!«

»Ich nehme ihn mit in die Küche.« Schon griff ich nach dem Käfig, der neben dem Wohnzimmersofa auf der Erde stand.

»Kommt ja gar nicht infrage!« Orhan riss ihn mir aus der Hand. »Damit das Vieh auch noch die Küche vollscheißt?!«

»Ich verspreche dir, es kommt nicht aus dem Käfig.«

»Das fehlte noch, dass die dreckige Ratte hier frei herumläuft! Wenn ich das Vieh einmal draußen erwische, schmeiße ich es eigenhändig weg!«

»Orhan, schau doch nur, wie sehr sich Elif darüber gefreut hat!« Schnell legte ich die Videokassette ein, und Orhan stierte auf die innige Szene, die ich vor ein paar Stunden gedreht hatte. Erst da merkte ich, dass das kein kluger Schachzug gewesen war. Elif, selig in den Armen meines Bruders Cihan, wie sie gemeinsam das Tierchen streichelten und irre Spaß mit der witzigen Christa hatten.

»Was stehst du hier rum!«, blökte er mich an. »Erst fragst du, ob ich noch ein Bier will, und dann bringst du mir keins!«

Ich beeilte mich. »Siehst du, wie sie sich gefreut hat! Sie lernt auch früh Verantwortung. Ich verspreche dir, das Tier wird dir nie zur Last fallen.«

»Hau ab«, knurrte er, und ich sauste zurück in die Küche.

Als wir später ins Bett gingen, war es verdächtig still unter dem Tuch. Bestimmt hatte sich das Tier tot gestellt, weil es die feindseligen Schwingungen spürte. »Komm jetzt endlich«, knurrte Orhan. »Blas mir einen!«

Nachdem Orhan sich an mir abreagiert hatte und neben mir schnarchte, schlich ich mich noch einmal ins Wohnzimmer. Ich ahnte Fürchterliches und hob in Zeitlupe das Tuch. Der Käfig war leer.

Die ganze Nacht konnte ich nicht schlafen. Ich lag neben diesem Monster von Ehemann und Vater und starrte tränenblind ins Dunkel. Wie sollte ich das bloß Elif erklären? Frühmorgens versteckte ich den leeren Käfig außerhalb der Wohnung im Aufzug, der damit mehrmals rauf und runter fuhr.

Doch Elif tapste nach dem Aufwachen als Erstes zu dem Ort, an dem er gestanden hatte.

»Mami, er ist weg!«

Ihr panisches Gesicht werde ich nie mehr vergessen.

Ich zog mein Mädchen an mich. »Weißt du, der kleine Bruno hatte ganz doll Heimweh nach seiner Mami, genau wie du gestern gesagt hast ...«

»Aber wo ist der KÄFIG!«

Blöd war das Kind ja nicht.

Ich zeigte ihr den Käfig, der im Aufzug stand. »Siehst du, der Bruno ist mit dem Käfig runtergefahren, und unten hat seine Mama ihn abgeholt.«

Beim Frühstück sah ich ihre Gehirnzellen arbeiten. Sie verdrückte ein paar Tränchen, fing sich dann aber tapfer und sagte: »Ich finde es gut, dass er bei seiner Mami ist.«

Gott, was liebte ich dieses Kind!

Später, als ich sie zum Kindergarten brachte, sah ich das tote Tier unter unserem Balkon liegen. Schnell lenkte ich Elif ab. »Schau, da kommt der Jonas!«

Am Abend erzählte Elif ihrem Vater ganz aufgeregt, dass der Hamster selbstständig mit dem Aufzug wieder runtergefahren war, weil seine Mama ihn abgeholt hatte!

Es ging ihr gut, sie hatte es verarbeitet, und ich warf Orhan flehentliche Blicke zu.

»Was ist denn das für ein Quatsch! Wer hat dir denn das erzählt!«, schnaubte Orhan verächtlich.

»Das hab ich selbst gesehen!« Elif war ganz aufgeregt. »Das ist der schlauste Hamster der Welt!«

»Das ist der toteste Hamster der Welt«, sagte Orhan. Er stand auf und bequemte sich auf den Balkon. »Komm mal her! – Hier hab ich den runtergeworfen. Und da unten liegt er. Guck!« Er hob sie hoch, und sie sah ihren kleinen Bruno im Gebüsch liegen.

Elifs Schluchzen wollte kein Ende mehr nehmen.

26

In einem Luxushotel in Istanbul, Sommer 1986

»Ich will, dass du das Kind ins Bett bringst und dann runterkommst.«

Wir standen in dem Hotelzimmer, das Orhans Onkel für uns gebucht hatte.

»Aber Orhan, ich kann doch unser vierjähriges Kind nicht allein auf dem Zimmer lassen!« Gestresst von der langen Autofahrt stand ich zwischen Koffern, Kinderbett und Kind. Ich sehnte mich nur noch nach einer Dusche und einem Bett, wollte nichts als bei meinem Kind sein. Elif war völlig übermüdet und starrte daumenlutschend in den Fernseher.

»Du wirst sie ja wohl irgendwie zum Schlafen bringen. Und dann kommst du gefälligst runter, wie ich es dir gesagt habe.«

Mit diesen Worten knallte Orhan die Tür zu und ließ uns allein.

Gab es auch Ehemänner, die ihren Frauen beim Auspacken halfen? Die ihnen das übermüdete Kind abnahmen und zu Bett brachten? Gab es Ehemänner, die ihren Frauen jetzt etwas zu essen bestellten, um sie dann in Ruhe schlafen zu lassen? Ich wagte nicht mal, davon zu träumen.

Mit steifen Gliedern packte ich die schweren Koffer aus, wusch und fütterte Elif, die erschöpft vor sich hin quengelte, sang sie in den Schlaf und ließ mich schließlich selbst fix und fertig aufs Bett fallen.

Orhan war bei seinem Onkel in der Hotelhalle, die beiden hatten sich bestimmt eine Menge zu erzählen. Ich kannte diesen Onkel überhaupt nicht und hatte auch nicht das Bedürfnis, ihn kennenzulernen.

Mir waren gerade die Augen zugefallen, als das Telefon klingelte.

»Komm gefälligst runter! Onkel und ich warten auf dich, aber ein bisschen plötzlich!«

Das bedeutete, dass ich mich schön machen musste. Mühsam erhob ich mich und betrachtete besorgt unser schlafendes Kind.

»Wo soll ich denn hinkommen, ich kenne mich hier nicht aus!«

»Ich lass dich holen.«

Fünf Minuten später stand ein Page vor der Tür. Schweigend führte er mich in den Aufzug und dann ins Casino, wo Orhan mit seinem Onkel am Roulettetisch saß und spielte.

O Gott, war mir das alles peinlich. Ich wusste nicht, ob ich richtig angezogen war, war noch nie in meinem Leben in so einem feudalen Umfeld gewesen. Überall saßen geschniegelte Menschen mit viel Schmuck, nippten an ihrem Champagner und rauchten. Es war wie in einem James-Bond-Film, nur ohne

James Bond, und ich hatte auch nicht die geringste Ähnlichkeit mit einem Bond-Girl. Ich wollte mich nur noch in Luft auflösen. Mal ganz abgesehen davon, dass mein Kind allein in einem fremden Hotelzimmer lag und durch die lange Autofahrt komplett aus seinem Rhythmus gebracht war.

In diesem Moment entdeckte mich der Onkel, drückte seine Zigarette aus und eilte auf mich zu. »Du musst Selma sein! Da hat Orhan ja noch untertrieben, als er gesagt hat, wie hübsch du bist! Du bist ja eine Augenweide!« Er küsste mich hingerissen mehrmals auf beide Wangen und kriegte sich kaum noch ein vor Begeisterung.

Ich fand mich gar nicht hübsch. Im Vergleich zu den anderen Damen in ihren eleganten Kleidern kam ich mir vor wie eine Vogelscheuche!

»Komm her, Selma, setz dich zu uns, du wirst uns Glück bringen!« Der Istanbuler Onkel zog mich neben sich an den Roulettetisch.

Orhan sandte mir gehässige Dolchblicke. Ich wusste, dass ich jetzt nicht aufmucken durfte, dass ich jetzt ein Prestigeobjekt für ihn war.

»Was darf ich dir zu trinken bestellen, meine schöne Nichte?«

»Nichts, danke.«

»Champagner«, rief er dem Bedienten.

Wie Falschgeld hockte ich da, sah den Männern beim Spielen zu und nippte an dem überteuerten Schaumwein, der mir so gar nicht schmecken wollte. Orhan trank Hochprozentiges, und der Onkel auch. Währenddessen rauchten sie dicke Zigarren, die mich einnebelten. Das Ganze zog sich qualvoll lange hin.

Die beiden waren völlig in ihr Spiel vertieft und steckten der Croupière immer öfter einen Schein in den Blusenausschnitt, als plötzlich ein uniformierter junger Mann von der Rezeption auf uns zukam.

»Haben Sie ein Kind auf dem Zimmer?«

Mein Herz setzte einen Schlag aus. Wir waren im fünfundzwanzigsten Stock untergebracht und hatten einen Balkon.

»Ja?«

»Nun, es schreit erbärmlich und weckt die anderen Gäste auf.«

Wortlos stürzte ich davon, drückte in Panik auf sämtliche Aufzugsknöpfe und schwebte viel zu langsam nach oben, wo auf unserem Flur eine fremde Frau im Nachthemd beruhigend auf unser Mädchen einredete.

»Oh, es tut mir so leid, vielen Dank, dass Sie sich gekümmert haben …«

»Mami!« Elif stürzte in meine ausgebreiteten Arme, und ich wiegte und beruhigte sie, so gut ich konnte.

Zum Glück hatte ich unsere Zimmerkarte in der Handtasche. Mit zitternden Fingern zog ich sie durch den Schlitz. Verdammt, die Tür wollte einfach nicht aufgehen! Ich versuchte es noch einmal, als sie plötzlich aufsprang, doch im selben Moment wurde ich von hinten ins Zimmer gestoßen, und die Tür schloss sich hinter uns.

Orhan schlug wütend auf mich ein.

»Du Hure, hast du das Kind nicht im Griff? Sag, was für eine Rabenmutter du bist!«

»Orhan, ich …«

Elif lief schreiend davon und versteckte sich hinterm Vorhang.

»Sag es: Ich bin eine Rabenmutter!«

»Du wolltest doch, dass ich runterkomme«, stammelte ich verzweifelt. »Ich bin keine Rabenmutter. Ich wollte hier bleiben, bei Elif!«

»Das ganze Hotel weiß jetzt, was du für eine jämmerliche Rabenmutter bist!«, brüllte er hasserfüllt. »Das Kind allein im Zimmer zu lassen! Alle reden jetzt über uns!«

Er zog mich an den Haaren auf den Balkon und hielt mich gefährlich weit übers Geländer. Tief unten lag der großzügig angelegte Hotelgarten mit Pool. Grillen zirpten, Blüten dufteten, und das blaue Wasser schimmerte im Mondschein.

»Ich bring dich um, ich schmeiß dich vom Balkon …«

Das Geländer bohrte sich in meine Hüften. Das würde wieder tiefblaue Flecken geben.

»Tu es!«, röchelte ich verzweifelt. »Tu es! Wirf mich runter, dann hat dieses Elend ein Ende! Lieber sterbe ich einmal, als jeden Tag aufs Neue!«

»Du lässt dein Kind im Stich?!« Schallende Ohrfeigen hallten in der lauen Sommernacht wider. »Um dich im Casino zu vergnügen? Meinst du, ich habe nicht gemerkt, wie du meinem Onkel schöne Augen gemacht hast? Und wie er auf deine grünen Augen steht? Geschminkt hast du dich extra für ihn, du Flittchen!«

»Du wolltest doch, dass ich runterkomme! Du wolltest, dass ich mich hübsch mache!«, rief ich mit letzter Kraft.

»Was ist da jetzt schon wieder los?!«, schallte es vom Nachbarbalkon.

»Ruhe da draußen! Frechheit! Das ist ein Fünfsternehotel!«

In dem Moment zuckte Orhan zusammen, als hätte ihn etwas gebissen.

»Aua! Scheiße!« Er wich zurück und rieb sich sein Hinterteil.

Elif hatte ihn so in den Hintern gebissen, dass er vor Schmerz aufschrie und mich wieder hineinzerrte.

Kraftlos lag ich auf dem Boden. Elif warf sich schützend über mich.

»Du verdammtes Hurenkind!«

Orhan betrachtete sein blankes Hinterteil im Spiegel.

Auf allen vieren kroch ich ins Bad und verschanzte mich dort mit Elif.

»Danke, Elif! Du hast mir das Leben gerettet!«

Elif betrachtete mein ramponiertes Gesicht.

Unfassbar, wie abgeklärt und reif sie wirkte, als sie mit klarer Stimme sagte: »Keine Angst, Mami. Ich bin ja da.«

Geschockt kauerte ich auf dem Wannenrand, mein tapferes Kind an mich gepresst, und betrachtete meine Striemen in gleich vier beleuchteten Badezimmerspiegeln.

Ich wollte nur noch tot sein, durfte aber dennoch nicht aus diesem Leben gehen: Wenn meine vierjährige Tochter so stark war, musste ich dringend wieder stärker sein als sie.

Irgendwann hörten wir, wie Orhan fluchend und türenknallend das Zimmer verließ.

Noch lange wagten wir nicht, uns zu rühren. Danach klammerten wir uns auf dem Hotelbett aneinander und gaben einander Trost und Halt. Eng umschlungen schliefen wir irgendwann ein.

Orhan tauchte erst am nächsten Morgen wieder auf. Wie immer, wenn er wieder nüchtern war, wurde er reumütig und bemerkte entsetzt, was er uns erneut angetan hatte. Er versprach uns weinend das Blaue vom Himmel herunter, und zum hundertsten Mal hörte ich den Satz: »Ich trinke nie wieder einen Tropfen Alkohol. Wenn wir wieder zu Hause sind, wird alles gut, das schwör ich dir!«

27

Am Flughafen Köln/Bonn, September 1975

»Da! Da steht er! Cihan, hier sind wir!«

Aufgeregt zerrte ich den letzten Koffer vom Kofferband, während Mutter die Zwillinge bereits auf einem vollgestopften Gepäckwagen zum Ausgang schob. Ich war dreizehn und hatte einen echt coolen Sommerurlaub mit ihnen in der Türkei verbracht.

»Hurra! Hab ich euch gefunden! Die halbe Türkei ist auf dem Rückflug nach Deutschland!« Cihan half Mutter und mir sofort und umarmte uns stürmisch. »Gott, was seid ihr braun geworden! War es schön im Urlaub?«

»Es war ein Traum!«, schwärmte Mutter, die frisch erholt und gut gelaunt neben Cihan zum Auto schritt. »Wo ist Vater?«

»Keine Ahnung, er hat mich angerufen, dass ich euch abholen soll, er ist geschäftlich verhindert.«

Angeregt plaudernd verstauten wir das viele Gepäck im Kofferraum und kletterten ins Auto. Ich setzte mich fürsorglich zwischen die Zwillinge, die gerade zwei Jahre alt waren.

»Vater hat gerade mal drei Tage Urlaub mit uns verbracht, dann musste er plötzlich nach Deutschland zurück«, plapperte ich Cihan ins Ohr, der bereits mit uns Richtung Köln fuhr.

Cihan warf Mutter einen unbehaglichen Blick zu, sagte aber nichts.

»Aber dafür durfte ich bis abends spät aufbleiben und mich mit meiner Clique am Strand treffen«, erzählte ich aufgekratzt.

»Waren da etwa Jungs dabei, Spatzenhirn?« Cihans braune Augen fixierten mich prüfend im Rückspiegel.

Ich wurde rot. »Na und, und wenn schon?«, kokettierte ich,

wohl wissend, dass Cihan gerade mit Autofahren beschäftigt war und mir keine scheuern konnte. In Wirklichkeit liebte ich ja bereits heimlich Ismet und konnte es kaum erwarten, ein Lebenszeichen von ihm zu erhalten.

»Dafür hat Selma mir tagsüber wirklich viel mit den Zwillingen geholfen«, sprang meine Anne sofort für mich in die Bresche. »Wenn ich sie nicht gehabt hätte!«

Meine liebe Schwester Fidan war ja leider kein Teil unserer Familie mehr, und so war ich die einzige Stütze meiner Mutter gewesen.

»Und wie war es in Manisa, bei den Verwandten?« Cihan bog bereits von der Autobahn ab und steuerte unser schönes großes Haus in Köln an.

»Sie haben die Kinder verwöhnt und verhätschelt, als gäbe es kein Morgen.« Mutter lachte. »Hoffentlich gewöhnen sie sich nun wieder an die Pflichten des Alltags.«

Wir trugen unser Gepäck durch den Vorgarten, und Mutter schloss auf. Irritiert prallte sie zurück, sie war über etwas gestolpert, das hier nicht hergehörte.

»Was steht denn da?«

Im Flur unter dem Spiegel stand ein fremder Koffer.

»Von mir ist er nicht.« Cihan untersuchte den Kofferanhänger. »Eine fremde Adresse in Istanbul.« Er kratzte sich den Nacken. »Von einer Frau.«

»Eine deiner Freundinnen?« Mutter sah ihren Sohn prüfend an. »Du kannst mir ruhig sagen, wenn du mit ihr hier warst.«

»Mutter! Erstens habe ich eine deutsche Freundin, und die heißt Christa. Und zweitens leben wir bereits in einer eigenen Wohnung zusammen! Ich bin kein Kind mehr!«

»Ach, Junge, das passt mir gar nicht.« Mutter übersah den blöden Koffer und ließ sich von Cihan ihr eigenes Gepäck die

Treppe hinaufwuchten. »Du weißt, dass es sich nicht gehört, unverheiratet mit einem Mädchen zusammenzuleben, das bringt doch Schande über ihre Familie!«

»Mutter, sie ist eine Deutsche, und bei denen ticken die Uhren anders!«

Cihan kam wieder heruntergesprungen und half auch mir mit dem Koffer. Dann schleppte er die Zwillinge in ihr Zimmer. Ich hörte Mutter und Sohn noch eine Weile über Moral und Anstand debattieren, während ich in meinem Mädchenzimmer auf Fidans leerem Bett mit dem Auspacken begann. Bald würde ich Ismet wiedersehen! Er hatte inzwischen Abitur gemacht und leistete noch in der Türkei seinen Wehrdienst ab. Trotzdem würde er nichts unversucht lassen, mich wiederzutreffen.

Mit dem Toilettenbeutel in der Hand ging ich summend ins Bad, um alles wieder an seinem Platz zu verstauen, als ich Mutter dort bei einem Selbstgespräch belauschte.

»Was ist denn das für eine Gesichtscreme? Die benutze ich doch gar nicht. Und das Parfüm...? Widerlich! Igitt, hier ist sogar eine fremde Zahnbürste, und es liegen fremde Haare im Abfluss.« Sie fuhr herum, als sie mein leichenblasses Gesicht im Spiegel sah.

»Anne?! Geht's dir gut?« Unten hörte ich die Zwillinge plaudern, gleichzeitig drehte sich der Schlüssel im Schloss. Cihan begrüßte Vater höflich, aber zurückhaltend. Vater stürzte sich glücklich auf die Zwillinge und knuddelte sie.

»Das gehört der Frau mit dem Koffer!«, flüsterte meine Anne. »Sie war hier. Sie hat hier gewohnt, während wir arglos im Urlaub waren!«

Dann schmetterte sie die Parfümflasche gegen den Spiegel, und die Scherben fielen scheppernd ins Waschbecken.

Sekunden später stand Vater in der Badezimmertür. Unsere Gesichter und der kaputte Spiegel sprachen Bände.

Er wollte meine Anne umarmen, aber die wehrte ihn heftig ab und begann, laut und verletzt zu weinen.

»Es ist nicht so, wie du denkst! Lass es mich doch erklären!«

»Fass mich nicht an! Du Verräter! Du Hurenbock!«

»Liebste Meryem, wenn du den Koffer meinst, der unten steht, der gehört einer Geschäftspartnerin, die auf der Durchreise ist. Sie hat das Haus gar nicht betreten …«

»Du wagst es, jetzt auch noch zu lügen?« Mutter warf auch noch die Gesichtscreme hinterher und ging mit der fremden Haarbürste auf meinen Vater los.

»Sie war hier! Sie hat hier übernachtet!«

»Ja, schon, aber … Ich habe ihr das Haus doch nur angeboten, weil sie keine Bleibe hatte, war aber gar nicht gleichzeitig mit ihr hier …« Vater redete sich um Kopf und Kragen.

Mutter rannte wie von der Tarantel gestochen ins Schlafzimmer und zog die benutzte Bettwäsche ab. »So? Und was ist das hier?« Zu meinem Entsetzen roch sie daran!

Vater knallte mir die Tür vor der Nase zu, und so konnte ich nur noch hören, was sie einander an den Kopf warfen. Mutter war zutiefst verletzt und schrie, er hätte sie bereits im Urlaub belogen, als er angeblich so dringend nach Hause musste. Dabei habe er längst vorgehabt, diese fremde Frau hier im ehelichen Schlafzimmer zu beglücken, während sie arglos mit ihren jüngsten Kindern Urlaub mache. Vater schrie zurück, dass er tun und lassen könne, was er wolle, er sei schließlich ein Mann und der Ernährer dieser Familie. Wir sollten ihm doch dankbar sein, dass er uns einen so tollen Urlaub ermöglicht habe.

Ich fand das alles ungeheuerlich.

Vater sprach mit Engelszungen auf Mutter ein: Nie im Leben

habe er diese Ehe zerstören wollen. Es handele sich nur um einen einmaligen Ausrutscher, da diese Frau ihn ganz heimtückisch verführt habe. Es würde nie wieder vorkommen.

Um seine Ehrenhaftigkeit zu beweisen, klaubte er eigenhändig deren Utensilien aus dem Bad, stopfte sie in den Koffer und warf diesen vor die Haustür, die Stufen hinunter.

Mit offenem Mund starrte ich aus meinem Kinderzimmerfenster.

Inzwischen heulten und jammerten die Zwillinge in ihrem Zimmer, und Cihan stand wutentbrannt im Wohnzimmer und ballte seine Fäuste. Ich wusste nicht, was ich tun sollte.

Mutter war außer sich, Vater beschimpfte die fremde Frau als Hure, und ihr Koffer lag verbeult im Vorgarten, wo ihn bereits neugierige Passanten beäugten.

»Alper, ich wünschte, ich könnte dir glauben!«

Mutter schniefte in ein Taschentuch und war sichtlich um Fassung bemüht. Ich spürte, dass sie seinen Lügen gerne Glauben schenken wollte.

»Aber wie stehe ich denn nun da? Wie steht unsere Familie da? Alle haben dich und diese Frau in diesem Haus gesehen! Die ganze Stadt weiß es!«

»Aber nein, liebste Meryem! Keiner hat uns gesehen!«

»ALLE haben euch gesehen«, heulte Mutter. »Das ist ein gefundenes Fressen für die Klatschmäuler in unserem Umfeld! Da, schau, sie hängen doch schon in den Fenstern!«

Was kein Wunder war, bei dem Geschrei, das aus diesem Hause in die gesamte Nachbarschaft quoll.

»Du hast meine Ehre mit Füßen getreten!«

Mutter brach erneut in verzweifeltes Schluchzen aus.

Gott, wie leid mir meine arme Anne tat. Sie schämte sich. Sie schämte sich so sehr!

Schüchtern setzte ich mich neben sie auf die Treppe, wo sie weinend zusammengebrochen war. Ich hielt ihre Hand und streichelte sie. Wie hatte Vater ihr das antun können?!

In ihrer Welt gab es keine Scheidung. Die Familie war heilig. Egal, was geschah, die Familie hielt zusammen. Eine Frau hatte alles zu ertragen. Bisher hatte es Vater mit Lügen, aber auch mit Schmeicheleien und Versprechungen immer wieder geschafft, ihr Herz zurückzugewinnen.

Aber jetzt gab es kein Zurück mehr.

Jetzt war es öffentlich.

»Genug mit dem Theater«, ging Vater erneut zum Angriff über. »Hör auf zu heulen und kümmere dich um die Zwillinge, ihr Geschrei durchlöchert mir ja das Trommelfell!

Und du, Selma, sitz nicht so blöd herum, sondern hilf deiner Mutter!«

»Nein Vater. Es reicht.« Plötzlich mischte sich Cihan ein, der unten im Flur gestanden hatte.

»Wir werden nicht weiter zusehen, wie du unsere Mutter unglücklich machst. Du hast sie und uns nicht verdient.«

»Was erlaubst du dir, du Rotznase!« Vater wirbelte herum und sah sich seinem erwachsenen Sohn gegenüber, der ihn inzwischen um einen Kopf überragte.

Cihan ließ ihn einfach stehen. »Mutter, Selma, packt eure Sachen. Ich hol euch hier raus. Soll er doch sehen, wo er bleibt.«

Die Zwillinge kreischten inzwischen wie am Spieß, ich saß völlig geschockt neben Mutter auf der obersten Treppenstufe, und Cihan nahm uns beide am Arm. »Los, mein Auto steht draußen. Ich bringe euch zu Christa und mir in die Wohnung.«

»Das wirst du schön bleiben lassen, du Missgeburt!« Jetzt tobte auch Vater die Treppe herauf. »Wie redest du denn über mich? Bist du noch ganz dicht, du Hurensohn? Zu deiner kleinen Schlampe Christa bringst du meine Familie nicht! Ihr seid ja noch nicht mal verheiratet!« Und an Mutter gewandt, die bleich mit mir an der Flurwand lehnte: »Das kommt davon, wenn man die Kindererziehung der Frau überlässt! Der Kerl hat ja gar keinen Respekt mehr vor seinem Vater!«

Wütend nahm er die letzten Stufen und drückte Mutter gegen die Wand.

»Du hetzt die Kinder gegen mich auf. Du bist schuld, dass sie widersprechen und aufmüpfig werden.«

Im gleichen Moment hatte Cihan die oberste Stufe erreicht und riss Vater von Mutter und mir weg. »Lass Mutter los und fasse sie nicht an! Wenn du ein Kerl bist, nimm es mit MIR auf!«

»Was erlaubst du dir, wie sprichst du mit mir, scher dich sofort aus meinem Haus!«, brüllte Vater und rieb sich den schmerzenden Arm.

»Du hast mir gar nichts mehr zu sagen!« Cihan versetzte Vater einen Stoß. Ich bekam vor lauter Herzklopfen kaum noch Luft. Vater taumelte, klammerte sich an das Treppengeländer und schaffte es, heil unten anzukommen. Die nackte Wut stand ihm ins Gesicht geschrieben, aber Cihan war genauso wütend.

»Ich habe lange genug zugesehen, wie du mit Mutter und meinen Geschwistern umgegangen bist!« Cihan packte Vater erneut an den Schultern und drückte ihn gegen die Wand. Ich hätte so gern die brüllenden Zwillinge besänftigt, aber ich traute mich nicht an den beiden Männern vorbei.

Mutter lehnte leichenblass oben an der Wand.

»Jetzt reicht es ein für alle Mal!« Cihan spuckte die Worte mehr aus, als dass er sie sprach. »Wage dich nie wieder in Mutters Nähe! Hast du mich verstanden?« Cihans Adern traten an seinen Armen hervor. »Ob du mich verstanden hast!«

Vater sank schon an der Wand herunter, als Cihan seinen Griff endlich lockerte.

»Ich höre nichts!«

»Ich bekomm ja kaum noch Luft, du Bastard!«

Endlich ließ Cihan von Vater ab.

»Das wird Folgen für dich haben, du Hurensohn!«

»Hast du es immer noch nicht begriffen!« Wie ein junger Stier stürzte sich Cihan erneut auf Vater und schleifte ihn zur Haustür raus, wo er unter den sensationslüsternen Blicken der Nachbarn über den Koffer seiner Geliebten stolperte und zu Boden ging.

»Du bringst jetzt diesen Koffer zu deiner Hure, und wenn du wiederkommst, ist keiner von deiner Familie mehr hier!« Mit diesen Worten knallte Cihan die Haustür zu.

28

Bonn, Sommer 1986

»Was will Cihan denn schon wieder hier?«

Es hatte an der Wohnungstür geklingelt, und ich wollte öffnen. Doch Orhan verstellte mir den Weg und packte mich hart an der Schulter. Das würde wieder ein blauer Fleck werden.

»Der war doch dieses Jahr schon zweimal mit seiner blonden Hure hier.«

»Orhan, er will nur mal nach dem Rechten schauen, er liebt doch Elif so …«

»Da gibt es nichts nach dem Rechten zu schauen!« Orhan schnippte seine Zigarette über die Brüstung unseres Balkons und fuhr drohend zu mir herum. »Hier ist alles in Ordnung, ist das klar?!«

»Natürlich, Orhan.«

Es klingelte zum zweiten Mal.

Wütend packte er meine Handgelenke, ich fühlte mich wie in einem Schraubstock.

»Solltest du auch nur andeuten, dass hier nicht alles Friede, Freude, Eierkuchen ist, bringe ich dich um. Dich, Elif und deine ganze Familie. Du weißt, dass ich eine Waffe habe.«

»Orhan, beruhige dich …« Verzweifelt versuchte ich, mich aus seinem Klammergriff zu befreien.

»Und zum Schluss mich selbst. Ich mach's wirklich, ich schwör's.«

»Ich hab's verstanden!«

Abrupt ließ er mich los, sodass ich gegen die Brüstung prallte. »Also reiß dich zusammen, Selma. Du weißt, dass ich nichts zu verlieren habe.«

Hastig rannte ich zur Tür, meine schmerzenden Handgelenke massierend.

»Selma, Schwesterherz, alles in Ordnung?« Cihan schob sich besorgt herein, hinter ihm Christa, und Elif stürzte sich gleich in ihre Arme.

Sie hatte wieder ein Geschenk dabei, und die beiden begaben sich sofort in Elifs Spielecke.

Cihan begrüßte Orhan zurückhaltend. »Was hat sie da an ihren Handgelenken?«

»Das Spatzenhirn hat gerade versucht, den Staubsaugerbeutel zu wechseln.« Orhan stieß ein verächtliches Lachen aus. »Da ist ihr das schwere Gerät auf die Hände gefallen.«

Cihan sah mich prüfend an. »Stimmt das?«

Ich nickte hastig. »Ich bin aber auch so ungeschickt. Orhan

hat den Beutel dann für mich gewechselt. Jetzt geht das Ding wieder.«

»Meinst du das hier?« Christa hatte die Abstellkammertür geöffnet und zeigte auf den Staubsauger, der hinter mehreren Gegenständen an einem Haken hing. Es sah nicht so aus, als wäre er gerade noch benutzt worden.

»Ja, das war … gestern«, log ich schnell.

Elif zuckte nicht mal mehr mit der Wimper, wenn sie mich so lügen hörte. Sie war es nicht anders gewöhnt.

Auch wenn Orhan Elif noch nie schlimm geschlagen hatte – er ließ seine Wut glücklicherweise nur an mir aus –, belastete sie die häusliche Situation genauso wie mich.

Cihan und Elif hatten inzwischen auf dem Sofa Platz genommen, als sich mein Bruder nach dem Hamster erkundigte.

»Der ist leider vom Balkon gefallen«, sagte Orhan. »So ein Pech aber auch.«

Die entsetzten Blicke, die sich mein Bruder und Christa zuwarfen, unterbrach ich schnell, indem ich fragte:

»Was möchtet ihr trinken, Tee oder Kaffee?« Immer noch rieb ich mir instinktiv die Handgelenke, und Orhan blaffte mich an: »Mach halt beides und hör auf mit dem hysterischen Getue!«

Kurz drauf saßen wir verlegen beisammen und rührten in unseren Tassen. Mit einem tapferen Lächeln versuchte ich, ein neutrales Gespräch zu beginnen. »Elif hat schon viele Freunde im Kindergarten und freut sich schon sehr darauf, irgendwann gemeinsam mit ihnen in die Schule zu kommen, nicht wahr, Spätzchen?«

»Das ist toll.« Cihan knuddelte seine Nichte und versprach ihr für diesen neuen Lebensabschnitt ein besonders schönes Geschenk. »Eine soooo große Schultüte«, schwärmte er und schaute seine Nichte verliebt an.

»Aber nicht mit einem Hamster drin«, knurrte Orhan.

»Dann tun wir eben einen Kanarienvogel rein«, flüsterte Christa verschwörerisch. »Oder einen Goldfisch!« Sie zwinkerte Elif zu, und die beiden alberten kichernd herum.

»Sag mal, Schwesterchen.« Cihan wandte sich mir zu. »Jetzt, wo Elif im Kindergarten ist … Willst du nicht mal anfangen zu arbeiten? Wir können in der Firma jede Hand gebrauchen, und bevor ich jemand Fremdes einstelle … Damals bei Vater in Köln hat es dir doch Spaß gemacht, oder?«

Das war ein ganz heißes Thema.

Erschrocken sah ich zu Orhan hinüber, der eine Hand in der Hosentasche, in der anderen einen Whiskey, am Schrank lehnte.

»Wieso denn! Selma geht es doch gut hier. Ich glaube nicht, dass sie arbeiten möchte, oder, Schatz?«

»Mir geht es hier sehr gut. Ich weiß nicht …« Mein Herz schlug heftig. Wie gern würde ich bei Cihan in der Firma mitarbeiten! Ich war seit acht Jahren nicht mehr unter Menschen gewesen. Aber konnte ich das überhaupt noch, so eingeschüchtert wie ich war?

»Du hörst es ja.« Orhan zeigte mit seinem Glas auf Cihan. »Sie möchte nicht.«

Cihan ignorierte ihn. »Die Kleine ist doch jetzt vormittags im Kindergarten«, wiederholte er. »Da kannst du die Zeit doch nutzen, eigenes Geld verdienen und wieder unter Leute kommen.«

Hoffnung keimte in mir auf. Das wäre das Ende meiner Isolation! Und der Anfang meiner Selbstständigkeit! Aber genau das wollte Orhan auf keinen Fall.

»Außerdem könntest du was zur Haushaltskasse beitragen«, meinte Christa cool. »Dann könnt ihr euch vielleicht einen neuen Staubsauger leisten. Einen, der nicht so lebensgefähr-lich ist.«

Ich sah ein wissendes Funkeln in ihren Augen und gleichzei-tig ein hochgefährliches Glimmen in Orhans.

»Wenn sie das unbedingt will, meinetwegen.« Er nahm einen Schluck Whiskey. »Obwohl ich es besser fände, sie würde zu Hause bei dem Kind bleiben und den Haushalt führen wie jede anständige Ehefrau.«

»Also bei den meisten Frauen geht beides«, sagte Christa knapp. »Wir sind ja hier nicht im letzten Jahrhundert.« Die traute sich was!

Cihan warf ihr einen warnenden Blick zu. »Ihr könnt euch das ja noch mal überlegen.« Dann bedankte er sich für den Kaf-fee und stand auf. »Selma, sag mir bitte bis morgen Bescheid.« Er drückte mir einen Kuss auf die Wange, umarmte Elif und nickte knapp in Orhans Richtung. »Bis dann.«

»Nix für ungut.« Christa grinste mich an. »Das war jetzt po-litisch nicht korrekt, aber manchmal kann ich meine Klappe einfach nicht halten. Ich hasse Machogehabe, das habe ich Cihan schon abgewöhnt.«

Kaum waren sie weg, herrschte Orhan mich an: »Was soll die Scheiße, du sollst arbeiten gehen? Verdiene ich dir nicht genug?«

»Quatsch, Orhan, aber ich denke, dass ...«

»Du sollst überhaupt nicht denken! Eine gute Mutter gehört zu ihrem Kind!«

Elif lauschte unserem Disput mit großen Augen. Während-dessen kämmte sie die neue Barbiepuppe, die Christa ihr mit-gebracht hatte. Sie tat so, als sei sie ganz darin vertieft.

»Natürlich, Orhan. Wenn du es nicht möchtest, tue ich es auch nicht.«

»Was soll das heißen, ICH möchte nicht?!« Orhan durchbohrte mich mit seinen Blicken. »Du kennst unsere Abmachung! Fall mir bloß nicht in den Rücken!«

Natürlich wusste ich, warum er dagegen war: So würde ich seinem Einflussbereich und seiner Kontrolle entzogen, und mein widerspruchsloser Gehorsam könnte in Gefahr geraten.

»Klar kenne ich die, Orhan. Ich rede grundsätzlich nicht über Dinge, die innerhalb unserer vier Wände passieren. Ich falle dir nicht in den Rücken.«

»Jetzt sitze ich schön in der Scheiße!«, grollte Orhan. Er rieb sich den Nacken und ging auf den Balkon, um erneut eine zu rauchen. »Wenn ich dir die Erlaubnis nicht gebe, kommen wir ins Gerede.«

Ich zog es vor zu schweigen.

»Dann kommt dein Bruder noch öfter hier vorbei, um ›nach dem Rechten‹ zu schauen!« Spöttisch malte er Anführungszeichen in die Luft. Er rauchte aggressiv und schnippte die Kippe über die Brüstung. »Also gut. Ich gebe dir die Erlaubnis – vorübergehend«, setzte er gleich hinterher, als ich schon aufgeregt die Hände knetete. »Wenn ich ein einziges Mal höre, dass du das Kind nicht rechtzeitig vom Kindergarten abholst oder das Essen nicht fertig ist, wenn ich nach Hause komme, hat sich das wieder erledigt, klar?«

»Klar, Orhan.« Ich biss mir auf die Lippe vor Freude, und Elif schlang spontan die Ärmchen um mich. »Mama, das schaffst du! Ich bin stolz auf dich!«

29

In einer schicken Boutique
in der Bad Godesberger Fußgängerzone, September 1986

»He, Süße! Was ist denn los! Du musst schon Guten Morgen sagen, wenn eine Kundin reinkommt!«

Christa stand konzentriert hinter der Kasse und spießte Verkaufsbons auf einen Eisenstachel. »Du versteckst dich ja förmlich!« Kopfschüttelnd kam sie in den Verkaufsraum, wo ich verlegen Pullover faltete, und nahm mich bei den Schultern. »So. Jetzt guck mal in den Spiegel. Wer will denn bei so einem schüchternen Trauerkloß Klamotten kaufen?«

»Ich … entschuldige, Christa. Ich bin es nicht mehr gewöhnt.«

»Selma, wir sind hier in Bad Godesberg in der Fußgängerzone, nicht in Ostanatolien auf dem Kamelmarkt!« Christa konnte wirklich sämtliche Klischees bedienen, da kannte sie nichts. »Da kommen die betuchten Damen mit richtig Kohle und wollen fachlich versiert beraten werden!«

Sie zupfte an ihrer wasserstoffblonden Fransenfrisur. »Wer von uns beiden ist die Schönere?«

Blass zuckte ich mit den Schultern. »Du?!«

»Blind bist du auch noch«, lachte sie mich aus. »Abgesehen davon, dass du aussiehst wie ausgespuckt. Was ist denn mit deinen Haaren los? Und warum lässt du den Kopf so hängen? Sag mal, hast du etwa Minderwertigkeitskomplexe? Sagt dir dein Orhan nicht jeden Tag, was für eine Granate du bist?«

Sie hatte sich extra ein paar Tage im Kölner Geschäft freigenommen, um mir den Einstieg in die neu eröffnete, schicke

Filiale der Jeans- und Lederwarenkette meiner Brüder zu erleichtern. Ihr machte der Kundenkontakt überhaupt nichts aus, sie konnte das einfach! Und ich, die ich im Textilhandel groß geworden und Teil dieser erfolgreichen Unternehmerfamilie war, starrte nur noch verschreckt zu Boden, sobald die Ladenglocke ertönte.

»So, das üben wir jetzt.« Christa nahm mich an die Hand und zerrte mich vor den Ständer mit den Sonderangeboten. »Oh, was haben Sie denn da für geile Fummel?«, fragte sie mit verstellter Stimme. »Meinen Sie, die könnten mir passen?«

»Ich weiß nicht.« Nervös kaute ich auf meiner Unterlippe. »Wahrscheinlich eher nicht.«

Christa brach in schallendes Gelächter aus. »So kann Cihan seine Filiale gleich wieder zumachen! Natürlich passt mir das! ALLES!« Und dann vertauschte sie die Rollen und schwatzte mir spaßeshalber gleich zwei Lederjacken und drei Paar Jeans auf, mit passenden Gürteln, Schuhen und Handtaschen. »SO macht man das!«

Ganz langsam kehrte die Erinnerung an mein früheres Leben zurück. Ja! Das hatte mir doch Spaß gemacht! Ich hatte schon immer einen Blick für die Schokoladenseiten meiner Kundinnen gehabt!

Bis Orhan kam. Und alles aus mir rausprügelte, was jemals mit Eigeninitiative, Lebensfreude und Selbstständigkeit zu tun gehabt hatte.

Ich schluckte und kämpfte mit den Tränen.

»Christa, ich versuche es, aber ich bin jetzt schon so lange raus …« Ich kam mir vor, als müsste ich das Laufen neu lernen.

Die Ladenglocke bimmelte, und wir hatten ein paar anspruchsvolle Kundinnen zu bedienen. Wieder war es Christa, die den Damen selbstbewusst etwas verkaufte, ihnen Sekt und

Kaffee anbot und sie in ein Gespräch verwickelte, während ich mich schüchtern im Hintergrund hielt. Als sie weg waren, nahm Christa mich besorgt beiseite.

»Sag mal, ist das hier ein blauer Fleck?« Sie zog mich in eine Umkleidekabine und entblößte meinen Rücken.

»Ach, das ist nur … Da habe ich mich beim Bettenmachen gestoßen.«

»Beim Bettenmachen.« Christa sah mich argwöhnisch an. »Seit wann macht man Betten mit dem Rücken?«

»Die Balkontür stand auf.«

»Und mit deinen Handgelenken ist alles wieder gut?!«

»Wie? Ja, natürlich.« Unauffällig zog ich meine Ärmel lang. »Ich bin halt ein bisschen ungeschickt.«

»Und dann wird Orhan böse.« Christa ließ mich nicht aus den Augen.

»Na ja, du kennst doch das Temperament von uns Türken.« Ich produzierte ein schiefes Lachen. »Mein Bruder Cihan kann doch auch ganz schön aus der Haut fahren, wenn man sich blöd anstellt. Mich nennt er ja heute noch Spatzenhirn!«

»Er schlägt mich nicht«, sagte Christa. »Er käme im Leben nicht auf die Idee. Und seine Machosprüche hab ich ihm schon lange ausgetrieben. Wir sind gleichberechtigte Partner, und deshalb liebt er mich. Ich hab was in der Birne, und du auch, Selma. Weiß Orhan das?«

Ich schnappte nach Luft und riss an meinem Rollkragen-pullover. Mir wurde plötzlich ganz heiß.

»Was sind denn das für rote Stellen da? Hoffentlich nur Knutschflecke?!«

»Orhan würde dieses Gespräch nicht gutheißen«, flüsterte ich warnend. »Er meint, ich soll lieber zu Hause bleiben, bevor ich zu tratschen anfange.«

Christa hatte verstanden. »Ich halte die Klappe, Selma. Aber Cihan und ich, wir behalten euch im Auge.«

Einen Monat später kam Cihan in die Boutique. Erfreut ging er die Rechnungen und Buchungen durch und nickte anerkennend.

»Na bitte, Schwesterchen, das wird doch! Du schlägst dich tapfer!«

Errötend senkte ich den Kopf und spielte verlegen an einem roten Lederrock, den ich gerade wieder auf den Bügel hängen wollte. »Es macht auch total Spaß, Cihan!«

Christa war inzwischen wieder an ihren Arbeitsplatz zurückgekehrt, sodass ich vormittags allein in der Filiale war. Ich hatte schon einige Stammkundinnen und freute mich regelrecht, wenn die Glocke ertönte. Das hier war meine Welt!

»Sag mal, muss dein Orhan dich eigentlich immer hierher fahren? Seine Fabrik liegt doch in der entgegengesetzten Richtung!« Cihan schob die Lesebrille auf die Stirn und sah mich unwillig an. »So sympathisch ist er mir auch nicht, dass ich ihn jeden Morgen sehen muss.«

»Er ... Er will eben, dass ich gut hier ankomme.« Ich hängte den Rock zwischen die passenden Größen und starrte zu Boden. »Er macht sich sonst Sorgen um mich.«

»Und mit der S-Bahn fahren lässt er dich nicht?!«

»Nicht so gern.«

In Wirklichkeit hatte Orhan mir immer wieder wilde Eifersuchtsszenen gemacht und mir vorgeworfen, ich würde fremde Männer anblicken oder ihnen sogar zulächeln. Dabei war das wirklich das Letzte, was ich tun würde. Deshalb lieferte mich Orhan jeden Morgen um halb neun vor der Filiale ab und sparte während der Autofahrt nicht mit Drohungen, Demütigungen und Verletzungen.

»Wehe, du Schlampe, du kommst nicht sofort nach Hause. Wehe, du faule Sau, das Essen steht nicht auf dem Tisch.«

Zurückbringen musste mich dann immer Cihan oder Christa, wenn sie in der Nähe war. Ich musste ja pünktlich vor dem Kindergarten stehen und mein Kind abholen.

Und wenn ich nicht um Punkt sechs Orhan bewirtete, setzte es sofort wieder wüste Schläge und Tritte.

»Dein Mann geht immer vor, ist das klar? Du hast deine Hausarbeit zu erledigen und bei deinem Kind zu sein, hörst du? Sonst verbiete ich dir auf der Stelle, dass du dich vormittags in Bad Godesberg amüsieren gehst!«

Nun aber stand ich bei Cihan im Geschäft, und der machte sich Sorgen um mich. Natürlich hatte Christa ihm gegenüber nicht dichtgehalten. Und dafür war ich ihr sogar dankbar.

»Hör zu, Schwesterherz, was hältst du davon, den Führerschein zu machen?«

Cihan tippte irgendwelche Zahlen in seinen Rechner ein, schaute kurz auf und sah mich ermutigend an.

»Was, ich?« Erschrocken wich ich einen Schritt zurück. »Nein, das kann ich nicht! Niemals werde ich das schaffen, und Orhan würde es auch gar nicht erlauben!«

Cihan musterte mich streng. »Natürlich kannst du das, Spatzenhirn! Weißt du noch, wie wir früher zusammen in Vaters altem Mercedes SL über die Feldwege am Wäldchen gebrettert sind? Wie alt warst du da?«

»Sechzehn.« Eine schöne Erinnerung stieg in mir auf: Cihan, gerade vom Militärdienst zurück, spielte den Fahrlehrer, sobald unser Vater außer Sichtweite war. Und ich, strahlend vor Stolz und Glück, saß am Steuer, kurvte mit der ausladenden Familienkutsche über Stock und Stein und konnte es kaum erwarten, achtzehn zu werden, um offiziell den Führerschein zu machen.

»Na siehst du. Du kannst es ja schon.«

»Nein, ich fürchte, ich habe alles verlernt.«

»Autofahren verlernt man nicht. Das ist wie Fahrradfahren oder Schwimmen.« Cihan lachte und beugte sich wieder über seine Abrechnung. »Das wäre also abgemacht.«

»Nein!« Erschrocken presste ich einen Pullover an mich. »Orhan wird sicher wütend werden, das sprengt unser Familienbudget!«

»Ach so.« Cihan kratzte sich am Kopf. »Verstehe. Das würde ihn in Verlegenheit bringen, und das wollen wir ja nicht.« Er lächelte. »Ich habe eine Idee. Für deine guten Leistungen und im Sinne der Firma werde ich dir den Führerschein schenken. Den kann ich sogar von der Steuer absetzen.«

Dem hatte Orhan nichts entgegenzusetzen. Ein Geschenk innerhalb der Familie abzulehnen war eine große Ehrverletzung. Er musste es hinnehmen.

Auch wenn er mich ständig anschrie: »Das wirst du niemals schaffen, wie sollst DU denn die Prüfung bestehen, du blöde Kuh?«, absolvierte ich erfolgreich mehrere Fahrstunden, zu denen mein Bruder mich brachte. Schon nach den Pflichtstunden meldete er mich zur Prüfung an, die ich auf Anhieb bestand.

Das war ein großes Glücksgefühl! Allerdings nur für mich und meinen Bruder.

Denn Orhan ließ es mich immer wieder spüren, dass er ein Problem damit hatte.

30

Köln, September 1975

»Jetzt haben wir ein Problem.« Vater war wütend mit dem fremden Koffer davongefahren, die Nachbargardinen hatten sich allmählich wieder gesenkt, und Mutter hatte sich mühsam gefasst.

»Hier könnt ihr nicht bleiben.« Cihan stopfte sich das Hemd in den Hosenbund, das ihm beim Ringkampf mit Vater herausgerutscht war. Noch immer rot vor Wut, strich er sich vor dem Flurspiegel die Haare glatt.

»In eure Wohnung können wir auch nicht. Alper würde uns dort sofort wieder dort rausholen, und ich brauche Abstand.«

»Aber ich muss doch morgen zur Schule«, wandte ich ein. Und was war mit Ismet? Das auch nur zu denken war im Moment nicht angebracht.

Wir holten die schreienden Zwillinge aus ihrem Zimmer und beruhigten sie.

Mutter dachte nach. Und Cihan dachte nach. Ich war einfach nur verwirrt.

Das war es nun gewesen. Die Ehe meiner Eltern war beendet. Mutter rief unverzüglich ihre Schwester an, die in Hannover mit einem Deutschen verheiratet war. Onkel Otto war erfolgreicher Architekt, er arbeitete selbstständig und entwarf die Innenausstattung großer Hotels. Die beiden hatten drei Söhne, meine Cousins mütterlicherseits, die in Hannover aufs Gymnasium gingen.

»Selbstverständlich könnt ihr fürs Erste bei uns wohnen!« Tante Emine freute sich aufrichtig, uns helfen zu können, und so standen wir noch am selben Tag, an dem wir ahnungslos aus dem Sommerurlaub in der Türkei zurückgekommen waren, um den fremden Koffer in unserem Hausflur zu sehen, bei ihr in Hannover auf der Matte.

Cihan hatte uns einfach am Kölner Hauptbahnhof in den Zug gesetzt.

In dem geräumigen hellen Haus am Maschsee, das mein Onkel Otto selbst entworfen und gebaut hatte, wurden wir freundlich aufgenommen, und gleich am nächsten Tag ging ich mit meinen Cousins ins Hannoveraner Gymnasium.

Der Schulwechsel fiel mir nicht sonderlich schwer, denn ich fühlte mich wie befreit. Alles war besser, als den ständigen Streitereien meiner Eltern ausgesetzt zu sein und meine arme Anne immer so traurig zu erleben.

Hier war sie zwar auch noch traurig, aber Tante Emine und Onkel Otto taten alles, um sie aufzuheitern, und halfen ihr, in Hannover ein neues Leben aufzubauen.

»Du hast doch nur noch für drei Kinder zu sorgen und nicht mehr für sechs!«, sprach Tante Emine ihr Mut zu. »Dein Cihan lebt schon mit seiner Christa zusammen, deine Fidan ist auch unter der Haube und hat zwei kleine Kinder mit ihrem Bekir, und dein Kenan ist bereits bei seinem Onkel Engin in der Lehre. Jetzt lassen wir unsere Beziehungen spielen, um für dich eine schöne Änderungsschneiderei einzurichten, denn du bist eine brillante Schneiderin und verstehst dein Handwerk. Deine lieben Kinder erziehen sich doch wie von selbst. Nicht wahr, Selma?«

»Ja, Tante Emine.« Ich war so gut erzogen und so hilfsbereit, wie sich eine Mutter ihre dreizehnjährige Tochter nur wünschen konnte.

»Mit einer eigenen kleinen Schneiderei kannst du dir deine Zeit selbst einteilen. Kopf hoch, Meryem, du schaffst das. Wir halten zusammen.«

Das war das Gute an türkischen Familien: Nie ließen sie einander im Stich. Keine alleinerziehende Mutter war je sich selbst überlassen.

»Und für die Zwillinge finden wir bestimmt einen passenden Kindergarten.«

Otto blätterte schon in seinem Adressbuch und hatte sofort die richtigen Geschäftsfreunde beziehungsweise deren Gattinnen in der Leitung.

Kurz darauf gelang es Mutter über die erwähnten Beziehungen von Schwager und Schwester, eine passende Wohnung in Hannover zu finden – direkt über geeigneten Räumlichkeiten für eine Änderungsschneiderei und in der Nähe von Kindergarten und Schule. Nach außen hin war also schnell wieder alles im grünen Bereich.

Wie es im Innern meiner Mutter aussah, konnte ich nicht ermessen. Sie war eine stolze Frau, die sich sofort wieder in die Arbeit stürzte und sich niemals hängen ließ.

Ich selbst konnte meinen Ismet nicht vergessen. Kein Mensch wusste ja von unserer zarten jungen Liebe, die in Köln erst im letzten Jahr begonnen hatte.

Obwohl ich in Hannover sofort eine neue beste Freundin fand und mich in der Schule gut integrierte, sehnte ich mich mehr und mehr nach meinem Schwarm.

»Melanie, darf ich dich um einen Gefallen bitten?« Meine beste Freundin hieß Melanie.

»Es gibt da einen Jungen, der macht gerade seinen Wehrdienst in der Türkei. Ich hatte ja keine Gelegenheit mehr, mich von ihm zu verabschieden … und meine Mutter darf natürlich nichts davon erfahren, sie würde durchdrehen, wenn ich ihr jetzt auch noch Probleme mache. Ich traue mich weder, ihn anzurufen, noch ihm von meiner neuen Adresse aus zu schreiben! Aber ich habe doch auch ein Leben! Und ich liebe ihn! Wir haben schon davon gesprochen, eines Tages zu heiraten!«

Unter Tränen erzählte ich Melanie auf dem Nachhauseweg, was es mit Ismet auf sich hatte. Melanie fand das alles wahnsinnig romantisch und wollte sofort helfen. Wir gingen zum Mittagessen zu ihrer Mutter nach Hause, und die war total modern und aufgeschlossen.

»Mädel, jetzt setzt du dich hin und schreibst ihm einen Brief. Natürlich mit unserem Absender. Falls er dir antwortet, merkt deine Mutter nichts. Nicht wahr, Melanie, wir spielen gerne Amor!«

Sie konnte gar nicht verstehen, warum so eine Heimlichtuerei nötig war.

»Wenn meine Melanie einen Freund hätte, würden wir ihn mit offenen Armen aufnehmen. Ich würde sofort mit ihr zum Frauenarzt gehen und ihr die Pille verschreiben lassen.« Und als sie mein staunendes Gesicht sah, setzte sie noch nach: »Besser sie tun es hier als unter der Brücke!«

Wow. So eine coole Mutter hätte ich gerne gehabt.

Andererseits liebte ich meine tapfere Anne über alles! Was hatte sie im Leben schon alles geleistet, ohne sich je zu beklagen! Und ich würde sie unterstützen und ihr keine Schande machen.

Auf meinen ersten zaghaften Brief an Ismet, auf dessen Antwort ich nicht zu hoffen gewagt hatte, kam sofort ein Brief von ihm zurück. Er schrieb, dass er auf mich warten und mich immer lieben werde. Ich sei die Richtige, das habe er vom ersten Moment an gewusst, und an seinem Entschluss, mich eines Tages zu heiraten, würde mein Umzug nach Hannover nicht das Geringste ändern. Ismet war inzwischen neunzehn, ich fast vierzehn.

Wie auf Wolken schwebte ich nun durch mein neues Leben in Hannover.

Täglich schrieb ich bei Melanie einen Brief an Ismet, und fast täglich holte ich mir einen Antwortbrief bei ihr ab. Die Mutter, Frau Britzke, fand das alles wahnsinnig romantisch und bot mir an, von ihrem Apparat aus mit Ismet zu telefonieren, aber meine gute Erziehung verbot mir das.

Was mich aber auf die Idee brachte, heimlich von unserer Wohnung aus mit Ismet zu telefonieren. Wenn ich nach Hause kam und meine Mutter noch unten im Geschäft war, beschäftigte ich die Zwillinge irgendwie und rief dann heimlich Ismet in der Türkei an, der dort gerade seinen Wehrdienst ableistete.

Wir sprachen über Gott und die Welt und unsere quälende Sehnsucht, versicherten einander unsere ewige Liebe und Treue und malten uns unsere Zukunft aus.

Bis eines Tages eines Telefonrechnung über siebenhundert Mark ins Haus flatterte.

»Sag mal, Selma, kannst du mir das erklären? Tägliche Telefonate nach Bodrum? Wer könnte mir das antun, wo ich so hart arbeite, um euch drei Kinder durchzubringen?«

Entsetzt leugnete ich, jemanden in Bodrum zu kennen, stammelte, das müsse ein Irrtum der Telefongesellschaft sein, oder die Zwillinge würden vielleicht mit dem Telefon spielen, möglicherweise ständig die Wahlwiederholung drücken ... Gott, war mir schlecht. Ich schämte mich entsetzlich. Meine arme Mutter! Ich wollte sie doch nicht anlügen, aber ihr dasselbe anzutun wie Fidan brachte ich erst recht nicht übers Herz.

Mutter fing natürlich an, Verdacht zu schöpfen. Als ich am nächsten Tag in der Schule war, durchsuchte sie mein Zimmer und fand ... einen Brief von Ismet! Obwohl ich sonst alle Briefe bei Melanie deponierte, hatte ich diesen einen wunderschönen

Liebesbrief unter dem Kopfkissen versteckt, um ihn abends beim Einschlafen an mein Herz zu drücken.

Nun war alles aus.

»Du belügst und betrügst mich also auch?« Meine liebe Anne brach weinend auf dem Sofa zusammen. »Ich kann selbst dir nicht mehr trauen? Wen habe ich denn noch auf der Welt?«

»Oh, Anne, das wollte ich nicht. Bitte verzeih mir, ich werde das Geld für die Telefonkosten wieder reinverdienen ...«

»Es geht nicht nur ums Geld, Selma. Es geht um unser zerstörtes Vertrauen.«

»Anne, ich wollte dir nicht wehtun, ich liebe dich, aber ich liebe auch Ismet ...«

Nun heulten wir beide.

Wir saßen auf unserem gemütlichen weißen Ledersofa unter der Dachschräge, in unserer zauberhaften Dreizimmerwohnung, in der wir ein neues Leben angefangen hatten, und weinten um die Wette.

»Du wirst ihn nie wiedersehen! Versprich es mir!«

»Das kann ich nicht, Anne. Er ist meine große Liebe!«

»Du wirst ihm nie wieder schreiben und nie wieder mit ihm telefonieren! Du bist doch kein billiges Mädchen. Das musst du mir schwören!«

»Ich tue alles, was du von mir verlangst, ich putze jeden Tag das Treppenhaus, kümmere mich um die Zwillinge, kaufe ein, wasche und koche, ich mache das Abitur und werde hier in Hannover keinen Jungen auch nur anschauen. Aber Ismet kann und werde ich nicht aufgeben!«

Wir waren beide völlig aufgewühlt, und ein Wort gab das andere, bis Anne schließlich verzweifelt ihre Schwester anrief.

»Emine, du musst mir helfen«, schluchzte sie in den Hörer. »Du glaubst ja nicht, was meine Tochter mir antut! Es gibt einen

Jungen aus Köln, der gerade in Bodrum seinen Wehrdienst ableistet, um danach Medizin zu studieren. Und mit dem steht sie ständig in Kontakt. Sie schreiben sich heiße Liebesbriefe, und meine Selma telefoniert sogar täglich mit ihm!«

Sie schlug mit der flachen Hand auf die Telefonrechnung. »Siebenhundert Mark, Emine, allein in diesem Monat!«

Ich hörte Emine beruhigend auf sie einreden, aber Mutter ließ sich nicht besänftigen.

»Sie beschmutzt unsere Ehre! Was habe ich dafür gekämpft, mir hier wieder einen guten Ruf zu erarbeiten! Aus Köln musste ich Hals über Kopf fliehen, weil ich mich so geschämt habe. Und jetzt, nach mühevollem Neuanfang, kann ich hier auch gleich wieder meine Zelte abbrechen! Emine, ich schaff das nicht mehr …« Sie weinte und schluchzte, als gäbe es kein Morgen.

»Warum tut sie mir das an! Sind denn alle meine Kinder so gestrickt wie ihr Vater? Verlogen und verdorben?«

Mein Herz zog sich schmerzhaft zusammen bei diesen grausamen Unterstellungen.

Tante Emine unterbrach sie nun ziemlich harsch. »Na na na, Meryem, nun mach aber mal 'nen Punkt.« Sie sprach so klar und laut, dass ich sie deutlich hören konnte.

»Deine Selma ist eine ganz aufrichtige Person. Nie würde sie dich böswillig hintergehen, und sie ist bei Weitem kein Flittchen. Ich verbiete dir, so über meine liebe Nichte zu reden! Du hast eine großartige Hilfe an ihr. Sie hat schon sehr früh Verantwortung übernommen und entlastet dich stark. Sie hat die Pflichten einer Erwachsenen – warum sollte sie nicht wie eine Erwachsene fühlen dürfen?«

Ich hörte auf zu atmen, um zu verstehen, was sie anschließend sagte.

»Jetzt beruhige dich doch erst mal, so schlimm ist das doch überhaupt nicht! Selma ist vierzehn, bildhübsch, anständig und klug. Sei doch froh, dass sie so einen feinen Jungen hat, der es ernst mit ihr meint! Sie tut doch nichts Schlimmes, treibt sich in keiner Disco herum, trinkt keinen Alkohol, raucht nicht, kifft nicht, ist gut in der Schule! Also wenn du mich fragst, solltest du dich mit ihr freuen, dass sie verliebt ist. Sie hat das wirklich verdient!«

Mir blieb der Mund offen stehen. Tante Emine, dich schickt der Himmel!, dachte ich. Sicher lag es auch an ihrer langjährigen Ehe mit einem Deutschen, dass sie so eine Freidenkerin war. Ihre drei Söhne brachten auch ziemlich frischen niedersächsischen Wind in die verstaubten moralischen Ansichten – die hatten alle schon Mädchen im Schlepp.

Mutter blieb der Mund offen stehen. »Meinst du wirklich, Emine? Soll ich sie nicht bestrafen? Ich sollte sie zu ihrem Vater schicken, damit der sich um dieses Früchtchen kümmert!« Sie fing wieder an zu weinen. »Es ist schon eine sehr große Verantwortung, ein heranwachsendes junges Mädchen allein zu erziehen …«

»Meryem! Jetzt nimmst du deine Tochter in den Arm, und ihr sprecht euch mal so richtig aus! Ich wünschte, ich hätte eine so prachtvolle Tochter!« Sie lachte. »Bei mir springen nur picklige Testosteronbomben rum, in deren Zimmer es nach krankem Panther riecht!«

Sie bot Mutter noch an, abends vorbeizukommen, um weitere Erziehungsmaßnahmen mit ihr zu besprechen, doch die wollte noch nicht so schnell klein beigeben. Sie konnte einfach nicht aus ihrer Haut.

Ich bekam tatsächlich drei Monate Hausarrest, mir wurde ein Jahr lang das Taschengeld gestrichen, ich durfte Melanie nicht mehr sehen, und eigentlich wollte sie mich auch nicht mehr zur Schule gehen lassen. Doch um die Schulpflicht kam sie nicht herum.

Sie bestand aber darauf, mich frühmorgens hinzubringen und stand – wie peinlich! – jeden Mittag höchstpersönlich am Schultor, um mich abzuholen. Ich durfte gar nichts mehr.

Weder an Schulausflügen noch an Freizeittreffen teilnehmen, weder zu einer Freundin zum Geburtstag noch zur Klassenfahrt nach London!

Und natürlich durfte ich abends nie die Wohnung verlassen. Meine Freundinnen gingen ins Kino, unternahmen Radtouren, hingen am Maschsee ab oder gingen ins Freibad. Ich war zu Hause eingeschlossen. Dort hatte ich zwar alles, was ein Mädchenherz begehrt: meine Plüschtiere, mein liebevoll eingerichtetes Zimmer, eine eigene Stereoanlage, einen Fernseher, viele Bücher. Ich durfte tanzen, so viel ich wollte. Aber nur allein. Ich musste buchstäblich auf dem Teppich bleiben.

Meine Freundinnen durften mich später zwar wieder besuchen, aber ich kam mir vor wie im goldenen Käfig.

Im Mai wurde ich fünfzehn. Mutter richtete einen anständigen Mädchengeburtstag aus, mit Torten und tollem Essen, und ich spürte ihren guten Willen.

Dass ich Ismet immer noch heimlich schrieb, ahnte sie nicht. Die Postleitstelle Melanie funktionierte nach wie vor.

Manchmal spürte Anne meine Unzufriedenheit, denn welche temperamentvolle Fünfzehnjährige möchte nicht im Sommer raus in die Natur, mit den Freunden das Leben genießen, ins Kino, ins Freibad oder in die Disco? Sie versuchte auch, mit mir zu reden, aber ich verschloss mich. Weniger aus Trotz und verletztem Stolz als aus Rücksicht auf ihre Gefühle.

Denn Mutter fraß ihren Kummer buchstäblich in sich hinein.

Aufgrund mangelnder Bewegung nahm sie rasant zu, und aus meiner einst so schönen Mutter wurde eine ziemliche Matrone.

»He, Kleines, jetzt komm schon her und setz dich zu mir!« Mutter saß auf dem Sofa und schaute sich einen Liebesfilm im Fernsehen an.

»Oder ist meine Tochter etwa immer noch böse auf mich? Ich meine es doch nur gut mit dir und will bloß dein Bestes!«

31

Bonn, 30. April / 1. Mai 1987

»He! Komm her und setz dich zu mir! Ich möchte auch was von dir haben!«

Orhan saß auf dem Sofa und zappte durchs Fernsehprogramm. »Oder hat meine Frau jetzt etwa keine Zeit mehr für ihren Mann, seit sie Auto fährt?«

»Doch natürlich, Orhan.« Ich drückte ihm eine Flasche Bier in die Hand. »Ich bringe nur noch schnell Elif ins Bett.«

»Die kann jetzt selber ins Bett gehen, die ist doch kein Baby mehr!« Orhans Stimme wurde schon unwilliger. »Los! Setz dich her! Du bist meine Frau!« Er verstellte mir mit dem Fuß den Weg, sodass ich ins Stolpern kam.

»Hoppla«, sagte er gehässig. »Immer noch so ein ungeschicktes Trampel!«

Gehorsam ließ ich mich neben ihm auf dem Sofa nieder. Die

viereinhalbjährige Elif hantierte inzwischen allein im Bade-zimmer herum. Unser schönes Ritual mit Zähneputzen, Spielen und Schmusen musste heute ausfallen. Es tat mir so leid um sie!

»So. Und jetzt erzählst du mir, was du heute gemacht hast.« Orhan strich mir übers Haar, aber es war kein zärtliches Strei-cheln, sondern ein herrisches Ziepen.

»Nichts Besonderes«, wich ich verzweifelt aus. »Es war ein Tag wie jeder andere.«

»Was soll das heißen?« Orhan zerrte fester an meinen Haa-ren. »Zuerst ist die gnädige Frau also mit dem Auto herumge-fahren ...?«

Ich zog meinen Kopf aus der Umklammerung. »Wie immer habe ich zuerst Elif beim Kindergarten abgesetzt, bin dann nach Bad Godesberg in die Filiale gefahren und habe dort mit Cihan einen Kaffee getrunken. Autsch!« Ich unterbrach mich, denn Orhan hatte jetzt so fest an meinen Haaren gezogen, dass mein Kopf nach hinten schnellte.

»Ah, deinen Herrn Bruder hast du also bedient.«

»Au, Orhan, du tust mir weh!«

»Und deinen Mann willst du nicht bedienen!?«

»Bitte Orhan. Ich habe dich doch auch ...« Schließlich hatte er wie jeden Abend um Punkt sechs sein Essen bekommen, und das war schon das dritte Bier.

»Du dreckige Schlampe!« Mit einem plötzlichen Ruck ließ er mich los und stieß meinen Kopf gegen die Wand. »Du drückst deinem Mann eine Flasche Bier in die Hand, ohne sie zu öff-nen?« Schon hatte ich seine Handkante im Nacken. »Würdest du deinem Bruder Cihan auch eine geschlossene Flasche in die Hand drücken?«

Abgesehen davon, dass mein Bruder keinen Alkohol trank,

war dies reine Provokation. Erschrocken sprang ich auf. »Entschuldige, Orhan! Natürlich hole ich schnell den Öffner!«

Ich rieb mir den schmerzenden Nacken und eilte in die Küche. Dass Orhan stets stolz demonstrierte, wie er eine Flasche mit den Zähnen aufbekam, schien jetzt keine Rolle zu spielen. Ihm ging es nur um meine Unterwürfigkeit.

»Mami, kommst du jetzt?« Elif war immer noch im Bad.

»Ja, mein Liebling, ich komme sofort!«

»Sie kommt überhaupt nicht! Sie setzt sich jetzt zu ihrem Mann und erzählt ihm was!«, brüllte Orhan aus dem Wohnzimmer.

»Anne, ist der Baba wieder betrunken?«

»Nein, mein Liebling, er ist nur erschöpft von der vielen Arbeit in der Fabrik. Er ruht sich jetzt ein bisschen aus, und ich helfe ihm dabei.«

»Bringst du mich dann ins Bett?«

»Später«, wisperte ich durch die offen stehende Badezimmertür. Elif stand auf ihrem Höckerchen und putzte sich die Zähne. Ihr verschwörerischer und gleichzeitig tröstender Blick war im Spiegel zu sehen.

Als ich mit einer fahrigen Bewegung versuchte, die Bierflasche zu öffnen, die Orhan mir zugeworfen hatte wie einen Ball – glücklicherweise hatte ich sie reflexartig gefangen – spürte ich plötzlich einen stechenden Schmerz an der Kniescheibe. Klirrend fiel der schwere Aschenbecher von meinem Schienbein zu Boden. Er hatte mit dem Aschenbecher nach mir geworfen! Diese blauen Flecken würden wieder wochenlang mein Bein zieren. Vor Schreck ließ ich die Bierflasche fallen und rieb mir das Knie.

Zischend ergoss sich weißer Schaum auf den Teppich. Sofort humpelte ich in die Küche, um einen Lappen zu holen. »Du bist zu blöd, eine Flasche zu öffnen!«, brüllte er hinter mir her. Auf schmerzenden Knien saugte ich das Bier mithilfe einer Haushaltsrolle auf und unterdrückte ein Schluchzen. Tränen mischten sich in die Bierpfütze.

»Los, setz dich zu mir. Wir sind noch nicht fertig. Erzähl mir von deinem Tag.«

Ich spürte seine unterschwellige Wut, seine panische Angst, mich nicht mehr unter Kontrolle zu haben.

Ich schluckte, krampfte die Hände um den Lappen und setzte mich ganz vorn auf die Sofakante.

»Du sollst diesen Scheißlappen nicht ins Wohnzimmer bringen!« Er riss ihn mir aus der Hand und schleuderte ihn gegen die Tür.

»Dann habe ich ein paar Kundinnen bedient …«

Ich wollte mir übers Knie streichen, aber er riss meine Hand weg. Aus dem Kinderzimmer ertönte Elifs heller Gesang. Es war rührend, wie sie versuchte, gegen die Gewalt ihres Vaters, aber auch gegen ihre eigene Angst anzusingen.

Mir liefen die Tränen, während ich tapfer versuchte, weiterzusprechen.

»Was heulst du denn jetzt schon wieder!« Orhan schwang den Arm um meinen Nacken und drückte scheinbar liebevoll zu. Wieder würgte er mich wie ein Python. »Wird das Knie dick? Ohhh, dann musst du ja jetzt humpeln! Dann bist du gar nicht mehr so hübsch wie sonst!«

»Es geht schon, ich tu nachher Eis drauf.«

»Du bleibst jetzt hier sitzen!« Er nahm mich schier in den Schwitzkasten. »Und? Zu wie vielen Männern warst du heute nett?«

»Zu keinem«, röchelte ich. »Es waren nur Frauen im Geschäft.«

»Aber mit Cihan hast du Kaffee getrunken. Zu ihm warst du nett.«

Es hatte keinen Zweck, ihm immer wieder zu versichern, dass Cihan doch mein Bruder war und ich ihm bestimmt keine schönen Augen machte. Seine Eifersucht war einfach nur krank! Ich schämte mich für meinen asozialen Mann und konnte mit niemandem über ihn sprechen. Nur Fidan hätte ich mich anvertrauen können, aber die hatte mit ihrem inzwischen alkoholabhängigen Berkan ähnliche Probleme.

Wir waren so erzogen worden, dass wir nach außen hin zu unserem Mann stehen und alles ertragen müssen – genau wie unsere Mutter.

Auch Neslihan, meine Schwiegermutter, hatte mir jahrelang gepredigt, dass Frauen zu ihrem Mann halten müssen, komme, was wolle. Es war absolut tabu, über die Dinge, die sich in den eigenen vier Wänden abspielten, zu sprechen. Der Mann war der Ernährer, und solange er das war, hatte er in der Familie das Sagen.

»Orhan«, bat ich flehentlich, nachdem Elif ganz leise ihre Kinderzimmertür zugemacht hatte. »Darf ich unserem Kind jetzt Gute Nacht sagen?«

»Meinetwegen«, brummte er und lockerte endlich seinen Schraubstockgriff. »Sag dem Kind Gute Nacht und komm gleich wieder! Es kann doch nicht angehen, dass du den ganzen Tag mit anderen Leuten verbringst und zu ihnen nett bist, aber wenn dein Mann nach Hause kommt, hast du anderes zu tun.«

Seufzend eilte ich zu Elif, die schon brav in ihrem Bettchen lag.

Ich hielt ihre Hände und redete mit ihr.

Sie erzählte mir ein wenig vom Kindergarten, dabei sank mein Kopf zu ihrem aufs Kissen, und völlig erschöpft ruhte ich mich ein wenig neben ihr aus. Ihre gleichmäßigen Atemzüge, ihr vertrauter Duft nach Zahnpasta und Niveacreme, die sich im Frühlingswind bauschenden Vorhänge, die draußen zwitschernden Vögel – all das hatte etwas herrlich Beruhigendes.

Orhan hatte den Fernseher wieder lauter gestellt, und ich hoffte, er würde, wie so oft, nach dem vielen Bier auf dem Sofa einschlafen. Manchmal half es, mich schlafend zu stellen, dann gab er auf und ließ mich in Ruhe.

Nicht so an diesem Abend: Als ich gerade den süßen Moment genoss, polterte er wutschnaubend ins Zimmer und drosch mit dem Nudelholz auf mich ein.

»Was habe ich dir gesagt? Hä? Dass du sofort wiederkommen und dich zu mir setzen sollst, du Schlampe!« Elif wachte natürlich auf und fing an zu weinen.

»Du schläfst jetzt!«, herrschte er sie an. Und prügelte mich mit dem Nudelholz in die Küche.

»So! Und jetzt machst du für meine Kumpels was zu essen! Nachdem du mir keine Gesellschaft leisten willst, kommen sie jetzt gleich vorbei!«

Schluchzend begann ich erneut mit Kochen, Tischdecken und Vorbereiten. Inzwischen war es fast zehn Uhr abends.

»Wir feiern heute in den Mai!« Er lehnte im Türrahmen und sah mir beim Arbeiten zu.

»Tag der Arbeit, hahaha! Wer viel arbeitet, soll auch feiern dürfen! Und nachdem du eine solche Spaßbremse bist, feiere ich eben mit meinen Kumpels!«

Schon standen sie vor der Tür, angeschickert, laut und ordinär. »Orhan, wir haben dir eine Wundertüte mitgebracht!«

Ich verstand nicht, was das sein sollte, es war mir auch egal.

Lachend verschwanden sie im Wohnzimmer. »Bring uns

Bier!«, befahl Orhan. »Und das Essen bringst du uns auch! Wehe, du vergisst den Öffner!«

Es hätte keinen Zweck gehabt, die Männer zu bitten, leise zu sein, damit Elif schlafen konnte. Bis weit nach Mitternacht feierten sie lautstark und leerten die Bar. Ihre Mäntel und Jacken lagen auf unserem Ehebett, und ich wagte nicht, sie beiseitezuräumen. Zwischendurch verschanzte ich mich im Bad und setzte mich auf den geschlossenen Klodeckel, um mal ein paar Minuten für mich zu sein und durchzuatmen. Das würde eine lange Nacht werden. Dabei war ich schon so müde!

Ich war gerade dabei, das Geschirr zu spülen und die Küche aufzuräumen, als Orhan hereinwankte. Er hatte eine süßlich riechende Zigarette im Mundwinkel und paffte mir den Rauch dümmlich grinsend ins Gesicht. »Du hast ja schon wieder diesen ekligen Lappen in der Hand.« Er riss ihn mir aus der Hand und schleuderte ihn fort. »Hier. Zieh auch mal dran. Dann wirst du lockerer. Meine Freunde sagen, du bist einfach nur schlecht gefickt.« Er versuchte, mir den feuchten Zigarettenstummel in den Mund zu schieben, an dem die anderen offensichtlich auch schon gezogen hatten. Sie hatten das Licht im Wohnzimmer gedimmt und diese Zigarette kreisen lassen. Dabei war ihr albernes Gewieher immer lauter geworden.

Angewidert drehte ich den Kopf weg. Ich hatte noch nie geraucht, und dieses süßlich klebrige Zeug schon gar nicht.

»Stell dich nicht so an, du Trockenpflaume!« Orhan wollte mir diesen Glimmstängel gewaltsam aufdrängen, und als ich mich dagegen wehrte, schlug er mir mit der flachen Hand gegen den Hinterkopf. »Los jetzt! Selbst zu deinem Glück muss man dich zwingen, du dämliche Kuh!«

»He! He, he, he, ist ja gut.« Einer seiner Kumpel stand im Türrahmen. »Lass sie, wenn sie nicht will. Du musst sie nicht zwingen.« Er zog Orhan aus der Küche. »Komm, wir gehen wieder ins Wohnzimmer und kiffen weiter.«

Und zu mir meinte der Kerl mit den geweiteten Pupillen: »Geh ruhig schlafen. Wir kümmern uns um ihn. – Danke fürs Essen, Schwester.«

Ich war froh und dankbar, endlich ins Bett gehen zu dürfen. Kurz schaute ich nach Elif, die Gott sei Dank wieder eingeschlafen war, machte schnell Katzenwäsche im Bad und verzog mich erleichtert in meine Betthälfte, nachdem ich die Jacken und Mäntel in Orhans Hälfte geschoben hatte. Dann zog ich mir die Decke über den Kopf und fiel kurz darauf in den ersehnten Schlaf.

Ein dumpfer Schlag gegen meinen Kopf weckte mich. Panisch riss ich die Augen auf. Vor mir stand Orhan mit geweiteten Pupillen, blutunterlaufenen Augen und einem irren Hass im Gesicht.

»Wer hat dir erlaubt, schlafen zu gehen?« Mit dem Nudelholz drosch er auf mein Gesicht, meine Schultern und meine Arme ein.

Reflexartig griff ich nach Elifs Spieltelefon und warf es nach ihm. Kurz hielt er verdutzt inne. Es hatte ihn am Ohr getroffen. Für einen Moment schien er mit sich selbst beschäftigt zu sein, und ich versuchte, aus dem Bett zu flüchten. Panisch befreite ich mich strampelnd von der Bettdecke, als er auch schon mit voller Wucht seine Faust in meinen Bauch rammte.

»Du Hure! Für alle hast du Zeit, nur nicht für deinen Mann?« Er brüllte wie ein Stier und hatte Schaum vor dem Mund.

»Und wie du meinen Kumpel angeguckt hast, wie aufreizend und billig, du Nutte!«

Wieder schlug er auf mich ein. Mein Kopf drohte zu zerspringen! Eine Augenbraue war aufgeplatzt, aber auch der Kiefer schien gebrochen. Ich spuckte zwei Zähne aus und spürte, wie mir das Blut aus dem Mund quoll. Mein Bauch fühlte sich an wie ein explodierter Krater, und ich war mir sicher, dass er mich totschlagen würde. Meine Seele verabschiedete sich bereits aus meinem geschundenen Körper. Hilflos lag ich zwischen Bett und Heizung.

Orhan hatte sich abreagiert. Als ich die zugeschwollenen Augen wieder öffnen konnte, konnte ich ihn nirgendwo mehr sehen.

Da hörte ich meine kleine Elif in ihrem Bett weinen und schreien.

»Mamaaaa«, schrie Elif verzweifelt. »Mamaaaaa!«

Wie ein überfahrenes Tier hob ich mit letzter Kraft den Kopf und schaute ins grelle Flurlicht. Ich wollte so gerne sterben. Ich sah mich schon über meinem Körper schweben. Aber ich durfte nicht aufgeben – Elif zuliebe.

Vergeblich versuchte ich, mich aufzurichten und aufzustehen. Es ging nicht. Kein einziges Körperteil gehorchte mir noch. Mit dem Gesicht lag ich auf dem Fußboden und sah die Blutlache neben mir immer größer werden.

»Mamaaa! Lebst du noch! Mamaaaaaa!«

Elif rüttelte verzweifelt von innen an der Kinderzimmertür. Orhan hatte sie eingeschlossen und war dann aus der Wohnung geflohen.

Auf einmal hörte ich eine innere Stimme sagen: Steh auf! Du musst aufstehen und deinem Kind helfen! Du hast kein Recht, dein Kind für den Rest seines Lebens diesem Irren auszuliefern. Du bist dafür verantwortlich, dass sie ordentlich aufwachsen und eines Tages frei sein kann. Für die Freiheit deiner Tochter musst du jetzt aufstehen und Hilfe holen. Hustend hob ich den

Kopf. Wie in Zeitlupe robbte ich über den Flur. »Ja, ich bin hier, Elif. Ich hole Hilfe!«

»Mamaaaa, lass mich raus!«

Orhan hatte den Schlüssel mitgenommen. Es war auch besser, dass sie mich nicht in diesem Zustand sah. Ich konnte nichts tun, als langsam weiter zur Wohnungstür zu kriechen.

»Elif ich bin hier«, lallte ich mit blutendem Mund. »Hab keine Angst! Ich hole Hilfe, Elif. Bleib ganz ruhig.«

Zentimeter für Zentimeter kroch ich an ihrem Zimmer vorbei. Panisch rüttelte sie von innen an der Klinke. »Mamaaa, ich will zu dir!«

In meinen Ohren sirrte ein schriller Ton, und ich hatte entsetzliche Angst, Orhan könnte wiederkommen und weiter auf mich einprügeln. Dann wäre ich wirklich tot. Mein Leben hing am seidenen Faden.

Endlich lehnte ich kraftlos an der Wohnungstür.

»Elif, du musst jetzt stark sein. Bitte rüttle nicht mehr an der Klinke. Ich hab's fast geschafft.«

Unter letzter Anstrengung schaffte ich es, die Haustür einen Spalt aufzuziehen. Jetzt musste ich noch um sie herumkriechen, bis ich im dunklen Treppenhaus lag.

Wieder nahm ich alle meine Kraft zusammen, richtete mich ein letztes Mal auf und schaffte es, auf die Klingel meiner Nachbarin zu drücken, die laut scheppernd die nächtliche Stille durchbrach.

Als diese erschrocken die Türe öffnete, war ich schon in Ohnmacht gefallen.

32

Anne und ich saßen gerade vor dem Fernseher und schauten *Am laufenden Band*, als uns die Klingel laut scheppernd zusammenzucken ließ.

Als ich die Tür öffnete, stand mein Vater mit einem riesigen Blumenstrauß davor.

»Selma! Wie groß und hübsch du geworden bist!« Er schob mich zur Seite und eilte ins Wohnzimmer, wo er vor Mutter auf die Knie sank. »Meryem! Ich flehe dich an, mir zu verzeihen! Ich habe immer nur dich geliebt, ich bereue meine Untreue und liebe dich noch immer!« Seine Stimme kippte ins Melodramatische, und aus seinen Augen liefen Tränen.

Meine Anne brauchte einige Sekunden, um zu begreifen, wer da leibhaftig vor ihr kniete.

»Ich kann ohne dich nicht leben, das habe ich jetzt begriffen!«

Mutter starrte ihn mit offenem Mund an. Er war der Mann, der sie auf einem Pferd von ihrem Hof entführt hatte, und sie hatte nie einen anderen Mann geliebt als ihn.

Sie war das schönste Mädchen im Umkreis gewesen, und nun war sie eine korpulente ältere Frau. Auch mein Vater hatte Federn gelassen. Er sah leicht verwahrlost aus, hatte Fett angesetzt und Haare verloren. Sein Anzug war zerknittert, das Hemd ungebügelt. Sein Gesicht war aufgedunsen, die Haut fahl.

Doch mein Vater ließ sich vom Zahn der Zeit nicht irritieren und sang weiter seine Arie von tiefer Reue und zukünftiger Treue.

»Es war ein Riesenirrtum, ich war ein testosterongesteuerter Hornochse. Ich habe alles versucht, um dich zu finden, ich habe dir tausend Briefe geschrieben, die alle ungeöffnet wieder zurückkamen, bis ich deine Schwester überreden konnte, mir zu verraten, wo ich dich finden kann.«

Rudi Carrell plauderte launig im Hintergrund, das Publikum lachte, und ich hätte am liebsten auch gelacht. Aber Vater meinte es todernst.

»Du bist meine Frau, und ich werde alles daran setzen, das Geschehene wiedergutzumachen. Bitte lass es uns noch einmal um der Kinder willen versuchen! Ich schwöre bei Allah, dass das nie wieder passiert. Es soll keine andere Frau mehr in meinem Leben geben außer dir!«

Und das Schlimme war: Meine arme, einsame Anne ließ sich wieder erweichen. Um der Kinder willen. Dass ich nicht lache!, dachte ich entsetzt.

So zog mein Vater in unsere Dreizimmerwohnung und brachte den häuslichen Frieden gänzlich durcheinander.

Fortan lag er im Wohnzimmer vor dem Fernseher und ließ sich von Anne und mir bedienen. Wir kochten, putzten und wuschen für ihn, während wir gleichzeitig arbeiteten beziehungsweise zur Schule gingen. Und er tat ... nichts. Er war eben der Mann.

»Anne«, zischte ich eines Nachmittags, als ich Zigarettenasche um seine Füße herum aufsaugte, während er vor dem Fernseher eingeschlafen war. »Wir hatten es so nett miteinander! Seit er hier ist, ist alles so anders! Wann geht er wieder weg?«

»Pssst, Liebes!« Anne strich ihm liebevoll eine Strähne aus dem Gesicht, die er beim Schnarchen immer wieder hochblies. »Er ist dein Vater, so darfst du nicht über ihn reden!« Dann beeilte sie sich, seine Hemden zu bügeln, obwohl unten in der Änderungsschneiderei ihre Arbeit wartete. Die Zwillinge schickte sie zum Einkaufen, damit er sein Abendessen pünktlich vor dem Fernseher verschlingen konnte, während ich mich auf eine weitere Fußmassage einstellen durfte. Es roch nach Rauch, und überall lagen seine Klamotten herum.

»Ich will, dass er wieder geht«, beharrte ich trotzig. Auch die Zwillinge hatten keinen Draht zu ihm. Für sie war er ein Eindringling, der sie plötzlich herumkommandierte.

Der Zufall kam mir zu Hilfe, als ich hörte, wie er gurrend mit einer anderen Frau telefonierte. Noch am selben Tag verkündete er, er müsse sofort zurück nach Köln, dringende Geschäfte duldeten keinen Aufschub.

Wir weinten ihm keine Träne nach.

Mit dieser Aktion hatte er Mutter endgültig verloren.

Einige Wochen später schauten wir gerade wieder gemeinsam *Am laufenden Band* und amüsierten uns über Rudi Carrells trockene Art. Ich hatte meinen Kopf in Mutters Schoß gelegt, und sie strich mir gedankenverloren übers Haar, als sie plötzlich sagte:

»Selma, hast du eigentlich noch Kontakt zu diesem jungen Mann?«

»Bitte?« Ich fuhr hoch.

»Dieser junge nette Mann aus gutem Hause. Wie heißt er noch gleich ... Ismet?!«

»Ismet, ja!«

»Heißt er oder habt ihr noch Kontakt?«

»Beides!«

Das war mir so schnell rausgerutscht, dass mir das Blut in den Kopf schoss. Alles um mich herum begann sich zu drehen. Würde es jetzt wieder Ärger geben?

Mutters Augen ruhten liebevoll und prüfend auf mir. »Bitte sag mir die Wahrheit, Selma.«

»Ja, wir ... schreiben uns noch dann und wann.« Mein Mund war ganz trocken, und mein Herz raste. Würde das jetzt die nächste Katastrophe werden?

»Mein Kind, ich möchte, dass du ehrlich zu mir bist. Aber vor allem möchte ich, dass du glücklich bist.«

»Echt?« Ich schluckte. »Bist du nicht stinksauer?«

»Nein, Liebes.« Sie strich mir erneut übers Haar. »Ich habe nachgedacht, weißt du. Seit Vater endgültig weg ist, habe ich viel nachgedacht. Ich habe auch viel falsch gemacht, Liebes.«

Mir blieb die Spucke weg! Das Fernsehpublikum lachte und applaudierte. Wie passend!

»Weißt du, Selma, im Grunde möchte ich als deine Mutter nur, dass es dir gut geht und dass du den richtigen Mann heiratest.«

»Ja?« Ich knetete meine schweißnassen Hände.

»Und deshalb bin ich der Meinung, dass wir uns vielleicht kennenlernen sollten, also Ismets Familie uns und umgekehrt.«

»Wirklich jetzt? Anne, meinst du das ernst?« Ich traute meinen Ohren nicht! Seit ich Hausarrest hatte, waren meine Briefe an Ismet oft so tränenverschmiert, dass er sie kaum lesen konnte. Wir hatten beide schon kaum noch Hoffnung.

Sofort füllten sich meine Augen wieder mit Tränen, und ich konnte kein Wort sagen.

»Wenn Ismet es ernst mit dir meint, dann soll er seine Eltern dazu bewegen, offiziell um deine Hand anzuhalten«, sagte meine Mutter. »Damit werden wir zumindest der Tradition gerecht und können allen, die nur auf einen Skandal warten, das Maul stopfen. Was hältst du davon?«

»Was soll ich sagen, Anne? Ich bin sprachlos.« Ich biss mir auf die Fäuste, um nicht vor Freude laut loszuschreien.

»Das ist schade, dass du sprachlos bist.« Augenzwinkernd reichte sie mir den Telefonhörer.

»Darf ich ihn etwa anrufen?«

»Ja, tu das, Süße.« Ihr Lächeln war warm und liebevoll. »Aber nicht zu lange, denk an die Telefonrechnung. Und wenn du fertig bist, rufen wir Cihan an. Schließlich muss er als Stellvertreter des Familienoberhaupts bei diesem Treffen dabei sein.«

33

Bonn, 3. Mai 1987

»Cihan! Wie gut, dass du da bist! Wo bin ich hier?!«

»Im Krankenhaus, Selma. Du hast drei Tage geschlafen!« Weinte Cihan etwa?

»Was ist passiert?« Ich hatte einen ganz trockenen Mund, meine Zunge spürte Drainagen, doch meine Seele fühlte sich, als hätte ich eine schöne Erfahrung gemacht. War ich geflogen? War ich auf Drogen? Alles war so wunderschön und wie in Watte gepackt! Warum weinte Cihan nur?

»Du erinnerst dich nicht mehr, oder?« Cihan wischte sich mit einem Taschentuch die Augen.

»Nein. Doch, warte …« Langsam kroch die schreckliche Erinnerung wieder in mir hoch. Doch ich wollte mich nicht erinnern, wollte in diesem schönen Zustand bleiben! Ermattet schloss ich die Augen. Au! Das tat weh.

Als ich sie mühsam wieder öffnete, sah ich, dass ich an Schläuchen hing.

Cihan stützte mich vorsichtig auf und reichte mir eine Schnabeltasse. »Trink, Selma. Du musst viel trinken.«

Ich fühlte mich wunderbar geborgen bei meinem großen Bruder. Ganz langsam kam ich wieder zu mir.

»Ist er … weg?«

Cihan presste die Lippen zusammen und nickte.

»Als deine Nachbarin uns frühmorgens anrief und erzählte, wie Orhan dich zugerichtet hat, bin ich mit Kenan zu seinem Arbeitsplatz gefahren, und als er da auftauchte, haben wir ihn so zusammengeschlagen, dass er nur noch auf allen vieren gekrochen ist.«

»O Gott, Cihan … Wenn er doch tot wäre!« Plötzlich sah ich jede schreckliche Einzelheit wieder genau vor mir.

»Wo ist Elif?!«

Ich wollte aufspringen, aber ein stechender Schmerz ließ mich wieder auf das Kissen sinken.

»Deine Nachbarin hat sie aus ihrem Zimmer befreit und erst mal zu sich genommen. Sie hatte sich vor Angst in die Hose gemacht und konnte gar nicht aufhören zu schreien. Sie hat das ganze Blut auf dem Teppich und im Flur an den Wänden gesehen. Es war gut, sagt die Nachbarin, dass Elif dein Anblick erspart blieb. Frühmorgens hat sie mich angerufen, ich habe dann Mutter Bescheid gesagt, und die ist sofort aus Hannover gekommen, um Elif zu sich zu holen.«

Ich atmete erleichtert auf. Mein Liebling war erst mal in Sicherheit.

»Wie konnte das nur passieren?« Cihan fuhr sich aufgewühlt durchs Haar. »Hat er das schon mal gemacht?«

Mir entfuhr ein harsches Lachen, aber ich hörte sofort auf damit, es tat zu weh.

»Einmal?«, entrang sich meinen aufgesprungenen Lippen. »Er hat es von Anfang an gemacht, Cihan, vom ersten Tag an hat er mir Gewalt angetan!«

Cihan sprang auf, durchmaß mit großen Schritten das Zimmer und rang die Hände.

»Aber wieso hast du nie etwas gesagt?!« Jetzt schrie Cihan unter Tränen und wurde von Schluchzen geschüttelt. »Du hast doch immer gesagt, dass so weit alles okay ist mit euch!«

»Cihan, ich habe mein Schicksal angenommen, so wie man es mir beigebracht hat.«

»Ich hab es gewusst!«, schrie Cihan erschüttert. »Ich hab es geahnt! Aber solange du immer wieder gesagt hast, dass alles in Ordnung ist, hatten wir doch kein Recht, uns in deine Ehe einzumischen!«

»So sind wir alle erzogen worden, ja.«

Cihan schlug sich mit der flachen Hand vor die Stirn. »Was glaubst du denn, wer ich bin? Ein Schwächling?« Er stieß ein ohrenbetäubendes Gebrüll aus und schlug mit der Hand gegen die Wand. »Was glaubt dieser primitive Arsch, wen er vor sich hat? Dem hätten wir es gezeigt!«

»Ich hatte solche Angst, Cihan! Er hat immer wieder gesagt, dass er uns alle umbringt!«

»So ein Schwachsinn«, schrie Cihan außer sich. »Er ist ein mieser kleiner Feigling! Große Klappe, nichts dahinter! Wie konntest du nur jahrelang auf diesen jämmerlichen Schwächling reinfallen?«

Reinfallen? Hatte ich denn eine Wahl gehabt? Ich war ihm ausgeliefert gewesen!

»Mir gegenüber ist er kein Schwächling ...«

»Ich schlag ihn tot«, zürnte Cihan. »Wenn der mir noch ein einziges Mal unter die Augen kommt oder es wagt, dich oder Elif anzurühren, hat er seinen letzten Atemzug getan, das schwör ich dir.«

Mit wehendem Kittel kam der Arzt herein. »Bitte mäßigen Sie sich, Herr Tuclu. Ihr Geschrei ist über den ganzen Flur zu hören. Die Patientin braucht Ruhe.«

»Wie steht es um sie, Herr Doktor?« Cihan hatte sich sofort wieder unter Kontrolle. Mein Bruder konnte temperamentvoll sein und ausrasten, war aber alles andere als ein aggressiver Mensch.

»Leider ist ihr Zustand sehr ernst. Fünf ausgeschlagene Zähne, Kiefer- und Nasenbeinbruch, Gehirnerschütterung, gebrochenes Schlüsselbein …«

Deshalb stand ich also unter Drogen. Wahrscheinlich hatten sie mich mit Morphium vollgepumpt.

Der Arzt erklärte anhand verschiedener Röntgenbilder, welche Verletzungen ich hatte. »Sie muss für mindestens sechs Wochen hierbleiben. Und danach empfehle ich dringend, gleich eine dreimonatige Kur anzuhängen. Ihre Schwester ist stark geschwächt, untergewichtig und braucht dringend psychische Unterstützung. Sie ist ein körperliches und seelisches Wrack, wenn ich das mal so sagen darf. Mit so einem dauerhaften Gewalttrauma kann sie nicht alleine fertigwerden.«

In den nächsten Tagen ließ die Wirkung der Opiate nach, denn ich sollte ja auch nicht süchtig werden. Ich weinte nur noch und sehnte mich nach Elif.

Außerdem hatte ich panische Angst, Orhan könnte hier auftauchen und mir weiter Gewalt antun.

Cihan, Kenan und Fidan verbrachten viel Zeit bei mir und versicherten, Orhan sei außer Gefecht gesetzt, krankgeschrieben und befände sich wieder bei seiner Mutter in Bochum. Angeblich hatten seine Eltern und Verwandten ihm dort ordentlich den Kopf gewaschen und ihm gedroht, ihn in die Türkei zurückzuschicken.

Keiner kam jedoch auf die Idee, zur Polizei zu gehen und Orhan anzuzeigen.

Es war uns eingehämmert worden, dass Familienangelegenheiten nicht in der Öffentlichkeit ausgetragen werden dürfen.

Ich zuckte bei jedem Geräusch zusammen und litt regelrecht unter Verfolgungswahn. Immer wenn ich an der Gehhilfe und später auf Krücken über den Flur humpelte, glaubte ich, Orhans Atem im Nacken zu spüren. Wenn ich den Aufzug betrat, wartete ich immer, bis noch andere Leute dazukamen, und unten in der Halle überkam mich beim Anblick der vielen Menschen solche Panik, dass mir die verbliebenen Zähne aufeinanderschlugen.

Die drei Monate in der Nervenklinik taten mir gut, denn ich kam zur Ruhe und hatte viele Einzel- und Gruppengespräche mit eigens für Patienten mit Gewalterfahrung geschulten Psychologen und Therapeuten. Andererseits litt ich nachts unter Albträumen und schrie im Schlaf. Die Ärzte gaben mir Beruhigungsmittel und Stimmungsaufheller, die meinen endlosen Tränenfluss irgendwann stoppen sollten.

Meine Mitpatientinnen waren gute Zuhörer und machten mir Mut. Sie hatten alle Gewalterfahrungen, aber längst nicht so dauerhaft wie ich.

»Selma, du hast den Absprung geschafft, und das ist das Wichtigste!«, bauten sie mich auf. »Jetzt kannst du endlich positiv in die Zukunft schauen!«

34

Bad Godesberg, Ende Oktober 1987

Nach insgesamt zehn Wochen hatte ich die Klinik auf eigenen Wunsch verlassen. Ich wollte unbedingt zu Elif und meiner Familie. Nur in ihrem Schutz traute ich mich weiterzuleben.

Deshalb, wohnte ich erst mal bei Cihan und Christa in Bad Godesberg, die reizend zu mir waren.

Nach wie vor arbeitete ich halbtags im Geschäft meiner Familie in der Fußgängerzone. Es hatte ja keinen Zweck, mich in der Wohnung zu verkriechen. Ich musste mein Leben endlich selbst in die Hand nehmen!

Meine Anne brachte Elif zurück, die durch den Schock und die lange Trennung so verstört war, dass sie gar nicht mehr in den Kindergarten gehen wollte. In Hannover war sie nicht von Annes Seite gewichen, denn auch dort hatte man Angst, dass Orhan ihr auflauern könnte. Elif hatte rund um die Uhr die Obhut und Fürsorge ihrer Großmutter genossen und wohl jeden Tag mit ihr in der Änderungsschneiderei gesessen – schlimm genug für ein vierjähriges Kind. Allein schon deshalb brachte ich sie wieder in ihren gewohnten Kindergarten nach Bonn. Sie sollte unbedingt wieder unter anderen Kindern sein und das Geschehene vergessen.

»Liebes, die Kinder haben dich alle vermisst und wollen mit dir spielen«, sagte ich, als sie sich weinend an mich klammerte und mich nicht mehr gehen lassen wollte.

»Schau, Süße, es sind doch nur ein paar Stunden, und dann hole ich dich wieder ab.«

Es wollte mir das Herz zerreißen, aber meine Kleine sollte ihr gewohntes Leben wiederaufnehmen.

»Guck mal auf die Uhr. Jetzt ist es acht, und wenn der kleine Zeiger hier oben rechts ist, dann ist es zwei, und dann hole ich dich wieder ab.«

Elif weinte und trotzte, schließlich musste ich sie gewaltsam von mir losmachen und ins Auto springen, während die Kindergärtnerin sie ins Innere des Hauses zog.

Die ganze Fahrt zum Geschäft weinte ich. Mein armes kleines Mädchen!

Im Laden angekommen, hatte ich immer noch ein ganz flaues Gefühl.

Seufzend machte ich mich daran, die Kasse aufzuschließen und Kaffee zu kochen. Ich wischte mir die Tränen ab und riss mich zusammen. Bald darauf betraten die ersten Kundinnen das Geschäft, und ich wurde abgelenkt. Das Leben ging weiter, und das würde hoffentlich auch bei Elif so sein.

Gegen Mittag kam Cihan mit ein paar Kisten in den Laden und schaute nach dem Rechten. »Na, Selma? Alles gut?« Ich half ihm beim Ausladen.

Es war heruntergesetzte Sommerware, die ich noch schnell vor der Mittagspause auspacken und einräumen wollte.

»Das schaffe ich noch, danke dir. Um zwei hole ich Elif ab. Ich freue mich schon so darauf, heute Nachmittag mit ihr an den Rhein zu gehen.«

Um zehn vor zwei klingelte das Telefon.

Es war Yasemin, meine Cousine, Onkel Engins Tochter, die inzwischen am Abfertigungsschalter des Flughafens Köln/Bonn als Bodenstewardess arbeitete.

Schon an ihrer Stimme merkte ich, dass etwas nicht in Ordnung war.

»Hallo, Selma, wie geht es dir? Ist alles in Ordnung bei dir?«, fragte sie gedehnt.

»Den Umständen entsprechend, Cousinchen. Ich arbeite mich wieder rein. Das Leben muss ja weitergehen. Und bei dir, Yasemin?«

»Ich bin hier gerade im Dienst und habe die Maschine nach London abgefertigt. Aber als ich auf der Rolltreppe zum Abflugterminal gefahren bin, dachte ich, Orhan und seine Mutter an einem der Schalter gesehen zu haben. Beim Check-in nach Istanbul. Ich bin mir aber nicht sicher … Kann das sein?«

Mein Herz begann so heftig zu schlagen, dass ich kaum noch Luft bekam. Allein der Name Orhan versetzte mich in Panik.

»Das wäre das Beste für uns alle. Sollen sie doch in der Türkei bleiben, bis sie schwarz werden.«

»Es ist nur so, Selma, dass … Ich kann mich auch täuschen, es war so ein Gewimmel in der Halle, aber ist es möglich, dass sie Elif dabeihatten?«

Mein Herz hörte auf zu schlagen. Nein. Alles, aber nicht das.

Mir wurde schwarz vor Augen, und meine Knie gaben nach. Ich musste mich setzen. »Nein, Yasemin. Du täuschst dich ganz bestimmt. Elif ist bei mir.«

»Dann ist es ja gut.« Ich hörte meine Cousine erleichtert aufatmen. »Dann hab ich mich wirklich vertan. Ach, übrigens, steht sie neben dir? Dann sag ich schnell Hallo.«

»Nein, sie ist im Kindergarten. Ich hole sie jetzt um zwei ab.« Mein Herz polterte so laut, dass ich ihre Abschiedsworte nicht mehr verstand. Zitternd rappelte ich mich hoch, schloss den Laden ab und sprang ins Auto.

Wie eine Besessene raste ich los und hielt mit quietschenden Bremsen vor dem Kindergarten. Im Laufschritt eilte ich auf die junge Frau zu, die die Kinder an der Treppe verabschiedete.

»Wo ist sie?«

»Wie jetzt?«, sagte die Praktikantin, die uns noch nicht kannte, irritiert. »Elif wurde doch abgeholt!«

Ich taumelte ein paar Schritte rückwärts und kämpfte mit Brechreiz. Sterne tanzten vor meinen Augen.

»Von wem!?!«, herrschte ich das Mädchen an.

»Von ihrer Oma! Ich dachte, Sie wüssten das!«

Mir war auf der Stelle klar, um welche Oma es sich handelte – meine liebe Anne war es auf jeden Fall nicht gewesen! Die war nämlich in Hannover und saß in ihrer Schneiderei.

»War es eine alte Hässliche mit Warze?«

»Ja, genau, und sie hatte eine Reisetasche dabei. Sie hat das Kind zu einem Auto geführt, das um die Ecke geparkt hat.«

»Wie konnten Sie nur dieser Frau mein Kind mitgeben!« Ich brach in Tränen aus und ließ mich auf eine Treppenstufe sinken, weil mein Kreislauf zusammenbrach.

»Aber woher soll ich denn wissen, dass …«, heulte nun auch die Praktikantin. Es half auch nichts, dass ihre Chefin sie inzwischen zusammenschrie.

Wie von der Tarantel gestochen, sprang ich ins Auto und raste zum Flughafen Köln/Bonn.

»Lieber Gott, lass sie noch da sein, lieber Gott, lass sie mich finden«, heulte ich laut und schlug aufs Lenkrad, wenn der Verkehr ins Stocken geriet. Ganz gegen meine Gewohnheit benutzte ich die Lichthupe und scheuchte alles aus dem Weg, das nicht sofort die linke Spur frei machen wollte.

Ich nahm mir nicht die Zeit, ins Parkhaus zu fahren, sondern stellte das Auto einfach mit Warnblinklicht in der Ladezone ab. Egal, sollten sie es doch abschleppen!

Elif, Elif, Elif!, schrie ich innerlich. Völlig planlos rannte ich durch die Abfertigungshalle. Da kam mir auch schon Yasemin mit besorgtem Gesicht entgegen!

»Ich hab noch mal nachgeschaut. Sie stehen alle drei auf der Passagierliste!«

»O Gott, Yasemin, du musst mich durch die Sicherheitskontrolle schleusen.« Panisch eilte ich in Richtung Gates. »Komm! Worauf wartest du noch?!« Sie sprach in ihr Walkie-Talkie und blieb keuchend stehen. »Die Maschine nach Istanbul ist gerade gestartet!«

Sie nahm mich in die Arme, weil ich laut schreiend zusammenbrach.

»Nein! Nicht mein kleines Mädchen, nicht Elif! Was hat er getan! Dieses Schwein! Dieses miese, dreckige Schwein!«

Ich schluchzte so laut, dass mich zwei Sanitäter in einen Nebenraum bringen mussten.

Ich zitterte am ganzen Leib und schrie immer wieder Elifs Namen.

»Sie hat es gespürt«, heulte ich. »Sie wollte mich nicht gehen lassen. Sie hat kein Vertrauen mehr zu mir, sie ist mit Neslihan mitgegangen! Ich hasse diese Hexe! Ich hasse sie alle so sehr!«

Über uns flog gerade donnernd die riesige Maschine hinweg, in der mein armes Kind saß!

Die Sanitäter gaben mir ein Beruhigungsmittel und meinten, dass ich nicht mehr fahren könne.

Yasemin brachte mich schließlich zurück nach Bad Godesberg in Cihans Geschäft. Leichenblass, zitternd und weinend kamen wir beide dort an.

Cihan sprang uns beunruhigt entgegen. »Was ist passiert?«

»Er hat Elif entführt!«

»Verdammter Hurensohn!« Cihan schlug mit der Faust krachend auf seinen Verkaufstisch. »Jetzt hat er es endgültig übertrieben! Jetzt ist er dran! Ich töte ihn!«

»Das kannst du nicht machen, Cihan«, jammerte Yasemin. »Bring unsere Familie nicht noch mehr in Verruf!«

»Was sollen wir tun?«, jammerte ich verzweifelt. »Was sollen wir nur tun?!«

»Wir gehen zur Polizei.« Cihan nahm mich in den Arm und

zerrte mich förmlich zum Auto. Meine Beine wollten nicht mehr gehen! Christa war sofort zur Stelle und half im Laden aus.

Yasemin musste sofort wieder zurück in die Arbeit und nahm die S-Bahn. Sie war noch in der Probezeit.

Völlig aufgelöst schilderte ich den ratlosen Beamten die ganze Geschichte. »Sie hat es gespürt, sie wollte da nicht bleiben, sie wollte bei mir sein, und ich habe sie mit Gewalt da reingeschickt, weil ich doch arbeiten muss! Ich muss doch mein Leben wieder auf die Reihe kriegen!«

Immer wieder brach ich in Tränen aus. Cihan tätschelte mir den Arm. »Sie werden uns helfen, Selma. Beruhige dich. Wir kriegen Elif zurück. Du bist die Mutter.«

Doch leider hatten wir versäumt, Orhan nach der letzten Gewaltorgie anzuzeigen. Er war nach Bochum verschwunden, und wir hatten geglaubt, ihn nie wiederzusehen. Juristisch war er ein völlig unbeschriebenes Blatt.

»Wir können Ihnen nicht helfen. Er ist der Kindesvater. Noch dazu mit türkischem Pass. Auf die Gesetze in der Türkei haben wir keinen Einfluss.«

Erst jetzt wurde mir schmerzlich bewusst, dass er auch immer Elifs Pass besessen hatte.

Wir hatten die Bonner Wohnung nicht mehr betreten – er aber sehr wohl! Er hatte in aller Ruhe Reisevorbereitungen treffen können. Warum hatten wir ihn nur nicht angezeigt! Warum hatte ich nicht sofort das alleinige Sorgerecht beantragt! Warum hatte ich nicht die Scheidung eingereicht!?

Weil eine anständige türkische Frau ihre Familie durch so etwas nicht in Verruf bringt.

Weil eine anständige türkische Frau nicht aufbegehrt, sondern sich fügt.

Meine Gehirnzellen arbeiteten fieberhaft. Wir hatten nichts gegen Orhan in der Hand. Andererseits konnte er doch mit Elif gar nichts anfangen! Er hatte sie bestimmt zu Tante Gülten gebracht. Bei ihr hatten wir schon gemeinsam Urlaub gemacht, und ich hatte immer ein gutes Verhältnis zu ihr gehabt.

Plötzlich kam mir der Gedanke, in der Türkei anzurufen. Die Maschine musste inzwischen gelandet sein.

»Ist Elif bei euch?«, schrie ich wie von Sinnen, als Tante Gülten sich meldete.

»Ja, beruhige dich, Selma. Sie ist hier in guten Händen.«

»Was?«, brüllte ich unter Tränen. »Das sagst du so einfach? Orhan und Neslihan haben sie entführt!«

»Also erst mal ist nur Neslihan mit ihr angekommen. Orhan ist sofort zurückgeflogen.«

Noch so ein Schlag in die Magengrube: Er lief vielleicht weiter fröhlich in meiner Nähe rum und beschattete mich? Neslihan hatte mein Kind. Und Orhan hatte mich in der Hand! Welch ein hinterhältiger Schachzug das war, konnte ich in diesem Moment noch nicht ermessen.

»Tante Gülten, es ist gegen meinen Willen passiert! Ich will mein Kind zurück! Es war eine Entführung!« Ich heulte und erstickte schier an meiner Verzweiflung.

Völlig unbeeindruckt gab Tante Gülten zurück: »Was regst du dich denn so auf? Du willst doch unbedingt arbeiten, sagt Neslihan, und das kannst du jetzt auch beruhigt tun. Wir kümmern uns hier um das Kind. Elif ist gerne bei uns. Es wird ihr an nichts fehlen.«

»Gib sie mir!«, schrie ich. »Ich will sie sprechen!«

»Das geht nicht. Was soll sie denn von ihrer Mutter denken, wenn du so schreist? Sie spielt gerade friedlich draußen bei den Hühnern.«

»Sie ist doch gerade erst wieder hier angekommen«, wimmerte ich. »Sie hat doch so lange auf ihre Mami verzichten müssen!«

Tante Gülten ließ sich kein bisschen aus der Ruhe bringen. »Dieses Hin und Her tut der kleinen Seele gar nicht gut. Sie wird hier zur Ruhe kommen und muss nichts tun außer spielen, essen und schlafen. Außerdem soll sie ihr Türkisch nicht verlernen.«

So sehr ich auch flehte und weinte, es war nichts zu machen. Verzweifelt ließ ich den Hörer fallen.

Wir fuhren zum Geschäft zurück, weil wir auf der Polizeiwache nichts mehr ausrichten konnten. Dort brach ich endgültig zusammen. Cihan schüttelte mich. Natürlich hatte er den Laden längst geschlossen und die Rollläden heruntergelassen, um uns vor neugierigen Blicken zu schützen.

»Hör zu, wir dürfen jetzt nicht die Nerven verlieren und müssen unser Vorgehen genauestens planen.« Christa flößte mir ein Glas Tee ein, das ich zitternd trank. Cihan hatte die Hände in den Hosentaschen vergraben und durchmaß mit langen Schritten sein Geschäft. »Die Gesetze der Türkei sprechen das Kind eher dem Vater zu. Wir dürfen jetzt keinen Fehler machen. Vielleicht kriegen wir ihn ja im Guten dazu, Elif wieder zurückzubringen.«

»Im Guten? Orhan?« Entsetzt starrte ich meinen Bruder an. Ich hatte geglaubt, der Hölle entkommen zu sein. Aber jetzt war ich erst richtig in sie hinabgefahren.

35

In den nächsten Wochen rief ich täglich in der Türkei an, um Elif zu sprechen. Tante Gülten hatte jedes Mal eine andere Ausrede. »Sie spielt gerade so schön.« – »Sie hat gerade eine Freundin zu Besuch.« – »Sie hat keine Lust, mit dir zu sprechen.«

Es war eine grauenvolle Zeit, in der ich weitere fünf Kilo abnahm. Ich war nur noch Haut und Knochen.

Zu ihrem fünften Geburtstag schickte ich meiner geliebten Tochter ein Paket, erfuhr allerdings nie, ob sie es erhalten hatte.

Am Wochenende kam die ganze Familie in Cihans und Christas Wohnung zusammen, um eine Lösung zu finden.

Außer Vater natürlich. Der gehörte nicht mehr zu uns.

Anne war mit den Zwillingen aus Hannover angereist, Fidan kam mit den drei Töchtern und Berkan aus Braubach, Kenan aus Köln. Onkel Engin, Tante Sule, Yasemin, alle kamen und standen mir bei.

Lange saßen wir alle betroffen da und starrten in unsere Teetassen.

Das leere Kinderbett von Elif stand an der Wand, und besonders wir Frauen brachen immer wieder in Tränen aus.

»Wir Brüder werden ihn so zusammenschlagen, dass er das Kind herausgibt.«

Cihan, Kenan und die Zwillinge waren fest entschlossen, mit den Fäusten um ihre Nichte zu kämpfen.

»Dieser feige Hund. Dem werden wir es zeigen. So geht man mit unserer Familie nicht um. Was glaubt der, wen er vor sich hat?«

Berkan, der ja immer noch ein Freund von Orhan war, schüttelte den Kopf.

»Damit werdet ihr nichts erreichen. Im Gegenteil. Da macht er noch mehr zu.«

»Wir müssen diplomatisch sein«, seufzte Fidan. »Ihr kriegt Orhan nicht mit Gewalt dazu, Elif zurückzubringen.«

»Doch, kriegen wir!« Kenan, mein jüngerer Bruder, war wütend aufgesprungen und schlug mit der Faust in seine flache Hand. »Komm, Cihan. Den machen wir fertig.«

Fidan stand auf und hielt unsere wild entschlossenen Brüder zurück. »Männer! Wir müssen ganz anders vorgehen. Ich habe bereits eine deutsche Rechtsanwältin kontaktiert. Sie heißt Angelika Bertram, ist sehr tough und hat schon mehrere solcher Fälle bearbeitet. Und die sagt auch, dass wir besonnen vorgehen müssen. Jede Art von Gewalt verzögert Elifs Rückkehr nach Deutschland nur noch mehr!«

Widerwillig setzten sich meine Brüder wieder.

»Auch in der Türkei haben wir bereits einen Rechtsanwalt beauftragt.« Mutter hatte all ihr Erspartes dorthin geschickt. »Dr. Senan Celik arbeitet fieberhaft an dem Sorgerechtsantrag, den Selma eingereicht hat, aber bis jetzt konnte er noch nichts erreichen. Wir haben ihm den Sachverhalt am Telefon geschildert, und er meint, abwarten und Tee trinken.«

Wir beratschlagten hin und her, Stunden über Stunden. Schwankten zwischen völliger Verzweiflung, Wut, Ratlosigkeit und Resignation wie Bäume im Wind.

Schließlich entschied Cihan: »Wir rufen den Hurensohn jetzt an.«

Panisch verkroch ich mich in die hinterste Ecke des Sofas und wehrte mich mit Händen und Füßen. Ich wollte ihn nie wieder sprechen, geschweige denn sehen!

»Orhan, hier ist Cihan. Die ganze Familie sitzt hier und hört mit.« Cihan knetete seine Hände, das Telefon stand auf dem Tisch.

»Gebt mir Selma«, forderte Orhan.

Mein Mund war wie ausgedörrt, in meiner Kehle steckte ein riesiger Kloß.

»Ich kann nicht«, bedeutete ich stumm. Sofort stellte sich wieder die Panik ein. Das kleine Mädchen Selma, das man mit Füßen treten durfte, stellte sich tot.

»Wir sind alle bei dir.« Mutter tätschelte meine Schulter. »Sprich mit ihm.« Sie hielt mir den Hörer ans Ohr.

Nach gefühlten Minuten, in denen ich stoßweise atmete, entrang ich mir schließlich ein heiseres »Hallo, Orhan.« Ich hasste ihn so! Der Hass zerrte an meinen Eingeweiden wie ein Sturm an einer maroden Hütte. Nur meine Liebe zu Elif hinderte meine Seele daran, endgültig zu zerbrechen.

Die ganze Familie starrte mich an. Vierzehn Augenpaare waren gebannt auf mich gerichtet.

»Selma«, jammerte Orhan weinerlich, »was da passiert ist, tut mir so leid!«

Wir starrten alle schweigend auf das Telefon, das ich nicht bereit war, anzufassen.

»Selma, hörst du mich?«

Ich nickte verkrampft.

»Sie hört dich«, sagte Cihan. »Wir hören dich alle.«

»Ich möchte mich bei euch allen entschuldigen«, kam es reumütig aus dem Apparat. »Es tut mir wahnsinnig leid, aber der Alkohol war schuld.«

Berkan senkte den Blick. Er war der Einzige, der auch jetzt ein Whiskeyglas in den Händen hielt. Orhan hatte ihn zum Trinken gebracht, und er war nicht mehr davon losgekommen.

»Ich verspreche euch allen, ja ich schwöre bei meiner Mutter, dass ich nie wieder einen Tropfen Alkohol anrühren werde. Selma, bitte komm zu mir zurück!«

Meine Augen weiteten sich vor Schreck. Nein, nie im Leben!

»Das kannst du dir abschminken, Arschloch!« Kenan hatte sich vorgebeugt. »Gib uns Elif wieder und dann fahr zur Hölle!«

Schweigen war die Antwort. Nur unser Herzklopfen war im Raum zu hören.

»Ich spreche nur mit Selma.«

Wieder waren alle Augen auf mich gerichtet. Zitternd vor Angst rang ich mir ein neues »Hallo« ab.

»Selma. Ich schwöre bei unserer Tochter, dass ich nie wieder einen Tropfen Alkohol anrühre, wenn du zu mir zurückkommst. Ich liebe dich, und ich werde mich ändern!«

Stumm schüttelte ich den Kopf. Tränen liefen mir übers Gesicht.

Schließlich knurrte Cihan: »Du wirst sie nie wieder anrühren. Nie wieder, hast du verstanden?«

»Ich schwöre!«, stammelte Orhan. »Ich lasse dich in Ruhe, Selma. Ich will einfach nur, dass du in die Wohnung zurückkommst.«

»Ich kann nicht, ich schaffe das nicht.« Angewidert schüttelte ich den Kopf und brach erneut in Tränen aus. Meine Anne zog mich in ihre Arme.

»Ruhig, Kind. Ruhig. Hör dir an, was er zu sagen hat.«

»Es geht um meine Ehre! Die Leute reden schon, und auf der Arbeit lachen sie mich aus, dass mir die Frau weggelaufen ist!«

Wieder starrten wir uns alle stumm an. »Was ist mit Elif?«, fragte Cihan scharf.

Christa spielte die ganze Zeit nervös mit einer Serviette, ihr

Gesicht war so spitz und blass wie noch nie. Auch sie liebte Elif über alles!

In Orhans Kopf arbeitete es hörbar. »Darüber können wir nachdenken, Selma, wenn du wieder bei mir eingezogen bist.«

Panisch schüttelte ich den Kopf.

»Das geht nur Selma und mich etwas an«, trotzte Orhan plötzlich. Er spürte ganz genau, dass Elif sein einziges Druckmittel war. »Wenn Selma zu mir zurückkehrt, wir uns versöhnen und ein neues Leben beginnen, denke ich darüber nach, Elif eines Tages aus der Türkei zurückzuholen.«

Ich fing laut an zu schreien.

»Eines Tages? WANN?! Du Arschloch! Ich hasse dich!« Schreiend brach ich auf dem Schoß meiner Mutter zusammen.

Cihan legte auf.

»Er erpresst mich mit meinem eigenen Kind«, schrie ich unter Tränen.

»Das ist das Widerlichste, was ich je gehört habe.« Christa knetete die Serviette zu einer kleinen Wurst, als wäre es Orhans bestes Stück.

Anne legte die Hand auf ihren Arm. »Mädchen. Hört auf damit. Er hat uns in der Hand. Und wir können gar nichts ausrichten mit unserem Hass.«

Die anderen lehnten aufgebracht an der Wand oder saßen ratlos auf ihren Sesseln und Stühlen. Einige meiner Brüder und Onkel Engin rauchten hektisch.

»Selma, du musst jetzt ganz tapfer sein.« Cihan war aufgestanden und sah mir fest in die Augen. »Geh zu ihm zurück. Spiel ihm heile Welt vor. Wiege ihn in Sicherheit. Nur dann kriegst du Elif zurück.«

Fidan nickte unmerklich, und Mutter tätschelte meine Hand.

»Was? Nein! Auf keinen Fall!«, schrie ich unter Tränen. »Ich will ihn nie wiedersehen!«

»Selma. Wir haben keine andere Wahl, als dass du vorerst wieder zu ihm zurückgehst.« Cihans Kieferknochen mahlten. »Wir beschützen dich. Wir schauen auf dich.«

»Bitte tut mir das nicht an!«, schluchzte ich und schlug mir die Hände vor das Gesicht.

»Ihr wisst doch, was er mir angetan hat! Soll er mich erst totschlagen?«

Meine Anne strich mir beruhigend übers Haar.

»Willst du Elif wiedersehen oder nicht?«

»Ich schaff das nicht! Ich hasse ihn so sehr! Und ich habe solche Angst vor ihm!«

Zuerst redeten alle durcheinander, doch schließlich beruhigten sie sich.

»Wie viele Frauen gibt es wohl, die ihre Männer hassen, aber tapfer aushalten?« Fidan hatte wohl mehr zu sich selbst gesprochen, aber ich verstand, was sie meinte. »Für seine Kinder macht man alles, Selma. Keine Mutter würde anders handeln!«

Berkan umklammerte sein Whiskeyglas und schämte sich stumm.

Auch Mutter murmelte etwas von »Was glaubt ihr, was ich alles ertragen habe.«

»Hör zu, Selma.« Cihan straffte die Schultern. »Er ist ein jämmerlicher Feigling. Jetzt wo wir alles wissen und hinter dir stehen, wird er sich nicht mehr trauen, dir etwas zu tun.«

Die anderen nickten und redeten auf mich ein.

»Du schaffst das, Selma.«

»Du musst durchhalten, nur bis du Elif zurückhast. Und dann reichst du die Scheidung ein. Die Anwälte stehen schon in den Startlöchern.«

»Wir warten nur den richtigen Zeitpunkt ab.«

»Sobald du Elif zurückhast, schmieden wir einen Fluchtplan.«

»Du musst eine hervorragende Schauspielerin sein, Selma! Tu es für dein Kind!«

»Aber er hat mir immer wieder gedroht, mich und Elif umzubringen!«, wandte ich ein. »Und euch auch. Deswegen habe ich ja so lange stillgehalten!«

»Damit konnte er aber auch nur dich einschüchtern, Spatzenhirn!« Cihan ballte die Fäuste. »Glaubst du, dass er uns mit diesem Geschwätz beeindruckt?«

»Schlag ihm vor, in unsere Nähe zu ziehen. Dann haben wir ihn unter Kontrolle.«

»Ja! Sucht euch eine Wohnung in Bad Godesberg! Wir schauen jeden Tag vorbei!«

Nach einer Weile hatten sie mich überredet. Ich hatte wirklich keine andere Wahl.

»Also?« Cihan griff zum Telefon. »Bist du bereit?«

Ich biss mir auf die Lippen und nickte. Die anderen starrten mich an wie einen schlechten Schauspieler, der jetzt raus auf die Bühne muss und seinen Text vergessen hat.

Ich schluckte, nickte, räusperte mich. Es klingelte. Orhan ging sofort dran.

»Orhan, hör zu, ich habe über dein Angebot nachgedacht und bin zu dem Schluss gekommen, uns eine zweite Chance zu geben«, rang ich mir mit zitternder Stimme ab.

Die anderen atmeten sichtlich erleichtert aus.

»Oh, Selma, ich schwöre auf den Koran, dass jetzt alles anders wird!«

»Meine ganze Familie hört jetzt zu, Orhan.«

»Ich schwöre es bei Elifs Augenlicht! Ihr könnt mich beim Wort nehmen, echt jetzt!«

»Wir haben dich im Blick«, brummten meine Brüder und Onkel Engin.

»Okay, dann möchte ich, dass wir einen Neuanfang machen«, hörte ich mich heucheln. »Ich werde die alte Wohnung nicht mehr betreten.«

»Nee, das verstehe ich voll!«

»Ich wünsche mir, dass wir in Bad Godesberg leben, Orhan.«

»Ja, das machen wir! Lass uns noch mal ganz von vorne anfangen.«

Tatsächlich stand er nur eine Stunde später mit einem Blumenstrauß auf der Matte, fiel vor mir auf die Knie, faselte was von »um des Kindes willen«, entschuldigte sich bei meiner ganzen Familie und zog mich glücklich mit sich.

Als ich wieder neben ihm im Auto saß, kam mir diese Szene plötzlich so bekannt vor, dass mir übel wurde. Ich krallte mich an die Blumen, die einen ekelerregenden Geruch verströmten, und hätte mich fast übergeben.

»Wie geht es Elif?« Mein Mund schmeckte nach Galle.

»Oh, es geht ihr gut, meine Mutter und Tante Gülten rufen mich jeden Tag an.«

»Warum darf ich nicht mit ihr sprechen?«

»Eins nach dem anderen.« Orhan legte genüsslich den fünften Gang ein. »Jetzt ziehen wir erst mal um und leben uns wieder ein. Wie gesagt: Sobald unsere Ehe wieder in Ordnung ist, denke ich darüber nach, Elif zurückzuholen.«

In diesem Moment betete ich, dass er gegen einen Baum fahren und tot sein würde.

Ich hasste ihn mit jeder Faser meines Herzens.

Dennoch wusste ich, dass der Weg in die Freiheit für mich und meine Tochter nur über diesen dornigen steilen Pfad durchs Höllengebirge meiner vorgetäuschten Liebe zu Orhan führen würde.

Wir zogen nach Bad Godesberg in eine Dreizimmerwohnung, und Orhan ließ sich alle Zeit der Welt, unser Eheleben wieder in Ordnung zu bringen.

Zuerst war er einige Tage scheißfreundlich, klebrig und anhänglich, dann wurde er wieder der Alte.

»Du hast deine Bedingungen gestellt, und ich stelle jetzt meine«, sagte Orhan gebieterisch wie eh und je. »Wenn du deine Tochter wiedersehen willst, wirst du nicht mehr arbeiten.«

»Orhan, ich …« Das war mein Strohhalm, mein einziger Draht zur Außenwelt, die Rettungsleine, die mich mit meiner Familie verband! Und jetzt wohnen wir fußläufig zum Geschäft!

»Aha, geht das schon wieder los mit den Widerworten?« Orhan blitzte mich zornig an.

»Du willst doch nicht mehr, dass ich dich schlage!«

»Nein.«

»Warum bringst du mich dann immer dazu, dich zu schlagen?«

In seinen Augen war ich schuld, sodass er mich einfach schlagen musste!

»Wir haben jetzt eine Dreizimmerwohnung, und die will gehegt und gepflegt werden. Außerdem erlaube ich dir nicht mehr, Auto zu fahren. Der Supermarkt ist gut zu Fuß erreichbar, und sonst musst du nirgendwohin.«

Unter Tränen versprach ich ihm, alles zu tun, wenn ich nur meine Tochter wiederbekäme.

»Wenn du schön lieb zu mir bist, denke ich darüber nach«, lauteten seine täglichen Worte.

Und ich war lieb zu ihm. Es war absolut grauenhaft, aber ich überwand meinen Ekel, meinen Hass und meine Angst und war ihm zu Willen, so oft er das wollte.

Cihan redete mir Mut zu. »Wiege ihn in Sicherheit! Je mehr, desto besser!«

Und so gab ich meinen geliebten Job auf und fristete mein Leben wieder ausschließlich in der Wohnung und an Orhans Seite. Nachdem er sein Auto zu Schrott gefahren hatte, fuhr er mit meinem von Cihan finanzierten Firmenwagen durch die Gegend und versackte auch wieder mit seinen Kumpels in den Kneipen, weil er das männlich und unabdingbar fand.

Ich staunte selbst, wie sehr ich in der Lage war, ihm die liebende Ehefrau vorzuspielen. Doch innerlich zählte ich die Tage, bis ich mein Kind wiedersehen würde.

Schon bald hatte sich alles wieder so eingespielt, wie Orhan es wollte.

Ich achtete peinlich darauf, keinen einzigen Fehler zu machen, nie sein Feierabendbier zu vergessen – denn das gestattete er sich bereits nach einer Woche Abstinenz wieder. Bald waren es zwei, und nach zwei Monaten hatte er wieder sein Pensum von fünf, sechs Flaschen erreicht. Er schlug mich auch wieder, doch ich hielt tapfer durch, entschuldigte mich für alle meine Fehler, versprach Besserung und kniete vor ihm, sobald er es wollte.

»Du musst erst beweisen, wie ernst es dir mit mir und unserem Neuanfang ist«, sagte er jedes Mal. »Ich will nicht, dass du mir nur was vorspielst, das merke ich nämlich sofort, und dann muss ich dich leider schlagen.« Unbarmherzig drückte er meinen Kopf dorthin, wo er ihn haben wollte.

»Ich will sichergehen, dass du mich wirklich liebst.«

»Wann holst du Elif?«, bettelte ich, wenn er gerade gut aufgelegt war und seinen Willen bekommen hatte.

»Du kannst sie dir noch mal neu verdienen«, erwiderte er mit berechnender Grausamkeit. »Wie lange dauert eine Schwangerschaft? Machen wir es also noch mal von vorn. Alles schön der Reihe nach.«

Letztlich sollten dann doch neun Monate vergehen. Trotzdem hatte ich mein Kind über ein halbes Jahr nicht mehr gesehen, als Orhan Urlaub nahm, in die Türkei flog und schließlich mit Elif, Neslihan und Tante Gülten als Aufsichtspersonen zurückkam.

Wie unter Drogen stand ich am Flughafen Köln/Bonn, und als er mit meinem Mädchen, den alten Tanten und dem überladenen Gepäckwagen zwischen den vielen Ankömmlingen aus Istanbul durch die Schranke trat, war es um meine Fassung geschehen.

Meine damals knapp sechsjährige Tochter war kaum noch wiederzuerkennen. Ganz befremdet blickte sie mich an. Ich sank neben ihr in die Knie, riss sie an mich und brach weinend über ihr zusammen.

Die anderen Passagiere umrundeten uns kopfschüttelnd mit ihren schweren Gepäckwagen, und Orhan war das Ganze sichtlich peinlich. Meine Tochter machte sich ganz steif und ließ meinen Gefühlsausbruch höflich über sich ergehen. Neslihan und Tante Gülten zerrten an ihr, und zu meinem Entsetzen zogen sie Elif von mir weg. »Was sollen denn die Leute denken!«

Ich riss mich zusammen und folgte den dreien zum Auto, mit dem ich ausnahmsweise und mit ausdrücklicher Erlaubnis von Orhan selbst hergefahren war. Er brauchte ja einen Abholservice. Jetzt saß natürlich Orhan am Steuer, Tante Gülten auf dem Beifahrersitz und Neslihan zwischen mir und Elif auf der Rückbank, eingepfercht von vielen Koffern, Taschen und Tüten.

»Reiß dich mal zusammen, Selma. Du verschreckst mir ja das Kind.«

Meine Schwiegermutter zupfte an ihr herum und zog ihr die kratzige Strumpfhose unter dem Rock gerade. »Wir lassen uns nur darauf ein, wenn du dich nicht aufführst wie eine Verrückte. Sonst fliegen wir gleich wieder mit ihr zurück.«

Dass Orhan die zwei alten Tanten mitbringen würde, hätte mir klar sein müssen. Alleine traute er dem Braten nicht.

Nach außen hin taten wir so, als wäre eine große glückliche Familie wiedervereint, innerlich hatten wir nur unsere Soldaten in Stellung gebracht.

Orhan hatte für Neslihan und Tante Gülten ein etwas schäbiges Grillrestaurant am Waldrand gepachtet, das er im Nebenerwerb betrieb. Die beiden alten Tanten standen in der Küche und bedienten die Gäste, während Orhan jeden Abend hinfuhr und die Einnahmen abholte.

Ich zwang mich, alles über mich ergehen zu lassen: Dass Neslihan bei uns in Bad Godesberg einzog, weil sie meinte, Elif sei nun an sie gewöhnt. Und dass Orhan sich jetzt wieder benahm wie früher. Überglücklich, mein Kind wieder bei mir zu haben, vergaß ich sogar manchmal meinen Frust und meine Trauer. Jetzt war ein Ende absehbar!

36

Bad Godesberg, 12. Mai 1988

»Alles Gute zum sechsundzwanzigsten Geburtstag, Selma.« Orhan kam in die Küche und überreichte mir tatsächlich einen kleinen Strauß Blumen. Ich traute meinen Augen nicht, dies war der zweite Blumenstrauß, den er mir im Leben schenkte!

»Aber Orhan, ich feiere doch nie meinen Geburtstag«, stammelte ich verlegen.

»Aber heute feiern wir. Wir haben doch allen Grund dazu, oder nicht?«

Orhan zog mich in seine Arme und drückte mir einen besitzergreifenden Kuss auf den Mund. In letzter Sekunde zwang ich mich, das Gesicht nicht abzuwenden.

Elif saß missstrauisch daneben und mampfte ihre Cornflakes. So ein harmonisches Elternpaar hatte sie noch nie gesehen! Für sie war die Welt gerade in Ordnung. Auch wenn sie wieder und wieder hatte erleben müssen, wie ihr Papa ihre Mama behandelte, freute sie sich jetzt umso mehr.

Verlegen zupfte ich an dem Papier und stellte die Blumen in unsere einzige Vase. Bisher war sie noch nicht oft benutzt worden.

»Unser Kind soll sehen, wie gut es uns geht. Wir feiern heute! Du darfst dir was wünschen.«

Elif und ich wechselten freudig überraschte Blicke.

»Ich lade euch in unser Grillrestaurant ein.« Orhans Augen leuchteten vor Stolz. »Die Leute sollen ruhig sehen, was für eine glückliche Familie wir sind.«

In der Sekunde durchzuckte mich ein heißer Blitz. Das könnte unsere Chance sein!

»Darf ich meine Familie dazu einladen?«, fragte ich so harmlos wie möglich. Ich hatte meine Brüder seit der »Versöhnung« nicht mehr gesehen, weil wir Orhan in Sicherheit wiegen wollten, stand aber heimlich telefonisch mit ihnen in Kontakt.

Orhan schien zu überlegen. »Meinetwegen, warum denn nicht.« Er trank im Stehen seinen Kaffee. »Ja, wir sollten ihnen allen beweisen, dass uns der Neuanfang geglückt ist.« Er küsste Elif flüchtig und riss auch mich noch mal an sich. »Ruf sie an und lad sie ein. Aber seid gefälligst pünktlich. Und brezle dich ruhig mal wieder geil auf.« Mit diesen Worten verabschiedete er sich und fuhr in seine Fabrik, wo er wieder als Lagerarbeiter beschäftigt war.

Völlig aufgelöst kniete ich mich neben Elif auf den Fußboden. »Liebes, wir zwei halten immer zusammen, ja?« Mein Herz raste, meine Hände waren feucht, und innerlich fing ich an zu zittern. Heute konnte unser Tag sein!

»Wenn wir zum Beispiel Verstecken spielen, sind wir zwei ein Team, ja?«

»Spielen wir denn heute auf deiner Party Verstecken?«

»Möglicherweise! Wenn ich dich an die Hand nehme und renne, dann rennst du mit!«

»Au ja!«

»Aber du darfst NIEMANDEM was davon sagen! Das soll eine Überraschung sein!«

Ich ließ Elif eine Videokassette anschauen und wartete, bis sie ganz in den Film vertieft war. Dann rief ich Cihan an.

»Es ist so weit, Cihan! Er hat gute Laune! Heute Abend könnte es klappen!«

Es war das erste Mal, dass Orhan meine Brüder wieder in meine Nähe ließ. Aber seine Eitelkeit war noch größer als sein Misstrauen.

»Selma, du musst jetzt ihren Pass suchen!« Cihans Stimme überschlug sich fast. »Kenan und ich warten den richtigen Moment ab, um Elif und dich in unserem Auto in Sicherheit zu bringen. Ich werde alles organisieren!«

»O Gott, Cihan, ich sterbe vor Angst!«

»Wir spielen Theater bis zum perfekten Zeitpunkt! Geh jetzt, such den verdammten Pass!«

Fidan, meine Schwester, setzte sich inzwischen mit der deutschen Anwältin Angelika Bertram in Verbindung. Die mahnte zur Vorsicht – »Keine Gewalt!« – und versprach, noch heute Rücksprache mit dem Anwalt in der Türkei zu nehmen. Sie würde auf jeden Fall übers Handy erreichbar sein, notfalls die ganze Nacht.

Ich tigerte den ganzen Tag nervös zu Hause rum und suchte fieberhaft den Pass. Schließlich fand ich ihn im Innenfutter von Orhans Koffer. Ich steckte ihn in meinen BH und machte mich dann so hübsch wie möglich. Meine Halsschlagader pulsierte, als ich mir die Haare glättete, und meine Finger zitterten so sehr, dass ich mir kaum die Augen schminken konnte.

Das Grillrestaurant befand sich an einer Buswendeschleife an einem Wanderparkplatz, und tagsüber kamen oft Spaziergänger, die sich hier stärken wollten. Abends war es dann nicht mehr so voll.

»Hallo, ihr Lieben, lange nicht gesehen!« Die Familie begrüßte sich mit Umarmungen, und selbst Orhan, der stolz wie Oskar in einer weißen Kochmontur aus der Küche kam, begrüßte meine Brüder mit einem launigen Klaps auf die Schulter. Er hatte den größten Tisch direkt am Eingang für uns reserviert. Das kam uns nur gelegen. Heimlich platzierten wir uns schon so, dass Elif in Türnähe saß.

»Na, Alter!«, gab sich Cihan lässig. »Du hast dich ja gut gemacht!«

»Schickes Restaurant!«, meinte Fidan anerkennend.

»Wie läuft es mit dem Umsatz?«, fragte Kenan beiläufig.

Orhan durfte keinen Verdacht schöpfen. Obwohl man meinen Geschwistern nichts ansah, konnte ich ihre Anspannung spüren.

Auf dem Tisch stand ein weißer Blumenstrauß für mich, Luftschlangen und Kerzen waren um meinen Teller drapiert, meine Schwester hatte es richtig nett dekoriert, und die Geschwister überreichten mir lautstark Geschenke.

Die Leute beobachteten das glückliche Treiben einer scheinbar harmonischen Großfamilie, und Orhan nahm stolz unsere Bestellungen auf. Danach verschwand er länger von der Bildfläche.

Keiner von uns hatte wirklich Appetit, viel zu angespannt warteten wir auf den richtigen Moment. Natürlich hatten wir Elif nicht eingeweiht, sie sollte so harmlos und glücklich wie möglich an diesem Abend vor sich hinplappern. Nach der Vorspeise stand Orhan plötzlich wie aus dem Boden geschossen neben mir.

»Selma, kommst du mal? Ich brauche dich in der Küche.«

Ich folgte ihm sofort gehorsam, mein Herz wollte zerspringen vor Schreck. Beide Brüder starrten mir hinterher, und ich sah ihre Körperspannung. Ihre Kieferknochen mahlten. Fidan malte konzentriert mit Elif in ein Malbuch und tat so, als wäre alles in Ordnung.

Tante Gülten und Neslihan standen am Grill und musterten mich spitz.

»Wo ist Elifs Pass?« Orhan hatte meine Handtasche von der Stuhllehne gerissen und sie in der Küche ausgeschüttet.

Ich erstarrte zur Salzsäule. »Keine Ahnung?«, stammelte ich erbleichend. »Du hattest ihn doch das letzte Mal!«

In der Sekunde hatte Orhan mich bereits an den Haaren durch die halbe Küche geschleift. Er knallte mich gegen die Wand, dass die dort hängenden Töpfe und Kochlöffel schepperten.

»Gib mir sofort den Pass!« Zwei schallende Ohrfeigen gingen auf mich nieder. Die Tanten wendeten das Fleisch und taten so, als ginge sie das Ganze nichts an. Orhan riss am Kragen meines Pullovers, griff grob in meinen BH und entriss mir den Pass.

»Du Hure!« Mit beiden Fäusten hieb er auf mich ein. »Das wirst du mir büßen!«

In dieser Sekunde überkam mich eine solche Kraft, dass ich mit beiden Händen einen Topf vom Herd riss und auf ihn schleuderte. Er krachte nur knapp neben Orhans Gesicht. Ein paar kochend heiße Spritzer landeten auf seinem Arm. Er zuckte zusammen.

Wütend stürmte Orhan auf mich zu, aber ich empfand plötzlich eine solche Überlegenheit, dass ich unter ihm wegtauchen und aus der Küche fliehen konnte. Ich wusste, dass meine Familie bei mir war, das gab mir die Kraft, zu handeln.

Im Eilschritt rannte ich an unseren Tisch und keuchte: »Elif, jetzt spielen wir Verstecken, komm schnell.«

Natürlich hatten die Gäste das Gepolter aus der Küche vernommen und starrten uns an.

Die Brüder waren schon aufgesprungen, Fidan und ich packten Elif unter den Armen und rannten mit ihr aus dem Restaurant.

Kenan hatte schon den Wagen vorgefahren, der mit offenen Türen und laufendem Motor auf dem Parkplatz stand, und Cihan stopfte uns ins Auto wie Pakete.

»Los, rein!«

Wir quetschten uns in Panik in den Wagen – die Männer vorn, Fidan und ich mit Elif hinten.

»Los, macht schon!«

»Festhalten!«

»Anschnallen!« Wir griffen zitternd nach den Gurten, Kenan schoss rückwärts, und unsere Köpfe flogen nach vorn.

»Er kommt aus der Hintertür!«

Ich suchte nach dem Knopf, mit dem man die Tür verriegelt.

Elif schrie. »Au! Ihr sitzt auf meinen Haaren!«

Ich wandte mich ihr zu, und diese Sekunde nutzte der wütende Orhan, um die hintere Wagentür aufzureißen und Elif über meinen Kopf hinweg so hart am Arm zu packen, dass er ihr ihn fast auskugelte. Ich sah seine Muskelstränge, die blauen anschwellenden Adern auf seinem behaarten Arm und spürte, wie brutal er an unserem Kind zerrte.

»Zu spät!«

Elif kreischte um ihr Leben, meine Brüder schrien sich gegenseitig an, und Fidan rief:

»Er hat ein Beil!«

Fidan und ich warfen uns über ihr zartes Körperchen, aber Orhan ließ sein Kind nicht los. Kenan gab Gas, Orhan rannte neben dem Auto her und hieb mit dem Beil auf unsere Reifen ein. Nach wie vor zerrte er dermaßen grob an Elifs Arm, dass uns keine andere Wahl blieb, als loszulassen. Er hätte sie sonst in Stücke gerissen. Es war wie bei Brechts Kaukasischem Kreidekreis: Wer das Kind wirklich liebt, lässt es los.

»Halt an!«, schrie ich verzweifelt. »Wir müssen Elif retten!«

»Gib Gas!«, schrie Fidan.

Orhan schleuderte das Küchenbeil hinter unserem Auto her, und es landete scheppernd auf der Rückscheibe.

»Du Hure!«, war das Letzte, was ich aus seinem hassverzerrten Mund hörte.

Mein armes kleines Mädchen lag zitternd und schwer geschockt neben ihm auf dem Parkplatz in einer Pfütze, und er riss es gewaltsam hoch.

»Fahr zurück«, wimmerte ich.

Aber die anderen waren durch das Beil und Orhans wilde Entschlossenheit so verschreckt, dass Kenan wie von Sinnen mit uns davonraste.

»Was machen wir denn jetzt!« Ich hämmerte mit den Fäusten auf die Rückenlehne vor mir.

»Wir bringen ihn um.« Meine Brüder fluchten. »Wir machen Kleinholz aus ihm.«

»Er hat die Kleine! Er hat ein Beil! Und er ist zu allem bereit!«, warnte Fidan.

»Wir fahren zur Polizei«, entschied Cihan mit bebender Stimme.

Dort sagte man uns leider wieder, was man uns schon einmal gesagt hatte: Dass Elif nach türkischem Recht zu ihrem Vater gehörte und dass man sich da nicht einmischen werde.

»Aber rufen Sie bitte Ihre Anwältin an.«

Es war inzwischen dreiundzwanzig Uhr, aber Angelika Bertram hatte mir erlaubt, sie jederzeit anzurufen. Sie saß quasi in den Startlöchern.

»Es hat nicht geklappt«, schluchzte ich in den Hörer. »Er hat Elif brutal aus dem Auto gezerrt! Er hätte sie notfalls zerrissen, das wäre ihm ganz egal gewesen!«

»Bleiben Sie bitte ruhig«, beschwor sie mich. »Wer hat den Pass?!«

»ER!«

»Dann haben wir im Moment keine Chance.«

»Nein, wir fahren jetzt hin und kaufen uns das Schwein«, empörten sich Cihan und Kenan.

»Bitte lassen Sie sich nicht zu Gewalttätigkeiten hinreißen«, beschwor uns die Anwältin erneut. »Bitte beruhigen Sie sich, Frau Arslan, und auch Sie alle. Ich werde jetzt versuchen, die Richterin zu erreichen. Denn wir brauchen eine einstweilige Verfügung, damit er nicht mit Ihrer Tochter über die Grenze kommt.«

Wir vier Geschwister standen keuchend und mit verzerrten Gesichtern auf dem Revier, die Polizisten schauten uns mitleidig an, doch keiner konnte uns aus dieser grauenhaften Situation erlösen.

»Fahren Sie nach Hause zu Ihrem Bruder, Frau Arslan«, beschwor mich Angelika Bertram am Telefon.

»Bitte reagieren Sie jetzt nicht kopflos. Es wird Ihnen letztlich nur schaden! Denken Sie an das Kind. Wir müssen mit einer List vorgehen.«

Noch immer wollten meine Brüder zurückfahren und waren so außer sich vor Zorn, dass wir Schwestern Mühe hatten, sie zu beruhigen.

»Ich melde mich sofort bei Ihnen, sobald ich etwas erreicht habe«, versprach die Anwältin. »Ich werde eine Möglichkeit finden, Elif zu Ihnen zurückzubringen! Morgen halten Sie Ihr Kind in den Armen! Vertrauen Sie mir!«

Wie die begossenen Pudel zogen wir ab und fuhren zu Cihan, wo Christa bereits leichenblass auf uns wartete. Die ganze Nacht saßen wir vor dem Telefon und beschworen es zu läuten. Keiner von uns machte ein Auge zu. Ich hatte Schüttelfrost, und selbst die drei Wolldecken, in die Christa und Fidan mich gewickelt hatten, halfen nichts. Ich kämpfte abwechselnd mit Brechreiz und Durchfall.

Um Punkt acht Uhr morgens klingelte es.

»Guten Morgen, Frau Arslan, ich habe eine gute Nachricht.« Wir starrten alle auf den Hörer.

»Wir haben eine einstweilige Verfügung.« Angelika Bertram klang frisch und munter.

»Ja, und was heißt das?« Ich kaute nervös auf einer Haarsträhne.

»Er kann nicht mehr mit Elif über die Grenze. Die Flughafenpolizei ist auch unterrichtet. Er hat keine Chance, Elif außer Landes zu bringen.«

Uns entfuhr ein vierfach verstärkter tiefer Seufzer.

»Und jetzt?«

»Die Polizei hat bereits Ihre Wohnung in Bad Godesberg aufgebrochen, aber da waren Herr Arslan und Ihre Tochter nicht anzutreffen. Die Beamten sind jetzt mit einem Gerichtsvollzieher auf dem Weg zum Grillrestaurant.«

»Da kommen wir hin!«

Die Brüder warfen sich schon die Jacken über, Fidan und ich schnappten unsere Handtaschen.

»Ja, aber halten Sie sich zurück! Hören Sie, Sie brauchen sich die Hände nicht schmutzig zu machen, das erledigt die Polizei! Wir sind schon auf der sicheren Seite.«

»Und wenn er nicht aufmacht? Er hat genügend Messer, um Elif und sich etwas anzutun!«

Ich sah den wahnsinnigen Orhan schon wie von Sinnen mit unserem Kind als Geisel, sah, wie er ihr ein Messer an den Hals hielt und uns mit blutunterlaufenen Augen anstierte.

»Ich habe mir schon eine List ausgedacht. Ich warte mit dem Taxi vor dem Restaurant!«

Wie in Trance fuhren wir zurück, parkten das Auto etwas abseits des Wendehammers am Waldrand und spähten zum Fenster hinaus. Da stand das Taxi. Auf der Rückbank saß die Anwältin und winkte mich zu sich.

Unauffällig schlich ich im Schatten der Bäume zum Taxi und ließ mich neben sie auf die Rückbank gleiten. Meine Beine wollten mich kaum noch tragen.

»Bleiben Sie ruhig.« Angelika Bertram öffnete ihre Handtasche. »Und Ihre Geschwister auch. Die Polizei beobachtet uns. Ich werde jetzt versuchen zu erreichen, dass er die Tür öffnet, ohne dass es zu Schüssen oder Gewalttaten kommt.«

Ruhig stieg sie aus und ging auf das geschlossene Restaurant zu.

Sie wirkte harmlos mit ihrem beigefarbenen Sommermantel und der Handtasche, aus der sie jetzt wie zufällig ihr Portemonnaie kramte. Sie machte sich am Zigarettenautomaten zu schaffen. Was sollte denn das werden?!

Ich starrte geduckt aus dem Fenster und wähnte mich einem Herzinfarkt nahe.

Die Anwältin klopfte. Tatsächlich wurde die Tür einen Spalt geöffnet. Ich klebte förmlich an der Scheibe. Es war Orhan! Misstrauisch spähte er hinaus, und ich ging instinktiv in Deckung. Plötzlich öffnete er die Tür noch ein Stück weiter und verzog sich ins Innere des Restaurants.

Die Anwältin fragte ihn seelenruhig nach Kleingeld für den draußen angebrachten Zigarettenautomaten! Ich glaubte, sterben zu müssen, als ich sah, wie die Anwältin blitzschnell die Tür aufstieß, Elif hervorzog, ihr etwas ins Ohr flüsterte und auf das Taxi deutete. Wie in Zeitlupe sah ich mein Kind auf mich zu rennen, barfuß, in Unterwäsche, mit fliegenden Haaren und verzweifeltem Blick. Ich stieß die Tür auf und zog mein Kind zu mir herein. Da sprintete auch schon die Anwältin zum Taxi, der Fahrer hielt ihr die Tür auf und gab Gas.

Das Ganze hatte keine dreißig Sekunden gedauert, und diesmal hatte es geklappt!

Durch die Rückscheibe sahen wir einen völlig verdutzten Orhan auf dem Parkplatz stehen, der in dieser Sekunde von zwei herbeieilenden Polizisten festgehalten wurde. Handschellen klickten. Es war vorbei!

Ein wildes Triumphgefühl überkam mich!

Ich umklammerte die völlig verstörte Elif, die zitternd in meinen Armen lag.

Sofort wickelte ich sie in meinen Mantel.

»Er hat mir die ganze Nacht gesagt, dass er mich umbringt, wenn ich weglaufen will!«, wimmerte sie.

»Ist ja gut, mein Schätzchen, du warst so tapfer, alles wird gut!«

»Und er hat gesagt, dass er dich, Onkel Cihan, Tante Fidan und auch alle anderen totmacht!«, schluchzte sie völlig außer sich.

»Schhhhhhh!« Ich wiegte mein Kind in den Armen.

Angelika Bertram unterhielt sich leise mit dem Taxifahrer. Ihre Halsschlagader pulsierte auch ganz schön! Wow, war die Frau klasse!

Meine Geschwister fuhren hinter uns her, und nach einer Weile hielt der Taxifahrer an einer Tankstelle an.

Der Schreck saß allen noch so in den Gliedern, dass sie kaum aus dem Auto steigen konnten.

Ich selbst klebte am Sitz und stand so unter Schock, dass meine Beine den Dienst versagten. Elif klammerte sich wimmernd an mich.

»So, meine Herrschaften.« Die Anwältin steckte sich zitternd eine Zigarette an. Selbst der Taxifahrer musste auf den Schreck hin eine rauchen.

»Das wäre geschafft. Herr Arslan kommt jetzt erst mal in Untersuchungshaft, da er mit einem Beil nach Ihnen geworfen und das Kind mit dem Tode bedroht hat. Nichtsdestotrotz halte ich es für ratsam, wenn Frau Arslan und Elif erst mal untertauchen.«

»Ja, aber wo sollen wir denn hin?« Ängstlich umklammerte ich mein Kind, nicht fähig, aus dem Auto zu steigen.

»Bei Ihrem Bruder wird er Sie sofort suchen, sobald er auf freiem Fuß ist, und bei Ihrer Schwester auch. Ich schlage vor, Sie kommen mit zu mir nach Hause. Da können Sie erst mal durchatmen und wieder zu sich kommen. Einverstanden?«

Meine Geschwister nickten stumm. Damit hatten wir alle nicht gerechnet.

»Bitte beruhigen Sie sich alle erst mal wieder. Ich melde mich dann bei Ihnen.«

Die Anwältin gab meinen Geschwistern die Hand und stieg wieder zu uns ins Taxi.

Sie drehte sich zu uns um. »Also auf zu mir nach Hause! Ich hab ein Riesenkuscheltier, das auf dich wartet, Elif!« Und zu mir, die ich heulend und zähneklappernd hinter ihr saß, sagte sie: »Und Sie brauchen jetzt wirklich eine vernünftige Therapie. Sie müssen in Ruhe zu sich finden, Sie sind ja nur noch ein Schatten Ihrer selbst!«

37

In der Tannbachklinik, Bad Reichenhall, Juni 1988

»Frau Arslan. Sie sind hier in den besten Händen. Sie dürfen den Ärzten und Therapeuten vertrauen. Warum können Sie denn nicht aufhören zu weinen?«

Dr. Josef Bründlinger, der väterliche Psychiater, schob mir geduldig die Box mit den Kleenex hin.

»Ich habe einfach keine Kraft mehr und möchte für den Rest meines Lebens schlafen. Bitte geben Sie mir auch weiterhin die Beruhigungsmittel!«

»Das geht doch nicht, liebe Frau Arslan!« Seufzend schob der Arzt seine Brille von der Stirn auf die Nase und widmete sich seinen Notizen. »Nein, wir müssen Sie doch wieder ins Leben zurückkriegen. Sie sind doch jung, gerade mal siebenundzwanzig Jahre alt! Denken Sie doch an Ihre Tochter!«

»Das ist es ja gerade.« Ich schnäuzte mich in das Papiertaschentuch. Dieser sympathische Mann hatte mich noch nie anders als verheult, verrotzt und verzweifelt erlebt.

Sechs Wochen war ich nun schon in dieser Klinik, weitab von Bad Godesberg, irgendwo im tiefsten Bayern, doch nach wie vor peinigten mich Wahnvorstellungen und Albträume.

»Sie ist noch so klein und kann schon wieder nicht bei mir sein!«

»Sie ist bei Ihrer Mutter in Hannover doch bestens aufgehoben. Genauso wie Sie bei uns!«

»Sie kommt einfach nicht zur Ruhe«, brach es verzweifelt aus mir hervor. »Immer wenn sie sich gerade wieder an mich gewöhnt hat, wird sie erneut aus ihrem Umfeld gerissen! Was bin ich nur für eine unfähige Mutter, dass mein Kind so schwer dafür büßen muss!«

»Frau Arslan, Sie wissen, dass das nicht Ihre Schuld ist.« Dr. Bründlinger schob seine Brille zurück auf die Stirn. »Sie haben immer nur stillgehalten – aus Liebe zu Ihrem Kind, nicht wahr?«

Er ließ mich weinen.

»Irgendwann müssen Sie lernen, das Leben selbst in die Hand zu nehmen. Und dann werden Sie auch wieder die Kraft haben, sich um Ihre Tochter zu kümmern.«

»Ich hab so Angst, dass mein Mann …« Ich verstummte, denn ich wollte ihn nie wieder so nennen. »Dass ER sie dort in Hannover findet und meiner Mutter wegnimmt!«

»Sie wissen doch, dass er in Untersuchungshaft sitzt.«

»Ja, ich weiß es. Hier oben …« – ich hämmerte mir gegen die Schläfe – »hier oben ist es gespeichert, aber es will einfach nicht hier ankommen!« Ich zeigte auf meine Brust. »Ich befürchte nach wie vor, er könnte durch die Wände kommen, mich schlagen, treten und würgen. Wie in einem Horrorfilm!«

»Wir werden daran arbeiten. Trotzdem sollten wir die Medikamente wirklich langsam runterfahren.« Der Professor studierte seine Computeraufzeichnungen. »Das wird ein langwieriger Prozess, aber Sie schaffen das.«

»Auch meine Tochter hat schreckliche Angst vor ihm«, wimmerte ich. »Meine Mutter hat mir inzwischen erzählt, was das arme Kind ihr schon alles unter dem Siegel der Verschwiegenheit anvertraut hat!« Ich stützte den Kopf in die Hände und schluchzte ungehemmt weiter. »Meine Kleine besteht nur noch aus Angst und Scham. Sie hat tausendmal zusehen müssen, wie er mich geschlagen hat, tausendmal anhören müssen, wie er mich vergewaltigt hat. Von den vielen vulgären Schimpfnamen für mich ganz zu schweigen.«

»Aber zu Ihrer Mutter hat sie doch Vertrauen?«

Ich zog die Nase hoch und nickte. »Ja. Meine Anne ist die beste Mutter der Welt. Sie lässt sie keine Sekunde aus den Augen, und meine Zwillingsbrüder sind die besten Bodyguards.«

»Sehen Sie, Frau Arslan. Vertrauen Sie Ihrer Mutter, Ihren Brüdern und Ihrem Kind. Dann müssen Sie nur noch lernen, sich selbst wieder zu vertrauen.«

Mit diesen Worten entließ mich der Doktor aus meiner heutigen Sitzung. Ich ging immer nur zu Einzelsitzungen, um mich dann so schnell wie möglich wieder auf meinem Zimmer zu verkriechen und dort weiterzuweinen.

»Bitte nutzen Sie jetzt auch die Gruppentherapien, die sportlichen Möglichkeiten, und gehen Sie endlich mal auf Entdeckungstour! Rund um das Klinikgelände gibt es so viele schöne Freizeitangebote!«, schickte er mir noch mahnend hinterher.

Verheult wie eh und je schlich ich durch die Flure. Immer noch wähnte ich Orhan hinter jeder Türe und bildete mir ein, sein Auto stünde auf dem Parkplatz. Was, wenn Orhan aus der Untersuchungshaft freikam? Längst hatte er sich einen Anwalt genommen, diesem weisgemacht, dass ich faul und eine schlechte Mutter sei, meine Ehepflichten verweigerte, weshalb ihm nur einmal die Hand ausgerutscht sei, was Neslihan natürlich bestätigte. Nun stand Aussage gegen Aussage.

»Wie stark Sie doch schon waren!«, ermutigte mich auch die Leiterin der Gruppentherapie, an der ausschließlich Frauen mit Gewalterfahrungen teilnahmen.

»Ja, Selma. He, du hast deine Tochter aus seinen Klauen gerettet, das ist mehr, als wir je geschafft haben!«, bekräftigten die anderen. Jede von uns hatte inzwischen ihre Geschichte erzählt, und nach wochenlangem Schweigen konnte auch ich mich jetzt langsam öffnen.

»Selma, du musst wieder ins Leben zurück! Schon um deiner Tochter willen!« Eine ältere mollige Mitpatientin namens Hilde ließ nicht locker. »Bitte geh heute Abend mit uns in die Eisdiele!«

»Nein, echt, ich kann nicht.« Orhan könnte mich dort finden!

»Aber Selma, wir sind doch alle bei dir!«

»Nein. Bitte lasst mich. Ich will nur in meinem Zimmer sein und schlafen.«

»Du bist viel zu jung und zu hübsch, um allein zu versauern. Los, Selma. Gib dir einen Ruck!«, drängte die beherzte Hilde Abend für Abend. »Nur ein Eis, und wenn du nicht mehr kannst, bring ich dich zurück.«

Ich war so verstört und verängstigt, dass mir der Gang in eine benachbarte Eisdiele vorkam wie die Bezwingung des

Mount Everest. Für soziale Kontakte hatte ich noch keinen Nerv.

Aber nach einigen Wochen hatte sie mich so weit. Es war ein Sonntag im August, und nach dem Abendessen nahm sie mich einfach an die Hand. »Jetzt gehen wir in die Eisdiele. Da sitzen nur ein paar alte Tanten, und wir plaudern ein bisschen.«

Widerstrebend ließ ich mich durch den Kurpark und ein Stück durch die beschauliche Fußgängerzone von Bad Reichenhall ziehen.

Sanfter Wind strich mir über die Arme, und ich hörte zum ersten Mal seit Langem wieder die Vögel singen. Ich hatte mich in der Klinik regelrecht verschanzt.

»So, da wären wir schon. Siehst du, weit und breit kein böser Mensch.«

Hilde schob mich energisch in die Eisdiele. Ich verzog mich sofort auf den hintersten Schemel, wo mich keiner sehen konnte. Draußen schoben sich die Fußgänger vorbei, meist rüstige Rentner mit Allwetterwesten und Wanderstöcken, die einen harmlosen Eindruck machten.

Die kleinen runden Tische waren an diesem heißen Sommerabend voll besetzt, und auch draußen vor der Eisdiele hatte sich eine lange Schlange gebildet.

»Schätzchen, was willst du für ein Eis?« Hilde stieß mich in die Rippen.

»Was?« Ich zuckte zusammen. Der dunkelhaarige Typ da draußen hatte ausgesehen wie Orhan!

»Keine Ahnung. Irgendein kleines. Ohne Sahne.«

Ich spähte erneut hinaus. Der Typ sah kein bisschen aus wie Orhan – im Gegenteil! Er hatte zwar dunkle Haare, aber ein freundliches Gesicht. Gerade ließ er sich an einem der Tische nieder, streckte die langen Beine aus und orderte einen riesigen

Eisbecher. Auf dem freien Stuhl neben ihm lag ein Motorradhelm.

»Hier, Schätzchen.« Hilde schob mir meinen kleinen Eiskelch mit zwei kleinen Kugeln hin, Vanille und Pistazie. Gedankenverloren stocherte ich darin herum.

Ganz vorsichtig wagte ich es, auch die anderen Gäste nach und nach ins Visier zu nehmen. Jedes Mal, wenn jemand laut lachte oder die Toilettentür hinter mir ins Schloss fiel, zuckte ich zusammen.

Der große Dunkelhaarige mit dem freundlichen Gesicht machte sich inzwischen über den Riesenbecher her, den ihm ein beschürztes Fräulein serviert hatte: Mindestens zehn Kugeln Eis in verschiedenen Farben mit Sahne, Früchten und roter Soße … die wie Blut in der ganzen Pracht versickerte.

Dieser Anblick löste eine Panikattacke in mir aus: Auf einmal kehrte die Erinnerung an den Moment zurück, als Orhan mich mit dem Nudelholz aus dem Bett geprügelt und gegen die Wand geschleudert hatte. Mein Blut war genauso in den Teppich gesickert, während Elif nebenan im verschlossenen Kinderzimmer gekreischt hatte.

Wer kreischte hier denn so? Abrupt fuhr ich herum und sah drei Mädels, die die Köpfe zusammensteckten und sich laut über ein Bild in einer Zeitschrift amüsierten.

Ich hielt das einfach nicht aus! »Hilde, bitte bring mich zurück.«

Zitternd zerrte ich an ihrem Unterarm, aber sie hatte sich zwei alten Tanten zugewandt. Wieder blieb mein Blick an diesem monströsen Eisbecher hängen, und die Bilder von damals fluteten mein Hirn.

Zu allem Überfluss stand dieser große Dunkelhaarige jetzt ach noch auf und kam zielstrebig auf mich zu.

Ich wollte im Erdboden versinken. Hilde, Hilfe! So war Orhan immer auf mich zugestürmt, bevor er mir »eins in die Fresse« gehauen hatte.

Aber dieser Mann war nicht Orhan. Er hatte blaue Augen, die mich freundlich musterten.

»Willst du von meinem Eis probieren?« Lächelnd sah er mich an.

»Was, ich? Nein, Entschuldigung, ich … nein …«

»Aber du starrst mein Eis an, als wolltest du es förmlich verschlingen! Und ehrlich gesagt, ist es wirklich eher eine Portion für zwei.«

»Oh nein, bitte, es tut mir leid …«

»Aber es muss dir doch nicht leidtun! Jetzt hast du dich schon zweimal entschuldigt!«

Hilde hörte auf zu plaudern und drehte sich zu uns um.

»Belästigen Sie die junge Dame nicht!«

»Ich habe ihr nur von meinem Eisbecher angeboten«, sagte der junge Mann ungerührt.

Schulterzuckend ging er wieder weg, während ich mich nur noch in Luft auflösen wollte.

»Selma, der sieht doch ganz süß aus«, flüsterte Hilde. »Gib ihm doch eine Chance!«

»Hilde, bitte, ich will hier nur weg!«

Doch Hilde marschierte zu dem jungen Mann, setzte sich zu ihm, probierte begeistert von seinem Eis und redete mit ihm.

O Gott, war mir das peinlich! Ich klammerte mich an die Tischkante und wünschte mich ganz weit fort.

Irgendwann kam Hilde zurück. »Der ist total harmlos, Selma. Du hast so auf sein Eis gestarrt, dass er wirklich dachte, du willst was davon abhaben!«

Während der nächsten halben Stunde hielt ich den Blick

krampfhaft gesenkt, aus lauter Angst, dem Dunkelhaarigen aus Versehen noch mal auf sein Eis – oder schlimmer noch, in die Augen – zu schauen. Mein kleines Eis schmolz ebenso im Silberkelch dahin wie mein mühsam erworbenes Selbstwertgefühl.

»Du Hure!«, hörte ich Orhan auf mich einbrüllen. »Hast du dem Kerl schöne Augen gemacht! Aber das werde ich dir austreiben – und wenn ich sie dir ausstechen muss, deine grünen Augen! Du gehörst mir!«

Endlich war Hilde bereit aufzubrechen. Sie fasste mich am Arm und schob mich in die warme Nacht hinaus. Die Zweige in den Bäumen rauschten, die Vögel waren still, und es duftete verheißungsvoll nach feuchtem Gras. Ich schloss die Augen und saugte dieses plötzliche Glücksgefühl ein. Woran erinnerte mich das bloß?

Ach ja! An den Park in Köln, in dem Ismet damals nach der Schule immer mit mir spazieren gegangen war – damals als ich noch unschuldige dreizehn Jahre alt war und glaubte, vor Liebe schweben zu können!

Bestimmt war er längst ein erfolgreicher Arzt, verheiratet mit mehreren Kindern.

»Liebchen, das war ein sehr netter Junge«, unterbrach Hilde meine wehmütigen Gedanken.

»Wie? Wer?«

»Na, dieser hübsche Dunkelhaarige mit dem Helm!«

Sie hakte sich bei mir ein und lenkte mich zielstrebig durch den schwach beleuchteten Park. »Der war hin und weg von dir! Meinte, du bist eine exotische Schönheit. Wollte wissen, wie du heißt und woher du kommst!«

Ruckartig blieb ich stehen. »Das hast du ihm hoffentlich nicht verraten?«

»Aber nein, Dummerchen!« Sie lachte mit ihrer tiefen, verrauchten Stimme. »Aber Herzchen, du musst ein bisschen aus dir herausgehen.«

»Hilde, ich habe kein Vertrauen mehr in die Männer. Ich will nie wieder im Leben einem näher begegnen.«

»Dummchen! Du bist noch so jung! Nur weil du mit einem Scheißkerl schlechte Erfahrungen gemacht hast, sind nicht alle Männer schlecht!«

Na, sie musste es ja wissen: Von vier Kerlen war sie betrogen, verarscht und vermöbelt worden. Aber sie gab nicht auf.

»Deine Befürchtungen sind unbegründet!« Weiter zog sie mich durch den dunklen Kurpark. Glücklicherweise war dahinter schon die hell erleuchtete Klinik zu sehen. »Hier bist du weit weg von zu Hause. Kein Mensch kennt dich. Nutz doch die Gelegenheit, dich mal wieder auszuprobieren.«

Sie drehte sich um ihre eigene Achse. »Gott, wenn ich so hübsch wäre … Noch einmal so jung und schlank …« Sie seufzte theatralisch. »Ich würde das Leben in vollen Zügen genießen!«

In dieser Nacht hatte ich zum ersten Mal keine Albträume mehr. Lange lag ich wach und dachte über diese Begegnung nach. War ich denn immer noch attraktiv? War ich es denn wert, dass ein Mann mich anschaute? War ich denn keine nutzlose Schlampe, dämliche Kuh und eine dreckige Hure, wie ich es jahrelang tagtäglich gehört hatte? Ich konnte es kaum glauben!

»Nicht alle Männer sind schlecht«, hörte ich Hilde sagen. »Du bist liebenswert, du bist wertvoll, du bist etwas ganz Besonderes!«

Und er findet, dass ich eine exotische Schönheit bin!, dachte ich vor dem Einschlafen.

Ganz allmählich kam ich nicht umhin, mich auf den nächsten Abend in der Eisdiele zu freuen.

»Schau, da ist er wieder!« Hilde knuffte mich begeistert in die Seite.

Draußen regnete es in Strömen.

Verschüchtert schaute ich auf, und peng! hatten sich unsere Blicke getroffen.

Er erhob sich und kam direkt auf uns zu.

»Hi, das ist aber schön, dich wiederzutreffen. Darf ich dich zu einem Eis einladen?« Er grinste verschmitzt. »Wir können auch jeder ein eigenes essen!«

Ich war so aufgeregt, dass ich nicht antworten konnte. Hilfe suchend sah ich zu Hilde hinüber, die sich gerade Feuer von einem älteren Herrn geben ließ. Kurschatten gab es hier genug.

»Na klar wirst du die Einladung annehmen, Selmakind!« Sie stieß eine Rauchwolke aus. »Du bist ja nicht allein mit ihm, ich bin hier und pass auf dich auf.«

Errötend senkte ich den Blick. Was sollte der nur von mir denken?

»Wie heißen Sie denn, junger Mann? Sie führen doch nichts Schlimmes im Schilde?«

»Was? Ich?« Überrascht zeigte er auf sich selbst. »Ich heiße Axel Werner, komme aus Berlin, und das da hinten sind meine Kollegen aus dem Weiterbildungsseminar für Versicherungsmakler. Das Seminar findet im Hotel Axelmannstein statt.«

»Na siehste, Kind.« Hilde wies mit dem Kopf auf das Luxushotel mit Spielcasino, an dem wir jeden Abend vorbeigingen. »Allererste Adresse am Platz! – Ich bin die Hilde aus Paderborn, und das ist die Selma aus Bad Godesberg. Sie ist ein bisschen schüchtern, aber vielleicht kannst du sie ja etwas aufmuntern, Axel.«

Sie schob mich vom Hocker. Axel streckte die Hand aus, und ich ließ mich zu seinem Tisch in der Mitte der Eisdiele führen. Es wurde ein sehr schöner Abend, wie ich ihn seit Jahren nicht mehr erlebt hatte.

Wir plauderten erst zurückhaltend, dann immer lebhafter, und Axel war ein liebenswerter, witziger Bursche, der mir mit seinen blauen Augen und seinem offenen Blick immer besser gefiel. Brav wie Kinder löffelten wir gemeinsam unser Eis. Er brachte mich zum Lachen, und Erleichterung machte sich in mir breit, dass er mir wirklich nichts Böses wollte. Er war harmlos, nett, offen und wirklich gut aussehend! Und er war mit dem Motorrad hier! Wie cool war das denn?

»Darf ich dich wiedersehen?«, fragte er, als wir uns Stunden später verabschiedeten.

»Ich weiß nicht …« Hilfe suchend schaute ich zu Hilde hinüber, die inzwischen wieder mit ihrem Kurschatten flirtete.

»Aber sicher«, rief sie gönnerhaft. »Wir kommen jetzt jeden Abend her!«

Axel begleitete mich artig bis vor die Klinik.

»Hier wohnst du also. Schicke Villa.«

»Nur vorübergehend.« Peinlich berührt starrte ich auf meine Schuhe.

»Hoffentlich noch lange genug, dass ich dich öfter sehen kann.«

Und so kam es, dass Axel im Lauf der nächsten Tage jeden Abend vor der Klinik stand und mich auf einen Spaziergang abholte. Erst gingen wir brav unter Hildes Aufsicht in die Eisdiele, aber nach einer Woche hatte ich so viel Vertrauen zu ihm gefasst, dass ich schließlich Hand in Hand mit ihm durch den Kurpark schlenderte.

Genau wie damals mit Ismet!, schoss es mir durch den Kopf. Fast empfand ich es als Verrat.

»Was ist? Warum ziehst du die Hand weg?«

»Och, nichts, es ist nur so … Es gab da mal jemanden …« Zu meiner eigenen Überraschung fiel es mir leicht, Axel Werner aus meinem Leben zu erzählen.

Natürlich tischte ich ihm eine verharmloste Fassung auf: Dass Ismet sich doch für eine andere entschieden und ich dann aus verletztem Stolz Orhan geheiratet hatte, der nie meine große Liebe gewesen war.

»Und von dem lässt du dich jetzt scheiden?« Axel sah mich geradezu hoffnungsvoll an.

»Ich weiß nicht, es ist bei uns Türken immer noch eine Sache der Ehre …«

Ein bisschen gelang es mir, Axel Werner in unsere Vorstellungen von Anstand, Tradition und Familienehre einzuweihen, aber bei vielen meiner Erklärungsversuche schüttelte er nur den Kopf. »Wenn der Kerl nicht nett zu dir war, warum schießt du ihn nicht einfach in den Wind?«

»Das ist bei uns nicht so einfach. Wir haben auch ein Kind, Elif. Sie ist sechs.«

»Also wenn ich so was Tolles wie dich zur Frau hätte …« Axel musterte mich mit unverhohlener Begeisterung, und sein Blick bekam etwas Zärtliches. »Dann würde ich dich nur auf Händen tragen und alles tun, damit du glücklich bist. Und dein Kind auch.«

Seine liebevollen Worte und Gesten hüllten mich ein wie rosa Watte. Konnte es das wirklich geben, dass ein Mann so nett sein konnte? So ritterlich, fürsorglich und aufrichtig interessiert? An mir? Dem Spatzenhirn, das nichts richtig machte, nichts konnte, nichts war und nie etwas sein würde? Ich traute dem Braten nicht, und außer zu schüchternem Händchenhalten wollte ich mich zu nichts hinreißen lassen. Axel war einfühlsam genug, mich nicht zu bedrängen.

Nach dreieinhalb Wochen war es dann so weit: sein Seminar war zu Ende, und er schwang sich wieder auf sein Motorrad. »Selma, ich werde dich nicht vergessen.«

Traurig stand ich vor der Tannbachklinik auf dem Parkplatz. Fröstelnd rieb ich mir die Arme. »Es war wirklich nett mit dir, Axel. Fahr vorsichtig.«

»Werden wir uns wiedersehen, Selma?«

Ich zog mir die Jacke enger um die Schultern. »Ich weiß nicht, Axel. Berlin ist wirklich weit weg von Bad Godesberg, und von Bad Reichenhall erst recht.«

Damals lag Berlin noch mitten in der Ostzone, und das bedeutete, dass es noch viel schwerer zu erreichen war. Es befand sich quasi in einer anderen Welt.

»Selma, ich muss jetzt nachdenken. Aber bitte glaub nicht, dass ich dich so schnell vergessen werde.«

Er setzte seinen Helm auf und brauste davon. Lange sah ich ihm nach. Dann schloss ich die Jacke vor der Brust und stapfte in die Klinik zurück.

38

Bad Reichenhall, Mitte September 1988

Meine Zeit in der Tannbachklinik war noch lange nicht vorbei. Die Ärzte und Therapeuten hatten festgestellt, dass ich noch viel Zeit brauchen würde, um mein Leben selbstständig meistern zu können.

Auch körperlich waren meine Verletzungen noch lange nicht geheilt. Ich litt an chronischer Migräne, Rücken- und Unterleibsschmerzen, und mein Immunsystem war am Boden. Immer wieder bekam ich Schweißausbrüche, Schüttelfrost und hohes Fieber. Ich vermisste Elif fürchterlich. Doch wie sollte ich in diesem Zustand Verantwortung für meine Tochter übernehmen können?

Fürs nächste Wochenende hatten sich Cihan, Fidan und Kenan angesagt. Endlich wollten sie mich einmal hier besuchen.

Ich lag gerade mal wieder weinend auf dem Bett, als das Telefon klingelte. Wahrscheinlich mein Physiotherapeut, der meinte, ich solle zur Gymnastik kommen. Ich hatte einfach keine Kraft dazu!

»Ja?«, hauchte ich matt.

»Selma, hier ist Axel!«

Sofort fing mein Herz an, freudig zu schlagen. Ich fuhr hoch.

»Axel!«

»Wie geht es dir?!«

»Nicht so gut, Axel.« Ich konnte unmöglich sagen, dass ich ihn vermisste. Sei nicht albern, Selma!, schimpfte ich innerlich mit mir. Dieser schöne Mann kann jede Frau in Berlin haben, der braucht bestimmt keine kaputte, depressive Türkin, die er in der Psychiatrie kennengelernt hat.

Tapfer räusperte ich mir einen Kloß von der Kehle.

»Aber toll, dass du anrufst, echt, Axel! Wie geht es dir in Berlin?«

»Ganz gut, Selma, ich bin befördert worden, und eine Wohnung in Berlin-Dahlem habe ich auch gefunden! Ich arbeite ab jetzt von zu Hause aus, bin mein eigener Herr!«

»Das ist toll, Axel, wirklich!«

»Was machst du denn am Wochenende?«, fragte er unvermittelt.

»Ich? Du bist lustig. Ich sitze in der Klinik und heule«, sagte ich sarkastisch. »Oder dachtest du, ich gehe tanzen?«

»Selma, was hältst du davon, wenn ich dich am Wochenende besuche?«

Mein Herz machte einen Purzelbaum. DAS würde er tun? Von Berlin herkommen, durch die finstere DDR bis ins südöstlichste Bayern, um MICH zu sehen? Das kleine zerstörte türkische Mädchen?

Zuerst wollte ich in Jubel ausbrechen, doch dann fiel mir meine Familie ein. Um Gottes willen, die wollte ja kommen. Die würde die Welt nicht mehr verstehen.

»Das ist keine gute Idee, Axel.«

»Warum nicht? Ich hab mir extra zwei Tage freigenommen.« Ich hörte die Enttäuschung in seiner Stimme.

»Selma, ich will dich sehen, du gehst mir nicht mehr aus dem Kopf!«

Ich mochte ihn, wirklich, sehr sogar. »Weißt du, Axel, meine Familie kommt möglicherweise am Wochenende extra aus Bad Godesberg und Braubach, und die würden in Ohnmacht fallen, wenn sie mich mit einem Deutschen auf dem Motorrad sehen würde.« Fast musste ich lachen. »Das wäre für sie wirklich ein Megaschock, und sie würden es nicht gutheißen!«

»Ich würde es ihnen erklären, ich würde mit deinen Brüdern reden. Glaub mir, Selma, es ist mir ernst mit dir!«

So sehr mich seine Stimme trug und tröstete, so wenig begriff er von unserer Mentalität.

»Nein, vergiss es, Axel.« Ich holte tief Luft und kniff die Augen zusammen. Es wäre zu schön gewesen, aber es ging einfach nicht. Ausgeschlossen.

»Wenn du mich auch nur ein bisschen gernhast, dann ruf mich nie wieder an.«

Mit diesen Worten legte ich auf. Ich ließ mich aufs Bett sinken und spürte, wie mein Herz polterte. Es war ein anderes Herzklopfen als das, was ich jetzt jahrelang aus purer Angst gehabt hatte. Es war ein schönes Herzklopfen. Eines, das mir innerlich fast Flügel verlieh. Auch wenn ich Axel nie wiedersehen würde, hatte er mein Selbstbewusstsein, das die Größe einer Ameise gehabt hatte, wieder wachsen lassen. Es hatte schon die Größe eines Tischtennisballs … war aber immer noch ein entsprechendes Leichtgewicht.

Ich zuckte zusammen, als das Telefon wieder klingelte.

»Selma, bitte leg nicht auf! Ich verspreche dir, dass ich sofort verschwinden werde, wenn deine Familie kommt. Aber ich muss dich einfach wiedersehen! Ich muss ständig an dich denken.«

»Axel, bitte, es geht nicht.« Ich fasste mir an den Hals.

»Doch, Selma. Es geht. Weißt du noch, wie du am Anfang gar nicht mit mir sprechen wolltest? Und dann ist es doch gegangen. Wir hatten traumhafte dreieinhalb Wochen. Jetzt bitte ich dich nur um ein Wochenende. Ich meine es ernst, Selma!«

»Axel, ich weiß nicht …«

»Okay, dann wäre das also abgemacht.« Axel schickte ein glückliches Lachen durch den Äther. »Dann bis Samstag also!«

Er legte auf. Lange saß ich versonnen da, den Hörer in der Hand. Fast hätte ich ihn zärtlich gestreichelt. Heute war Donnerstag. Übermorgen! Gott, was sollte ich tun, wenn Cihan mit den Geschwistern kam? Womöglich noch mit Onkel, Tante, Cousine, mit drei Autos im Konvoi! Das ging gar nicht. Ich sprang auf und lief nervös im Zimmer hin und her.

Als Erstes sollte ich mir wohl mal die Haare waschen. Oder vielleicht sicherheitshalber zum Friseur gehen? Gott, war das etwa prickelnde Vorfreude, die sich wie Zitronenbrause in meinem Inneren ausbreitete? Wollte ich wirklich jemals wieder etwas mit einem Mann anfangen? Natürlich nicht! Aber jetzt würde er kommen. Es fühlte sich auch an, als würde ich mit dem Feuer spielen. Auf keinen Fall durfte Axel meinen Brüdern begegnen. Ich tat die ganze Nacht kein Auge zu.

Am Freitag griff ich zum Hörer, aber diesmal, um Cihans Nummer zu wählen. »Hör zu, Bruder, könntet ihr auch nächstes Wochenende kommen? Ich habe hier volles Therapieprogramm und könnte mich gar nicht um euch kümmern.«

»Das passt gut, Schwesterherz. Wir kriegen nämlich die Winterware rein, und ich hätte den Händler sonst vertrösten müssen. Also verschieben wir es gerne um eine Woche.«

Ich biss mir auf die Lippen, um nicht laut aufzuatmen. »Oh, wie schade«, rang ich mir ab. »Jetzt hatte ich schon solche Sehnsucht nach euch!«

»Schwesterherz, wenn du es ohne uns nicht mehr aushältst, schmeißen wir alles um und kommen morgen!«

Es kribbelte in meiner Magengegend. »Nein, Bruder, die eine Woche komm ich schon zurecht.« Es klopfte. »Hörst du, da ist schon die nächste Anwendung, ich habe jetzt einen Termin.«

Ich öffnete die Tür.

Und da stand Axel. Mit seinem Helm unterm Arm. Er wollte doch erst Samstag kommen!

»Der Therapeut ist schon da!«, stammelte ich und legte auf.

»Axel!«

»Selma! Ich bin die ganze Nacht durchgefahren. Ich musste dich sehen.« Er wirkte erschöpft und gleichzeitig euphorisch.

Außerdem sah er einfach hammermäßig aus in seiner schwarzen Lederkluft.

Sanft schob sich Axel zur Tür herein. Ich hatte noch nasse Haare und nur ein Handtuch um den Körper gewickelt. Hastig schlüpfte ich in den Bademantel, der am Haken an der Tür hing, und zog den Gürtel fest zu. Zärtlich berührten seine Lippen die meinen.

Mein Herz hüpfte vor Glück, und gleichzeitig ging mir durch den Kopf: Das geht gar nicht! Selma, du stürzt dich ins nächste Unglück.

Wir musterten uns ausgiebig. Er war genauso aufgeregt wie ich, nichts als aufrichtige Zuneigung stand in seinem Blick. Wieder küsste er mich, und diesmal zog ich mich nicht gleich wieder zurück. Dass ich das noch mal erleben durfte! Es war der erste Kuss seit Ismet, den ich gerne erhielt und erwiderte.

Gott, ich hatte schon ganz vergessen, wie wunderbar das schmeckte!

»Darf ich dich nach Salzburg einladen?«, fragte er schließlich mit leuchtenden Augen.

»In die romantische Mozartstadt mit der wundervollen Altstadt, inmitten von Bergen, am Ufer der Salzach?«

Mich durchfuhr es warm vor Freude. »Aber wie …?«

»Ich hab einen zweiten Helm mit!«

»Du glaubst, ich traue mich?«

»Du musst dich nur mir überlassen und dich mit mir in die Kurven legen!«

Vorfreude blubberte in mir auf wie schillernde Seifenblasen. Ich sollte Motorrad fahren?!

Kurz darauf saß ich hinter diesem Traummann auf dem breiten bequemen Sitz und schmiegte mich erst schüchtern, dann immer enger an seinen breiten Rücken.

Die herbstliche Landschaft glitt farbenprächtig an uns vorbei. Ich musste ein Jubeln unterdrücken.

»Du machst das super«, rief Axel nach hinten. »Voll das natürliche Fahrgefühl!«

Es war, als würde ich fliegen. »Axel! Das macht total Spaß!«

»Na, das wird dir noch oft Spaß machen!«

An der Grenze bei Berchtesgaden wurden wir von uniformierten Zöllnern durchgewunken. Gott, war das wundervoll! Jetzt war ich in Österreich, zum ersten Mal im Leben! Wie einfach auf einmal alles war!

In Salzburg bummelten wir Hand in Hand durch die Stadt. Immer noch konnte ich es nicht fassen, dass ICH es war, die mit einem Helm am Arm vergnügt neben diesem dunkelhaarigen Hünen über den Salzachsteg schlenderte. Die Festung lag majestätisch vor uns, von der Herbstsonne in leuchtende Farben getaucht. Die Kuppeln der barocken Kirchen leuchteten grün. Auf dem Kapuzinerberg schienen die Bäume regelrecht in Flammen zu stehen. Ich fühlte mich wie neugeboren! Wir besuchten Mozarts Geburtshaus und schlenderten durch die romantische Getreidegasse. Die Menschen trugen Hirschhornknopfjoppen zu Lederhosen und Dirndln. Pferdekutschen klapperten übers Kopfsteinpflaster.

»Schau, Selma, hier habe ich einen Tisch bestellt.«

Axel führte mich in ein gemütliches Restaurant direkt gegenüber dem Festspielhaus, wo wir einen Zweiertisch am Fenster zugewiesen bekamen. Ich konnte mein Glück kaum fassen. Die gemütliche Kneipe hieß Triangel, und an den Wänden hingen lauter Bilder von Festspielstars. Neugierig sah ich mich um. Den da kannte ich, Götz George! Und da war Senta Berger! Das kleine geschundene Türkenmädchen war in der Weltstadt von Kultur und Bildung. Wenn das jetzt meine Familie sehen könnte!, schoss es mir durch den Kopf. Besser nicht!, warnte mich gleich darauf eine innere Stimme.

Wir bestellten Salzburger Nockerl, was sich als Riesenberg aus schaumig geschlagenem Eiweiß und Zucker herausstellte, aber ich konnte fast nichts herunterbringen.

Alles war so neu für mich, dass mir fast schwindelte.

Ein dicker Wirt mit Ohrring knallte uns zwei Bier hin.

»Oh, nicht doch, das haben wir nicht bestellt …«

»Dann a Stamperl mit Selbstgebranntem?«

»Nein, bitte nur 'ne Apfelsaftschorle«, sagte Axel mit seinem Berliner Akzent.

Mit einem gemurmelten »Saupreiß'n, damische«, trug der Wirt das Bier wieder weg.

Am Nachbartisch saß eine fröhliche Musikstudentin mit ihrem Duettpartner, die beide von einer großen Sängerkarriere träumten. Die streckten gleich die Hände danach aus. (Dass es sich um die spätere Bestsellerautorin Hera Lind handelte und dass unsere Wege sich noch einmal kreuzen würden, konnte damals keiner von uns ahnen.)

Axel legte die Hand an meine Wange und sah mich durchdringend an.

»Ich war lange nicht mehr so glücklich, Selma!«

»Ich auch nicht«, entfuhr es mir.

Den ganzen Abend saßen wir in dieser gemütlichen Kneipe, die sich mit den unterschiedlichsten Gästen füllte, und vergaßen alles um uns herum. Wieder erzählte ich ihm vertrauensvoll aus meinem Leben. Bis er den Satz sagte:

»Ich möchte gern heute Abend bei dir bleiben, Selma.«

Erschrocken entriss ich ihm meine Hand.

»Spinnst du? Das geht nicht!«

»Aber warum denn nicht? Ich tu dir doch nichts!«

Entsetzt sprang ich auf. »Bring mich sofort zum Zug. Ich werde alleine zurück nach Bad Reichenhall fahren. Ich bin ein türkisches Mädchen, und bei uns läuft das nicht so!«

»Aber Selma, ich …«

Wütend fuhr ich zu ihm herum. »Bist du deshalb gekommen, Axel? Weil du dir das erhofft hast?«

»Aber Selma, bitte beruhige dich! Die Leute schauen schon!«

»Das ist mir so was von egal!«, zischte ich völlig außer mir. »Ich schlafe nicht mit dir!«

»Selma! Pssst! Kein Mensch hat behauptet, dass ich mit dir schlafen will!«

Laut streitend gingen wir zu seinem Motorrad zurück. »Selma, bitte beruhige dich! Ich werde mir ein Zimmer nehmen und morgen mit dir frühstücken!« Er drückte mir den Helm in die Hand. »Ist das genehmigt?«

Plötzlich kam ich mir lächerlich vor.

»Ja, natürlich.«

Schweigend nahm ich auf dem Soziussitz Platz. Fast wollte ich ihn gar nicht mehr berühren, aber er gab mächtig Gas und legte sich in die Kurven, sodass mir gar nichts anderes übrig blieb, als mich an ihn zu klammern. Gott, warum ließ ich den armen Mann ausbaden, was Orhan mir angetan hatte!

»Selma, Selma«, sagte er kopfschüttelnd, als wir keine zwanzig Minuten später vor der Klinik standen. »Was musst du nur von uns Männern denken.«

Ja, dachte ich. Wenn du wüsstest!

39

»Selma, ich fahre zum Bahnhof und hole Anne, die Zwillinge und Elif ab! Du passt leider nicht mehr mit ins Auto.«

Cihan klapperte bereits mit den Autoschlüsseln. In der Küche werkelte Christa, und aus dem Radio schallten deutsche Weihnachtslieder.

»Das passt schon, ich werde die Geschenke noch fertig einpacken und die Kerzen anzünden. Außerdem möchte ich nicht wieder in aller Öffentlichkeit so einen Gefühlsausbruch haben.« Stattdessen wollte ich das Wiedersehen mit Elif in aller Ruhe feiern. Mit einem deutschen Weihnachtsfest nach allen Regeln der Kunst, denn was kann ein kleines Kind mehr beglücken?

»Also dann bis gleich.« Cihan wandte sich zum Gehen. »Du siehst übrigens wahnsinnig hübsch aus in deinem roten Winterkleid und mit der neuen Frisur. Deine Haare glänzen wieder wie früher.«

Es war ein unbeschreibliches Glücksgefühl, nach dreimonatiger Therapie wieder bei Cihan und Christa in Bad Godesberg zu sein. Eifrig hatte ich den Weihnachtsbaum geschmückt und alles liebevoll dekoriert – innerlich beflügelt von dem Gefühl, heimlich von Axel geliebt zu werden. Er ließ mir alle Zeit der Welt, bedrängte mich nicht, versicherte mir nur immer wieder am Telefon, dass er auf mich warte und mit mir leben wolle.

Aber ich war noch lange nicht so weit. In meinen vielen Therapiestunden hatte ich gelernt, dass es nun das Wichtigste war, mein Leben endlich selbst in die Hand zu nehmen. Auf keinen

Fall wollte ich mich erneut von einem Mann abhängig machen, so schwärmerisch und verliebt er auch war!

Vorher musste ich erst wieder lernen, auf eigenen Füßen zu stehen. Sowohl beruflich wie auch im Zusammenleben mit meiner Tochter musste ich quasi wieder bei null anfangen.

Nie, nie wieder durfte ich mich von jemandem bevormunden lassen und keinem Menschen der Welt jemals wieder das Recht einräumen, über mich zu verfügen, geschweige denn die Hand gegen mich zu erheben. Es würde ein schwerer steiniger Weg sein, aber mit diesem festen Vorsatz war ich entlassen worden.

Dennoch war es wunderbar, heimlich einen Herzbuben als Ass im Ärmel zu haben, auch wenn es noch viele Ängste und Unsicherheit zu besiegen galt.

Was sollte ich nun mit meinem Leben anfangen?

Egal, dachte ich, als ich unten das Auto vorfahren hörte. Jetzt zählt nur noch mein Kind!

Voller Vorfreude schaute ich aus dem Fenster. Endlich! Das waren sie! Anne und die Zwillinge entstiegen mit vielen Geschenken und Koffern dem Auto. Gott, was waren die Zwillinge groß geworden, richtige junge Männer! Hatten die etwa schon Flaum auf der Oberlippe? Elif rannte bereits durchs Treppenhaus, denn ich hörte ihre Beinchen trappeln.

Die Tür flog auf, und meine kleine Tochter stand da, wieder ein Stückchen gewachsen.

Ihr staunender Blick glitt durchs geschmückte Zimmer, spiegelte die Lichter und Kerzen, blieb dann aber ernst und forschend an mir hängen.

»Mami, bist du wieder gesund?« In ihrem roten Mäntelchen mit dem weißen Fellkragen, das Anne ihr genäht hatte, sah sie hinreißend aus.

»Ja, Liebling, schau mich an, ich fühle mich großartig! Das Einzige, das mir gefehlt hat, bist du!«

Jubelnd und weinend vor Wiedersehensfreude zog ich erst mein Kind in die Arme und fiel dann meiner Anne um den Hals. »Danke, Anne, dass du so lange auf sie aufgepasst hast! Danke, Adnan und Hakan!« Die Zwillinge ließen sich eher verlegen umarmen und murmelten, dass sie gern Elifs Bodyguards gegeben hätten.

»Oh, wir hatten eine tolle Zeit, nicht wahr, Elif?« Meine Anne zog den Mantel aus und ließ sich erschöpft von der Zugreise auf Cihans Sofa fallen. »Elif durfte mir beim Nähen helfen, und wenn sie an die frische Luft gegangen ist, dann nur mit Adnan und Hakan. Wir sind ein eingespieltes Team, was, Schätzchen?«

Elif fremdelte erst noch ein bisschen, was mir schrecklich wehtat. Aber diesmal war es nicht so schlimm wie damals, als sie mit ihrer anderen Großmutter aus der Türkei wiederkam. Sie spürte inzwischen, zu wem sie gehörte und wer es gut mit ihr meinte. Und vor allem spürte sie, wer es gut mit MIR meinte!

»Ja, es war ganz toll, ich durfte mit in die Schneiderei und habe sogar das Nähmaschinenpedal treten dürfen!« Eifrig zeigte sie mir die hübschen Sachen, die meine Anne ihr genäht hatte. »Die Aufnäher durfte ich selbst draufmachen!«

Mir liefen ununterbrochen die Tränen vor Glück. Sollte dieser Albtraum jetzt wirklich endgültig vorüber sein?

Inzwischen war die Scheidung beantragt – ebenso wie das alleinige Sorgerecht. Dabei hatte mir Angelika Bertram geholfen und gemeint, dass meine Chancen sehr gut stünden. Orhan war zwar wieder aus der Untersuchungshaft entlassen worden, durfte sich aber wegen eines richterlichen Kontaktverbots weder mir noch Elif näher als bis auf zwei Kilometer nähern. Jetzt, über Weihnachten, war er mit seinen Eltern in der Türkei, und Gerüchten zufolge wollte er auch nicht mehr wiederkommen. Er galt jetzt hier als vorbestraft und hatte seinen Arbeitsplatz verloren. Das Grillrestaurant am Waldrand war nach der schrecklichen Aktion mit dem Beil an einen anderen Pächter gegangen. Tante Gülten und Oma Neslihan waren ebenfalls wieder in der Türkei. Die ganze Familie Arslan war weg!

Durfte ich jetzt endlich mit meinem Kind ein neues Leben anfangen?

Während Christa fröhlich den Gänsebraten mit Rotkraut und Klößen auftrug, schneiten auch noch Fidan, Berkan und die drei Mädels herein, anschließend kamen auch noch Onkel Engin, Tante Sule und meine Lieblingscousine Yasemin. Sie strahlte vor Stolz, gehörte sie doch inzwischen zum Flugpersonal und war eine richtige Stewardess!

Es war ein riesiges Hallo, alle fielen einander in die Arme, weinten vor Wiedersehensfreude und Rührung. Alle knuddelten Elif, und alle riefen erfreut, wie gut ich aussehe und dass ich noch nie so hübsch gewesen sei.

Während wir uns den köstlichen Braten schmecken ließen, den Christa nach dem Rezept ihrer Großmutter mit Esskastanien und Blaukraut verfeinert hatte, redeten wir alle durcheinander.

»Oh, Christa, das schmeckt göttlich!«

»Was hat dir denn wohl der Weihnachtsmann gebracht, Elif?«

»Wie geht dein Geschäft, Fidan?«

»Wie fühlst du dich inzwischen so in Deutschland, Berkan?«

»Was machen die Geschäfte in der Türkei, Onkel Engin?«

Alle erkundigten sich nacheinander, und ich schwebte auf einer Wolke des Glücks. Das war meine geliebte Familie, in der jeder für jeden da war! Weit und breit kein Orhan und keine Neslihan in Sicht! Nie mehr – ich war frei! Diese überwältigende Erkenntnis ließ mir ständig die Augen überlaufen.

»Mami, du weinst ja schon wieder!«

Elif betupfte mir mit ihrer Serviette die Augenwinkel. »Aber nur, weil ich so glücklich bin, mein Schatz!«

Meine Schwester Fidan, meine Mutter, Tante Sule und Yasemin weinten gleich mit.

»Darum heißt das ja auch Weihnachten«, kalauerte Kenan. »Weil man da endlich mal ganz ungehemmt im Kollektiv weinen kann.« Er biss beherzt in ein Gänsebein.

Da mussten wir wieder lachen. Überall sah ich auf fettige Münder, die nicht stillstanden vor lauter Lachen, Reden und Kauen. Schüsseln wurden herumgereicht, Teller neu gefüllt, Gläser nachgeschenkt und Finger abgeleckt.

»Und was hast du jetzt vor, Selma?«, fragte Anne, die ihren Blick tief bewegt über ihre lebhafte Kinderschar samt Kindeskindern schweifen ließ.

»Anne, ich habe mir noch keine Gedanken gemacht.« Mein hungriges Spätzchen auf dem Schoß, das sich wieder an mich klammerte, als wollte es mich nie wieder loslassen, war ich im Moment wunschlos glücklich.

»Was hältst du davon, wenn du mit Elif wieder zu mir nach Hannover ziehst?«

Annes gütige Augen ruhten liebevoll auf mir. »Wir haben uns jetzt so aneinander gewöhnt, nicht wahr, Elif? Und für dich, Selma, haben wir immer einen Platz.«

Ich vergrub meine Nase in Elifs langem Haar und sog ihren vertrauten Duft ein. Das war so verlockend! Wie oft hatte ich mich in den schrecklichen Jahren mit Orhan danach gesehnt, wieder bei meiner Mutter unterzuschlüpfen! Wieder bei ihr auf dem Sofa zu liegen, mir von ihr über den Kopf streichen zu lassen, mich nachts in Sicherheit zu wissen! Aber ich war jetzt fast achtundzwanzig Jahre alt und konnte unmöglich wieder zu meiner Mutter ziehen.

»Das ist so lieb von dir, Anne, aber wenn ich jetzt nicht erwachsen werde, tue ich es nie!«

Alle lachten. »Spatzenhirn wird erwachsen, hört, hört! Hat sie etwa eine eigene Meinung?«

»Selma, du kannst jederzeit bei uns bleiben, und für Elif findet sich auch noch ein Eckchen ein!«, schaltete sich Christa ein. Sie nahm einen Schluck Rotwein und lehnte sich entspannt zurück. »Ihr wisst, wie sehr wir euch lieben.«

»Dann kannst du auch wieder in meinem Laden arbeiten, wenn du willst«, bekräftigte Cihan sie.

Elifs kleines Gesicht flog dabei hin und her wie bei einem Tennismatch.

»Was willst du denn, Süße?« Tante Sule beugte sich vor und gab ihr einen Stups auf die Nase.

»Ich will bei Mama sein.« Sie schmiegte sich an mich.

»Das kriegen wir hin, Liebes. Und diesmal für immer. Das versprech ich dir.«

»Echt? Und keiner reißt mich wieder von dir weg?«

»Keiner auf der ganzen Welt.«

»Und keiner tut dir mehr weh?«

»Keiner tut mir mehr weh.«

Alle wischten sich die Augen und Nasen. Dann trugen wir Frauen schnell die Teller in die Küche und kamen mit dem Nachtisch wieder rein: Mokkaschaumcreme mit Sahne und einer Kaffeebohne obendrauf.

Die ganze Familie stürzte sich darauf. »Christa, für eine Deutsche bist du eine Spitzenköchin!«

»Wann heiratet ihr endlich, Cihan?«

»Jetzt reden wir über Selma.«

Allgemeiner Tumult brach los, jeder wollte mir einen Vorschlag unterbreiten, was ich aus meinem Leben machen sollte.

Yasemin verschaffte sich Gehör, indem sie wild mit den Armen ruderte.

»Hört zu, Leute. Ich schlafe doch kaum mehr in meiner Wohnung in Braubach …«

Weiter kam sie nicht. Halb im Scherz, halb im Ernst wurde sie unterbrochen.

»Hört, hört«, riefen die Männer der Familie sofort. »Weiß dein Vater davon?«

»Sie teilt ihre Dienstwohnung am Flughafen Köln/Bonn mit einer Kollegin«, räumte Onkel Engin sofort alle moralischen Zweifel aus der Welt. »Und außerdem fliegt sie ja dauernd in der Weltgeschichte herum.«

Die bildhübsche Yasemin bediente sogar in der ersten Klasse. Nach Langstreckenflügen war sie oft so erledigt, dass sie nur noch in ihrer Dienstwohnung am Flughafen ins Bett fiel, um am nächsten Tag wieder einsatzbereit zu sein.

»Die Wohnung in Braubach auf dem Werksgelände von Papa ist möbliert, und du und Elif, ihr könnt sie echt haben! Sie kostet euch nichts!«

»Das ist eine perfekte Idee«, befand nun die ganze Familie. Anne legte ihre Hand auf meine. »Schau, Liebes, da kannst du Selbstständigkeit lernen, bist aber dennoch in der Nähe und unter Onkel Engins Fittichen.«

Fidan kicherte. »Onkel Engin hat damals schon Bekir und mich aufgenommen, er ist für alle gestrandeten Schafe in dieser Familie gut!«

Alle lachten. Onkel Engin war wirklich die Güte und Großzügigkeit in Person, ganz im Gegensatz zu seinem Bruder Alper, meinem Vater, zu dem wir alle den Kontakt abgebrochen hatten. Der war inzwischen spielsüchtig und hatte große Teile seines hart erarbeiteten Vermögens verloren. Mit welchen Frauen er sich herumtrieb, wollte keiner so genau wissen. Er hatte es sich ein für alle Mal mit uns verscherzt.

»Das wäre also abgemacht!« Die ganze Familie freute sich mit mir und Elif.

»Natürlich musst du was Gescheites lernen.« Onkel Engin zündete sich eine Zigarette an.

»Du kannst ja nicht völlig ohne Ausbildung in dein neues Leben starten.«

Der Patriarch ließ seinen Blick schweifen. »Bei mir haben noch alle was gelernt!«

Fidan war das beste Beispiel dafür! Sie hatte sich mit mehreren Filialen selbstständig gemacht und verstand auch was von Buchhaltung und Personalführung.

»Du wirst bei mir zur Bürokraft ausgebildet«, bot Onkel Engin an. »Damit kannst du später alles Mögliche machen, und Elif kann auch bei dir sein.«

40

Braubach, Frühling 1989

Also zog ich im neuen Jahr mit Elif nach Braubach in Yasemins sehr hübsche Zweizimmerwohnung mit Balkon. Das kleine Büro, in dem ich von meinem Onkel angelernt wurde, sah bald aus wie ein Kinderzimmer. Wir fühlten uns geborgen und beschützt, gleichzeitig kostete ich das erste Stückchen Freiheit meines Lebens. Oft konnte ich es gar nicht erwarten, Feierabend zu machen, um mit Axel zu telefonieren. Aber Onkel Engin war immer so in seine Arbeit vertieft, dass er die Zeit vergaß.

»Onkel Engin, dürfen wir gehen? Ich bin fertig mit den Bestellungen!«

»Was? Jetzt schon?« Onkel Engin warf einen Blick in unser kleines Vorzimmer. »Es ist doch erst sieben?!«

»Ja aber wir sind schon seit neun Uhr hier zugange. Bis auf die Mittagspause bei Tante Sule!«

»Kind.« Onkel Engin nahm seine Brille ab und kaute an ihrem Bügel. »Solange der Chef im Haus ist, ist seine Vorzimmerdame auch hier. Das gehört sich so.«

»Ja, natürlich, aber …«

»Was sollen denn da die Mitarbeiter denken, wenn die eigene Familie eher Feierabend macht als die Angestellten?«

»Natürlich, Onkel Engin. Du hast recht.«

So harrten wir oft tapfer bis spätabends im Büro aus, aber Elif war ein Ausbund an Geduld und Langmut. Sie hatte bereits bei Anne in Hannover gelernt, wie lang so ein Arbeitstag sein kann, und war nie so verwöhnt worden, dass sie Ansprüche stellte. Onkel Engin hatte ihr einen kleinen Fernseher mit Videorekorder ins Büro gestellt, und meine kleine Elif schob geschickt sämtliche Kinderkassetten von Benjamin Blümchen bis Bibi Blocksberg in den Schlitz. Solange sie bei mir sein durfte, war sie selig. Es war auch das letzte Jahr, bevor sie in die Schule kommen würde, und oft überlegte ich heimlich, wo das wohl sein würde! Vielleicht in Berlin?

Ich saß gerade über den Gehaltsabrechnungen der Mitarbeiter, als ich bemerkte, dass sämtliche Kollegen besser bezahlt wurden als ich.

Früher hätte ich das schweigend hingenommen und gedacht, dass ich ja auch keine Gleichbehandlung verdient hätte. Dass ein Spatzenhirn wie ich sowieso den Schnabel halten musste.

Jetzt, nach der Therapie, fasste ich mir ein Herz, nahm die Unterlagen und ging damit zu Onkel Engin, der an einem riesigen Schreibtisch residierte.

»Onkel, darf ich dich mal kurz stören?«

»Aber du doch immer, Selma. Setz dich.« Er sah mein entschlossenes Gesicht. »Wo drückt der Schuh?«

»Ich finde es nicht gerecht, dass ich deutlich weniger Gehalt bekomme als die anderen und dafür sogar oft länger arbeiten muss.« Ich presste die Lippen zusammen und versuchte mein Herzklopfen unter Kontrolle zu halten, aber genau solche Situationen hatten wir in der Gruppentherapie immer wieder geübt. Ich bin etwas wert, und das muss ich auch so formulieren, damit die Menschen merken, dass sie mit mir nicht mehr so umspringen können wie früher. Ich muss mich abgrenzen und Respekt für meine Leistung einfordern. Ich darf Wertschätzung erwarten, spulte ich das Gelernte im Stillen ab. Dabei atmete ich tief ein und aus.

»Aber Liebes!« Onkel Engin stand auf, kam um seinen Schreibtisch herum und legte seine Hand auf meine Schulter. »Dir fehlt es hier doch an nichts! Du hast ein Dach über dem Kopf, dein Kind ist bei dir, gegessen wird gemeinsam bei Tante Sule, und Klamotten gibt es hier in Hülle und Fülle. Bedien dich – was immer dir gefällt, gehört dir! Das, was du hier verdienst, ist quasi dein Taschengeld!«

So konnte man das natürlich auch sehen. Aber in gewisser Weise befand ich mich schon wieder in einer neuen Abhängigkeit.

»Aber wenn ich mal ausgehen will?«, begehrte ich auf. »Oder mal verreisen?«

Onkel Engin lachte, als hätte ein Kind unfreiwillig einen schmutzigen Witz gemacht.

»Liebes, du bist bald eine geschiedene Frau, und da ist es das Beste für dich, unter den Fittichen deiner Familie zu stehen.« Seine warmen Augen waren gütig auf mich gerichtet. »Du kannst dir keinerlei Eskapaden leisten, da käme unsere Familie sofort wieder schrecklich in Verruf! Wohin willst du denn verreisen (was Allah verhüten möge)? Die Menschheit wartet nur darauf, dass du einen Fehler machst, damit sie über dich herziehen kann!«

Er sah auf die Uhr. »Und jetzt geh rüber in deine Wohnung, Liebes. Es ist ja schon gleich neun. Dein Kind möchte ins Bett.«

Das ließ ich mir nicht zweimal sagen, denn jeden Abend um neun rief Axel an.

Er war mein kleines Geheimnis, mein einziger Zipfel private Freiheit. Den wollte ich mir um keinen Preis nehmen lassen.

»Selma, wieso kannst du am Wochenende nicht einfach mal kommen? Ich hab so Sehnsucht nach dir!«

Ich kuschelte mich auf mein Sofa, nebenan schlief selig Elif. Ich träumte von Berlin und von Axel, aber es blieb eben ein Traum.

»Axel, das ist völlig unmöglich!«

»Das verstehe ich nicht, Selma! Du bist doch erwachsen und hast den Führerschein! Jetzt bist du bald offiziell geschieden und frei! Wo also liegt das Problem?«

»Onkel Engin würde es nie verstehen, und meine Brüder auch nicht!«

»Aber was haben denn dein Onkel Engin und deine Brüder

damit zu tun?« Axel entfuhr ein ungläubiges Lachen. »Das geht die doch gar nichts an?!«

Ich seufzte tief. »Ach, Axel, du begreifst das nicht! Wir Türken haben andere Familienstrukturen als ihr. Bei uns kümmert sich jeder um jeden!«

»Aber genau davon wolltest du dich doch befreien, oder habe ich da was nicht richtig verstanden?«

»Axel, ich wollte mich von meinem gewalttätigen Ehemann befreien, und das ist mir auch gelungen.« Ich strich mir über die Haare. »Aber von meiner Familie, die alles für mich getan hat, kann und will ich mich nicht befreien!«

»Du sollst dich ja auch gar nicht von ihr befreien! Du sollst mich nur besuchen!«

»Axel, sie wissen nichts von dir!«

»Aber warum denn nicht?! Ich bin doch ausnahmsweise mal kein Gewalttäter!«

»Darum geht es nicht, du Dussel!« Wie konnte ich ihm das nur erklären? »Ich bin eine alleinstehende Frau und damit umso mehr unter Beobachtung. Eine neue Beziehung zu einem Mann, noch dazu einem wildfremden Mann in Berlin, würde meine Familie komplett überfordern!«

Axel verstand es nicht. »Dann komm ich eben zu dir. Samstag steh ich bei dir auf der Matte.«

»Nein, Axel«, quietschte ich panisch. »Das geht nicht!«

»Wieso nicht! Ich muss ja nicht mit dem Motorrad kommen.«

»Nein, das meine ich nicht!« Ich raufte mir die Haare. »Du kannst hier überhaupt nicht auftauchen. Sie würden es nicht begreifen!«

»Aber wieso müssen DIE was begreifen, was ICH schon lange nicht begreife? Ich liebe dich, und ich will dich sehen!«

Abend für Abend verbrachten wir mit diesen unerquicklichen Diskussionen.

»Hast du immer noch nicht begriffen, dass es mich voll erwischt hat? Ich möchte dich und Elif für immer zu mir nach Berlin holen. Ich hab schon rosa Farbe fürs Kinderzimmer eingekauft!«

Ach, das tat so gut! Heimlich umarmte ich das Sofakissen. Aber es war definitiv zu früh.

»Ich ... Ich stehe doch erst seit einigen Monaten auf eigenen Beinen und muss mein Leben mit meiner Tochter noch in den Griff bekommen.«

»Aber eines Tages musst du eine Entscheidung treffen.«

»Ja, Axel. Bitte lass mir Zeit.«

»Ich liebe dich, Selma.«

»Ich äh ... ich mag dich auch sehr, Axel.«

»Schlaf gut, mein türkisches Mädchen.«

41

Braubach, Mitte August 1989

»Ja, Selma, Liebes, welch wunderschöne Überraschung«, meldete sich Hilde in Paderborn am Telefon, als ich mir endlich ein Herz gefasst und sie angerufen hatte.

»Mensch, Mädel, wie geht es dir?«

Ich erzählte ihr, was sich im letzten halben Jahr zugetragen hatte.

»Und deinen Märchenprinzen? Hast du den schon wiedergesehen?«

»Seit Bad Reichenhall nicht mehr, aber da wären wir auch schon beim Thema, Hilde. Ich brauche ein Alibi für nächstes Wochenende.«

Sie fühlte sich mächtig gebauchpinselt und war schwer begeistert von meinem tollkühnen Vorhaben. »Das trifft sich prächtig, Selma! Paderborn liegt ja quasi auf dem Weg nach Berlin, du besuchst mich einfach am Freitag, übernachtest bei mir, und am Samstag früh fährst du über Kassel und die Grenze Herleshausen nach Berlin!«

Mir wurde weich in den Knien, und mein Magen machte eine Rolle rückwärts.

»Oh, Hilde, ich mach mir in die Hose. Ich bin doch noch nie so weit mit dem Auto gefahren, und dann noch durch die DDR!«

Hilde lachte schallend. »Ja, das ist eine echte Prüfung für dich, Schätzelein! Aber komm erst mal bei mir an, dann päppele ich dich schon wieder auf!«

Mit der Ausrede, meine Mitpatientin übers Wochenende in Paderborn zu besuchen, brachte ich Elif zu Cihan und Christa, die sich begeistert um sie kümmerten. Cihan schlug noch den Autoatlas auf und fuhr die Strecke nach Paderborn mit einem Textmarker nach. »Am Kamener Kreuz rechts ab auf die A 2 und dann bei Stukenbrock auf die Landstraße.« Ich trat vor Aufregung von einem Bein aufs andere.

Er ahnte ja nicht, dass Paderborn nur ein Drittel meines Weges war!

Gott, was war ich nervös! Aber auch wild entschlossen, das Abenteuer durchzuziehen.

Bei Hilde angekommen, telefonierte ich erst mal mit Axel, der vor freudiger Überraschung aus allen Wolken fiel. Bis zum Schluss hatte ich ihm nichts von meinem mutigen Vorhaben gesagt, weil ich einfach nicht glauben konnte, dass ich es wirklich tun würde.

»Selma, ich fasse es nicht, du kommst wirklich!! Ich werde an der Siegessäule stehen und dich erwarten!«

Wir hatten damals weder Handy noch Navi, sodass wir uns für den nächsten Tag um zwölf Uhr an der Siegessäule verabredeten. Es hörte sich alles an wie im Märchen.

Axel versicherte mir, dass er ab sofort kein Auge mehr zutun, sondern die Wohnung auf Hochglanz bringen und kochen würde. Ich traute meinen Ohren kaum.

Hilde zog mich begeistert auf ihre Terrasse mit Blick auf einen prächtigen Garten, dem sie ihre ganze Liebe und Leidenschaft widmete.

»Ach, wenn ich doch noch einmal so jung und bildhübsch sein könnte wie du!«

Sie bemutterte mich den ganzen Abend, servierte mir Schnittchen mit Gürkchen und Ei und wollte unbedingt, dass ich mit ihr ein Glas Wein zur Entspannung trank.

»O Gott, wenn ich doch Mäuschen spielen könnte morgen! Genau ein Jahr ist es jetzt her, dass du Axel in der Eisdiele in Bad Reichenhall kennengelernt hast …«

»Ja, und bevor du fragst, Hilde: Es ist auch noch nichts passiert!« Mit gespielter Strenge blickte ich sie an. Neugierig, wie sie war, wollte sie natürlich alles haarklein wissen.

»Wie, du hast ihn nicht bei dir übernachten lassen, als er dich mit dem Motorrad besucht hat?«

»Natürlich nicht!«, empörte ich mich. »Ich bin eine anständige Frau!«

»Aber Kind, du musst doch endlich mal Spaß haben!« Auf den Schreck musste sie erst mal ein zweites Glas Wein trinken. »Mein Gott, der Mann will dich glücklich machen, und du lässt ihn nicht.« Sie erzählte mir von ihrem Kurschatten Werner, der sie gerne glücklich gemacht hätte, wenn ER noch gekonnt hätte! Ich senkte den Blick. So genau wollte ich es gar nicht wissen.

»Hilde, in unserer Kultur heben wir uns für den Richtigen auf!«

»Aber Axel IST der Richtige! Ich habe es damals sofort gespürt!«, verkündete Hilde.

Sie zeigte mir die Fotos, die sie damals gemacht hatte, und ich war doch einigermaßen überrascht, wie dünn, blass und verletzlich ich damals gewirkt hatte. Mein Blick hatte so etwas Gehetztes.

»Jetzt bist du aufgeblüht, Mädchen! Jetzt nur noch ran an die Buletten!«

Auf ihrem Gästesofa mit der geblümten Bettwäsche machte ich kein Auge zu und brach bereits gegen fünf Uhr morgens auf.

An der Grenze bei Herleshausen wurde ich über zwei Stunden aufgehalten. Mit meinem türkischen Pass fiel ich sofort auf, wurde rausgewinkt und musste Kofferraum sowie Koffer öffnen. Die Grenzer lösten den Teppichboden im Innenraum und filzten mich bis aufs Hemd. Letzteres taten übrigens uniformierte Damen, die so freudlos wirkten, als wären sie aufgezogene Roboter.

Das war eine echte Herausforderung, aber vielleicht sollte dieser Härtetest einfach sein.

Nach gut zwei Stunden kamen die Zöllner zu dem Schluss, dass ich keine Terroristin, Spionin, Drogen- oder Waffenschmugglerin war, sondern nur ein harmloses türkisches Mädchen, und ließen mich endlich passieren.

Um Punkt zwölf bewegte sich mein Wagen majestätisch auf die Siegessäule zu. Dieses Glücksgefühl war kaum zu beschreiben! Ich ließ meine offenen Haare aus dem Seitenfenster flattern und musste ein Juchzen unterdrücken, als ich Axel mit einer Berliner Fahne winkend auf dem Parkstreifen neben dem Tiergarten stehen sah!

Wir fielen uns in die Arme.

»Das glaube ich jetzt nicht, Selma. Du hast es gemacht.«

›Ich hab es gemacht!« Ich konnte es selber kaum glauben!

»Und wie fühlt sich das an?«

»Großartig!«

Dass Wiedersehen so viel Freude machen konnte, hatte ich in meinem ganzen Leben noch nicht erlebt. Ich hatte mir Axel buchstäblich verdient! Und er freute sich so unbändig, dass er mich gar nicht mehr loslassen wollte. Eng umschlungen standen wir lange vor der Siegessäule. Ich blinzelte überwältigt von der riesigen goldenen Statue, die vor dem blauen Himmel erstrahlte wie mein neu erlangtes Selbstbewusstsein. Axel wollte mich auf den Mund küssen, aber das ging mir dann doch zu weit.

»Nicht doch, Axel! In aller Öffentlichkeit!«

»Na gut, wir haben ja noch Zeit, Süße.« Endlich ließ er mich los und stieg bei mir ein.

Stolz dirigierte er mich über prachtvolle Boulevards zu seiner Wohnung in Berlin-Dahlem.

»Das ist der Hammer«, jubelte ich, als ich über den Kurfürstendamm glitt.

»Warte ab, bis du meine Wohnung siehst!«

Die mit Stuck verzierte Altbauwohnung mit den hohen Decken wirkte sofort einladend auf mich. Für einen Junggesellen war sie sehr geschmackvoll eingerichtet. Vor den meterhohen Fenstern, die auf einen Innenhof mit alten Kastanien hinausgingen, hingen dunkelrote Brokatvorhänge. Das hatte was! Es dämmerte bereits, und unsere Mägen knurrten hörbar.

»Selma, ich habe für uns gekocht.«

Axel stand doch tatsächlich in der gemütlichen Wohnküche und hantierte mit Töpfen und Pfannen. »Ich weiß nicht, ob es deinen Geschmack trifft, aber ich habe mir alle erdenkliche Mühe gegeben und war heute schon ganz früh auf dem Markt.«

Fassungslos lehnte ich in der Tür. Ein MANN, der für MICH gekocht hatte? Das war doch nur ein schöner Traum, oder? Die Küche war perfekt aufgeräumt, und alles blitzte vor Sauberkeit! So etwas hätte ich mir in den kühnsten Fantasien nicht vorgestellt. Axel hatte die Wohnung erst kürzlich selbst renoviert und verfügte offensichtlich über enormes handwerkliches Geschick. »Dieses kleine Zimmer habe ich noch nicht angerührt« – er öffnete eine Tür, die vom Flur abging. »Weil hier Elif wohnen wird. Und sie soll selbst bestimmen, wie es gestrichen werden soll.« Augenzwinkernd zeigte er auf ein paar Farbeimer, die noch ihrer Bestimmung harrten. Ungläubig schüttelte ich den Kopf. Er meinte es wirklich ernst! Das Essen schmeckte vorzüglich. Axel hatte Rücksicht auf mich genommen und kein Schweinefleisch zubereitet, obwohl unsere Familie nicht religiös war. Es gab ein hervorragendes Hühnchengericht mit Kartoffelschnee und Erbsen, dazu einen frischen Salat mit Zitronendressing. Zum Nachtisch zauberte er eine Schaumweincreme mit Pistazien hervor.

Eine echte Glanzleistung!

Unfassbar glücklich lauschte ich den Geräuschen der nächtlichen Großstadt und bestaunte diesen gut aussehenden Mann, der mein gesamtes Weltbild auf den Kopf stellte.

Nachdem er abgeräumt hatte – Axel wollte mich auf keinen Fall helfen lassen –, stellte er das Geschirr schnell in die Spülmaschine und zog mich dann aufs Wohnzimmersofa. Vorher legte er noch Herbert Grönemeyer auf und zündete Kerzen an.

Dann nahm er mich fest in den Arm und streichelte mich zärtlich. Solch sanfte, wohltuende Berührungen hatte ich noch nie erlebt. Ich fühlte mich wie auf Wolken und spürte Flugzeuge in meinem Bauch – genau wie Herbert Grönemeyer es uns gerade vorsang!

Am nächsten Morgen brachte mir Axel das Frühstück ans Bett. Auf einem Tablett standen neben Kaffee, Zucker und Milch ein Korb mit knusprigen Brötchen sowie verschiedene Marmeladen und Käsesorten. Dazu gab es ein perfektes weich gekochtes Ei! Sogar an meinen Lieblingskräuterquark hatte er gedacht.

»Ich bin sprachlos, Axel! Woher weißt du …?«

»Na, ich hab dich doch in der Klinik frühstücken sehen!«

Er strahlte und schob mir eine frische Serviette hin. Ich hatte noch nie im Bett gefrühstückt!

»Weißt du noch, als du mich nicht bei dir hast übernachten lassen? Da bin ich doch noch zum Frühstück gekommen, um mich von dir zu verabschieden!«

»Stimmt.« Ich wollte mein Ei aufklopfen, aber er nahm es mir sofort ab und köpfte es fachmännisch.

»Lass mich das machen.« Dann schenkte er mir Kaffee ein, goss Milch dazu und rührte zwei Zuckerstückchen hinein.

»Axel, ich bin doch nicht krank!«, wehrte ich lachend ab.

»Nein, aber du bist meine Prinzessin, die ich heute Nacht wachküssen durfte.«

In Erinnerung an das, was er mit mir getan hatte, durchzog es mich heiß.

Dass Sex so schön sein konnte, so innig, zärtlich, liebevoll! Ich war zum ersten Mal in meinem Leben richtig abgehoben und hatte mich danach überwältigt an ihn geschmiegt. Und nun fütterte er mich wie ein kleines Spätzchen. Ich fühlte mich auf Anhieb geborgen.

Gegen Mittag machten wir einen Spaziergang über den Kurfürstendamm, und ich hielt Händchen, ohne mir Sorgen darüber zu machen, ob mich hier jemand bei dieser unzüchtigen Handlung ertappen könnte. Es war, als würde eine eiserne Kette nach der anderen klirrend von meinem Herzen fallen. Noch nie hatte ich mich so leicht und frei gefühlt!

Axel schwärmte mir unentwegt von einer gemeinsamen Zukunft in Berlin vor.

»Wir finden mit Sicherheit einen Job für dich. Lass dir von deinem Onkel ein Zeugnis ausstellen und bewirb dich hier. Schau!« Er zog mich vor das Schaufenster eines schicken Bekleidungsgeschäfts. »Freundliche Fachverkäuferin ab sofort gesucht!«

»Aber Axel, ich … Ich bin noch nicht so weit.« Leider musste ich meinen Traumprinzen bremsen. Noch hatte ich kein Zeugnis von Onkel Engin.

»Wieso denn nicht, Prinzessin? Du hast doch schon so viel geschafft! Oder gefällt dir Berlin nicht?« Die Enttäuschung stand ihm ins Gesicht geschrieben.

»Nein, Berlin ist der Hammer! Ich würde hier wahnsinnig gern leben, es wäre fantastisch, aber …«

»Aber?!«

»Erstens muss meine Familie einverstanden sein, und das bedeutet viel Fingerspitzengefühl und Zeit.« Ich drückte seinen Arm. »Und zweitens muss Elif dich mögen. Sie wird verstört sein, wenn ich ihr plötzlich einen fremden Mann vorstelle. Für sie bedeutet ein Mann an Mamas Seite nur Horror, Gewalt, Schläge, Tränen und Kummer.«

Axel blieb stehen und hob mein Kinn an. »Dann fangen wir mit zweitens an. Elif soll mich kennenlernen.«

Meine Familie war schon verwundert, dass ihre Selma bereits eine Woche nach ihrem Ausflug nach Paderborn – denn woanders war ich ja offiziell nicht gewesen – mit dem knapp siebenjährigen Töchterchen nach Cuxhaven fahren wollte.

»Ja, nachdem ich mich letztes Wochenende nicht um Elif kümmern konnte, möchte ich das dieses Wochenende nachholen. Meine Mitpatientin Hilde hat dort eine Ferienwohnung, sie ist natürlich auch da und passt auf uns auf.« Diese Lüge ging mir erstaunlich leicht von den Lippen. Für den Fall der Fälle hatte Cihan deren Telefonnummer, und Hilde würde Stein auf Bein schwören, dass ich bei ihr in der Ferienwohnung weilte und nur gerade unterwegs sei.

»Dann nimmst du aber den Zug!«, befand Cihan. »Die lange Autofahrt ist nichts für die Kleine.«

Elif fiel mir begeistert um den Hals. »Fahren wir wirklich ans Meer, Mami, nur du und ich? Darf ich da auch schwimmen?«

Während der langen Zugfahrt versuchte ich sie vorsichtig auf Axel vorzubereiten.

»Wahrscheinlich holt uns dort ein Bekannter vom Zug ab. Wollen wir ein bisschen Zeit mit ihm verbringen?«

Sie zog einen Flunsch. »Aber den kenne ich ja gar nicht!«

Ich nahm sie in den Arm. »Das kannst du dir ja noch mal überlegen. Ich würde vorschlagen, du guckst ihn dir mal an, und wenn du ihn nicht magst, gehen wir unserer Wege.«

Sie verschränkte die Arme vor der Brust und schaute lange nachdenklich aus dem Fenster. Schließlich sagte sie, einer weiblichen Intuition gehorchend, sehr ernsthaft:

»Einverstanden, Mami. Wir geben ihm genau fünf Minuten eine Chance.«

Und dann stand er da! Das Herz fiel mir fast aus dem Mund

vor Freude, als ich ihn mit einem Blumenstrauß am Bahnsteig stehen sah!

Plötzlich wurde der Bahnhof Cuxhaven zu einem paradiesischen Ort, und alles schien sich zu drehen.

»Herzlich willkommen, die Damen!«

Axel bückte sich, pflückte eine entdornte Rose aus dem Strauß und überreichte sie Elif.

»Ich bin Axel Werner, und ich schlage vor, wir fahren sofort zum Strand!«

Ihre Augen leuchteten vor Begeisterung, als wir kurz darauf vor einem großen Spielplatz hielten. Große Holzschiffe mit bunten Segeln luden zum Klettern ein. Axel ging ernsthaft auf Elif ein und erforschte mit ihr die kindgerechte Abenteuerlandschaft, während ich tiefenentspannt mit meinem Blumenstrauß auf einer Bank saß, den Duft des Meeres inhalierte und mein Gesicht in die Sonne hielt. Bunte Strandkörbe standen überall im Sand, Eltern tobten mit ihren Kindern im lauen Wasser, und blaue Niveabälle flogen durch die Luft.

Nach einer halben Stunde gesellte ich mich zu den beiden, die gerade laut lachend auf einer Riesenrutsche hinuntersausten und auf dem Hosenboden im Sand landeten.

»Elif, ich wollte dir nur sagen, dass fünf Minuten rum sind!« Unauffällig zeigte ich auf meine Uhr.

»Ach, Mami!«, flüsterte sie mir mit roten Wangen ins Ohr. »Das war doch unser Geheimnis! Für den Fall, dass er doof ist!«

»Und? Ist er nicht doof?«

»Nein, der ist nett und lustig! Du solltest den unbedingt kennenlernen!«, hauchte sie mir zu, bevor sie wieder mit ihm in einem Spielzeugschiff verschwand.

Dort hörte ich sie fachsimpeln. »Also, ich kann schon ein bisschen schwimmen, aber nur im Flachen, und bei den Wellen trau ich mich nicht. Aber mit sieben sollte ich es eigentlich besser können.«

»Dann schlage ich vor, dass wir mit deiner Mami in ein Hotel gehen, in dem es einen Swimmingpool gibt. Dort kann ich mit dir üben.«

Kurz darauf fanden wir uns in einer bezaubernden Viersterneanlage direkt am Strand wieder. Elif hatte Vertrauen zu Axel gefasst und ließ sich von ihm durch den erwähnten Pool ziehen. Die beiden hatten viel Spaß miteinander, Elif quietschte und prustete und plauderte in einem fort.

Beim Abendessen strahlte sie ihn unentwegt an, und dasselbe tat ich auch.

»Na, mein Schatz, war das ein schöner Tag?«

»Mami, das war der schönste Tag in meinem Leben!«

Behutsam trugen wir die müde Kleine ins Zimmer und legten sie in ein bereitgestelltes Kinderbett. Als wir uns in dieser Nacht liebten, taten wir das ganz leise im Dunkeln und unter der Bettdecke, aber es war genauso schön wie beim ersten Mal.

Den ganzen Samstag verbrachten wir tobend am Strand und am Pool, und gegen Mittag schlief Elif im Strandkorb, während Axel und ich leise Pläne schmiedeten.

»Jetzt musst du nur noch deine Familie überzeugen!« Axel malte große Herzen in den Sand.

»Ihre Herzen wirst du nicht so leicht gewinnen wie Elifs«, gab ich zu bedenken. »Mein Onkel und meine Brüder lassen sich nicht so leicht einwickeln wie kleine Mädchen.«

»Stell mich ihnen doch einfach vor! Ich habe schließlich nichts zu verbergen.«

»Bitte überstürz jetzt nichts, Axel. Ich möchte wirklich gerne mit dir und Elif in Berlin leben, aber wir müssen den richtigen Zeitpunkt abwarten.«

Es war nicht einfach für den heiß verliebten Axel, sich wieder und wieder vertrösten zu lassen.

Auch mir fiel es nicht leicht, aber das Ganze hatte auch was Gutes: Daran merkte ich, dass er es wirklich ernst mit uns meinte.

42

Braubach, September 1989

»Mami, Axel ist da!« Elif war in Socken vom Sofa gehüpft und zur Wohnungstür gerannt. Es war Samstag, und wir hatten es uns gerade nach dem Frühstück im Wohnzimmer gemütlich gemacht, als es klingelte.

»Das kann nicht sein, wir sind doch dieses Wochenende gar nicht verabredet?« Erschrocken sprang ich auf … und lief ihm schon in die Arme.

»Guten Morgen, die Damen! Jetzt machen wir Nägel mit Köppen!«

»Was ist das, Nägel mit Köppen, Axel?«

»Axel, bist du verrückt geworden?« Halb lachend, halb zitternd vor Aufregung zog ich ihn in die Wohnung und schloss hastig die Tür. »Wenn dich Onkel Engin sieht! Du kannst doch nicht einfach so hier auftauchen.«

»Und ob ich das kann!« Er krempelte die Hemdsärmel hoch und fragte mit markiger Stimme: »Wo soll das Klavier hin?«

»Axel, bitte! Das ist nicht dein Ernst!«, doch er erstickte mein hysterisches Geflüster mit einem Kuss.

»Wir haben doch gar kein Klavier«, piepste Elif.

»Das sagt man so als Möbelpacker.«

»Axel, wir haben noch gar nicht zusammengepackt ...«

»Dann machen wir das jetzt. Elif, kommt mit zum Auto und hilf mir mit den Umzugskisten.« Elif hoppelte wie ein aufgedrehter Hase glückstrahlend neben ihm her.

Jetzt war es so weit!

Das war zwar keine Entführung im türkischen Sinne, aber mindestens genauso aufregend. Und: Ich wollte es. Ich war so weit.

Keine zwei Stunden später hatten wir unsere Habseligkeiten in Kisten verpackt, die Axel fröhlich pfeifend zum Auto schleppte. Onkel Engin schien mit Tante Sule zum Einkaufen in der Stadt zu sein, sonst hätte er längst alarmiert auf der Matte gestanden!

»Axel, ich habe meine Familie noch nicht eingeweiht«, stammelte ich panisch. »Ich kann doch nicht einfach so verschwinden!«

»Dann fahren wir jetzt zu deinem Bruder Cihan.«

Energisch schloss er die Türen des extra angemieteten Lieferwagens. »Und bei deiner Mutter in Hannover mache ich demnächst einen Antrittsbesuch, so wie es die Tradition verlangt.«

Er fuhr los, und ich saß geschockt mit Elif auf dem Beifahrersitz. »Ach, Axel, wenn du wüsstest! Sie hat sich in letzter Zeit vermehrt dem Islam zugewandt und sucht Trost im Gebet! – O Gott, war das gerade Onkel Engin, der uns im Auto entgegengekommen ist? Ich glaube, er hat uns gesehen!«

»Beruhige dich, Selma! Du bist nicht deren Gefangene!«

»Aber wir sollten zurückfahren und mit ihm reden.«

»Jetzt reden wir erst mal mit deinem Bruder.«

Axels Wangenknochen mahlten, als er entschlossen weiterfuhr.

Ich biss mir auf die Lippen und versuchte, nicht panisch zu werden.

»Meine arme Mutter bricht zusammen, wenn ihr Sorgenkind jetzt mit einem Deutschen zusammenlebt, ohne ihn zu heiraten.« Ich vergrub das Gesicht in Elifs Haar, die putzmunter auf meinem Schoß saß und meine Sorgen an sich abprallen ließ. »Wenn es sein muss, konvertiere ich zum Islam.« Axel verließ das Firmengelände und setzte auf der Ausfallstraße nach Bad Godesberg den Blinker. »Wir können gerne muslimisch heiraten, das macht mir nichts aus. Ich liebe Elif und dich, und wir werden eine Familie sein.«

Als wir kurz darauf vor Cihans und Christas Wohnung vorfuhren, saß ich wie gelähmt auf meinem Sitz. »Ich kann nicht, Axel. Es geht einfach nicht.« Mein Herz raste zum Zerspringen.

»Er wird schon seinen Segen geben. Wenn er erst mal sieht, was für ein prima Kerl ich bin …«

Axel wollte schon aussteigen, als ich ihn am Ärmel zog. »Axel, das ist kein Spaß! Wir können ihn nicht einfach so überrumpeln.«

»Er lebt doch selbst mit einer Deutschen zusammen, hast du gesagt? Wo ist denn da der Unterschied?«

»Er ist eben der große Bruder, und ich bin die kleine Schwester! Das ist der Unterschied!«

»Ich werde seine kleine Schwester glücklich machen! Was kann er Besseres erwarten?«

Er sah mich von der Seite an.

»Glaub mir, alles wird gut! Niemals werde ich dir oder Elif

auch nur ein Haar krümmen, das solltest du doch inzwischen wissen.«

»Ich weiß es ja Axel, aber die Tradition …«

»Ich ehre eure Tradition, aber jetzt bist du erwachsen, und jetzt gehen wir da rein.«

Elif saß mucksmäuschenstill zwischen uns. Inzwischen spürte sie auch, dass es hier ums Ganze ging.

»Lass mich erst mal alleine gehen.« Ich holte tief Luft. »Du hast recht, ich bin erwachsen. Und ich schicke niemanden mehr vor, wenn es um mein Leben geht.«

Ich klingelte.

Meine Beine zitterten vor Aufregung, und als Cihan die Tür öffnete, bemerkte ich seine ablehnende Haltung sofort. Er hatte uns bereits durchs Fenster gesehen. Normalerweise breitete er lachend die Arme aus, doch jetzt führte er mich steif ins Wohnzimmer.

Christa saß strickend auf dem Sofa und sprang sofort auf, um mich herzlich zu umarmen.

»Lass dich nicht unterkriegen«, flüsterte sie mir ins Ohr.

Wie ein Angeklagter stand ich vor den beiden und knetete die schweißnassen Hände.

»Es fällt mir nicht leicht, heute vor dir zu stehen und dir zu sagen, was ich dir zu sagen habe, Cihan«, stotterte ich wie ein Schulmädchen. Und genauso behandelte er mich auch.

»Na, dann leg mal los.«

»Ich habe vor einem Jahr in Bad Reichenhall einen Mann kennengelernt, und es ist was Ernstes. Wir lieben uns und wollen jetzt nach Berlin ziehen.«

»Und wie stellst du dir das vor?«, polterte er los. »Wie soll es Elif damit gehen? Hat das Kind nicht schon genug durchgemacht?«

»Ja, Bruder, ich weiß. Aber auch ich habe viel Leid ertragen müssen, wie ihr wisst.«

Ich warf Christa Hilfe suchende Blicke zu, und sie nickte mir aufmunternd zu, als würde sie einer unsicheren Schauspielerin den Text soufflieren.

»Damals war ich noch ein Kind und nicht mutig genug, einen Ausweg zu finden. Ich stand unter Schock und brauchte nach meiner Befreiung eure Hilfe, für die ich euch sehr dankbar bin.«

»Kein Ding«, meinte Christa und ließ die Nadeln klappern.

»Seitdem ist viel Zeit vergangen, und ich habe gelernt, selbstbewusster zu sein und die Dinge anzugehen.«

Ich schluckte. Christa reichte mir ein Glas Wasser und sah meinen Bruder vorwurfsvoll an.

»Wenn ich länger unter eurer Obhut bleibe, wird sich nichts verändern – im Gegenteil! Wenn du weiter für mich Entscheidungen triffst, wird mir meine neu gewonnene Eigenständigkeit wieder genommen, Cihan. Ich weiß, du meinst es gut und fühlst dich für mich verantwortlich. Aber ich muss nun selbst Verantwortung für mich übernehmen.«

»Aha. Und wer ist der Kerl? Warum erfahre ich erst jetzt von seiner Existenz?«

Cihan war natürlich mächtig in seinem Stolz gekränkt. Nicht ER hatte einen Mann für mich ausgesucht, sondern ich mir selbst. Das war ein dicker Hund.

»Cihan, mir ist es wichtig, dass wir uns im Guten trennen.« Ich machte einen Schritt zum Fenster und zog die Gardine beiseite. »Axel – so heißt mein Freund – sitzt unten mit Elif im Auto. Er würde gern raufkommen und Hallo sagen. Bitte gib ihm eine Chance.«

»Dieser Kerl sitzt mit MEINER NICHTE allein im Auto?« Empört sprang Cihan auf und riss an der Gardine.

»Axel und Elif kennen sich schon lange und haben sich von Herzen gern.«

»Und ich WEISS nichts davon?« Wutentbrannt fuhr Cihan zu mir herum. »Hast du denn so wenig Vertrauen zu mir?«

»Cihan, wenn du so ausrastest, bestimmt«, mischte sich Christa vom Sofa aus ein. »Schrei doch nicht so rum.«

Ich hatte Christa schon immer geliebt, aber jetzt liebte ich sie ganz besonders.

»Also, das kann ich jetzt nicht so schnell verdauen.« Sichtlich beleidigt starrte Cihan an die Wand. »Der soll sich anständig anmelden, und dann gebe ich ihm einen Termin.«

»Nee, Bruder«, sagte ich entschlossen. »Wir fahren jetzt nach Berlin, das ist beschlossene Sache. Ich bin mein Leben lang fremdbestimmt worden, und damit ist jetzt Schluss.«

Christa applaudierte geräuschlos im Hintergrund und feuerte mich mimisch an.

»Bitte, Cihan, ich möchte mich im Guten von euch verabschieden. Sonst steht das für immer zwischen uns, und dafür haben wir zu viel miteinander erlebt. Ich hol ihn jetzt entweder rauf oder gehe.«

Es folgte eine nervenaufreibende Stille. Als ich mich gerade entschlossen hatte zu gehen, sagte Christa mit fester Stimme:

»Also echt, Cihan. Jetzt spring doch mal über deinen Schatten! Ihr Türken mit eurer Ehre und eurem Ruf! Ihr macht euch doch das Leben viel zu schwer!«

»Wie bitte?« Cihan fuhr zu ihr herum.

»Ist doch wahr, Mensch!« Sie pfefferte ihr Strickzeug auf den Tisch. »Wir leben im zwanzigsten Jahrhundert und zwar mitten in Deutschland! Selma ist erwachsen und braucht keinen Bevormunder mehr! Die hat echt genug mitgemacht – und das alles im Namen eurer Ehre und Tradition!« Sie schritt zum Fenster und winkte freundlich. »Und jetzt lassen wir diesen armen Kerl rein! Das ist ja peinlich, wie lange der schon im Auto sitzt!«

Peng! Damit hatten weder Cihan noch ich gerechnet. Perplex starrten wir uns an.

Im selben Moment trappelte auch schon Elif herein, gefolgt von einem entwaffnend lächelnden Axel.

Kurz darauf saßen wir alle ziemlich angespannt auf dem Sofa. Elif versuchte unter Christas liebevoller Anleitung ein paar Maschen zu stricken, was der Sache ein bisschen die Spannung nahm. »Ups, runtergefallen. Menno, wieso geht das nicht?!«

»Also, Herr …«

»Werner.«

»Er heißt Axel, Cihan.«

»Also, Herr Werner. Wie stellen Sie sich das mit meiner Schwester vor?«

»Ich habe Selma während ihrer Therapie in Bad Reichenhall kennengelernt, und sie hat mich in ihre tragische Vergangenheit eingeweiht.« Axel drehte seine Mütze auf den Knien. »Es ist nicht so, dass ich nicht wüsste, worauf ich mich einlasse, beziehungsweise was ich Selma, Elif und auch euch zumute. Wir haben uns langsam und behutsam angenähert, wir lieben uns und wollen in Berlin einen Neuanfang wagen. Dafür brauchen wir euren Segen und eure Unterstützung, denn ein schlechtes Gewissen und das Gefühl, alles falsch zu machen, hatte Selma schon lange genug.«

Er setzte sich kerzengerade hin und sah Cihan direkt in die Augen. »Ich weiß, das kommt jetzt alles etwas überraschend für euch, aber es ist unsere gemeinsame Entscheidung, und ihr könnt euch auf mich verlassen. Ich werde gut auf Selma und Elif aufpassen und ihnen nie ein Haar krümmen.«

»Dann wärst du ein toter Mann«, brummte Cihan.

Christa warf ihm nur einen Blick zu, der besagen sollte: »Ja, und das hättest du bei Orhan ruhig früher checken sollen! Du bist auch nicht ganz unschuldig.«

Plötzlich gab Cihan seine starre Haltung auf. An Axel gewandt, sagte er: »Mir bleibt ja doch keine Wahl. Ihr habt mich vor vollendete Tatsachen gestellt.«

Mir fiel ein ganzer Sack Steine vom Herzen. Mein geliebter Bruder!

Cihan stand auf. »Mir bleibt nur noch, euch Glück zu wünschen. Elif, wir werden dich sehr vermissen!«

Er nahm Elif in die Arme und drückte sie an sich. Seine Augen schwammen in Tränen.

Christa und ich fielen uns auch um den Hals, und sie flüsterte: »Der Typ ist schwer süß! Du rockst Berlin! Ich beneide dich!«

Auch Cihan nahm mich noch mal brüderlich in den Arm.

»Ich wünsche dir alles Gute, Selma. Passt auf euch auf!«

Während der ganzen Fahrt nach Berlin kämpfte ich mit den Tränen.

Nun hatte ich mich also von meiner Familie abgenabelt! Alle Bindungen räumlich gekappt! Was würde uns in Berlin erwarten? Wie würde unser Leben aussehen? Wie würde es Elif ergehen? Hatte ich dem Kind wirklich nicht zu viel zugemutet, ihm alle Bezugspersonen zu nehmen? Und wie schwer hatte ich meinen geliebten Bruder Cihan verletzt? Sicher liefen jetzt die Drähte heiß, sodass Mutter in Hannover den zweitgrößten Schock ihres Lebens erlitt: Ihr Sorgenkind brannte nun mit einem unbekannten Deutschen nach Berlin durch! Für sie war ich ja schon damals mit Orhan durchgebrannt, und jetzt wieder so ein unüberlegter Schachzug?

Erneut hieß es an der Grenze lange warten. Ich hielt die erschöpfte Elif im Arm, die von dieser Situation und den strengen Zöllnern schwer eingeschüchtert war. »Alles gut, Schätzchen, alles wird gut.«

Es war ein Uhr nachts, als wir in Berlin-Dahlem ankamen.

»Willkommen daheim!« Axel kraulte mir den Nacken.

»Psst«, machte ich und legte den Finger auf den Mund. »Elif schläft!«

»Okay, was macht der Hunger?«, flüsterte Axel. »Ich zeige dir, wo es die beste Currywurst von ganz Berlin gibt!«

Er lenkte den Lieferwagen über die Schlossstraße nach Steglitz, wo auch um diese Zeit noch alles voller Leben war. Überall blinkten Reklametafeln, und die Schaufenster der Einkaufsmeile waren hell erleuchtet.

»Wow, sogar die Restaurants sind alle geöffnet«, staunte ich. »Und die türkischen Imbissbuden!« Ziemlich viele Leute waren noch unterwegs, manche von ihnen auch angetrunken.

»Ja, diese Stadt schläft nie.«

Axel parkte direkt vor der Imbissbude auf dem Bürgersteig.

»So kannst du die Kleine im Auge behalten.«

Erleichtert, mir endlich die Beine vertreten zu können, stellte ich mich neben Axel an den Tresen. Ein paar Kerle im Blaumann zogen sich gerade eine Wurst und Biere rein. Ich beachtete sie nicht.

»Zweimal Currywurst, extrascharf.« Axel grinste mich mit Heimatstolz an. »Das isst man hier in Berlin, wenn es nach Mitternacht ist.«

Der dicke Verkäufer im weißen Kittel und mit schief sitzendem Schiffchen auf dem Kopf zerteilte gekonnt die Wurst, gab extrascharfe Currysoße samt Paprikapulver darüber und schob uns die Pappschälchen hin.

»'n Bierchen dazu?«

»Nein, danke.«

Obwohl ich vor lauter Aufregung kaum Hunger hatte, machte ich mich über das Wurstgemetzel her. Es schmeckte köstlich!

»Gott, ist das himmlisch!«

»Nicht wahr?«, freute sich Axel. »Aus dir mach ich noch 'ne waschechte Berlinerin!«

»Sehr heiß und sehr scharf!« Mir schossen direkt die Tränen ein, und ich schob das Essen auf der Zunge hin und her.

»Ach, nee. Kiek ma. Sehr heiß und sehr scharf. Det kannste laut sagen, Kleene. So 'ne Süße biste! Biste neu hier in Ballin?«

Die drei inzwischen betrunkenen Kerle im Blaumann hatten sich um mich geschart. Sie stanken fürchterlich nach Orhan, sprich nach Alkohol und Rauch.

Axel stand etwas abseits. Mein Blick zuckte Hilfe suchend zu ihm herüber.

»Ja, und sie gehört zu mir!« Axel kam näher, konnte die drei aber nicht von mir fernhalten. Es entstand ein Gerangel, bei dem Axel den Kürzeren zog.

»He, wat willst'n du, Alter?«

»Willst'n paar uff de Fresse oda wat?«

Einer von ihnen zog einen Schraubenzieher aus der Tasche und drohte Axel damit.

Der lief zum Auto, in dem Elif schlief. »Sie gehört zu mir, wir essen nur eine Kleinigkeit. Gleich sind wir weg, ja? Lasst sie in Ruhe.«

Doch der Typ mit dem Schraubenzieher war auf Krawall gebürstet und lief hinter Axel her. O Gott! Schon wieder würde Elif eine Gewaltszene miterleben! Todesmutig trat ich dazwischen: »Eh, Leute, ist doch alles gut! Beruhigt euch mal! Ist doch nichts passiert!«

Der eine haute mir meine Schale mit der Wurst aus der Hand, der zweite hielt mich von hinten fest.

»Komm doch, du Feigling!«

»Wenn se dir gehört, hol se dir doch!«

Axel rannte auf der anderen Seite um die Imbissbude herum und verlangte vom dicken Wurstmann mit dem Schiffchen eine leere Flasche.

Mein Herz raste unter der Pranke des Betrunkenen. »Aah, wie det Herzchen schlägt von dem Vögelchen!«

Entschlossen schlug Axel den Kopf von der Bierflasche ab und wollte mit dem scharf gezackten Glas auf die drei Kerle losgehen.

»Nein«, schrie ich panisch. »Nicht!«

Der Typ mit dem Schraubenzieher ging nun seinerseits auf Axel los, woraufhin dieser mit langen Schritten Reißaus nahm.

»Bitte, Jungs, beruhigt euch doch!«, meldete ich mich wieder tapfer zu Wort.

Endlich ließen sie mich los und gaben mir zum Abschied einen Schubs.

»Wat haste dir denn da für'n miesen Feigling anjelacht, Kleene!«

»Der lässt seine Süße im Stich und haut ab.« Einer spuckte auf die Erde.

»Kommt, wir geh'n. Die Kleene ist am Arsch gekniffen genug.«

Die drei trollten sich. Wie angewurzelt stand ich da, starrte auf den roten Currywurstmatsch und sah schon wieder mein Blut in den Teppich fließen. Ein heftiges Zittern überkam mich, meine Zähne schlugen aufeinander, und mir wurde schwindelig, als Axel hinter dem Auto zischte: »Sind sie weg?«

»Ja«, krächzte ich heiser. »Glaub schon.«

»Da isser ja, der Held.« Der rotgesichtige Imbissmann war wenig beeindruckt von meinem Axel.

»Ich konnte nichts machen«, sagte der in Erklärungsnot. »Die waren zu dritt und hatten einen Schraubenzieher.«

Er führte mich zum Auto, in dem Elif Gott sei Dank immer noch tief und fest schlief.

»Ein toller Empfang hier in Berlin«, murmelte ich, meine verklebten Finger an einem Taschentuch abwischend. »Sind die Leute hier alle so freundlich?«

»Quatsch!« Axel ließ den vollgeladenen Sprinter vorsichtig vom Bürgersteig hoppeln. »Tut mir wahnsinnig leid, Prinzessin. Auf solche Idioten trifft man hier auch nicht jeden Tag.«

Am nächsten Morgen traute ich meinen Ohren kaum.

»Was soll ich tun?« Das, was Axel gerade von mir verlangt hatte, war absolut unmöglich! Vor lauter Entsetzen hielt ich mein Honigbrötchen schief, sodass mir die klebrige Flüssigkeit über die Finger rann.

»Zum Einwohnermeldeamt fahren.« Unbeeindruckt rührte Axel Kakaopulver in Elifs Milch. »Und dich und Elif anmelden.«

»Aber wie soll ich das denn finden? Ich kenne mich doch gar nicht aus!«

»Das schaffst du, Mama.« Elif nippte an ihrer Tasse und schaute mich ernsthaft mit ihrem Kakaoschnurrbart an.

»Ich hab das doch noch nie gemacht!« Panik kroch in mir hoch.

»Das machen andere doch auch.« Axel zwinkerte Elif zu. »Wir würden ja mitkommen, aber wir müssen uns um Elifs neues Zimmer kümmern.«

»Also das ist doch … Das könnt ihr doch auch später … Also ich meine, wir können das doch auch alle zusammen.« Das war doch wohl eine Verschwörung!

»Wir müssen das Zimmer streichen«, erklärte Elif mit vollem Mund. »Sonst wird die Farbe nicht mehr rechtzeitig trocken, dass ich heute Nacht darin schlafen kann«, verkündete sie ungerührt.

»Da hörst du es.« Axel belegte sich seine Semmel mit Salami. »Voll durchgetakteter Tagesplan. Streichen, Teppichboden verlegen, Hochbett bauen.«

Die beiden frühstückten stoisch weiter und schauten einer späten Amsel auf dem Balkon zu. »Darf ich dem Vogel einen Krümel rauswerfen, Axel?«

»Du kannst ruhig deine Mama fragen. Das ist eine Berliner Amsel, und darüber entscheidet eine Berlinerin.«

Mit großen Augen sah Elif mich an. »Ich dachte, du bist erst Berlinerin, wenn du dich angemeldet hast?«

»Da siehst du mal!«, meinte Axel zu mir. »Hier sind die Autoschlüssel. Beeil dich, wir brauchen den Wagen später für den Baumarkt.«

Ob ich wollte oder nicht, saß ich kurz darauf im Lieferwagen und fuhr über fremde Berliner Straßen bis zum Einwohnermeldeamt am Hindenburgdamm. Frustriert hatte ich angefangen zu heulen, als ich den Motor zweimal abgewürgt hatte, aber dann hatte ich mich am Riemen gerissen. »Jetzt habe ich schon so viel geschafft, jetzt schaffe ich das auch noch!«

Mit zusammengebissenen Zähnen parkte ich das monströse Ding auch noch ein und betrat kurz darauf das riesige Backsteingebäude.

Mit klopfendem Herzen lief ich die ausgetretenen Stufen hoch.

»Entschuldigung, wo bitte ist …«

»Zettel zieh'n.« Eine Frau wies mit dem Kopf auf einen Automaten.

»Was für'n Zettel?« Verwirrt fuhr ich herum und starrte auf die Anzeigetafel mit Nummern, die im Minutentakt umsprangen. »Zettel zieh'n, Mensch. Haste Tomaten auf den Augen?«

»Ach so! Zettel zieh'n!« Jetzt hatte ich verstanden. Die etwa hundert Leute, die hier saßen, hatten alle einen Zettel in der Hand. Meine anfängliche Panik wich einem köstlichen Gefühl des Triumphs. Es funktionierte! Ich war im richtigen Gebäude im richtigen Raum!

Als ich nach über zwei Stunden Wartezeit an der Reihe war und der Frau am Schalter mein Anliegen schilderte, kam ich mir vor wie ein Marathonläufer kurz vor dem Ziel. Sie warf einen Blick in die Pässe und knallte mir wortlos ein paar Stempel auf die von mir ausgefüllten Blätter. »Nächster!«

Verdutzt schaute ich sie an. »War's das schon?«

»Noch, bis ick es mir wieder anders überleeje! – Nächsta!«

Ich trollte mich hastig. »Ick bin ein Ballienna!«

Eine Woche später stand mir eine neue Prüfung bevor: Ich sollte Axels Eltern vorgestellt werden.

Gisela und Horst Werner standen erwartungsvoll am Gartentor ihres kleinen Häuschens am Berliner Stadtrand und strahlten uns an. »Sie sind also Axels große Liebe. – Und du musst Elif sein!«

Dann geleiteten sie uns in die Wohnküche. In einem Setzkasten standen blaue Schlümpfe, was Elif entzückte. Es gab Kasseler Schweinebraten mit Sauerkraut und Kartoffelbrei, und auch wenn Axel peinlich berührte zischte: »Mama! Musste es unbedingt Schwein sein?«, griffen Elif und ich mit großem Appetit zu.

»Axel, wir sind nicht religiös. Und in meinem neuen Leben in Berlin lege ich alte Gewohnheiten ab. – Hmm, das schmeckt ausgezeichnet, Frau Werner!«

»Ich dachte, ihr Türken seid alle gläubige Moslems?«, sagte Horst. »Ehrlich gesagt, habe ich Axel immer wieder gefragt, ob ihr ein Kopftuch tragt.«

»Hä?«, machte Elif. »Kopftuch? Ist doch nicht kalt!«

Ich musste lachen.

»Nein, nein, nicht alle Türken sind praktizierende Muslime. So wie auch nicht alle Deutschen praktizierende Christen sind.«

»Aber im Wedding loofen se alle mit Kopftuch und boden-langen Mänteln rum.«

»Nicht alle, Papa!« Axel war ziemlich peinlich, was sein Vater da an geballten Vorurteilen von sich gab.

»Hängt wohl auch davon ab, aus welcher Gegend man als Türke kommt«, mischte sich Gisela ein. »Ihr gehört ja wohl zu den Modernen. Obwohl, was Axel da von euren Traditionen erzählt ...«

»Mama! Ich hab euch doch extra gebeten ...« Axel fühlte sich sichtlich unwohl.

»Ist schon okay, Liebster.« Freundlich erklärte ich den poten-ziellen Schwiegerleuten, was es mit unseren Traditionen auf sich hatte.

»In einer türkischen Familie halten alle viel stärker zusam-men, als das hier oft der Fall ist. Besonders, wenn sie sich nicht in ihrer vertrauten Heimat befinden. Das hat den Vorteil, dass niemand mit seinen Problemen oder Plänen alleingelassen wird. Kein Kind ist unbetreut, keiner muss sein Haus alleine bauen, keiner wird mit Geldproblemen im Stich gelassen, kein alter Mensch ist einsam – im Gegenteil: Vor alten Menschen hat man den meisten Respekt.«

»Siehste, Axel!«, sagte der Vater mit gespieltem Ernst. »Ich darf also so viele Schlümpfe sammeln, wie ich will.«

Axel verdrehte die Augen.

»Anderseits werden gerade die Jüngeren, speziell die Mädchen, extrem überbehütet und dadurch auch entmündigt«, versuchte ich die Sachlage zu erklären. »Aus dem Wunsch heraus, das Mädchen keine schlechten Erfahrungen machen zu lassen, erwachsen oft eine übertriebene Wachsamkeit und die Angst, das Mädchen könnte durch sein unachtsames Verhalten die Familie in Verruf bringen.«

»Watten für'n Verruf?«

»Nun, dass sich die Familie nicht genug kümmert!« Ich löffelte meinen Kartoffelbrei. »Es entsteht der Drang, sich noch viel mehr zu kümmern, damit die Nachbarn sich nicht die Mäuler zerreißen. Das wird irgendwann zum Teufelskreis. In manchen Fällen sind die Mädchen und jungen Frauen später so unselbstständig und verängstigt, dass sie sich noch nicht mal auf die Behörde trauen, um sich zu melden.«

Ich warf Axel einen dankbaren Bick zu. »Aber so schlimm war es bei mir natürlich nicht.«

Wir zwinkerten uns zu.

»Wollen wir nicht Du sagen?« Gisela tischte den Nachtisch auf. »Axel hat immer nur von Selma und Elif erzählt, da fällt es mir schwer, Frau Arslan zu sagen.«

»Aber gern!« Ich freute mich. »Arslan will ich auch gar nicht mehr lange heißen.«

»Und ich auch nicht«, krähte Elif.

»Wie möchtest du denn heißen?«, fragte Axel und kraulte ihr den Nacken. »Elif Werner?«

340

»Themawechsel!«, sagte ich schnell.

»Sag mal, Selma, möchtest du eigentlich hier in Berlin wieder arbeiten?« Frau Werner verstand mich.

»Natürlich! So bald wie möglich!« Ich schob Elif die Serviette wieder in den Kragen. »Nur brauchen wir vorher noch einen Kindergartenplatz für Elif.«

»Ick arbeite ja als Verkäuferin in einer Bäckerei«, erzählte Gisela. »Da suchen se noch ne Aushilfe. Schrippen und Ballina vakoofn. Dat wär doch wat!«

Freudig überrascht schaute ich Axel an. »Was denkst du?«

»Also abgesehen davon, dass du mich deswegen nicht um Erlaubnis fragen musst, mein Schatz: Ich denke, das wäre famos. Und für Elif findet sich bestimmt noch ein Plätzchen in der Kita bei uns in der Straße. Die Erzieherin war mit mir in derselben Klasse, und ich habe sie schon vorgewarnt.«

43

Berlin, Herbst 1989

Die erste Zeit in Berlin war wahnsinnig aufregend. Elif bekam den Platz in der Kita, ich den Job in der Bäckerei, und Axel bewährte sich auch weiterhin als Supermann und Superpapa.

Ich musste mich immer wieder in den Arm kneifen; dass es so ein männliches Prachtexemplar überhaupt gab! Er holte Elif mittags ab und hatte bereits für sie gekocht. Da er selbstständig von zu Hause aus für seine Versicherungsfirma arbeitete, hatte er auch Zeit für sie. Wenn ich dann am späten Nachmittag aus der Bäckerei kam, warteten sie bereits mit dem Essen auf mich, und Elif plapperte glücklich drauflos:

»Mami, Axel hat mir ein Puppenhaus gebaut und einen Kaufladen.«

»Das ist großartig, Schatz.«

»Ich finde, Elif sollte in irgendeinen Sportverein gehen.« Axel tischte hausgemachte Frikadellen mit Kartoffelsalat auf. »Ich war als Kind ständig unterwegs, und so lernt sie auch noch andere Kinder kennen.« Ich konnte gar nicht glauben, was ich da hörte.

»Oh ja, Mami, darf ich?« Elif strahlte übers ganze Gesicht.

»Aber gern, wenn das machbar ist.« Warme Freude überzog mich. Auf einmal war das Leben so schön!

»Meine Eltern wollen auch einen Teil dazu beitragen.«

»Oh, Axel, dass ihr das alles für uns tut ...« Ich bekam feuchte Augen.

»Aber Liebes! Ihr gehört doch jetzt zur Familie!« Axel setzte sich zu uns. »Wie geht es dir mit meiner Mutter beim Schrippenverkaufen?«

»Ach, sie ist großartig. Alle Kollegen haben mich sofort herzlich empfangen, und die Arbeit macht mir Spaß.«

»Bist du jemals als Türkin von irgendjemandem blöd angemacht worden?«

»Aber nein, im Gegenteil!« Mit Appetit biss ich in die köstliche Frikadelle mit Senf.

»Abgesehen davon, dass der Ausländeranteil in Berlin viel höher ist als in meiner alten Heimat, haben alle Respekt vor mir und sind sehr freundlich!«

»Du bist eben eine exotische Schönheit.« Axel tupfte mir mit der Serviette das Gesicht ab. »Mit Senf an der Nase.«

Elif strahlte kauend. Dass ein Mann jemals so liebevoll mit

ihrer Mami umgehen würde, hatte sie sich bestimmt nicht träumen lassen.

»Also, was machen wir am Wochenende?« Axel sah unternehmungslustig aus dem Fenster. Die Laubbäume im Garten trugen ein buntes Herbstkleid.

»Oh, bitte, lass uns an den Wannsee fahren«, bettelte Elif.

»Schätzchen, zum Schwimmen ist es zu kalt. Ich bin für einen Schaufensterbummel auf dem Ku'damm«, hielt ich dagegen.

»Das Wetter wird es entscheiden.« Axel stand auf und räumte ganz selbstverständlich das Geschirr ab. »Bei gutem Wetter Spaziergang und Bootfahren am Wannsee, bei schlechtem Ku'damm und heißer Kakao im KaDeWe.«

Dass ein Mann sich freiwillig zu einem Schaufensterbummel hinreißen ließ, war mir auch neu.

Elif war mit allem einverstanden. Hand in Hand bummelten wir an der Bleibtreustraße vorbei und ließen das Kind »Alle Engelchen fliegen hoch« spielen, als Axel plötzlich vor dem edlen Haushaltswarengeschäft »Casa Nova« stehen blieb. »Schau mal, Selma. So was liebst du doch!«

Wir betrachteten das Schaufenster, in dem kuschelige Bettwäsche, edle Kissen, Kaschmirwolldecken, aber auch luxuriöse Haushaltswaren wie hochwertiges Geschirr und edle Designerkaffeekannen zu bestaunen waren.

»Das ist ganz nach meinem Geschmack«, schwärmte ich. »Wenn irgendwann mal die Haushaltskasse stimmt, würde ich mich gern genau so einrichten!«

»Selma! Guck mal, was hier steht: Freundliche Verkäuferin gesucht!« Axel strahlte mich zuversichtlich an. »Das wär doch was für dich, mein Herz!«

»Meinst du wirklich, dass ich das kann?« Gebannt starrte ich auf das feine Glas und den teuren Schnickschnack. »Ich würde mir im wahrsten Sinne des Wortes vorkommen wie ein Elefant im Porzellanladen!«

»Doch, Mami, das kannst du«, zirpte Elif keck, die auf Axels Schultern saß.

»Du wärst der Hingucker des ganzen Ladens! Komm, lass uns reingehen!«

»Um Gottes willen, wie sehe ich aus?!« Nervös tippelte ich hinterher.

»Bezaubernd.«

»Aber ich habe doch gar nicht das Passende an …« Mit Schirm und Regenjacke war ich wohl kaum für ein Vorstellungsgespräch gerüstet?!

»Du bist eine Schönheit.« Axel setzte Elif ab und drückte mich kurz an sich.

Wir schlenderten erst mal ganz unverbindlich durch den Laden. Elif verhielt sich vorbildlich und rührte nichts an. Andächtig staunend blieb sie an meiner Hand.

»Kann ich Ihnen behilflich sein?« Ein älterer Herr hatte sich lautlos genähert und sah uns freundlich an. Er trug einen dunklen Anzug mit Fliege und sah aus wie aus dem Ei gepellt.

Ich schluckte.

Automatisch nahm Axel Elifs Hand und zog sie sanft von mir weg. »Komm, wir schauen mal da hinten bei dem großen Teddybären.« Sie folgte ihm willig und verschwand hinter einer Ecke. Das war meine Chance! Uff, nun war ich allein. Kurz stieg Panik in mir auf, dann fiel mir wieder mein fester Vorsatz ein, meinen Weg nun selbstständig und selbstbestimmt zu gehen.

»Ich sah gerade das Schild in Ihrem Schaufenster, bin aber

für ein Bewerbungsgespräch nicht passend angezogen«, stieß ich hervor. Im riesigen Spiegel sah ich mich in Jeans und Regenjacke. Meine Knie zitterten wie Espenlaub.

Doch der ältere Herr lächelte erfreut. »Nun, wir haben schon einige Bewerber, aber die Entscheidung ist noch nicht gefallen. Welche Referenzen haben Sie denn zu bieten?«

O Gott, Referenzen! Was meinte er denn damit? Ich hatte nichts dergleichen.

Onkel Engins Zeugnis vielleicht? Das war noch nicht mal ausgestellt, der gute alte Onkel hatte noch an meinem eigenmächtigen Auszug zu knabbern und war beleidigt.

Um mir keine Blöße zu geben, fing ich an zu plaudern: »Wissen Sie, ich bin neu hier in der Stadt und kenne noch niemanden. Allerdings habe ich im Einzelhandel gelernt, und Verkaufstalent ist mir in die Wiege gelegt.«

Ich schenkte ihm mein herzlichstes Lächeln, das sich in seinem Gesicht widerspiegelte.

»Ich möchte hier in Berlin Fuß fassen und bin bereit, Ihnen mit Fleiß und Tatendrang zur Seite zu stehen.«

Er schien sichtlich erfreut zu sein über meinen jugendlichen Eifer. »Fleiß und Tatendrang sind immer eine gute Voraussetzung«, sagte er lachend. »Allerdings möchte ich das nicht selbst entscheiden. Daher würde ich vorschlagen, Sie kommen am Montag noch mal wieder, wenn auch meine Frau im Hause ist. Sie ist übers Wochenende auf einer Messe. Dann werden wir sehen. Vielleicht bringen Sie bis dahin Ihre Referenzen mit?«

Wir verabschiedeten uns mit Handschlag, und mein Herz hüpfte, als ich draußen auf meine Lieben traf. »Er war gar nicht mal so abgeneigt!«

»Der wäre ja auch bescheuert, wenn er dich nicht nimmt.«

»Er will ein Zeugnis oder eine Empfehlung oder so was!«

»Nun, dann müssen wir jetzt wohl bei deinem Onkel Engin zu Kreuze kriechen.«

Rasch fuhren wir nach Hause, wo ich erst einen Beruhigungstee brauchte, bevor ich ihn anrief.

Zum Glück hatte der Familienrat bereits getagt, und Cihan hatte nur Gutes von Axel berichtet. Nach einigem Schmollen vonseiten des guten Onkels und gutem Zureden vonseiten seiner Frau und Yasemin, die im Hintergrund zu hören war, ließ er sich dazu hinreißen, mir ein exzellentes Zeugnis auszustellen und es auch gleich aufs Fax zu legen.

Am Montag warf ich mich in meinen schwarzen Hosenanzug, unter dem ich eine weiße Bluse mit Schlüpp trug, die wir auf dem Ku'damm noch erstanden hatten, und Axel strahlte mich verliebt an.

»Du rockst den Porzellanladen! Du oder keine!«

Nachdem wir Elif in der Kita abgesetzt hatten, fuhren wir erneut zur Bleibtreustraße. Vor Aufregung zerknüllte ich ein Taschentuch nach dem anderen in meinem Schoß. Sollte ich wirklich in diese feine Gegend passen?

»Liebes, du siehst fantastisch aus! Beruhige dich, die nehmen dich!«

Axel blieb im Auto, während ich bangen Schrittes erneut den schicken Laden betrat.

Die zierliche Frau des Fliegenträgers schwebte bereits mit picobello sitzender Frisur, einem feinen Wildlederkostüm und hochhackigen Pumps auf mich zu.

»Ich bin Gudrun Wagner-Riesling, die Besitzerin.« Sie reichte mir die Hand, und plötzlich hatte ich das Gefühl, sie schon lange zu kennen. »Helmut Wagner, mein Mann, hat schon von Ihrer

Ausstrahlung geschwärmt! Kommen Sie doch bitte mit ins Büro. Darf ich nach Ihren Referenzen fragen?«

Diesmal hatte ich Referenzen. Und was für welche! Onkel Engin hatte mich in den höchsten Tönen gelobt und nicht unerwähnt gelassen, dass ich täglich freiwillig viele Überstunden gemacht und mich ganz mit seinem Betrieb identifiziert hatte.

Freundlich musterte sie mich. »Sie haben also in einem türkischen Betrieb gelernt. Ich habe schon sehr gute Erfahrungen mit türkischen Mitarbeitern gemacht!«

Vor Aufregung und Freude knetete ich die Hände.

»Darf ich nach Ihren Familienverhältnissen fragen?«

»Ich bin in dem Familienbetrieb aufgewachsen und habe dort bis jetzt mitgearbeitet. Doch nun hat mich die Liebe nach Berlin verschlagen, und wir leben mit meiner kleinen Tochter in Dahlem. Mein Lebensgefährte ist selbstständig, und die Kleine wird demnächst eingeschult.«

»Das hört sich alles sehr gut an. Ist denn die Betreuung Ihrer Tochter gewährleistet?«

Mein Herz jubelte. »Ja, mein Lebensgefährte kümmert sich um sie.«

Wie leicht mir dieser Satz von den Lippen kam! Niemals hätte ich mir früher erträumt, auf meinen Partner bauen und mich auf ihn verlassen zu können.

»Nun gut, Frau Arslan.« Die energische Chefin schaute mich wohlwollend an. »Ihre Qualifikationen sind überzeugend. Hinzu kommt ihr in der Tat sehr ansprechendes Erscheinungsbild, und das ist wichtig für unsere Kundschaft. Wir werden es mit Ihnen versuchen. Können Sie gleich morgen anfangen?«

Mein Herz schlug einen Purzelbaum. »Ja, gern!«

»Ihre Arbeitszeiten sind von zehn bis achtzehn Uhr dreißig, mit einer halben Stunde Mittagspause. Zuerst wird mein Mann

347

Sie hier im Laden einarbeiten, und dann hätte ich Sie gern bei mir im Geschäft.«

»Sie haben auch ein Geschäft?«

»Ja, zwei Häuser weiter ist unsere Filiale. Dort handeln wir mit hochwertiger Bettwäsche, Dessous und Bademoden für Damen. Ich denke, da sind Sie noch besser aufgehoben als hier.«

Als sie mir dann noch mein Einstiegsgehalt nannte, war es endgültig um mich geschehen.

»Ganz herzlichen Dank, Frau Wagner-Riesling, ich werde Sie nicht enttäuschen!«

Am liebsten hätte ich sie umarmt! Das tat ich dann gleich mit Axel, der im Auto wartete. »Ich hab den Job! Rate mal, was die mir zahlen! Oh, Axel, ich bin so glücklich!«

Auch Elif war guter Dinge, als wir sie zu Hause mit der tollen Nachricht überfielen.

»Wir werden das schon hinbekommen, wat, Kleene?« Axel schwenkte Elif im Kreis. »Deine Mama wird jetzt arbeiten gehen, während wir beede hier den Haushalt in Schuss halten. Was hältst du davon?«

Ein wenig traurig war Elif schon. »Ich weiß nicht. Wann kommst du denn dann nach Hause?«

Ich pflückte sie von Axels breiter Brust, und sie schmiegte sich an mich.

»Liebes, ich bringe dich morgens in die Kita, und mittags holt Axel dich ab. Dann sind es nur noch ein paar Stunden, bis ich wieder da bin. Nachmittags gehst du ja noch ins Ballett und zum Turnen, und vergiss nicht deine neue Freundin Janine!«

Elif ließ sich schnell trösten. »Ist gut, Mami!«

Meine neu gewonnene Unabhängigkeit fühlte sich himmlisch an.

44

Berlin, 9. November 1989

»Selma, schläfst du schon?« Jemand rüttelte an meiner Schulter. Im ersten Moment bekam ich einen Flashback und wähnte Orhan in der Dunkelheit meines Schlafzimmers bedrohlich über mir. Automatisch zog ich mir die Decke über den Kopf in Erwartung von Schlägen und Tritten. Der kalte Schweiß brach mir aus.

»Selma, ich tu dir doch nichts! Ich bin's, Axel!« Sanft tätschelte er mich am Kopf.

»Entschuldige, wenn ich dich erschreckt habe, aber du MUSST noch mal aufstehen!«

»Was ist denn los?« Verwirrt rappelte ich mich auf.

»Selma, du kannst es dir im Fernsehen ansehen ... oder aber du schaust einfach nur aus dem Fenster.«

Ein Hupkonzert aus einer ellenlangen Autokolonne hallte über die ganze Straße. Jetzt war ich endgültig wach.

»Hört sich an wie eine türkische Hochzeit ...«

»Selma, du glaubst es nicht! Die Mauer ist offen, die Grenze zur DDR ist auf!«

Ungläubig lief ich zwischen Fenster und Fernseher hin und her.

Die Menschen rannten aus ihren Häusern, brachten den Leuten in ihren Trabis Sekt und Obst und fielen völlig Unbekannten freudig weinend in die Arme! Sie hüpften und tanzten. Überall ertönte kollektiver Jubelgesang.

Ein Wunder!

Niemand hätte je geglaubt, dass der Stacheldraht, der Deutschland in zwei Teile geteilt hatte, jemals reißen würde!

Die neue Freiheit der Stadt Berlin fühlte sich genauso verrückt an wie die neue Freiheit der Selma Arslan! Es war, als hielte mir meine neue Heimat den Spiegel vor.

Auf einmal befand ich mich inmitten eines historischen Geschehens.

Menschenscharen strömten von Ost nach West und umgekehrt.

Wäre Elif nicht gewesen, hätte Axel mich gleich an die Hand genommen und wäre mit mir zum Brandenburger Tor gefahren. Aber so genossen wir den kollektiven Glückstaumel im Fernsehen und gingen in dieser Nacht gar nicht mehr zu Bett.

Die ganze Stadt ähnelte einer Partymeile.

Als ich am nächsten Tag in den Supermarkt kam, staunte ich nicht schlecht: Alle Regale waren leer geräumt! Ein Fremder griff in meinen Einkaufswagen und riss mir die letzten Bananen heraus: »Ihr hattet jahrelang Bananen, jetzt sind wir dran!«

Zuerst war ich erschrocken zusammengezuckt, dann überließ ich sie ihm gerne.

Vor den Banken standen lange Schlangen, da jeder DDR-Bürger hundert Mark vom Staat erhielt. Fasziniert betrachtete ich das einmalige Schauspiel.

Am Wochenende hatten auch wir Gelegenheit, den Ostteil Berlins zu besuchen.

In den Jahren darauf sollte sich ganz Berlin zu einer riesigen Großbaustelle entwickeln. Innerhalb weniger Jahre verlagerte sich die Einkaufsszene auf die Friedrichstraße. Der Ku'damm schien immer uninteressanter zu werden.

Der Berlinzuschuss, den man erhielt, wenn man nach Berlin gezogen war, fiel auch weg.

Stattdessen wurde der Solidaritätszuschlag eingeführt, der

den Wiederaufbau der neuen Bundesländer unterstützte. Alles in allem eine historisch aufregende Zeit, und ich, das türkische Mädchen, mittendrin.

Im Januar 1990 wurde endlich in meiner Abwesenheit die Scheidung von Orhan vollzogen, und das richterliche Kontaktverbot hielt Orhan auf Jahre von uns fern.

In der Tat hatten wir einen langwierigen, anstrengenden Scheidungsprozess hinter uns. Zunächst mussten wir das Trennungsjahr abwarten, bis es zu einem Gerichtstermin kam. Während dieser Zeit wurde Elif von einer psychologischen Gutachterin des Berliner Jugendamtes regelmäßig besucht. Diese erlebte Elif als aufgewecktes, fröhliches Kind, das von seiner Mutter innig geliebt wurde und eine enge Bindung zu seinem »Stiefvater« hatte. Auf die Fragen der Gutachterin nach ihrem leiblichen Vater ging sie nie ein.

Es war, als hätte es ihn nie gegeben. Entsprechend erstellte die Frau ein Gutachten für den Scheidungsrichter, das ihn dazu bewog, nicht nur die Scheidung auszusprechen, sondern auch ein Umgangsverbot für Orhan. Erst wenn Elif eines Tages selbstständig entscheiden konnte, sollte sie noch einmal zu einem möglichen Kontakt zu ihrem leiblichen Vater befragt werden. Ich erhielt endgültig das alleinige Sorgerecht.

Der Stein, der mir vom Herzen fiel, war so riesig wie die nun eingerissenen Stücke der Berliner Mauer – zwei Befreiungsakte, die sich zeitgleich ereigneten.

Ich war frei, der Terror war vorbei! Ein neues Leben lag vor uns.

Wir lebten in der Traumstadt Berlin. Ich war mit einem Traummann liiert, der mir alles ermöglichte, mich auf Händen trug, vergötterte und liebte. Axel war für uns in jeder Hinsicht die Brücke in ein neues Leben.

Durch ihn lernte ich selbstständig und unabhängig zu sein. Auch Elifs Entwicklung wurde sehr durch ihn und die Erziehung, die er ihr angedeihen ließ, geprägt. Er gab ihr Zeit, sich zu entwickeln, ihre Entscheidungen weitgehend selbst zu treffen. Er ließ sie allein draußen spielen und gab ihr immer das Gefühl, für sie da zu sein, ohne sie mit übertrieben strengen Regeln einengen zu müssen. Für Elif war das eine traumhafte Erfahrung. Eine kleine Raupe lernte fliegen und kletterte nach nebenan zu ihrer deutschen Freundin Janine, von der sie weitere Sitten und Redewendungen lernte. Bald berlinerte sie herrlich drauflos.

Auf diese Weise lernte auch ich die kulturellen Unterschiede zwischen Deutschen und Türken besser verstehen.

»Bevor du noch völlig die deutsche Mentalität annimmst … Wollen wir am Wochenende mal nach Kreuzberg, den Bazar in Klein-Istanbul anschauen?«, regte Axel eines Tages im März 1990 an. Die dunkle Jahreszeit war vorbei, und wir hatten Lust, Neues zu entdecken. Eine komplette Straße wurde von türkischen Schmuckgeschäften und ebensolchen Restaurants gesäumt. Allein im Ortsteil Kreuzberg lebten über fünfzigtausend Türken, zweihunderttausend in ganz Berlin. Axel wollte mir mit diesem Vorschlag bestimmt eine Freude machen, aber ich war innerlich wie versteinert.

»Nein, lieber nicht. Ich habe Angst, als geschiedene türkische Frau mit einem deutschen Lebensgefährten blöd angeguckt zu werden.« Eine leise Scham begleitete mich auch jetzt noch ständig, ich bekam sie einfach nicht aus dem Kopf. In den Augen traditioneller Landsleute war ich einfach keine anständige Frau mehr.

»Aber Selma! Dich kennt hier doch keiner! Mach dich mal locker!«

»Das weiß man nie. Orhan hat entfernte Verwandte in Berlin. Wenn mich einer von ihnen erkennt, ist es mit unserer Ruhe vorbei.«

»Ach, Selma, du siehst doch Gespenster.« Fürs Erste gab sich Axel damit zufrieden, und an diesem Wochenende gingen wir mit Elif in den Zoo.

Als wir bei Einbruch der Dämmerung zurückkamen, traute ich meinen Augen nicht.

Vor unserer Haustür standen zwei Gestalten, die mir irgendwie bekannt vorkamen! Ich scheute wie ein Pferd vor einem Hindernis.

Elif war so in ihre Eindrücke vertieft, dass sie gar nichts bemerkte. Sie plauderte von dem süßen Eisbärenbaby, als ich erkannte, dass sich Orhan und Neslihan im Eingang unseres großbürgerlichen Mietshauses in Berlin-Dahlem herumdrückten. Sie schienen gerade sämtliche Klingelschilder zu studieren und kehrten uns den Rücken zu.

Panik überkam mich, und meine Beine gaben nach. Mit einer Hand klammerte ich mich an den ahnungslosen Axel, mit der anderen presste ich Elif an mich.

»Zu wem wollen Sie?«, fragte mein lieber Mann hilfsbereit, als sich die beiden umdrehten.

Ich glaubte, an Ort und Stelle in Ohnmacht fallen zu müssen.

Woher kannten sie meine Adresse? Woher wussten sie, dass ich in Berlin lebte?

Ich hatte doch extra auf dem Einwohnermeldeamt und auch beim Telefonbuchverlag eine Auskunftssperre einrichten lassen!

Die türkischen Buschtrommeln funktionierten anscheinend immer noch mit Überschallgeschwindigkeit.

»Ich möchte meine Tochter sehen!« Orhan machte einen drohenden Schritt auf uns zu.

Wenn wir ins Haus wollten, mussten wir an ihm vorbei. Neslihan griff schon Jammerlaute ausstoßend nach meinem Kind, und ich warf mich schützend davor.

Erst jetzt schien Elif die beiden zu erkennen. Ihr kleiner Körper versteifte sich. Sie stand unter Schock.

In diesem Moment begriff auch Axel, wen er da vor sich hatte.

»Sie verlassen auf der Stelle dieses Grundstück.«

Ich hatte die versteinerte Elif schon fluchtartig ein paar Schritte aus dem Hauseingang gezogen, spürte aber, dass ich mich damit in Gefahr brachte. In Axels Nähe war ich sicherer. Zitternd vor Angst blieb ich stehen.

»Ich habe ein Recht auf meine Tochter!« Besitzergreifend kam Orhan immer näher.

»Ich rufe die Polizei!« Axel sprang herbei und packte ihn am Arm. Elif begann zu zittern und zu schluchzen und versteckte sich hinter meinem Rücken.

»Wenn ihr es noch einmal wagt, euch hier blicken zu lassen, werdet ihr mich kennenlernen!« Axel baute sich in voller Größe vor Orhan auf, und die beiden musterten einander wie zwei Kampfhähne im Ring. Axel war zwar groß und stark, aber der friedlichste Mensch, den ich kannte, Orhan dagegen gewaltbereit, brutal und aggressiv. Jedenfalls mir gegenüber. Doch an Axel traute er sich nicht so recht ran. In Wahrheit war Orhan wirklich ein schrecklicher Feigling, der sich immer nur an mir schwacher, verschüchterter Frau abreagiert hatte.

»Das ist mein Enkelkind, und ich habe ein Recht, sie zu sehen«, keifte Neslihan dazwischen. Mit türkischen Lock- und Koseworten kam sie auf mein Kind zu.

Ich hatte noch nicht vergessen, dass sie Elif kurz nach der Geburt mit Salz eingerieben hatte, weil sie meinte, das Kind würde ihr dann ein Leben lang gehorchen. Sofort zog ich sie von ihrer Großmutter weg. »Lass sie in Ruhe!«

»Mami, ich hab Angst! Muss ich jetzt wieder in die Türkei?«, wimmerte mein Mädchen zähneklappernd.

»Ihr habt null Recht«, brüllte Axel. »Lernt erst mal die deutschen Gesetze kennen und die richterlichen Beschlüsse lesen!« Er packte Orhan am Kragen.

»Ihr habt hier nichts verloren, verschwindet!«

Orhan wich tatsächlich zurück. Er hatte Angst vor Axel!

Endlich hatte ich den Schock so weit verdaut, dass ich neuen Mut fasste.

»Haut ab, verschwindet auf der Stelle«, zischte ich wie eine Schwanenmutter, die ihr Küken vor streunenden Hunden verteidigt. »Sollte Elif jemals etwas mit euch zu tun haben wollen, werde ich es euch wissen lassen.«

»Frag sie doch!«, forderte Orhan. »Frag sie doch, du Schlampe.«

Axel packte Orhan am Schlafittchen. »Das sagst du nicht noch mal zu meiner Frau.«

»Halt die Fresse, du Hurensohn!«, brüllte Orhan. »Die Schlampe ist MEINE Frau und wird es immer bleiben!« Er bückte sich blitzschnell und griff nach einem losen Pflasterstein.

Neslihan schrie etwas auf Türkisch dazwischen, das der arme Axel nicht verstehen konnte. »Junge, bist du wahnsinnig! Willst du wieder in den Knast? Sie wird uns die Kleine schon geben, wir schüchtern sie schon wieder ein!«

Pflichtschuldigst hockte ich mich vor mein zitterndes Kind.

»Elif: Möchtest du Zeit mit deinem Vater und deiner Großmutter verbringen? Wenn ja, wäre das okay für mich«, sagte ich auf Türkisch zu ihr.

Sie schüttelte nur panisch den Kopf und klammerte sich an meine Hände.

»So, habt ihr es jetzt kapiert?« Axel hielt uns die Haustür auf. »So, Mädels, rein mit euch. Und ihr lasst euch hier nie wieder blicken!« Mit diesen Worten warf er die Haustür von innen zu und schloss ab. Bebend standen wir im Treppenhaus.

Während draußen Neslihan in lautes Geheul ausbrach, warf Orhan wütend den Stein gegen die Haustür und ließ eine Schimpftirade los, die ich besser nicht übersetzte.

Axel verstand auch so.

»Nettes Kerlchen.« Er schob uns die Stufen rauf und schloss die Wohnungstür auf. »Du hast ja echt noch untertrieben.« Es dauerte Stunden, bis ich mich von dem Schock erholt hatte. Axel kochte heißen Kakao und redete immer wieder beruhigend auf uns ein.

Elif klammerte sich an mich und wollte nicht ins Bett. Sie weinte und schrie die ganze Nacht.

45

Berlin, Mai 1993

»He, ihr sprecht ja schon wieder Türkisch!« Axel kam von einem Kundentermin nach Hause und fand Elif und mich in trautem Gespräch beim Gemüseschneiden in der Küche.

Sie war zehneinhalb und ging in die vierte Klasse, ich war inzwischen einunddreißig.

Unser Leben hatte sich eingespielt, aber natürlich gab es inzwischen auch ganz normale Alltagsreibereien. Nicht zuletzt wegen unserer unterschiedlichen Kultur- und Wertvorstellungen. Ich hing halt immer noch schrecklich an meiner Familie und hatte oft Sehnsucht nach ihr. Der Zauber des Anfangs mit Axel hatte sich verflüchtigt.

»Ja, lass uns doch Türkisch sprechen!«, rief ich in den Flur. »Du bist ja sowieso nie zu Hause.«

»Das stimmt doch überhaupt nicht.« Axel stellte ein paar Bretter ab. »Ich war bei einem Kumpel auf der Baustelle, der Material übrig hatte.«

»Bitte bring hier keinen Dreck rein!« Widerwillig sah ich auf das Zeug, das den Flur verstellte. »Was willst du denn damit?«

»Ich will mit Elif ein Vogelhaus bauen! Wenn du schon nicht mehr mit mir vögelst ...«

»Also bitte!« Wütend ließ ich das Messer fallen. »Was ist denn das für Vokabular!«

»Okay, Entschuldigung, ich nehm's zurück. Aber dafür sprichst du mit Elif kein Türkisch mehr. Das muss irgendwann mal hinter dir liegen.«

»Das seh ich gar nicht ein«, gab ich verstimmt zurück. »Ich kann doch mit meiner Tochter Türkisch sprechen, so viel ich will. Warum sollten wir unsere Herkunft verleugnen? Ich bin stolz, eine Türkin zu sein!«

Axel fing an zu lachen. »Du bist echt süß, wenn du wütend bist! Komm mal her!«

Er wollte mich umarmen, aber mir war gerade nicht danach. Mich vor dem zehnjährigen Kind so bloßzustellen! Für mich war das inzwischen ein Ding der Unmöglichkeit. Es erinnerte mich an Orhan, deshalb reagierte ich so allergisch. Eine Frau und Mutter hatte immer mit höchstem Respekt behandelt zu werden.

Ich stieß Axel fort und schnitt energisch mein Gemüse weiter. Axel hörte auf zu lachen. Er war sichtlich gekränkt.

»Hier in meiner Wohnung wird Deutsch gesprochen. Es reicht mir schon, dass du in letzter Zeit immer öfter zu deiner Mutter nach Hannover fährst. Genüge ich euch denn nicht mehr?«

»Aber Axel, du weißt, wie sehr ich Mutter gekränkt habe, als ich mit dir durchgebrannt bin. Ich bin so froh, dass sie mir nun endlich verziehen hat.«

Nachdem sie immer für mich da gewesen war und ich sie über alles liebte, hatte ich ihre Einladung nach Hannover dankend angenommen und war in letzter Zeit häufig mit Elif zu ihr gefahren. Auch Fidan war mit ihren Töchtern gekommen, und unser türkischer Familienclan war wieder eng zusammengerückt. Cihan hatte sich inzwischen von Christa getrennt, und Berkan litt an einer schweren Leberzirrhose.

Meine Mutter und Axel verstanden sich eigentlich blendend. Sie kochte jedes Mal sein Lieblingsgericht und tischte auf ohne Ende. Wir besuchten sie auch oft gemeinsam in Hannover. Doch wenn er mit seinen Kumpels auf Motorradtour gehen wollte, fuhr ich eben allein hin. Ich war verletzt von Axels Vorwürfen und fühlte mich plötzlich nicht mehr verstanden. Das führte dazu, dass ich mich immer mehr von ihm abwandte und auch sexuell entzog. Ich hatte mich weiterentwickelt, wollte einfach nicht mehr selbstverständlich zur Verfügung stehen, wenn mir selbst nicht danach war.

Nach knapp vier Jahren mit Axel wollte ich mir nichts mehr gefallen lassen.

»Hör auf, Türkisch mit ihr zu sprechen«, wiederholte er hartnäckig. »Damit richtest du bloß Chaos in ihrem Kopf an. Sie soll nicht türkisch aufwachsen!«

»Das hast du überhaupt nicht zu entscheiden«, giftete ich.

»Also ich baue jetzt das Vogelhaus.« Axel nahm sich ein Bier und stapfte wütend in den Garten. »Elif, kommst du?«

Der Blick, den ich Elif zuwarf, hätte jeden zum Eisblock gefrieren lassen.

Sie fühlte sich hin- und hergerissen, verhielt sich aber mir gegenüber loyal.

»Nein, ich bleibe bei meiner Anne!« Schon sprachen wir wieder Türkisch und alberten miteinander herum.

Kurz darauf hörte ich die Tür ins Schloss fallen. Axel war ohne ein Wort des Abschieds gegangen. Das hatte er noch nie gemacht. Aber ich war auch noch nie so unfreundlich zu ihm gewesen.

Ein ungutes Gefühl beschlich mich in dieser Nacht.

Ich hatte ihm unrecht getan. Aber er mir auch! Warum konnte er nicht akzeptieren, dass meine türkischen Wurzeln nicht zu kappen waren? Und dass meine Familie mir wieder so nahe stand? Eigentlich liebte ich ihn, doch seine vielen Frotzeleien gefielen mir nicht. Er lachte mich einfach aus, wenn meine Moralvorstellungen ihm nicht passten, nannte mich prüde und altmodisch. Damit beleidigte er meine Ehre, ob ihm das nun bewusst war oder nicht.

Andererseits zwang mich Axel nie zu körperlicher Nähe. Meist schliefen wir in letzter Zeit wortlos nebeneinander ein. Aber dass er einfach so ging, war neu für mich.

Lange lag ich wach und horchte in die Nacht hinein.

Er kam und kam nicht. Das war eigentlich nicht seine Art. Längst bereute ich es, ihn so kalt und abweisend behandelt zu haben. Ich liebte ihn doch! Er war doch Elifs und mein Märchenprinz! Als er nicht ans Handy ging, begann ich mir Sorgen zu machen.

Schreckliche Bilder von einem Motorradunfall schoben sich vor mein inneres Auge. Er war noch nie einfach so über Nacht weggeblieben!

Gegen Mitternacht rief ich seine Mutter Gisela an. »Entschuldige, dass ich dich geweckt habe. Sag, ist er bei dir?«

»Nein, Liebchen, ist er nicht! Aber mach dir keine Sorgen, ein Mann muss auch mal mit einem Kumpel feiern.« Offensichtlich ahnte sie was von unserer Krise.

»Lass ihn, der kommt schon wieder!«

Die ganze Nacht wälzte ich mich schlaflos herum. Es tat mir so leid! Er war so ein lieber Kerl, hatte wirklich alles für uns getan und mir ein neues Leben in Freiheit ermöglicht. Ich schämte mich für mein Verhalten. Auch wenn er Elif und mir nicht die Muttersprache verbieten konnte, sehnte ich mich nur nach Versöhnung. Er hatte es bestimmt nicht so gemeint.

Wenn er doch nur endlich nach Hause käme! Inzwischen war es fünf Uhr morgens.

Seufzend sprang ich auf und begann zu bügeln. Damit wollte ich auch alle unsere Probleme glattbügeln. Wir würden doch jetzt nicht schlappmachen, nach fast vier so spannenden und wegweisenden Jahren! Hatte ich Axel überstrapaziert? Aber er wusste doch, worauf er sich einließ, als er damals das traurige türkische Mädchen in sein Herz schloss und bereit war, den Rest seines Lebens mit ihr zu verbringen?!

Um sieben Uhr drehte sich der Schlüssel im Schloss. Axel wollte lautlos hereinschleichen, aber ich stand wie eine Salzsäule im Flur.

»Wo warst du?«

In seinem Blick stand etwas, was ich bisher nicht kannte. Schuldbewusstsein.

Ich war alarmiert.

»Es tut mir leid, Selma. Aber ich brauchte Zeit zum Nachdenken.«

»Zum Nachdenken.« Ich griff wieder zum Bügeleisen, hielt das »heiße Eisen« anklagend hoch. »Zeit zum Nachdenken. Die ganze Nacht. Entschuldige, aber das nehme ich dir nicht ab.«

Axel streifte die Schuhe ab und ließ sich aufs Sofa sinken. Die nächtliche Wiederholung einer Serie, die ich nicht wirklich geschaut hatte, flimmerte weiter über die Mattscheibe. Er schaltete sie aus.

»Ich habe jemanden kennengelernt.«

Mein Herz zog sich schmerzhaft zusammen. Nein, nicht Axel!

In meinen Ohren rauschte es, mir wurde schwindelig, und ich musste mich setzen.

»Du machst Witze. Hör auf damit, Axel.«

»Ich wünschte, es wäre so. Aber ich will dich nicht anlügen.«

»Hast du mit ihr geschlafen?«

Ich sah ihn durchdringend an.

Axel nickte stumm, er konnte mir nicht mehr in die Augen schauen.

Peng! Das war es dann. Ich sah wieder meine Mutter vor mir, wie sie damals den fremden Koffer im Hausflur fand.

Abrupt wandte ich mich ab und lief wie ferngesteuert ins Bad, wo ich mich erstaunlich gefasst für die Arbeit fertig machte. Mechanisch schminkte ich mich und föhnte mir die Haare. Es war, als würde ich mir selbst dabei zusehen.

Es war vorbei.

Auch wenn ich es verstandesmäßig noch nicht ganz begriffen hatte – mit dem Herzen schon. Und das hatte ich auf Sparmodus geschaltet, um nicht zusammenzubrechen.

Doch eines spürte ich deutlich: Niemand würde je wieder auf meinen Gefühlen rumtrampeln. Auch nicht Axel.

Wie in Trance verließ ich die Wohnung. Eine türkische Frau verliert nie die Haltung. Schon gar nicht vor einem Mann.

Im Auto begann ich erbärmlich zu weinen. Ich schlug aufs Lenkrad und schluchzte zum Gotterbarmen. Er hatte mir meine Würde genommen! Meine mühsam erkämpfte, zurückerlangte Ehre! Meinen hart erarbeiteten Stolz! Ich würde ihm nie wieder unter die Augen treten.

Was hatte Mutter damals getan? Ihre Schwester angerufen.

Vor einer Telefonzelle hielt ich an und stürzte hinein.

»Fidan!«, schrie ich unter Tränen. »Axel hat mich betrogen!«

Fidan verstand mich akustisch nicht, weil ich so heulte. »Was ist passiert?! Bist du verletzt?!«

»Ja, ich bin verletzt«, schluchzte ich. »Axel hat heute Nacht mit einer anderen Frau geschlafen!«

Das war schlimm. Das war richtig schlimm. Es war unserer Mutter passiert, und sie war daran zerbrochen. Den verletzten Stolz haben nicht nur türkische Männer für sich gepachtet. Hat man uns einmal das Herz gebrochen, gibt es kein Verzeihen.

Als ich das Geschäft betrat, sah meine Chefin sofort, dass etwas mit mir nicht stimmte.

Gudrun Wagner-Riesling kam diskret auf mich zugeeilt. »Alles in Ordnung mit Ihnen?«

»Ja, alles gut, ich habe nur schlecht geschlafen.« Wie gewohnt, versuchte ich Haltung zu bewahren und nichts von dem, was innerhalb der eigenen vier Wände stattfand, nach außen dringen zu lassen. Mit meinen einunddreißig Jahren hatte ich gelernt, keinerlei Schwäche zu zeigen. »Ich trinke jetzt einen Kaffee, und dann geht's mir besser.«

Sie folgte mir in die Personalküche, wo ich mich an einer Designermaschine zu schaffen machte.

»Frau Tuclu, ich sehe doch, dass etwas nicht stimmt.«

Seit der Scheidung hatte ich wieder meinen Mädchennamen angenommen.

Sofort kamen mir wieder die Tränen. In diesem Moment kamen andere Mitarbeiter herein, und Gudrun Wagner-Riesling nahm mich diskret zur Seite. »Gehen wir heute zusammen mittagessen?«

Sie ließ nicht locker, bis ich ihr, verschanzt hinter meiner Sonnenbrille, die Wahrheit erzählt hatte.

»Aber liebe Selma, wenn ich Sie so nennen darf!« Sie nahm meine Hand und lächelte beinahe erleichtert. »Das kommt doch in den besten Familien vor! Was meinen Sie denn, was mein Helmut macht!« Sie strich sich über die perfekte Frisur. »Gott, ich dachte schon, es ist was Schlimmes!«

Ich konnte nicht darüber lachen. Natürlich gab es Schlimmeres: Dass ein Mann einen schlug, trat, bespuckte und beschimpfte. Das hatte ich hinter mir.

Doch jetzt hatte mich Axel, den ich liebte, betrogen! Er hatte eine andere Frau im Arm gehabt, mit ihr geschlafen, mit ihr das getan, was er sonst mit mir machte, während ich die ganze Nacht auf ihn gewartet hatte! Das war unvorstellbar schmerzhaft und absolut unverzeihlich für mich!

Gudrun Wagner-Riesling verstand das nicht.

»Bestimmt war es nur ein Ausrutscher«, versuchte sie die Sache runterzuspielen.

»Nein.« Ich saß ihr starr gegenüber. »Ich kann ihn nie wieder ansehen und werde heute noch mit Elif ausziehen.«

»Aber Mädchen! Gehen Sie großzügig darüber hinweg, verzeihen Sie ihm und genießen Sie Ihr Leben!«

»Ich kann nicht. Ich werde ihn verlassen.«

»Sind Sie sich sicher?«

»Ja, vollkommen. Eine türkische Frau lässt sich das nicht gefallen. Das hat etwas mit Ehre und Stolz zu tun.«

»Aha?!« Sie zog die Augenbrauen hoch. »Wenn Sie möchten, nehmen Sie erst mal ein paar Tage Urlaub und regeln alles. Ich bin gerne für Sie da, wenn Sie etwas brauchen. Sie sind wie eine Tochter für mich.«

Ich stand vor einem Scherbenhaufen. Was nun? Mir fiel Andrea ein, die Mutter von Janine, Elifs bester Freundin. Die Urberlinerin war alleinerziehend, wohnte in unmittelbarer Nachbarschaft, und wir verstanden uns blind. Immer wusste die eine, wo die andere war, und jede fühlte sich verantwortlich für das Kind der anderen. Wie oft hatten wir schon beieinander gesessen, Tee getrunken und geplaudert.

»Bei uns ist es zwar nicht so jeräumig wie bei euch, aber selbstverständlich könnt ihr fürs Erste bei mir wohnen, wa. Biste sicher, dat de dir von Axel trennen willst?«

»Absolut sicher. Versuch erst gar nicht, mit mir darüber zu diskutieren.«

»Weeßte, wat de der Kleen damit antust?«

Mein Schmerz war fast unerträglich, und ich wusste, dass ich Elif damit schon wieder den Boden unter den Füßen wegzog. Zumal Axel es bitterlich bereute und mir unter Tränen schwor, dass es ein einmaliger Ausrutscher gewesen sei. Aber ich konnte einfach nicht aus meiner Haut. Ich musste so handeln.

Nach vier Jahren Beziehung trennten sich unsere Wege.

Auch das war ein Lernprozess, den ich durchlaufen musste, um einen Neuanfang ohne jede fremde Hilfe zu meistern, wirk-

lich ganz auf eigenen Beinen zu stehen: ein weiterer Meilenstein
auf dem langen Weg zu mir selbst.

46

»Wat kiekst'n in die Wohnungsanzeigen? Is da etwa wat Jutes
dabei?«

Meine Freundin Andrea kam gerade vom Joggen wieder und
machte ihre Dehnübungen. Nebenan war alles dunkel. Axel hatte
die räumliche Nähe bei gleichzeitiger emotionaler Distanz nicht
ertragen und sich zu seinen Eltern geflüchtet.

Selbst Gisela und Horst waren noch mal hier aufgekreuzt
und hatten mich angefleht, ihrem Sohn zu verzeihen. Auch sie
hatten Elif und mich so ins Herz geschlossen.

Aber ich konnte nicht. Mein Herz war aus Stein. Jegliches
Gefühl für Axel war gestorben.

»Ja, hier. Schau mal.«

Es handelte sich um eine renovierungsbedürftige Zweizimmerwohnung im Dachgeschoss eines Mehrfamilienhauses.
Ganz in der Nähe von Elifs Schule.

»Det kenn ick. Jeile Lage, aber Bruchbude, wennde mir
fragst.«

»Mich fragst.«

»Wat?«

»Mich. Akkusativ. – Der Dativ ist dem Akkusativ sein Tod.«
Es war schon witzig, dass ich als Türkin besseres Deutsch sprach
als Andrea, die geborene Berlinerin.

»Mensch, nerv mir nich.« Wieder dehnte sie ihr Bein. »Kennste den? Kommt ein Deutscha inne Stadt und fragt'n Türken: ›Wo jeht's hier nach Aldi?‹ – Sacht der Türke: ›ZU Aldi.‹ – Sacht der Deutsche: ›Ach, scheiße, Aldi hat schon zu?‹«

Ich verzog das Gesicht zu einer Grimasse. Den Witz kannte ich bereits von Axel.

Andrea schüttelte den Kopf. »Det willste doch nicht alleene renovieren? Det schaffste nie! Frach Axel, Menno!«

Aber natürlich fragte ich Axel nicht. Mein Stolz war so verletzt, dass ich mich ganz allein an dieses Projekt heranwagte. Mit dem Mut der Verzweiflung.

Bei der Besichtigung stellte ich fest, dass die Wohnung im fünften Stock lag und keinen Aufzug hatte. Aber sie verfügte über eine kleine Küche, ein kleines Bad, ein Wohnzimmer und ein großzügiges Schlafzimmer. Das würde Elifs Reich sein! Sie war fast elf und würde bald aufs Gymnasium kommen, da brauchte sie ihre eigenen vier Wände. Ich selbst wollte mir das marode Dachgeschoss ausbauen und dort mein Schlafgemach einrichten.

»Na, da ham Se Ihnen ja wat vorjenomm.« Der Vermieter klopfte gegen die baufälligen Wände. »Sie können alles bis auf die tragenden Wände einreißen. Ick bin bereit, Ihnen finanziell entgegenzukommen!«

Der war bestimmt begeistert, dass sich jemand die Mühe machen wollte, seine olle Bruchbude zu renovieren.

»Det is aber die Hausmeesterwohnung. Daher auch die niedrige Miete. Als Hausmeesterin müssense schon die Treppen putzen, den Vorgarten in Ordnung halten und die Mülltonnen raus- und reinbringen. Trauense Ihnen det zu?«

Mir war alles recht. Ich wollte endlich nur auf eigenen Beinen stehen und war geradezu besessen davon, es ganz allein zu schaffen. Ich wollte es Elif und mir so gemütlich wie möglich machen, es sollte ihr an nichts fehlen.

Auf der Bank beantragte ich einen Kredit – wieder etwas, das ich noch nie zuvor gemacht hatte! Zwar verdiente ich bei Wagner-Riesling nicht schlecht, hatte aber nichts auf der hohen Kante, und meine Familie wollte ich nicht fragen.

Auf dem Arbeitsamt hängte ich einen Zettel aus: »Kräftige Männer zum Einreißen von Wänden gesucht!« Wieder so ein Akt mit Symbolkraft! Ich würde alle Hindernisse einreißen, die mich von einem selbstbestimmten Leben abhielten.

Am nächsten Wochenende stand bereits ein Schuttcontainer vor dem Haus. Mit den Hilfsarbeitern – drei junge Männer südeuropäischer Abstammung – schleppte ich eimerweise Geröll aus der Wohnung, zu Fuß die Treppen runter. Im Bauhaus besorgte ich Bretter und Glaswolle, um die Holzdecke zu dämmen und anschließend mit Rigipsplatten zu verkleiden. Das war eine Heidenarbeit! Die Glaswolle war schrecklich und brannte tierisch auf der Haut. Ich schuftete wie manisch, um meinen Schmerz zu betäuben.

Eines Sonntags saß ich völlig ermattet mitten im Bauschutt und heulte vor Frust.

»Um Jottes will'n, Frau Tuclu, hamse sich verletzt?« Herr Schulze, der Vermieter, stand plötzlich vor mir und sah sehr besorgt aus.

Erschrocken schaute ich ihn an. »Nein, aber die Arbeit nimmt überhaupt kein Ende!«

Mühsam erhob ich mich und ließ mir von ihm ein Taschentuch geben, mit dem ich mir Schweiß und Tränen abwischte. Herr Schulze sah mich freundlich an.

»Da hamse Ihnen aber auch wat vorjenomm, Frau Tuclu. Machense det denn janz alleene? Wo ist denn Ihr Mann?«

»Es gibt keinen Mann.« Schon meldete sich mein Stolz zurück. »Ich hatte ja keine Ahnung, wie lange das hier dauert! Die jungen Männer, die mir das Amt geschickt hat, sind einfach weggeblieben! Die hatten wohl auch keine Lust mehr!« Mit dem Handrücken wischte ich mir über das Gesicht. »Und ich hab jetzt keinen Urlaub mehr … Das war mein Jahresurlaub!« Ich musste schon wieder weinen bei dem Gedanken, dass meine arme Elif um eine Ferienreise mit mir gebracht worden war. Sie hatte die Zeit in Hannover bei meiner Mutter verbracht. Ich konnte ja ein Kind keine Steine schleppen lassen – beaufsichtigen konnte ich es allerdings auch nicht!

Herr Schulze tätschelte mir die Schulter. »Wissen Se wat? Jetzt bestellen wir uns erst mal 'ne Pizza.«

Kurz darauf saßen wir einander in der Baustellenwohnung an einem aus Brettern improvisierten Tisch gegenüber. Die Pizza schmeckte himmlisch. Ich hatte schon seit Tagen nichts Vernünftiges mehr gegessen.

»Wie kann man denn so 'ne schöne junge Frau den janzen Dreck alleene machen lassen!«

Herr Schulze zückte schon sein Handy. »Jetzt orjanisiere ick mal'n paar Handwerker. Det is ja auch ne Wertsteigerung für det Objekt.«

Irgendwo ganz tief in meinem Inneren spürte ich, dass ich für ihn wohl auch eine Wertsteigerung war. Leise begannen meine Alarmglocken zu läuten, die ich allerdings geflissentlich überhörte.

Nach zwei Wochen hatte unser neues Zuhause Gestalt angenommen. Das Dach war nun gedämmt und verkleidet. Der Boden wurde verlegt, und ich richtete mir unterm Dach einen gemütlichen Schlafplatz ein. Mein kleines Nest war über eine Holztreppe vom Wohnzimmer aus zu erreichen.

Elif bekam unten ein Himmelbett, das ich günstig bei einem Schreiner ergattert hatte. Die Renovierung der Küche übernahm Herr Schulze persönlich. Hoffentlich hegte er nur väterliche Gefühle für mich, denn alles andere interessierte mich wirklich nicht! Die Alarmglocken schrillten schon ein wenig lauter.

Als Elif aus den Ferien bei meiner Anne zurückkam, konnte sie gleich in ihr neues Reich einziehen. Das nahm ihr ein bisschen die Trauer, auch wenn sie nach wie vor Kontakt zu Axel hatte, schließlich liebte sie ihn und nannte ihn immer noch Papa.

Aber für mich gab es kein Zurück. Nicht einen Millimeter.

47

Berlin, Ende September 1995

»Sagen Sie, Frau Tuclu, sind Sie mit diesem Geschäft verheiratet?«

Herr Seitz, ein guter Kunde, sprach mich eines Tages auf diese Weise an. Ich arbeitete nun schon seit einigen Jahren bei Frau Wagner-Riesling und verkaufte edle Dessous und exklusive Bademoden. Herr Seitz ließ sich ausschließlich von mir bedienen. Er war verheiratet und brachte Frau Seitz stets die schönsten Sachen mit.

»Wie meinen Sie das?« Ich legte einen dunkelgrünen Corsageneinteiler, der mit lila Blüten bedruckt war, beiseite. Mitsamt dem dazugehörigen Pareo und den Lacksandaletten kostete das stolze dreihundertzwanzig Mark.

»Nun, wie Sie wissen, bin ich von Ihrer Arbeit sehr angetan. Sie sind stets freundlich und aufmerksam. Mit Ihrem fantastischen Aussehen, Ihren guten Manieren und Ihrer Diskretion würden Sie sehr gut in unser neues Geschäft passen!«

»Sie haben ein Geschäft?« Ich richtete mich auf. »Das wusste ich ja gar nicht!«

»Nun, meine Frau und ich betreiben ein gut gehendes Bekleidungsgeschäft für Herren am Kurfürstendamm, und nun wollen wir eine Filiale für Damen aufmachen. Da sehe ich Sie als Geschäftsführerin!«

»Bitte was?!« Geschäftsführerin!? Meine Handflächen wurden feucht. Das war ja mal ein Traum! Ich traute es mir zu. Elif war in der Schule ein Genie, sodass ich mir um meine inzwischen dreizehnjährige Tochter keine Sorgen machen musste.

»Ich würde so furchtbar gern, aber ich fürchte, ich kann Frau Wagner-Riesling nicht im Stich lassen …«

»Das lassen Sie mal meine Sorge sein. Hier haben Sie ja keine Aufstiegschancen. Frau Wagner-Riesling wird Ihrer Zukunft bestimmt nicht im Wege stehen.« Herr Seitz zog mich beiseite. »Bei uns bekommen Sie dreißig Prozent mehr Gehalt und einen eigenen Dienstwagen. Sie würden auch die Einkäufe und Bestellungen auf Modemessen selbstständig abwickeln. Meine Frau und ich vertrauen Ihnen blind, Frau Tuclu.«

Mein Herz machte einen nervösen Hopser. Sollte es die kleine ängstliche Selma von damals tatsächlich so weit die Karriereleiter hinauf schaffen? Das Spatzenhirn? Ich war inzwischen dreiunddreißig Jahre alt und hatte durch Fleiß und Disziplin bewiesen, was ich draufhatte. Genau wie meine Schwester Fidan würde ich dann eine eigene Filiale leiten!

»Tatsächlich reizt mich Ihr Angebot sehr, Herr Seitz.« Ich

knabberte an meiner Unterlippe. »Allerdings fällt es mir wirklich schwer, Frau Wagner-Riesling zu enttäuschen.«

Herr Seitz ging gleich zu ihr ins Büro und regelte meinen Wechsel. Sie war zwar nicht begeistert, mich an ihn zu verlieren, mochte mich aber so sehr, dass sie meiner Karriere tatsächlich nicht im Wege stehen wollte. Sie war eine tolle Frau, die mütterliche Gefühle für mich hegte. Wir standen noch lange in freundschaftlichem Kontakt.

Alles in allem hatte ich immer wieder das Glück, auf Menschen zu treffen, die es gut mit mir meinten.

Meine Minderwertigkeitskomplexe hatte ich hinter mir gelassen, und mir war durchaus bewusst, welch scheinbar unüberwindliche Hürden ich bereits überwunden hatte.

Ich arbeitete tagtäglich an mir, machte Yoga, ging im Sommer laufen und ernährte Elif und mich gesund. Abends las ich psychologische Fachbücher, mit denen ich versuchte, das Geschehene besser zu verarbeiten, um auch in schwierigen Phasen, die mich ab und zu einholten, stark zu bleiben und eine selbstbestimmte Mutter für Elif zu sein.

Während ich also mit großem Ehrgeiz den Geschäftsführerposten in der neuen Boutique am Kurfürstendamm antrat, hatte sich Herr Schulze, mein Vermieter, leider eingebildet, bei mir landen zu können.

In den ersten Wochen nach dem Umzug fand ich es ja noch ganz nett, wenn er plötzlich mit einer Pizza oder einer Flasche Wein dastand. Auch seine Blumensträuße und netten Worte taten mir gut. Doch dann ließ sich nicht mehr leugnen, dass sich der gute Mann mehr versprach als nur eine fleißige Hausmeisterin.

Erst legte er wie zufällig den Arm um mich, den ich erschrocken abschüttelte, dann setzte er sich auf meinem Sofa oben in der Wohnung viel zu nah neben mich.

»Was haben Sie denn am Wochenende vor, Frau Tuclu? Wollen wir zwei Hübschen nicht mal tanzen gehen?«

Mir gefror das Lächeln im Gesicht. Wie kam er bloß darauf? Nur weil er ein Mann war? Und ich eine Frau? Ich war deutlich jünger und spielte sowohl vom Aussehen als auch von meiner Bildung her in einer ganz anderen Liga.

»Ehrlich gesagt, möchte ich unser Verhältnis im rein geschäftlichen Bereich belassen.«

Die erste Abfuhr ertrug er noch ganz tapfer, aber sein männlicher Stolz war doch gekränkt. Von da an änderten sich sein Tonfall und sein Verhalten.

»Dann darf ich Sie aber darum bitten, den Müll etwas gründlicher zu entsorgen. Es liegt noch Abfall vor dem Haus.«

Obwohl ich genau wusste, dass das nicht stimmte, lenkte ich ein. Ich wollte es mir ja mit meinem Vermieter nicht verderben!

»Natürlich. Ich werde mich sofort darum kümmern.«

Zwei Wochenenden später stand er plötzlich an der Hecke. Ich fegte gerade Laub in eine Kehrschaufel, und er betrachtete mein Hinterteil.

»Na, Frau Tuclu? Wie sieht's aus? Gehen wir heute Abend essen?«

Täuschte ich mich, oder klopfte er mir gerade auf den Po? Wie von der Tarantel gestochen fuhr ich herum.

»Herr Schulze, ich muss Sie doch sehr bitten, mich nicht anzufassen!«

»Oh! Sind wir heute empfindlich? Haben wir vielleicht unsere Tage?«

Elif, die mir wie immer half, kam staunend mit dem Besen um die Ecke.

»Tag, Herr Schulze.«

»Sag deiner Mutter, dass ich für meine Großzügigkeit und

die niedrige Miete erwarte, dass sie etwas freundlicher zu mir ist.«

Elif und ich starrten uns an. In ihren Augen glomm Hass.

»Ich bin so freundlich, wie es zwischen Mieter und Vermieter üblich ist, Herr Schulze. Guten Tag!«

Wütend stapften Elif und ich in unsere Wohnung im fünften Stock und knallten die Tür zu.

Was erlaubte sich dieser Kerl! Ich hatte eigenhändig seine heruntergekommene Wohnung renoviert, kümmerte mich sorgfältig um Treppenhaus und Vorgarten – und jetzt glaubte er, mir den Hintern tätscheln zu können? Und nein, ich würde weder mit ihm essen noch tanzen gehen! Denn was er danach erwartete, war mir völlig klar. Niemals würde ich mich wieder mit einem Kerl einlassen. Und schon gar nicht mit einem wie Jürgen Schulze. Da kam ich ja vom Regen in die Traufe!

Unter der Woche vergaß ich meine Wut auf ihn, denn die neue Arbeit machte mir riesigen Spaß und war eine große Herausforderung.

Dann kam das erste Wochenende, an dem ich auf eine Modemesse musste.

Ich rief Herrn Schulze an und teilte ihm in knappen Worten mit, dass ich das Treppenhaus am Montag, an meinem freien Tag, kehren würde.

»Ja, Frau Tuclu, aber vergessen Sie den Müll nicht.«

»Selbstverständlich, Herr Schulze.«

Als ich am Sonntagabend von der Modemesse kam, müde vom vielen Stehen auf hohen Schuhen, lag der gesamte Abfall direkt vor unserem Eingang lose auf der Straße. Jemand musste absichtlich die Tonne umgekippt haben.

Und ich ahnte auch schon wer!

Leise fluchend stöckelte ich rauf in die Wohnung, zog mich um, rannte wieder runter und räumte den Abfall weg.

Am Montag kehrte ich dann die Treppe, mähte den Rasen und schnitt die Hecke.

Und wer stand ganz plötzlich da? Herr Schulze.

»Nee, Frau Tuclu, so geht das nicht weiter.«

»Bitte?«

»Die anderen Mieter haben sich schon über Sie beschwert. Sie erledigen Ihre Pflichten nicht! Die Bude vergammelt mir hier. Am heiligen Sonntag liegt der Müll vor der Tür. Was sollen denn da die Leute denken?«

Ich sah ihn eine Minute lang schneidend an, dann arbeitete ich schweigend weiter.

Er näherte sich mir von hinten und zupfte spielerisch am Träger meiner Latzhose.

»Andererseits … Wenn Se sich noch mal so schick machen wie gestern, wo ich Se zufällig heimkommen sah in diesem schnieken roten Kostüm mit den schnieken hohen Schuhen, und wir beide mal schwofen gehen, denn will ick noch mal drüber wegsehen.«

Ich drückte ihm den Laubrechen in die Hand. »Herr Schulze, hiermit kündige ich zum nächsten Ersten. Ich wünsche Ihnen noch ein schönes Leben.«

Und so kam es, dass Elif und ich nach zwei Jahren schon wieder umziehen mussten.

Das war eine Riesenunverschämtheit von Herrn Schulze, denn der konnte die von mir mühsam renovierte Wohnung mitsamt ausgebautem Dachgeschoss nun um einiges teurer vermieten.

Glücklicherweise fanden wir eine einigermaßen bezahlbare Wohnung in Berlin-Wilmersdorf. Wieder stand ein Umzug bevor. Das war schmerzhaft, denn ich hatte nicht nur Geld, sondern auch viel Liebe in diese Wohnung gesteckt. Trotzdem war es besser für uns wegzuziehen. Da Elif inzwischen aufs Gymnasium ging, fiel auch der Vorteil Schulnähe weg. Wir wollten einfach nur unseren Frieden.

48

Berlin, 1995–1998

So vergingen weitere Jahre – auch das Jahr 1995, das für unsere Familie ein Schicksalsjahr werden sollte.

Am sechzehnten Februar, dem Tag, an dem unsere geliebte Mutter ihren sechzigsten Geburtstag feiern wollte, starb sie in den frühen Morgenstunden an den Folgen einer schweren, unheilbaren Krankheit. Diagnose Gehirntumor! Der Krebs kam sehr plötzlich und streute innerhalb kürzester Zeit. Ein Leben voller Bescheidenheit und Pflichterfüllung war zu Ende gegangen. Mit Geduld und Langmut hatte sie ihr Leid ertragen. Mit Weisheit, Liebe und Humor hatte sie uns allen beigestanden und war unzählige Male helfend eingesprungen, wenn bei einem ihrer Kinder die Luft brannte, speziell bei Fidan und mir. Nun durfte sie loslassen.

Wir weinten alle bitterlich und vermissten sie unendlich.

Doch als ob das nicht alles schon schlimm genug gewesen wäre, verloren wir zwei Monate nach ihrem Tod auch noch unseren jüngsten Bruder Adnan, den einen Zwilling, mit knapp zweiundzwanzig Jahren durch einen Verkehrsunfall. Ein tragisches Jahr, das uns Geschwister, auch wenn wir weit voneinander entfernt lebten, noch mehr zusammen-schweißte.

Der verbliebene Zwillingsbruder Hakan zog aus Hannover, wo er nun niemanden mehr hatte, zu Elif und mir nach Berlin-Wilmersdorf. Nur langsam lernten wir, mit dem Verlust unserer Liebsten zu leben. Elif reifte in dieser Zeit vom verspielten Teenager zu einer wunderschönen jungen Frau heran. Auch an sie hatte das Leben große Herausforderungen gestellt, die sie viel zu schnell erwachsen werden ließ.

Durch meine harte Arbeit in den letzten Jahren war sie sehr selbstständig. Sie wuchs alles andere als überbehütet und abge-schirmt auf – im Gegenteil! Niemand hatte sie je bevormundet, eingesperrt oder niedergemacht. Sie konnte es mit dem Leben aufnehmen, und das tat sie auch.

Spätestens jetzt wurde mir bewusst: Wir bekommen vom Schicksal so viel aufgebürdet, wie wir tragen können.

Elif und ich konnten gemeinsam vieles tragen. Diese Erkennt-nis ließ mich weiterwachsen.

Ins selbe Jahr fiel auch noch der Tod meines Schwagers Ber-kan. Der Kerl hatte sich wirklich zu Tode getrunken und war an Leberversagen gestorben. So war meine Schwester wie durch Gottes Hand – Allah sei Dank! – befreit und konnte nun mit ihren drei Töchtern ein selbstbestimmtes Leben führen. Letz-tere durften nun ebenfalls endlich aufblühen und sich frei ent-wickeln.

Meinen Brüdern Cihan und Kenan ging es weitestgehend gut. Auch sie trennten sich vom Familienunternehmen, um eigene Wege einzuschlagen.

Und zu unserem Vater hatte nach wie vor keiner von uns noch Kontakt.

49

»Mama, schau mal, was in der Zeitschrift steht!« Elif, meine kluge Sechzehnjährige, hockte mit angezogenen Knien gemütlich auf dem Sofa und blätterte in der *Textilwirtschaft.*

»Zeig mal, Liebes.«

»Hier steht, dass eine spanische Modekette deutschlandweit expandiert und hierfür engagierte, verantwortungsbewusste Mitarbeiter sucht.« Elif sah mich aufmunternd an. »Das könnte doch was für dich sein, Mama!«

Ich studierte das Stellenangebot genau und bewarb mich noch am selben Tag.

Kurze Zeit später wurde ich nach Hamburg eingeladen, wo sich die Zentrale des Unternehmens befand.

»Frau Tuclu, Sie machen einen hochkompetenten Eindruck. Ihre Referenzen von den Firmen Seitz und Wagner-Riesling in Berlin sind exzellent, auch Ihr Ausbildungsbetrieb in Köln lobt Sie in den höchsten Tönen. Sie sind ungeheuer belastbar, zeigen größtes persönliches Engagement, sind extrem fleißig und machen Überstunden, wenn es drauf ankommt ...« Die Personalchefin musterte mich wohlwollend über ihre Brille hinweg. »Sie repräsentieren unsere Firma perfekt: Sie sind sehr ansprechend gekleidet und haben eine tolle Ausstrahlung. Das spielt für unsere junge Modekette natürlich auch eine Rolle.«

Ich hatte mich in einen todschicken schwarzen Hosenanzug mit grünem Seidentop darunter geworfen, das genau die Farbe meiner Augen hatte. Dazu trug ich passende Pumps, eine echte Chanel-Handtasche und sehr dezente Ohrringe. Mein glattes schwarzes Haar hatte ich nach einer Glanzkur zu einer eleganten Banane hochgesteckt, und meine Fingernägel schimmerten perlmuttfarben. Offensichtlich hatte ich es geschafft, dynamisch, modern und gleichzeitig seriös auszusehen. Ich lächelte geschmeichelt.

Von einer Dame wie dieser nahm ich das Kompliment entspannt entgegen.

»Wie sieht es denn mit Ihrer Reisebereitschaft aus?«, wollte die Personalchefin als Nächstes wissen.

»Nun, ich wohne mitten in Berlin. Ich dachte, die Filiale soll dort entstehen?«

Sie lächelte. »Möglicherweise später. Die ersten Filialen sind in München, Aachen und Bonn geplant.«

Mein Herz setzte einen Schlag aus. Oh. Dann kam dieses tolle Jobangebot für mich gar nicht infrage.

Elif war noch nicht mal siebzehn!

»Sie sind doch hoffentlich flexibel? Ich darf Ihnen mal unser Einstiegsangebot unterbreiten …« Die Personalchefin nannte mir ein Gehalt, bei dem ich die Augen weit aufriss.

»Dazu kommen natürlich ein Firmenwagen, geschäftliche Übernachtungen nur in Viersternehotels mit Fitnesscenter und freiem Spa-Zutritt, Wochenendzulagen von fünfzig Prozent sowie selbstverständlich Gratiskleidung und -accessoires aus unserer Modekette.«

Ich schluckte. War das verlockend! Ich war jetzt fast siebenunddreißig Jahre alt und auf dem Höhepunkt meines Schaffensdrangs! »Darf ich das mit meiner Familie besprechen?«

Die Dame ließ ihre Fingerspitzen gegeneinander trommeln. »Selbstverständlich. Nehmen Sie sich die Zeit, die Sie brauchen. Das soll eine langfristige Anstellung mit guten Aufstiegschancen werden.« Sie schraubte ihren edlen Füllfederhalter wieder zu, den sie schon für die Vertragsunterschrift bereitgehalten hatte. »Es gibt noch andere Bewerber, aber wir erwarten mit Freude Ihre Zusage.« Danach verabschiedete sich die Personalchefin herzlich mit Handschlag. »Bitte geben Sie uns baldmöglichst Bescheid, solange halten wir die anderen Kandidaten hin.«

Zurück in Berlin, beratschlagte ich mich mit Elif und Hakan. Beide waren ganz begeistert und sagten, dass ich so ein tolles Jobangebot nicht ausschlagen dürfe.

»Mama, ich bin doch von dir zur Selbstständigkeit erzogen worden!« Elif ließ die langen, in Jeans gehüllten Beine über die Sessellehne hängen. »Du hast doch schon immer viel gearbeitet, und ich kann mich längst allein versorgen. Außerdem bin ich jetzt in der Oberstufe und komme sicherlich nicht auf dümmere Gedanken als sonst.« Sie lachte keck, und ihre grünen Augen leuchteten. Sie war wirklich bildhübsch, trotzdem konnte ich ihr vertrauen. Ich hatte ihr immer alle Freiheiten gelassen und war von ihr nie enttäuscht worden. Eben weil ich sie nie bewacht, kontrolliert oder eingesperrt hatte, hatte sie einfach keinen Grund, mich anzulügen oder Heimlichkeiten vor mir zu haben. Sie hatte gute Freundinnen, die zum Lernen kamen, mit denen sie kochte und alle Probleme besprach. Natürlich ging sie auch aus, aber da sie aufgeklärt und selbstbewusst war, hatte ich diesbezüglich keine Angst um sie.

Der knapp sechsundzwanzigjährige Hakan versprach, jeden Tag nach Elif zu schauen und auch die Wochenenden mit ihr zu verbringen. Hinzu kam, dass er direkt nebenan wohnte.

Und so nahm ich diesen spannenden Posten mit Freude an. Das war ein weiterer Meilenstein in meiner Karriere: Ich eröffnete die erste Filiale in München und lebte monatelang im Hotel. Jedes dritte Wochenende fuhr ich mit meinem schnellen Flitzer zu meinen beiden Lieben nach Berlin.

Nach einem halben Jahr ging es mit einem neuen Eröffnungsprojekt in Aachen weiter.

Diese Arbeit machte mir so viel Spaß, dass ich gar nicht merkte, wie die Zeit verging. Wir eröffneten riesige Häuser mit drei bis vier Etagen und zahlreichen Abteilungen. Von der Einrichtung über die Sortimentgestaltung bis hin zur Einstellung neuer Mitarbeiter lag alles in meinem Verantwortungsbereich.

Ich arbeitete zwölf bis vierzehn Stunden am Tag, auch an den Wochenenden, ohne müde zu werden. Die Tätigkeit machte mir einfach Freude, und mir war gar nicht bewusst, dass ich das Essen und Trinken vergaß. Bis ich eines Tages während der Arbeit in Aachen zusammenbrach. Meine Kollegen riefen einen Krankenwagen. Im Krankenhaus bekam ich Infusionen und brauchte ein paar Tage, um wieder auf die Beine zu kommen. Mein Körper war ausgetrocknet.

»Sie müssen besser auf sich achtgeben«, ermahnte mich mein spanischer Chef, als er mich höchstpersönlich im Krankenhaus besuchte. »Wir schätzen Ihre Arbeit sehr und brauchen Sie, Señora Tuclu. Bitte werden Sie schnell wieder gesund.«

Endlich eröffneten wir die Filiale in Berlin, und ich konnte wieder zu Hause bei meiner kleinen Familie sein.

»Mami, du bist so eine Perfektionistin! Versuch doch mal, ein bisschen kürzerzutreten!«

Elif war inzwischen in den Abiturvorbereitungen, und wir waren beide ein Ausbund an Ehrgeiz und Fleiß. Ich machte ihr gerade einen Obstsalat und presste Orangen aus.

»Liebes, ich kann einfach nicht anders. Alles muss perfekt sein.«

»Aber du arbeitest trotz deiner ständig wiederkehrenden Migräne und deiner chronischen Rückenschmerzen ungebremst weiter.« Elif sah von ihren Büchern auf. »Bitte, Mami, wir brauchen dich doch noch!«

»Aber mein Chef braucht mich auch!«

Ich war wie besessen davon, meinen Job tausendprozentig zu machen. Endlich war ich erfolgreich, gebraucht und gefragt. Diesen Erfolg hatte ich mir so hart erkämpft, dass ich keine halben Sachen machen wollte. Durch meine früheren Erfahrungen von Abhängigkeit und mangelndem Selbstwertgefühl war ich zum Workaholic geworden. Mit den Zwölfstundentagen betäubte ich mich sicherlich auch, um die psychischen Schmerzen, die mich nach wie vor begleiteten, nicht spüren zu müssen. Das war eben der Preis für meine Freiheit!

50

Berlin, Januar 2000

Ich stand im Lager und wies eine neue Mitarbeiterin ein.

»Sie sind für diese Produkte und Regale verantwortlich. Packen Sie bitte diese Paletten aus, da vorne liegt die Preisliste. Versehen Sie die Teile mit dem elektronischen Diebstahlschutz und knipsen Sie mit dieser Zange hier die Größen und Preisschilder ins Etikett, aber Vorsicht ...«

»VORSICHT!«

Ein Dröhnen und Scheppern, mehrere Glühbirnen zerbarsten.

In diesem Moment krachte hinter mir eine Leiter um, und die Mitarbeiterin, die darauf stand, knallte mitsamt dem Eisenteil auf meinen Kopf. Ich fiel mit der Schläfe gegen das scharf-kantige Regal. Ein schneidender Schmerz war die Folge, dann wurde mir schwarz vor Augen.

Erst im Krankenhaus kam ich wieder zu mir.

»Wo bin ich? Was ist passiert?«

»Können Sie meine Finger zählen? Frau Tuclu? Wie viele Finger halte ich hoch?«

»Drei.«

»Und können Sie mir sagen, welchen Wochentag wir heute haben?« Angestrengt dachte ich nach.

»Nein.«

»Können Sie mir sagen, was passiert ist?«

Ich zermarterte mir das Hirn. Au! Mein Kopf war ein einzi-ger Scherbenhaufen!

»Nein.« Ich hatte keine Ahnung!

»In welcher Stadt sind wir? Hallo, Frau Tuclu?« Die Finger schnippten vor meinen Augen, und ich glitt wieder weg.

»Ein schwerer Fall von Amnesie«, hörte ich eine Männer-stimme sagen, als ich wieder zu mir kam. »Frau Tuclu! In wel-cher Firma arbeiten Sie?«

»Ich weiß nicht, ich …«

»Wen sollen wir benachrichtigen? Haben Sie Familienange-hörige?!«

Ich grübelte. Mir fiel nichts ein!

Als ich später erneut erwachte, stand eine hübsche junge Frau an meinem Bett.

»Mama! Ich bin's, Elif!«

»Ja?«

»Ich bin deine Tochter!«

Erst nach Tagen wurde mir das Ausmaß meiner Erschöp-fung richtig bewusst.

»Mami, das ist auch kein Wunder, bei deinem Arbeitspensum!« Elif war tagelang nicht von meiner Seite gewichen.

Leider erinnerte ich mich auch nicht daran, dass sie gerade mitten im Abitur stand.

Sie war immer da, hielt meine Hand und flößte mir mit einer Schnabeltasse Flüssigkeit ein. Erst viel später bemerkte ich den Stapel Bücher, den sie mitgebracht hatte. Meine tapfere, starke Elif!

»Sie haben chronische Halswirbelsäulenprobleme. Das dürfte die Ursache für Ihre ständigen Kopfschmerzen sein.« Der Neurologe hatte sich von Elif meine lange Leidensgeschichte erzählen lassen.

»Damit lebt meine Mutter schon seit vielen Jahren.« Elif presste die Lippen zusammen.

»Sie müssen sofort Ihr Leben ändern, Frau Tuclu. Ihre Traumata kommen gerade wieder hoch, nicht wahr? Es gab nicht nur den einen Schlag mit der Leiter, stimmt's?«

Ich weinte lautlos in meine Kissen. Nein. Doch dieser Schlag hatte alte Wunden wieder brutal aufgerissen.

»Sie brauchen absolute Ruhe, Frau Tuclu. Wenn Sie halbwegs wiederhergestellt sind, schicke ich Sie für drei Monate in eine Reha.«

Nach und nach erholte ich mich von den Strapazen meines Jobs für die spanische Modekette. Ich hatte einen regelrechten Burnout.

Währenddessen legte meine Elif ein wunderbares Abitur hin. Ich weinte vor Stolz und auch ein bisschen vor Schuldgefühlen, weil ich ihr in dieser Zeit nicht immer zur Seite hatte stehen können. Auch in meine Reha hatte sie Bücher mitgenommen, und ich hatte sie abgehört. Und jetzt hatte sie brillant bestanden. War ich stolz auf sie!

Gemeinsam mit Hakan, der inzwischen im Außendienst für einen renommierten deutschen Automobilkonzern tätig war, begleiteten wir die strahlend schöne Elif auf ihren Abiball.

In ihrem roten Cocktailkleid mit den Spaghettiträgern und den hochhackigen Riemchensandaletten, die ihre schlanken Beine noch länger wirken ließen, sah sie einfach hinreißend aus.

Sie hielt sogar die Abiturrede vor brechend voller Aula und wurde vom Direktor als eine der wenigen »mit Auszeichnung« geehrt.

An diesem Abend flossen viele Tränen. Wenn meine Anne das doch noch hätte miterleben können!

Was hatten Elif und ich alles gemeinsam geschafft! Ganz ohne Mann und Gebieter, ganz ohne Beschützer und Ernährer. Und doch spürte ich schon wieder diese innere Unruhe: Was sollte ich nun anfangen? Ich brauchte dringend wieder einen Job!

Zurück in die spanische Modekette hatte ich nicht mehr gewollt, aus Angst, im selben Hamsterrad weiterzurennen.

»Selma, darf ich vorstellen?« Hakan hatte eine gut aussehende Dame im kleinen Schwarzen im Schlepp.

»Das ist Julia Bachmann, eine Kollegin von mir. Julia, du erklärst meiner Schwester am besten selbst, worum es geht.«

»Ich arbeite bei der Tochtergesellschaft desselben Konzerns, für den auch Ihr Bruder arbeitet.«

»Mit Autos habe ich aber gar nichts am Hut …« Ich wollte schon abwinken und mich wieder Elif zuwenden, die gerade im Kreis ihrer Mitabiturienten Champagner trank.

»Warten Sie.« Julia Bachmann legte mir die Hand auf den Arm. »Ihr Bruder hat mir erzählt, dass Sie genau die Richtige sein könnten.« Sie musterte mich anerkennend. »Es geht nicht um Autos, sondern um die dazugehörigen Luxusaccessoires.«

»Aha? Und was soll das sein?« Fröstelnd zog ich das hellblaue Seidentuch enger um die Schultern. Mein Cocktailkleid war cremefarben, mit Strass besetzt und betonte sowohl meine langen Beine als auch meine Schlüsselbeinknochen.

»Das Konzept sieht vor, dass diese Accessoires unabhängig vom Auto in eigenen Stores verkauft werden. Der kleine schicke Laden für den Herrn. So nach dem Motto ›Mann gönnt sich ja sonst nichts‹. Die erste Filiale soll hier in Berlin eröffnet werden.«

Sofort schlug mein Herz höher. »Aber hat das denn was mit Mode zu tun?«

»Nicht direkt.« Jetzt zog mich Julia Bachmann am Arm, weil ich einem vorbeieilenden Kellner im Weg stand. »Es handelt sich eher um technische, auf Herren zugeschnittene Produkte im Luxussegment. Ihr Bruder trägt sie mit Stolz. Hakan, zeig mal deine Uhr!«

Mein Bruder zog die Manschette seines Hemdes hoch, und zum Vorschein kam eine markige, sportliche Herrenarmbanduhr mit dem dezenten Logo des führenden Automobilkonzerns. Gleichzeitig zückte er ein Feuerzeug, das ähnlich gestaltet war, und zündete sich lässig eine Zigarette an.

»Das sieht sehr edel aus«, sagte ich bewundernd.

»Das muss ›Mann‹ einfach haben.« Hakan grinste.

»Aber ich habe mich noch nie mit solchen Produktkategorien befasst.«

»Du schaffst das, Selma.« Hakan legte den Arm um mich, und ich sah, dass viele bewundernde Blicke auf uns ruhten. Vielleicht hielt man uns für ein attraktives Paar? Fast musste ich lachen. Da hätte ich mir aber einen zehn Jahre jüngeren Partner geangelt! Und der konnte ja wohl kaum Elifs Vater sein!

»Das sollte für Sie eigentlich kein Problem darstellen. Sie werden selbstverständlich von mir eingearbeitet«, lockte mich Julia Bachmann. »Ihr Bruder hat mir schon so von Ihnen vorgeschwärmt, dass wir die Stelle gar nicht erst öffentlich ausschreiben.«

Das war meine Chance, neue Wege zu gehen.

Zwar verließ mich Julia Bachmann bereits eine Woche nach der Eröffnung der ersten Filiale, die direkt auf dem Ku'damm lag, mit der Begründung, dass weltweit neue Projekte anstünden. Offensichtlich hatte Hakan ihr auch gesagt, wie belastbar und zäh ich war. In Ermangelung anderer Ansprechpartner stellte ich mir gleich die Frage: »Was würdest du tun, wenn es dein eigenes Geschäft wäre?«

Plötzlich war mir alles klar. Ich las Gebrauchsanweisungen, lernte über ein internes Portal alles über die Marke, das Unternehmen und seine Philosophie, sodass ich mich bald sehr gut damit identifizieren konnte.

Julia Bachmann war begeistert, als sie nach Wochen wieder auftauchte.

»Ich wusste, dass Sie die Richtige sind! Sie machen das hervorragend! Würden Sie die neuen Eröffnungsprojekte in Florenz, London, Mailand und Rom mit betreuen?«

»Ähm … ja, natürlich!«

Elif brauchte mich nicht mehr. Sie würde nun ihre berufliche Zukunft angehen.

»Wunderbar. Und an den Wochenenden erledigen Sie dann die liegen gebliebene Büroarbeit hier in Berlin.« Julia Bachmann tätschelte mir den Arm. »Sie schaffen das schon.«

51

Palma de Mallorca, Frühling 2004

»Leute, kommt mal in die Hufe, sonst kriegen wir den Stand nie bis Sonntagnachmittag aufgebaut!«

Mit Sorge sah ich die nächsten beiden riesigen Lastwagen mit Containern in den Hafen einfahren. »Die Möbel und Waren müssen eins zu eins zum Store auf dem Schiff platziert werden.«

»Hä? Wieso denn das?« Eine ahnungslose Praktikantin schaute mich unwillig an.

»Schon mal was von *Corporate Identity* gehört?« Ich klatschte in die Hände und scheuchte ein paar Arbeiter von der Hafenmauer.

»Hier, sehen Sie sich das an.« Ich hielt ihnen mein Tablet unter die Nase und scrollte den Lageplan rauf und runter. – Das gilt auch für euch, Mädels!« Ich drückte der Praktikantin eine Kiste in die Hand. »So sieht der Store im Original aus, und so muss er auf dem Schiff auch aussehen. Selbst das kleinste Taschenmesser und das letzte Feuerzeug müssen genauso präsentiert werden wie in Berlin! Also Abmarsch, worauf wartet ihr noch!«

Es war Samstagabend. In Palma herrschte bereits lauer Frühling. Mir war warm, und ich krempelte die Blusenärmel hoch. »Wir haben ab jetzt vierundzwanzig Stunden Zeit, den Laden an Bord aufzubauen und einzurichten!«

Es handelte sich um eine Werbemaßnahme unserer Mutterfirma, die in Palma eine riesige Automobilveranstaltung organisiert hatte. Es waren Autohändler aus der ganzen Welt eingeladen.

Die besten und erfolgreichsten durften an der dreiwöchigen *Voyager*-Kreuzfahrt teilnehmen, auf der wir wiederum unsere Produkte vorstellen würden.

»Vorsicht, der Inhalt der Kisten ist zerbrechlich!«

Ach, ich liebte meinen Job! Es gab mir jedes Mal wieder einen Adrenalinschub, eine solche Veranstaltung mitzuorganisieren.

Die prächtige *Seven Seas Voyager* lag vertäut im Hafen und hatte die Ladegangway heruntergelassen. Eine schlaflose Nacht stand uns bevor, aber gab es einen schöneren Arbeitsplatz als diesen? Die Dämmerung senkte sich über den Hafen, der nun hell beleuchtet war, und der Vollmond spiegelte sich im Meer.

Der Store würde ebenfalls drei Wochen lang an Bord bestehen, in dieser Zeit würden wir weltweit wichtige Weiterverkäufer für die Wertmarke gewinnen.

»Am Sonntag um sechzehn Uhr muss alles perfekt sein! Dann wird der Laden abgenommen.«

Ich winkte einem Mitarbeiter. »Hier, Sie können bereits die Koffer und Taschen auspacken und in diesem Bereich des Stores mit dem Dekorieren beginnen.« Ich wirbelte herum. »Und Sie legen bitte die Uhren in diese Glasvitrine, aber Vorsicht, bitte benutzen Sie Handschuhe.« Dann schnappte ich mir die Praktikantin, die tatenlos herumsaß. »Sie wischen bitte schon mal mit Glasreiniger die Oberflächen ab. Hier, nehmen Sie die Haushaltsrolle.«

Ich war in meinem Element. Unter Zeitdruck zu arbeiten und Hochleistungen zu erbringen war einfach mein Ding. Ich kam mir vor wie eine Dirigentin, die ein mehrstimmiges Orchester leitet.

Währenddessen legte das Schiff mit einem majestätischen

Tuten ab. Das leise Vibrieren der Motoren war zu spüren, und in mir vibrierte es auch.

Wie gern wäre ich schnell ans oberste Deck gelaufen und hätte den Moment genossen. Aber wir hatte keine Zeit zu verlieren.

»Schade, ich hätte gern noch einmal Palma nachgewinkt!« Die Praktikantin sah ganz untröstlich drein. »Jetzt bin ich schon mal auf einer Kreuzfahrt und sehe nichts.«

»Vielleicht schaffst du es ja morgen, kurz in Barcelona an Land zu gehen«, tröstete ich sie.

Ich hatte natürlich auch riesige Lust, mir diese tolle Stadt anzuschauen, aber wir waren nun mal nicht zum Vergnügen hier.

Als ich sämtliche Mitarbeiter beschäftigt hatte, begann ich die Pfeifen und das Zubehör auszupacken und mit geübten Händen in die vordere Glasvitrine zu dekorieren. Das hätte ich mit geschlossenen Augen tun können, so lange war ich nun schon für diese Firma tätig.

Gleichzeitig wurde oben auf Deck acht im großen luxuriösen Restaurant für unsere geladenen Gäste ein Fünf-Gänge-Menü serviert. Die uniformierten Kellner und Weinstewards eilten im Laufschritt an uns vorbei. Der Hotelmanager, ein fast weißhaariger Mann um die fünfzig, durchmaß die Räume und warf mir einen freundlichen Blick zu. Nett sah der aus in seiner weißen Uniform. Auf seinem Namensschild stand »Lainer-Wartenberg«.

»Na, geht's hier voran? Wenn Sie irgendwas brauchen, vielleicht ein Glas Champagner ...« Er winkte schon einem vorbeihastenden Kellner, aber ich schüttelte den Kopf.

»Nein, danke, ich trinke keinen Alkohol, und schon gar nicht bei der Arbeit.«

»Meine Frau trinkt NUR bei der Arbeit, da hat sie die besten

Ideen«, gab er ungefragt zum Besten, als wenn mich die Frau von dem Typen interessieren würde!

»Also, wenn ich sonst irgendwas für Sie tun kann, lassen Sie es mich wissen. Mein Büro ist gleich da hinten.«

Am nächsten Tag, kurz vor Abnahme durch die Verantwortlichen, als der Laden fix und fertig eingerichtet war und mir schier der Rücken durchbrechen wollte, betrat ein ganz ähnlicher Typ Mann meinen Shop. Oder war es sogar der Hotelmanager von gestern? Er kam mir irgendwie bekannt vor. Allerdings war er in Zivil. War das überhaupt erlaubt? Er trat vor meine liebevoll mit Feuerzeugen und Pfeifen dekorierte Vitrine.

»Aha, das ist ja schön. Ihr verkauft also auch Feuerzeuge?« Er roch nach einem edlen Rasierwasser.

»Ja, darf ich Ihnen eines zeigen?« Schon ließ ich die Glasscheibe zur Seite gleiten und deutete auf unser edelstes Modell, das allerdings auch einige Hundert Euro kostete.

»Nein, nein, das ist nicht nötig.« Er lächelte verbindlich. »Aber wenn ihr Feuerzeuge habt, habt ihr sicher auch Feuerzeuggas?« Seine braunen Augen ruhten prüfend auf mir.

Natürlich hatten wir kein Gas! »Das ist im Flieger nicht erlaubt, mit dem die Ware angeliefert wurde. Aber ich schicke unsere Praktikantin gleich in Barcelona los, damit sie Ihnen welches besorgt.«

In diesem Moment ging der wirkliche Hotelmanager draußen vorbei, in seiner Uniform. Dann war dieser Herr hier also jemand anderer! Aber wieso kam er mir nur so bekannt vor?

Kaum in Barcelona angelegt, raste die Praktikantin los. Leider war Sonntag, und sie würde nicht viel Glück haben.

Nichtsdestotrotz kam alle zwei Stunden der Assistent der Geschäftsführung im Shop vorbei und fragte mich nach dem Gas. »Herr Sander lässt fragen, ob das Feuerzeuggas schon da ist.«

»Nein, Junge, wo soll ich es denn herzaubern! Die Praktikantin überfällt schon Tankstellen, weil die Geschäfte alle zu haben!«

Der junge Mann trollte sich wieder, kam aber nach kurzer Zeit wieder, um mich mit derselben Frage zu nerven.

Inzwischen war unser Shop voller Kunden, und meine Verkäuferinnen und ich hatten alle Hände voll zu tun.

»Junge, wir haben hier Wichtigeres zu tun«, kanzelte ich den Assistenten ab.

»Herr Sander lässt ausrichten, dass er großen Wert auf das Gas legt!«

Wütend schnellte ich herum. »Wer ist überhaupt dieser Herr Sander, dass er sich mit seinem Gas so wichtigmacht? Ich sagte doch, dass sich die Praktikantin bemüht!«

Der junge Mann wurde blass. »Herr Sander ist der Chef der Veranstaltung. Er hat das Schiff für drei Wochen gechartert. Er kann ziemlich ungemütlich werden, wenn nicht alles perfekt ist. Da rollen dann gern mal Köpfe.«

O Gott. Augenblicklich wurde mir heiß und kalt. Ich wollte meinen Job nicht verlieren!

Offensichtlich wollte mich dieser arrogante Schnösel testen. Meine Belastbarkeit. Mein persönliches Engagement. Mein Durchsetzungsvermögen. Meine Kreativität.

Meine Beine zitterten vor Müdigkeit, und mein Kopf begann wieder zu pochen. Eigentlich hätte ich dringend eine Pause nötig gehabt! Sollte ich jetzt stattdessen selbst nach Barcelona reinrennen, auf der Suche nach dem blöden Feuerzeuggas?

Der Hotelmanager kam gerade wieder an unserem Shop vorbei, und ich erinnerte mich an sein Angebot, ihn bei Problemen zu kontaktieren.

»Hallo? Haben Sie eine Minute?« Ich rannte aufgeregt hinter ihm her.

»Natürlich. Wo brennt's denn?« Er führte mich in sein Büro, direkt neben der Rezeption.

»Es brennt eben NICHT«, redete ich aufgeregt auf ihn ein. »Der Chef dieser ganzen Veranstaltung will unbedingt Feuerzeuggas! Die Geschäfte sind zu, unsere Praktikantin ist mit leeren Händen zurückgekommen, und es geht vermutlich um meinen Job.«

Der Hotelmanager griff zum Hörer und rief den Hafenagenten in Barcelona an.

Er sprach Englisch mit ihm. »Wie viel brauchen Sie?«, wandte er sich an mich.

»Oh, sagen Sie bloß, Sie machen es möglich, dass …?«

Ich trocknete mir die schweißnassen Hände an meinem Kostümrock ab. »Zwei, drei Flaschen?«

»Der Agent hat den Schlüssel für das Lager des Duty-free-Shops im Hafenterminal. Er ist in fünf Minuten hier.«

Ich hätte den Mann ja gern umarmt, aber er fing wieder an von seiner Frau zu schwärmen, die blond sei, vier Kinder habe und Bücher schreibe. Geduldig hörte ich mir das Gefasel an. Dann riss ich die drei Gasflaschen an mich, die der Agent gebracht hatte, und rannte zurück zu meinem Arbeitsplatz.

Keine zehn Minuten später stand der junge Assistent wieder im Store.

»Herr Sander lässt fragen …«

»Hier.« Ich knallte ihm eine Gasflasche vor den Latz.

Der junge Mann machte große Augen. Und hastete davon.

Keine weiteren zehn Minuten später stand Herr Sander höchstselbst in meinem Laden.

»Wie ich sehe, haben Sie es geschafft.«

»Natürlich.«

»Obwohl in Barcelona alle Geschäfte geschlossen haben?!«

»Es gibt immer einen Weg.« Beiläufig ordnete ich die Feuerzeuge in der Vitrine und drehte mich betont lässig zu ihm herum. »Kann ich sonst noch etwas für Sie tun?«

»Ja, können Sie mir bitte mein Feuerzeug mit dem Gas auffüllen?«

Ich hätte ihn ohrfeigen können.

52

Auf der Voyager *vor Barcelona, Frühling 2006*

Zwei Jahre später gab es wieder eine Werbeveranstaltung, und wieder war die *Voyager* von Herrn Sander für eine einwöchige Mittelmeerkreuzfahrt gechartert worden. Wieder legte sie in Barcelona an.

Als der Assistent von damals bei mir im Laden stand, zückte ich sofort wortlos eine Gasflasche und reichte sie ihm. Doch diesmal wollte er kein Feuerzeuggas.

»Herr Sander lässt fragen, ob Sie noch zu Ihrem Wort stehen.«

»Welches Wort?«

»Ob Sie sonst noch etwas für ihn tun können.«

»Selbstverständlich. Was kann ich denn für ihn tun?«

»Sie mögen bitte heute Abend bei der Poolparty seine Tischdame sein.«

Uff. Ich blieb wie angewurzelt stehen. Hatte mich dieser superwichtige Mensch nicht längst vergessen?

Natürlich hatte ich inzwischen Erkundigungen über ihn eingeholt und im Internet gelesen, was für ein hochrangiger Manager er war, in welchem Aufsichtsrat er saß und vor allem, dass er verheiratet und Vater zweier Söhne war.

Dennoch konnte und wollte ich es nicht wagen, ihm eine Absage zu erteilen. Das war eine berufliche Veranstaltung, und wenn der Chef neben mir sitzen wollte, war mir das eine Ehre! Privat war der Mann absolut tabu für mich.

Aufgeregt brezelte ich mich in meiner Kabine auf und erschien um zweiundzwanzig Uhr in einem langen roten Abendkleid zur Poolparty. Das Motto lautete »Spanische Nächte«.

Die meisten männlichen Gäste hatten sich als Torero verkleidet und die meisten weiblichen versuchten, eine Carmen abzugeben.

Mit meinem von Natur aus eher exotischen Aussehen, meinen langen dunklen Haaren und meiner rassigen Figur kam ich dem Partymotto heute Abend vermutlich am nächsten.

Im Schein von tausend Lampions und Abertausenden Sternen nahmen wir ein unvergleichliches Festmahl ein, bedient von uniformierten Kellnern und Stewards, die den allerbesten Wein kredenzten. Herr Sander sah blendend aus in seinem weißen Hemd und dem maßgeschneiderten grauen Sakko über leicht gebräunter Haut. Er war ausgesprochen galant und aufmerksam und ließ mir mehrmals Wein nachschenken. Obwohl ich sonst fast nie Alkohol trank, genoss ich diesen perfekt gekühlten spanischen Weißwein. Nach den langen Arbeitstagen stellte sich so etwas wie Entspannung ein. Wir plauderten und lachten viel, und gegen Mitternacht fand ich mich zu meiner eigenen Verwunderung in seinen Armen auf der Tanzfläche wieder.

Alle Augen waren auf uns gerichtet! Wie einige Mitarbeiter mir bereits gesteckt hatten, tanzte Herr Sander nämlich aus Prinzip nie, sondern wahrte immer Abstand und Autorität.

Umso verwunderter drehte ich mich mit ihm zu Walzerklängen vom Bordorchester. Ja, ich schwebte geradezu! Aus den Augenwinkeln nahm ich wahr, wie uns meine Kolleginnen aus dem Bordstore mit dem Handy filmten und fotografierten.

Gott, war mir das peinlich!

Irgendwann löste ich mich von ihm und verabschiedete mich zum Schlafengehen.

»Vielen Dank für den tollen Abend, Herr Sander. Ich habe es sehr genossen.«

»Ich heiße Paul.«

Er sah mir tief in die Augen, und es lag etwas sehr Warmes in seinem Blick. Hatte ich mir den Mann jetzt schöngetrunken, oder mochte ich ihn wirklich?

Er war seit Jahren der erste Mann, dessen Berührung ich nicht nur zugelassen, sondern genossen hatte.

»Oh.« Ich schluckte. Das hatte er morgen bestimmt alles wieder vergessen. »Ich heiße Selma.«

»Ich weiß.« Paul führte mich von der Tanzfläche und geleitete mich zum gläsernen Aufzug. Alle Blicke folgten uns.

»Leider ist die Veranstaltung ja schon morgen zu Ende, ich wünsche Ihnen also alles Gute.« Ich reichte ihm die Hand.

»Ihre Kolleginnen haben Fotos gemacht.« Er ließ weder meine Hand los, noch löste er seinen erschreckend intensiven Blick von mir.

»Ja, ich weiß. Ich werde sie veranlassen, sie zu löschen.«

»Das sollen Sie gar nicht.«

»Nein? Ich dachte, Sie …« Freundlich, aber bestimmt entzog ich ihm die Hand.

»Was dachtest du?« Auf einmal duzte er mich, und seine Stimme war sanft.

»Dass Sie vielleicht Ärger mit Ihrer Frau bekommen, wenn solche dummen Fotos kursieren«, sagte ich tapfer.

»Erstens bekomme ich nie wieder Ärger mit meiner Frau, und zweitens wünsche ich mir, dass du mir die Fotos schickst, Selma.«

Paul Sander zückte seine Visitenkarte und reichte sie mir. »Aber bitte an meine private E-Mail-Adresse. Und zwar ausschließlich mir und niemandem sonst.«

53

Berlin, 9. Juli 2006

Ich kam gerade vom Joggen im Tierpark zurück, schnappte mir ein Glas Wasser und setzte mich an meinen Schreibtisch. Es war erst kurz nach acht. Die Kaffeemaschine gluckerte. Bevor ich unter die Dusche sprang, wollte ich noch mal schnell meine Flüge checken. In wenigen Stunden musste ich nach Stuttgart fliegen, um mich dort beruflich mit meinem Team zu treffen. Unser Konzern hatte ja dort seinen Sitz.

Ich saß in meiner Berliner Wohnung am PC und überprüfte noch mal die Flugdaten. Genau. Nachmittags ging der Flug von Tegel aus, um achtzehn Uhr war dann im Mutterhaus unser Meeting. Das würde gegen zwanzig Uhr zu Ende sein. Und dann?

Stuttgart.

Da wohnte doch Paul.

Paul Sander.

An den ich natürlich nie wieder einen Gedanken verschwendet hatte.

Jedenfalls keinen allzu großen. Und auch das nicht öfter als zehnmal am Tag.

Paul. Der verrückte Manager des Autokonzerns, für den ich arbeitete. Der an dem Abend vor drei Monaten auf dem Schiff für wenige Stunden seine harte Schale abgelegt hatte.

Hatte Paul Sander nicht sogar beruflich was mit Fußball zu tun? War er nicht im Aufsichtsrat eines Bundesligavereins? Und ausgerechnet heute war das Endspiel der Fußball-WM, Italien gegen Frankreich!

Selma, vergiss ihn. Er spielt nun wirklich nicht in deiner Liga. Außerdem ist er verheiratet, auch wenn er beim Abschied so eine seltsame Bemerkung gemacht hat, von wegen er werde nie wieder Ärger mit seiner Frau bekommen. War er inzwischen geschieden?

Unwillkürlich öffnete ich die Mail mit den angehängten Fotos, die mir meine Kollegin aus dem Shop schon vor Wochen geschickt hatte.

Paul und ich nebeneinander am VIP-Tisch, hinter Kerzen, Blumen und einer Ansammlung von funkelnden Gläsern. Paul und ich, wie wir uns lächelnd zuprosten.

Paul und ich an der Reling lehnend, Schulter an Schulter.

Paul und ich beim Tanzen. Paul und ich lachend an der Bar.

Paul und ich vor dem gläsernen Aufzug, einander tief in die Augen schauend.

Meine Güte, das war ja das Klischee von einem glücklichen Paar! Solche Bilder findet man in Reisekatalogen.

Ob er sich überhaupt noch an mich erinnerte?

Mein Finger ruhte auf der Weiterleitentaste.

»Fräulein, woll'nse nu oder woll'nse nicht?«

Noch bevor sich die Stimme der Vernunft überhaupt hatte melden können, hatte mein Finger eine neue Mail geöffnet.

Mein Herz machte einen nervösen Hopser. Jetzt musste ich nur noch etwas Neutrales, Unverbindliches dazuschreiben!

»Bin heute Abend im Schwabenland und ganz gespannt, wie die Weltmeisterschaft ausgeht.« Und ab die Post! War das neutral genug? Ich holte mir eine Tasse Kaffee, und es dauerte keine Minute, bis die Antwort da war: »Dann melde dich, wenn du angekommen bist.«

Ups! Mein Herz klopfte heftig. Sollte ich das wirklich tun? Wohin würde das führen?

Am späteren Abend rief ich ihn von meinem Stuttgarter Hotel aus an.

»Hallo, Paul! Das Meeting ist vorbei, wie ist das Spiel gelaufen?«

»Italien hat gewonnen!«

»Dann hättest du jetzt Zeit?«

»In zehn Minuten hole ich dich ab!«

Es war eine herrlich warme Sommernacht, und die Fußgängerzone war voller feiernder Menschen. Autokorsos fuhren hupend und Fahnen schwenkend vor dem Bahnhof vorbei.

Paul sah blendend aus. Er nahm meinen Arm und führte mich zum Schlosscafé, wo wir zwischen den vielen aufgekratzten Menschen Platz nahmen.

»Darf ich dir ein Glas Wein bestellen?«

»Lieber eine Cola.«

»Ich freue mich sehr, dass du normalerweise keinen Alkohol

trinkst, Selma.« Auch Paul bestellte sich eine Cola. »Denn der hat letztlich unsere Familie zerstört.«

Ich schwieg und sah ihn nur fragend an. Hatte er etwa ähnliche Probleme gehabt wie ich?

»Du siehst hinreißend aus, Selma. Wie machst du das nur, dass dein Haar so glänzt?«

»Das ist mein kleines Geheimnis.«

Kurz hatte ich einen Flashback. Die Cola kam, und ich musste mich gegen eine Flut von Erinnerungen wehren.

»Aber erzähl mir doch lieber von dir!«

Zum ersten Mal berichtete Paul von sich. Er öffnete seine harte Schale immer mehr, und ich lernte einen sensiblen, feinsinnigen Familienmenschen kennen.

»Meine Ex-Frau ist schon lange sehr krank.«

Nachdenklich spielte er mit seinem Feuerzeug, und ich betrachtete seine schlanken Hände.

»Sie hat ein Suchtproblem, das letztlich zur Scheidung geführt hat. Unsere Söhne sind zwölf und vierzehn und leben überwiegend bei mir.«

»Auch ich war alleinerziehend. Und auch mein Ex-Mann hatte ein Suchtproblem.«

Pauls Blick ruhte auf mir.

»Ich habe das alleinige Sorgerecht«, fuhr er fort. Aber meine Frau wohnt in der Nachbarschaft, und meine Söhne und ich kümmern uns um sie.«

»Heilung ausgeschlossen?«, fragte ich scheu.

Er nickte. »Unzählige Entziehungskuren haben keinen dauerhaften Erfolg gebracht.«

»Das wäre in meiner Welt undenkbar.« Ich nahm einen Schluck Cola und sah ihm in die Augen. »Ein Mann, ein Vater, der sich um seine Kinder kümmert, das gibt es bei uns nicht.«

»Es gab keine andere Lösung.« Paul drehte sein Colaglas hin und her. »Trotz meines zeitintensiven Jobs genieße ich es sehr, meine beiden Jungs um mich zu haben.«

Er erzählte mir mit leuchtenden Augen von ihnen. »Max möchte nach der Schule erst mal eine Lehre zum Automechaniker machen, und rate mal, in welchem Konzern …«

Ich lachte. »Keine Ahnung? Kennst du da jemanden?«

»Und Phillip will gleich Maschinenbau studieren. Doch im Moment haben beide vor allem Fußball im Kopf.«

Sie teilten die Fußballleidenschaft ihres Vaters. »Bis gerade eben haben wir noch zusammen das Spiel geschaut.«

»Und da lassen sie ihren Vater einfach so gehen, zu einer fremden Frau? Was hast du ihnen erzählt?« Verschmitzt lächelte ich ihn an.

»Dass mir diese Frau sehr wichtig ist.« Peng! Das saß. Ich spürte, dass er weder flirtete noch kokettierte. Er meinte es ernst.

»Ich habe mich nicht getraut, Kontakt zu dir aufzunehmen.« Verlegen wich ich seinem intensiven Blick aus und nahm schnell noch einen Schluck Cola. »Nach unserer Erziehung macht die Frau niemals den ersten Schritt.«

»Aber dann hast du mir die Bilder doch noch geschickt.« Paul legte den Zeigefinger unter mein Kinn und zwang mich, ihn anzusehen. »Ich wollte dich nicht bedrängen und dich selbst entscheiden lassen, ob und wann du Kontakt zu mir aufnimmst.«

Wir unterhielten uns noch lange und waren schließlich die Letzten, deren Stühle der Kellner hochstellte.

»Darf ich dich wiedersehen, Selma?«

Paul Sander hatte den Arm um mich gelegt und begleitete mich zurück zum Hotel.

»Ich weiß nicht …«

Noch immer war ich misstrauisch und wollte meine mühsam erarbeitete Freiheit nicht aufgeben. Ich brauchte keinen Mann mehr in meinem Leben, der mich bevormundete, bewachte oder kontrollierte, und erst recht keinen, der sich von mir bedienen ließ.

Aber Paul war anders.

54

Norwegen, 12. August 2006

»Das ist ein Naturwunder, Paul!« Das Panorama ließ mich für einen Moment den Atem anhalten. Überwältigt stand ich auf der Terrasse des abgelegenen Hauses, das Paul für eine Woche für uns beide gemietet hatte. Moosgrüne Landschaft mit zerklüfteten Felsen, dichten Wäldern und blumenübersäten Wiesen hob sich vor blauem Himmel ab. Tief unter uns lag das Meer. Weit und breit kein Haus, kein Auto, kein Mensch. Nur wir beide.

Ich staunte nicht schlecht. Paul hatte mich in Oslo vom Flughafen abgeholt. Mit seinem schnittigen Wagen waren wir nun über atemberaubende Fjorde und Serpentinenstraßen hierher gefahren.

»Ich möchte, dass wir uns eine Woche lang nur auf uns konzentrieren.« Paul hatte mir ein Glas Wasser in die Hand gedrückt, und nun standen wir hier und bewunderten die Aussicht.

»Sind hier wirklich keine anderen Menschen?« Suchend schaute ich mich um.

»Weit und breit niemand.« Paul verzog das Gesicht zu einem schelmischen Grinsen.

»Kein Supermarkt, keine Dönerbude?« Von Berlin war ich anderes gewöhnt! »Und wenn wir Hunger kriegen?«

»Dann gehen wir angeln.«

»Und wenn wir Durst kriegen?«

»Gehen wir zum Brunnen.«

»Ist das dein Ernst?«

»Ja, Selma. Ich möchte, dass wir in dieser Woche ausprobieren, ob wir es miteinander aushalten. Wir sind komplett ohne Fernseher, ja sogar ohne Strom. Ich möchte eine Woche ganz intensiv mit dir leben: Kein Handy, keine Ablenkung, keine Verpflichtungen, kein Luxus, keine Termine. Nur du und ich. Traust du dich?«

»Jetzt wo ich hier bin, bleibt mir wohl gar nichts anderes übrig.« Ich krempelte die Ärmel hoch. »Also, ich würde mal sagen, du gehst Holz hacken, und ich hole Wasser vom Brunnen. Falls du Feuer machen willst, hätte ich auch noch etwas Flüssiggas da. Schauen wir mal, was wir heute Abend so auf den Tisch zaubern.« Lachend zwinkerte ich ihm zu und verstaute mein Gepäck in der Hütte.

Paul strahlte mich erleichtert an. »So eine Frau habe ich mir gewünscht.«

Es wurde eine wunderschöne Woche.

Falls einer von uns anfänglich die Befürchtung gehabt haben sollte, sich mit dem anderen zu langweilen – das Gegenteil war der Fall. Wir passten im Alltag hervorragend zusammen, arbeiteten ganz selbstverständlich Hand in Hand, konnten stundenlang zusammen schweigen und in die Wolken schauen, aber auch tiefgehende Gespräche führen.

Paul sprach sich vieles von der Seele, und auch ich hatte Vertrauen zu ihm gefasst. Wir erzählten einander unser Leben, in dem es so viele Parallelen gab.

Auf stundenlangen Spaziergängen erkundeten wir die Gegend und kochten gemeinsam wie ein eingespieltes Team.

Abends wurde es gar nicht dunkel! Noch nachts um zwei saßen wir im Zwielicht vor unserem Häuschen und redeten. Auf allen Ebenen verstanden wir uns blind und genossen jeden Augenblick.

Als wir nach einer Woche mit Sack und Pack wieder ins Auto stiegen, glaubte ich, diese intensive Woche in der Natur nur geträumt zu haben.

Würde uns der Alltag in Stuttgart und Berlin jetzt wieder verschlucken?

55

Auf einer kleinen Jacht vor Kroatien, Sommer 2013

»Jetzt kann ich dich viel besser verstehen, Selma.«

Paul steht rauchend an der Reling und schaut aufs Meer hinaus. Ich klappe den Laptop zu und sehe ihn mit brennenden Augen an.

»Es war mir so wichtig, meine Geschichte aufzuschreiben. Es hat mir auch dabei geholfen, das alles noch mal zu verarbeiten.«

»Dabei hast du dich hoffentlich nicht wieder übernommen.« Paul sieht mich besorgt an. »Alles, was meine Frau macht, macht sie tausendprozentig. Du hast ja wie in Rage geschrieben. Dabei hattest du oft genug Kopfschmerzen, das hab ich an deinem Blick gesehen.«

Er setzt sich neben mich und beginnt, mir die verspannten Schultern zu massieren.

»Deine chronischen Rückenschmerzen haben sich auch wieder eingestellt, stimmt's?«

Ich schließe die Augen und gebe mich seinen liebevollen Berührungen hin. Seine Hände elektrisieren mich. Wie anders war doch da der grausame Klammergriff Orhans! Pauls Hände verströmen nichts als Zärtlichkeit und Liebe.

»Ich habe noch so viel vor«, seufze ich genießerisch. »Ich möchte all die Dinge nachholen, für die ich in der depressiven Phase meines Lebens keine Kraft hatte. Unter anderem wieder mehr lesen! Endlich werde ich mir das gestatten, Paul!« Ich dehne meinen Nacken, damit er meine Halswirbel noch besser erreichen kann. Ah, tut das gut!

»Früher bin ich nie zum Lesen gekommen. Ich konnte mich einfach nicht dazu aufraffen, weil ich mich nicht darauf konzentrieren konnte. Innerlich war ich gehetzt wie ein Tier auf der Flucht. Du gibst mir so viel Ruhe und Geborgenheit!«

Er streicht mir übers Haar.

»Damit ist es spätestens morgen vorbei, wenn Elif, Max und Phillip kommen!«

Elif ist inzwischen Modetechnikerin und arbeitet in einem renommierten Bekleidungsunternehmen.

Phillip studiert in Köln BWL, und Max macht eine Lehre zum Automechaniker, bevor auch er studieren wird. Unsere drei verstehen sich prächtig. Wenn man sie so zusammen sieht, will man gar nicht glauben, dass sie sich erst vor sieben Jahren kennengelernt haben.

»Bevor die Bande hier auftaucht, interessiert mich nur noch eines.« Paul hat sich inzwischen ein Glas Wein eingeschenkt, und er stellt mir auch eines hin. Es ist der spanische trockene Weißwein, den wir damals auf dem Schiff getrunken haben.

»Was ist eigentlich aus Ismet geworden?«

Ich senke den Blick. »Ich habe ihn 2007 auf einer Automobilausstellung noch mal zufällig wiedergetroffen.«

»Das ist doch nicht wahr!« Paul lässt sein Glas ein wenig zu schroff auf die Tischplatte knallen.

»Und das sagst du mir erst jetzt?«

»Du hast ja vorher nie danach gefragt!«

»Und, was ist aus ihm geworden?«

»Er ist wirklich Arzt. Ich habe ihn an seinem Namensschild am Revers erkannt: Dr. Ismet Yildirim, Pädiater. Er ist Kinderarzt geworden, Paul! An diesem Tag war auf dem Messegelände noch ein Ärztekongress, und zwischen den Vorträgen kamen die Herren Doktoren immer mal wieder neugierig in unsere Messehallen geschlendert, weil sie sich vermutlich mehr für unsere Autos und das Zubehör interessierten als für ihre Fachvorträge.« Ich lächelte schwach.

»Ärzte gehören unbedingt zu unserer Zielgruppe.« Paul ließ sich auf die Bank sinken.

»Ich habe wie üblich unser luxuriöses Zubehör, Markenuhren und coole Sonnenbrillen präsentiert, als sich ein grauhaariger Herr mit unseren Taschen befasst hat …«

Er hatte eine ziemlich abgegriffene Ärztetasche dabei und suchte offensichtlich nach einer neuen. Gerade betrachtete er unsere ziemlich gesalzenen Preise.

»Kann ich Ihnen helfen?« Ich näherte mich hilfsbereit und blieb wie erstarrt stehen. Wir schauten uns minutenlang an. Er hatte mich vermutlich an der Stimme erkannt, während ich kaum glauben konnte, was da auf seinem Namensschild stand. Statt des einst so attraktiven, langhaarigen jungen Mannes in

Jeans und Turnschuhen stand nun ein unscheinbarer, untersetzter älterer Mann mit Schnurrbart vor mir.

»Ich glaube, wir kennen uns«, stammelte ich schließlich.

Er straffte sich, stellte die Tasche ab und gab leise zurück: »Nein, ich glaube nicht, dass wir uns jemals begegnet sind.«

Doch das nervöse Zittern seiner Stimme verriet, dass er mich erkannt hatte. Darüber hinaus stand ihm der Schreck ins Gesicht geschrieben.

Ohne sich umzusehen, verließ er fluchtartig den Laden.

Ich stand einfach nur da und konnte es nicht fassen.

Wir waren füreinander die große Liebe gewesen, und das war nun unser Wiedersehen?

Umso erstaunter war ich, als etwa eine Woche später in meiner Firma in Berlin das Telefon klingelte und mich unsere Sekretärin mit Dr. Ismet Yildirim im Frankfurter Uniklinikum verband.

Er hatte sich in der Zwischenzeit ein Herz gefasst und mich ausfindig gemacht.

»Nach achtundzwanzig Jahren hatte ich endlich Gelegenheit, ihm am Telefon zu erzählen, wie alles passiert war. Als ich mit meiner Geschichte fertig war, hat er geweint.«

Paul sieht mich mitfühlend an und legt seine Hand auf meine.

»Und hat er Familie?«

Er hat eine Frau geheiratet, die mir ähnlich ist, Paul. Er hat ihr von Anfang an alles erzählt. Sie haben zwei Kinder und leben im Taunus.«

»Und, wie seid ihr verblieben? Wollt ihr euch wiedersehen? Sollen wir die Familie mal zu uns auf die Jacht einladen?«

So ist mein Paul. Großzügig und tolerant bis zum Gehtnichtmehr.

Ich schüttele lächelnd den Kopf. »Aber nein. Wir Türken

wärmen keine abgekühlten Sachen mehr auf. Aber weißt du, was seine letzten Worte waren?«

»Nein?«

»›Ich wünsche mir immer wieder, dir nie das Versprechen gegeben zu haben, unser erstes Mal für die Hochzeitsnacht aufzuheben.‹«

Ich sehe Paul an und merke, dass in meinen Augen Tränen schwimmen.

Nachwort der Protagonistin

Die Idee, meine Geschichte aufzuschreiben, entstand während meiner Therapie. Alles zu Papier zu bringen sollte mir dabei helfen, die Geschehnisse besser zu verarbeiten. Nachdem ich die schlimmsten Ereignisse notiert hatte, konnte ich durchatmen. Es war wie eine Neugeburt für mich. Eine riesengroße Last war von mir abgefallen. Ich fühlte mich absolut befreit, und ein Gefühl von Freude breitete sich in mir aus. Ermutigt von einer Freundin, schickte ich mein Manuskript per Post an Hera Lind. Schon wenige Tage später erhielt ich einen Anruf von ihr. Sie wollte das Buch machen, vorausgesetzt, die Chemie stimmte. Ich war sprachlos und so überrascht! Sie klang so sympathisch, dass ich mir gut vorstellen konnte, mit ihr zu arbeiten. Auch Hera war begeistert. Und so verabredeten wir uns in Salzburg, um uns persönlich kennenzulernen. Der Funke sprang sofort über. Ich hatte das Gefühl, wir würden uns schon ewig kennen.

Heute sind Paul und ich zwölf Jahre zusammen, vor zweieinhalb Jahren haben wir geheiratet. Es ist eine wunderschöne, respektvolle, von Vertrauen und Wärme getragene, gleichberechtigte Beziehung, die ich mir in meinen schönsten Träumen nicht so hätte ausmalen können. Gerade kommen wir wieder aus Kroatien zurück, wo mein Wunschtraum vom Haus am See in Erfüllung geht.

Meine Tochter Elif ist inzwischen vierunddreißig Jahre alt. Sie hat einen sehr liebenswerten Partner gefunden, und die beiden sind gerade Eltern geworden. Gemeinsam freuen wir uns jeden Tag aufs Neue über unser heutiges schönes Leben und danken Gott und dem Universum dafür.

Mein Leben ist durch unsere Patchworkfamilie stark bereichert worden. Ich bin stolz darauf, zwei so wunderbare Stiefsöhne als meine betrachten zu dürfen und eine so großartige Tochter zu haben, die mich in all der Zeit stets unterstützt und begleitet hat.

Nachdem Paul vor vier Jahren eine Tätigkeit in England angenommen hatte, war unser Leben von Reisen rund um die Welt geprägt. Wir haben so viele Länder besucht und so viele liebe und interessante Menschen kennengelernt, dass wir uns nun auf ein hoffentlich etwas ruhigeres Leben in unserem Haus am Wasser mit unserem ersten Enkelkind freuen.

Die Selma von heute würde niemand mehr mit der Selma von einst in Verbindung bringen. Ich bin ein völlig anderer Mensch geworden.

Doch so grausam das, was mir passiert ist, auch war: Es ist ein Teil von mir. Im Lauf der Jahre habe ich gelernt, diese Dinge anzunehmen und ad acta zu legen. Dabei haben mir die zahlreichen Therapien, die ich zum Teil bis heute fortführe, sehr geholfen.

Wahrscheinlich sind es meine starken Wurzeln, die mich – wenn auch spät – den Absprung schaffen ließen und mir die Kraft gaben, ein selbstbestimmtes Leben zu führen.

Vor etwa drei Jahren bat mich mein Bruder Cihan, wieder Kontakt zu meinem Vater aufzunehmen, da dieser während einer Krankheitsphase über sein Leben und all seine Fehler nachgedacht und Reue gezeigt habe. Unter Tränen bat er seine Kinder, die sich um sein Krankenbett versammelt hatten, um Vergebung. Das genügte, ihn über Weihnachten zu uns einzuladen und Versöhnung zu feiern. Er weinte oft an diesem Abend und bat uns immer wieder um Vergebung.

Auch mir kamen die Tränen. Ich hatte ihn so vermisst und wollte nur zu gerne glauben, dass er mich trotz allem immer geliebt hat. Und wer bin ich, ihm nicht zu vergeben?

Mein heutiges Motto lautet:

>*»Die Vergangenheit ist ein Traum,*
>*die Zukunft im Wind,*
>*erhasche die Gegenwart!«*
>(Khalil Gibran)

Nur durch den Zugang zur eigenen Kraft der Gegenwart kann man zur Vergebung gelangen. Dann verliert die Vergangenheit ihre Macht, und man kommt zu der Erkenntnis, dass nichts, was man je getan hat oder was einem angetan wurde, auch nur im Geringsten die strahlende Essenz dessen antasten kann, was man tatsächlich ist.

Meine Geschichte soll alle Frauen ermutigen, ihr Leben selbst in die Hand zu nehmen und sich keine Gewalttätigkeiten gefallen zu lassen. Sich gegen Ungerechtigkeiten zu wehren und an sich selbst zu glauben. Sobald der erste Schritt getan ist, kann es nur noch vorwärts gehen.

Auf gar keinen Fall möchte ich, dass der Eindruck erweckt wird, dies sei ein rein türkisches Thema.

Umfragen zufolge hat beispielsweise jede vierte Frau in

Deutschland Gewalt durch aktuelle oder frühere Beziehungs-partner erlebt. Die Warteschlangen vor den Frauenhäusern sind lang.

Weltweit erfahren Frauen Gewalt in der Ehe. Die Betroffe-nen trauen sich meist nicht, sich zu wehren, geschweige denn zur Polizei oder an die Öffentlichkeit zu gehen.

Ich habe es getan! Dank Hera Lind und dem Diana und Heyne Verlag gelangt meine Geschichte nun an eine breite Öffentlichkeit.

Es wird ein langer Weg sein, kulturell zusammenzufinden, aber es sollte immer klar sein, dass sich Gewalt durch nichts rechtfertigen lässt – DURCH REIN GAR NICHTS!

Orhan und Neslihan sind inzwischen tot. Und ich bin frei – die Frau, die frei sein wollte.

Nachwort der Autorin

Welch ein Glückstreffer!, schoss es mir durch den Kopf, als ich beim Friseur saß und Selmas Einsendung las. In dieser Geschichte ist wirklich alles drin: Eine glaubwürdige, starke Protagonistin. Eine fesselnde Familien- und eine romantische, unerfüllte Liebesgeschichte. Ein politischer Hintergrund, wie er aktueller nicht sein könnte, und sehr aufschlussreiche Informationen über die Traditionen unserer türkischen Nachbarn. Ein wahrer Krimi über Entführung und Zwangsheirat, Verrat, missbrauchtes Vertrauen ... und dann noch dieses wunderbare Happy End mit einem Traumprinzen auf einem Traumschiff!

Abgesehen davon, dass ich beim Friseur sitzen blieb und weiterlas, nachdem mir mein Hinterkopf längst im Handspiegel gezeigt worden war und ich die Pracht gedankenverloren abgenickt hatte, griff ich, sobald der Föhn aufhörte zu lärmen, als Erstes zum Hörer und rief Selma an.

»Wann können wir uns treffen?«

Einige Wochen später, mitten im Sommer, kam diese bildschöne Frau mit dem unfassbar glänzenden Haar (wie macht sie das nur?) und ihrem erfolgreichen Mann in mein Lieblingshotel in Salzburg, das Gmachl in Bergheim. Doch vorher geschah etwas Merkwürdiges: Als ich bereits lesend am Schwimmteich lag, wünschte ich mir, die beiden kämen noch nicht allzu früh, da ich die Geschichte wieder und wieder lesen musste. Das muss man sich mal vorstellen, ich hoffte, sie, die Protagonistin, würde meinen Lesegenuss nicht stören!

Dann stand sie vor mir, und wir umarmten uns wie alte Freundinnen. Stundenlang plauderten wir auf dem Liegestuhl, und die Chemie stimmte auf Anhieb. Selma ist eine gebildete, reflektierte Frau mit einer bemerkenswerten Vergangenheit, um die sie kein Aufhebens macht. Kein Funke von Verbitterung oder Selbstmitleid war zu spüren, eher Selbstkritik, wie ich sie auch kenne. Paul, ihr Mann, organisierte uns Getränke und Erfrischungen und hielt sich ansonsten taktvoll im Hintergrund, obwohl er selbst eine buchfüllende Geschichte hat.

Beim Abendessen auf der Terrasse diskutierten wir über Begriffe wie Ehre, Stolz, guter Ruf und Pflichterfüllung ... und zogen dabei interessante Vergleiche. Fast zeitgleich in Deutschland aufgewachsen, entdeckten wir erstaunliche Parallelen wie die Verpflichtung eines »anständigen« Mädchens »aus gutem Hause«, die Erwartungen des Elternhauses zu erfüllen. Auch die Schuldgefühle, dieses Schema nicht bedient zu haben und letztlich ausgebrochen zu sein, konnten wir teilen, wenn auch Selmas Geschichte ungleich dramatischer verlaufen ist.

Beide haben wir nach Umwegen unseren Traummann gefunden und mit ihm eine harmonische Patchworkfamilie gegründet. Beide sind wir gemeinsam mit unseren Männern durch Höhen und Tiefen gegangen und sehen jetzt fast zeitgleich unserem ersten Enkel entgegen.

Selma hat meinen größten Respekt. Sie hat sich aus einer ungeheuerlichen Gefangenschaft befreit, ist erhobenen Hauptes ihren Weg gegangen und hat letztlich das erreicht, wovon sie immer geträumt hat: beruflichen Erfolg und eine große harmonische Familie an einem schönen, sicheren Ort. Endlich kann sie ernten, was sie gesät hat.

Es ist ihr von Herzen zu gönnen, dass ihre Geschichte und unser gemeinsamer Tatsachenroman ein schöner Erfolg wird, dass Selma viele Leserinnen mit ihrer Stärke und ihrem unbeirrbarem Glauben an das Gute anstecken kann.

Außerdem ist Selma echt telegen und eloquent. Ich sehe sie schon in so mancher Fernsehshow sitzen und ihre türkischen Wurzeln interessierten Zuschauern nahebringen. Auf diese Weise kann sie tatsächlich dazu beitragen, viele Vorurteile und Missverständnisse aufzuklären.

Uns beiden, aber auch unserer Lektorin Britta Hansen gefiel spontan der Titel »Das türkische Mädchen«. Wir mussten uns aber im Vorfeld besonders von jungen Leuten anhören, er könnte »rassistisch« rüberkommen und Vorurteile bedienen.

Das wollten wir auf keinen Fall – im Gegenteil! Deshalb entschieden wir uns für den neutralen Titel »Die Frau, die frei sein wollte«. Denn schließlich wollen das alle Frauen dieser Welt.

Wenn Sie, liebe Leserinnen und Leser, auch eine ungewöhnlich spannende, packende, emotional tiefgründige und außergewöhnliche Lebensgeschichte haben, dann schreiben Sie mir unter heralind@a1.net. Ich lese alle Einsendungen selbst und bearbeite sie sorgfältig und wertschätzend. Vielleicht sind Sie ja schon bald dabei, bei den erfolgreichen Tatsachenromanen, die inzwischen die Bestsellerlisten füllen. Aktuell biete ich in meiner Romanwerkstatt in der Salzburger Altstadt auch Schreibseminare an. Anmeldung ebenfalls unter: heralind@a1.net

Ich bedanke mich für Ihr Vertrauen und dass Sie mir Ihre Zeit schenken.

Hera Lind, im Juni 2020

Der SPIEGEL-Bestseller Platz 1

Ein Tagebuch,
das ein ganzes Leben infrage stellt

ISBN 978-3-453-44341-9
Auch als E-Book erhältlich

HEYNE ‹

Über den Roman

Paula findet in einer Küchenschublade das Tagebuch ihrer verstorbenen Mutter. Nie hatte Anna von ihrer Flucht mit Baby Paula aus Pommern nach Kriegsende 1945 erzählt. Doch beim Lesen offenbart sich Paula eine Wahrheit, die sie vollkommen aus der Bahn wirft. Ergreifend berichtet Anna von ihrem monatelangen Verstecken mit dem Säugling auf einem Dachboden, von ihrer Verzweiflung, immer den Tod vor Augen, und von dem Deserteur Karl, der Anna und die kleine Tochter in letzter Sekunde rettet. Als Paula von ihrer wahren Identität erfährt, bricht für sie eine Welt zusammen, und sie macht sich auf, um ihre Spuren zu finden.

1

PAULA

Bamberg, 20. April 2004

Nebenan polterte es in der Küche. Da war aber jemand sauer!

»Au! Scheiße! Verdammte Kacke!«

Also *bitte!* Doch nicht aus dem Munde meiner Tochter!

»Rosa? Alles in Ordnung?« Ich erhob mich mit schmerzenden Knien aus meiner unbequemen Position. Das Putzen unter dem klobigen Wohnzimmerschrank von meiner unlängst verstorbenen Mutter war nichts mehr für meine morschen Knochen. Jedenfalls bildete ich mir das ein, sollte ich doch in Kürze sechzig werden. Dieser runde Geburtstag lähmte mich, und jetzt auch noch dieser verdammte Streit mit Rosa. Ja, es war eine vertrackte Situation, in der wir uns da gerade befanden. Rosa und ich hatten gemeinsam Mutters altes Haus geerbt ... und ich hatte Rosas heiß geliebten Opa, meinen Vater Karl, ins Heim gesteckt!

Aber was sollte ich denn machen, jetzt, wo er Witwer war und allein nicht mehr zurechtkam? Schließlich war ich als Oberstudienrätin voll berufstätig. Ich liebte meinen Job und meine Schüler! Rosa hingegen hatte gerade das Referendariat beendet und würde nach den Sommerferien ebenfalls mit einer vollen Stelle an meinem Gymnasium anfangen: am E.T.A.-Hoffmann Gymnasium, wo schon mein Vater Karl und davor sein Vater

Karl senior Direktor gewesen waren. Stolz hielten wir die Familientradition hoch, doch wenn Opa Karl zu Hause weiterleben sollte, musste eine von uns beiden den alten Mann pflegen und zu ihm in dieses Haus ziehen.

Rosa befand, dass sie dafür zu jung sei, und ich, dass ich mit sechzig noch lange nicht den Schuldienst quittieren wollte. Das aber verlangte mein Fräulein Tochter dreist von mir!

Darüber waren wir so in Streit geraten, dass wir gerade schweigend das Haus ausräumten, ohne zu wissen, was damit geschehen sollte. Es war doch mein Elternhaus, und Rosa hatte bei ihren geliebten Großeltern ebenfalls eine schöne Kindheit verbracht.

Dass meine Tochter jetzt so fluchte, lag auch an ihrer inneren Zerrissenheit.

Niemand von uns beiden konnte sich um meinen 89-jährigen Vater kümmern, der in letzter Zeit ziemlich dement wirkte. Er redete inzwischen häufig ziemlich wirres Zeug, manchmal sprach er mich sogar mit falschem Vornamen an. Es würde also das Beste sein, das Haus so schnell wie möglich zu verkaufen. Es befand sich nämlich in einer Traumlage, direkt an der Regnitz in Bambergs bezaubernder Altstadt, und Rosas Zukunft würde durch den Hausverkauf ebenso abgesichert sein wie mein späterer Ruhestand. Schließlich wollten Rosa und ich auch noch reisen, solange sie nicht verheiratet war. Also *ich* wollte das. Denn eigentlich standen uns Rosa und ich sehr nahe. Ich hatte sie ganz allein großgezogen, und die Großeltern Anna und Karl hatten sich stets liebevoll um ihre einzige Enkelin gekümmert, sie mit Liebe und Zuneigung überschüttet, wenn ich arbeiten musste. Wir waren eine kleine heile Familie gewesen, immer für den anderen da. Bis Oma Anna ganz plötzlich verstorben war. Und ich Opa Karl schweren Herzens, in Rosas Augen herzlos, »ins Heim gesteckt« hatte.

Stumm wühlten wir uns durch Schränke und Schubladen und wurden von den vielen Erinnerungen förmlich erschlagen.

In der Küche fluchte Rosa gerade, dass sich die Balken bogen, und machte ihrem Herzen auf diese Weise Luft.

Beunruhigt spähte ich um die Ecke. Rosa saß mit Tränen in den Augen vor der alten Küchenkommode und lutschte an ihrem Finger.

»Hast du dich verletzt, Rosa?«

»Das Scheißding hat geklemmt!« Ihr Tonfall klang so vorwurfsvoll, als wäre das meine Schuld. Natürlich. Ich war gerade an allem schuld.

Da lag sie, die alte Schublade, auf dem Gesicht, und um sie herum tausend Krümel, alte Salmiakpastillen, verstaubte Pralinen, ein Nadelkissen, Würfel ... Zeugen eines gelebten Lebens, verstreut auf dem Küchenfußboden.

Habe ich eigentlich jemals so einen Streit mit meiner Mutter gehabt?, fragte ich mich, während ich dieses »Stillleben« betrachtete. Hatte ich es jemals gewagt, sie so anzugreifen? Und von ihr verlangt, dass sie in Frührente ging? Mutter hatte bis zuletzt mit Freude und Fleiß den Kiosk gegenüber unserer Schule betrieben. Und damit tausend Schülerherzen die Geborgenheit geschenkt, die auch Rosa und ich durch sie stets erfahren durften.

»Und jetzt hab ich mir einen Splitter eingezogen!« Rosas Gesicht war schmerzverzerrt. Es ging um die hölzerne Schublade mit der Aufschrift »Feigenkaffee«. Die anderen Schubladen hießen »Mehl«, »Salz« und »Grieß« – sie hatten sich problemlos herausziehen lassen. Die »Feigenkaffee«-Schublade hingegen hatte sich heftig gewehrt, weil sich das vergilbte Wachspapier, mit dem sie ausgeschlagen war, wohl verkeilt hatte. Das schaute jetzt unter der auf dem Boden liegenden Schublade hervor. Das und etwas Schwarzes. Ein Fotoalbum?

Doch zunächst inspizierte ich den Splitter, der fest im Zeigefinger meiner Tochter steckte.

»Brauchst du einen Arzt?« Ich zog eine spöttische, aber liebevolle Grimasse. »Oder soll ich pusten?«

»Nein. Mit einer desinfizierten Nadel dürften wir den Übeltäter schon loswerden. Du bist gut in so was, Mama. Also mach schon.«

Na also. War das jetzt schon Frieden oder noch Waffenstillstand? Rosa ließ mich wieder an sich heran, nach fast einer Woche Funkstille. Danke, liebe Schublade!

Ich hielt eine Nadel über die Gasherdflamme, und während ich, ganz Mama, vorsichtig den Splitter entfernte, sah ich mich wieder als Kind in dieser Küche stehen und meine eigene Mama Anna für mich sorgen.

Meine Mutter war ebenfalls streng gewesen, konsequent, aber auch fürsorglich und liebevoll. Ich war ihre einzige Tochter gewesen, genau wie Rosa meine einzige Tochter war, und diese weiße Küchenkommode hatte meine Kindheit begleitet. Immer waren köstliche Dinge darin gewesen, angefangen vom duftenden Kakao in der goldenen eckigen Dose über selbst gebackene Kekse in der runden roten Dose bis hin zu Malstiften und Fotoalben, in denen meine sorglose Kindheit erst in Schwarz-Weiß und später in Farbe zwischen knisternden Pergamentseiten festgehalten worden war. Von Pagenkopf bis Petticoat: Es war die typische Zeit der Fünfziger-, Sechzigerjahre.

So. Der Splitter war raus. Kein »Danke, Mama«. Da wurde noch ein bisschen nachgeschmollt.

Ich griff zu einem aus der Schublade gefallenen Album. »Schau mal hier, darin habe ich ja schon ewig nicht mehr geblättert!«

»Mama, willst du jetzt Fotos schauen oder weiter ausräumen?« Rosa hatte den Finger wieder in den Mund gesteckt und sah mich vorwurfsvoll an. »Schließlich willst du dieses Haus ja so schnell wie möglich verkaufen!«

Schon wieder dieser unterschwellige Vorwurf. Sie ahnte wahrscheinlich gar nicht, was so ein Heimplatz in einem privaten

Pflegeheim mit Rundumbetreuung kostete! Ich fühlte mich einfach nur erschöpft.

»Gönn deiner alten Mutter doch mal eine kleine Pause!«

Versöhnlich legte ich den Arm um sie.

»Schau, das bin ich mit Opa Karl und Oma Anna, an meinem dritten Geburtstag. Ich konnte kaum über den Tisch schauen, um die Kerzen auszublasen.«

Rosa war immer noch mit der kleinen Wunde an ihrem Finger und wahrscheinlich auch an ihrem Herzen beschäftigt. Als ob mir mein Vater nicht auch leidgetan hätte! Bisher hatte er sich noch nicht eingelebt, fragte immer nach seiner Anna oder nach ganz anderen Frauen und wollte nach Hause. Ich versuchte mein schlechtes Gewissen zu verdrängen. Es ging eben nicht anders!

»Und da siehst du mich mit Tante Martha, mein erster Schultag, das war 1950, hier in Bamberg. Ich weiß noch, dass ich das kleinste Kind der Klasse war und die größte Schultüte hatte!«

Rosa schaute mir immerhin über die Schulter. »Logisch, wenn deine Mutter einen Kiosk hatte. Die anderen Kinder müssen ganz schön neidisch gewesen sein!«

»Das stimmt.« Ich grinste meine Tochter über die Schulter hinweg an. »Niemand hat es je gewagt, mir etwas zuleide zu tun, denn durch mich kam man an Brausepulver und Abziehbildchen, später dann an Zeitschriften wie die *Bravo*, die ich heimlich irgendwo versteckt hatte.«

Rosa lächelte inzwischen und blätterte eine Seite weiter.

»Das Klassenfoto. Gott, wie viele ihr da seid! Das sind ja fast fünfzig Kinder! Welches bist du?«

»Da, ganz außen links in der ersten Reihe. Der blonde Winzling mit den Zöpfen.«

»Mama, du warst aber wirklich klein. Warum wurdest du nicht einfach für ein Jahr zurückgestellt?« Die angehende Lehrerin sah mich missbilligend an. »Haben die keinen Schulreifetest mit dir gemacht?«

Ich zuckte mit den Achseln. »Keine Ahnung. Ich bin im Mai geboren. Damals wurde nicht lange nach Schulreife gefragt. Es gab ja nur eine Klasse pro Jahrgang, so kurz nach dem Krieg.«

»Heute gibt es Kinderpsychologen, die sich ausgiebig mit solchen Fragen beschäftigen.«

»Ich weiß«, sagte ich. »Heute gibt es Vorschulen und Förderprogramme und so was alles.«

Ich hob die Schublade auf, die immer noch auf dem Fußboden lag. »Oh, schau mal, was sich hier noch versteckt!«

Mit spitzen Fingern befreite ich eine alte schwarze Kladde, die von einem Einweckglas-Gummiring zusammengehalten wurde, vom Wachspapier.

»Wieso war das *unter* dem Wachspapier?«

Vorsichtig nahm ich das schwarze Büchlein in die Hand. Ich hatte es noch nie gesehen.

Rosa entriss es mir neugierig und setzte sich im Schneidersitz auf das Küchensofa. »Vielleicht Omas geheime Kochrezepte: Die pommersche Küche. Das könnte ein Bestseller werden!« Schon streiften ihre Finger eifrig den dicken Gummiring ab, der mehrfach darumgeschlungen war, als sollte er ein Geheimnis wahren.

»Das sind keine Kochrezepte.«

Rosa gab mir das Büchlein enttäuscht zurück. Ich musste erst meine Lesebrille suchen. Ächzend ließ ich mich auf das bequeme Sofa fallen, auf dem Opa Karl immer so gern seine Zeitung gelesen hatte.

»Rutsch mal.«

Ich zog die Leselampe näher und fühlte mich plötzlich so wie früher, voller Vorfreude und Neugierde auf eine spannende Geschichte. Wie oft hatte meine Mutter Anna mir hier Märchen vorgelesen! Später hatte Vater mich dann Lateinvokabeln abgefragt und mir mathematische Formeln erklärt.

»Gott, das ist noch ein ganz altes Schulheft mit vorgezeichneten Linien und Löschblatt.«

Ehrfürchtig schlug ich das Büchlein auf. Und entdeckte ein mir vertrautes Kinderlied:

Maikäfer, flieg!
Der Vater ist im Krieg.
Die Mutter ist im Pommerland.
Pommerland ist abgebrannt.
Maikäfer, flieg!

Mit einer merkwürdig heiseren Stimme trug ich es meiner Tochter vor. Wie lange hatte ich es schon nicht mehr gehört? Mich überzog eine Gänsehaut.

»Kennst du das noch? Meine Mama hat es mir oft vorgesungen, als ich klein war.«

»Ist das politisch korrekt? Oder diffamiert es Migranten mit pommerschen Wurzeln?« Rosa rieb sich die Nase. »Was heißt das überhaupt, Pommerland?«

»Damit ist das heutige Polen gemeint.« Ich schüttelte den Kopf. »Über so was haben wir uns damals keine Gedanken gemacht.«

»Pommerland ist abgebrannt, wie traurig. Warum schreibt sie das auf die erste Seite?«, fragte Rosa.

»Meine Eltern sind nach dem Krieg aus Pommern geflohen, aber mehr wollten sie darüber nie erzählen.«

»Warum eigentlich nicht? Hast du nie gefragt?«

»Sie haben das Thema immer gemieden. Es war offensichtlich zu schmerzhaft. Sie haben es verdrängt, wie so viele, die nach dem Krieg neu angefangen haben. Irgendwann habe ich es nicht mehr gewagt zu fragen.«

Ich blätterte weiter und zuckte mit den Schultern. »Aber es ist ein Tagebuch, schau mal.«

Rosa legte die Hand darauf. »Wenn sie es so gut versteckt hat ... meinst du, sie möchte, dass wir das lesen?«

Ich überlegte. »Sie hat uns ihr Haus vererbt, mein Schatz. Dir und mir. Und damit auch diese Küchenkommode. Mitsamt ihrem Tagebuch.«

»Wir könnten es Opa Karl mitbringen, wenn wir ihn nachher im Altersheim besuchen. Und ihm daraus vorlesen. Das freut den alten Herrn vielleicht.«

Merkwürdigerweise spürte ich ein Unbehagen. Er wollte doch nie über die Vergangenheit reden! Wusste er überhaupt von Mutters Tagebuch?

»Opa Karl wird nicht mehr viel davon mitkriegen. Weißt du, Oma Anna war ja bis zuletzt geistig fit. Warum hat sie *uns* wohl das Haus vererbt? Weil sie genau wusste, dass es Opa Karl nicht alleine schaffen würde. Sie war sehr praktisch veranlagt und hat sich bestimmt gewünscht, was wir jetzt vorhaben: das Haus verkaufen und Opa Karl von dem Erlös ein luxuriöses Pflegeheim finanzieren.«

»Mama, fang jetzt nicht wieder damit an!« Rosa rückte sofort wieder von mir ab. »Das wollte Oma Anna ganz bestimmt nicht, dass du den armen Opa einfach abschiebst.«

»Ich? Oder wir? Du bist doch auch erwachsen, Rosa! Willst du ihn hier zu Hause pflegen? Hm? Und deine Stelle im Gymnasium erst antreten, wenn Opa Karl gestorben ist? Du hast noch keine eigene Klasse. Aber ich schon. Und die steht kurz vor dem Abitur.«

Rosa schüttelte verärgert den Kopf. »Ich bin sechsundzwanzig und muss in den Beruf. Aber *du* musst nicht mehr, Mama. Deine Pension wäre schon jetzt fett genug.«

»Rosa, diesen Ton verbitte ich mir! Das steht dir nicht zu, so mit mir zu sprechen!«

»Streiten wir also doch wieder?«

»Nein. Verschieben wir es auf morgen.«

Wieder warf ich einen Blick auf die Kladde.

»Nachstehendes schreibe ich für meine Tochter Paula,
damit sie in späteren Jahren einmal die Wahrheit erfährt. In
Liebe, immer deine Mutter Anna.«

»Also möchte sie es. Sie hat es für mich geschrieben, Rosa!
Machst du uns einen Tee, Liebes?«

»Mama, willst du jetzt von alten Zeiten schwärmen?« Rosa
war wieder aufgesprungen. »Wenn du das Haus verkaufen willst,
müssen wir es wohl oder übel vorher ausmisten!«

Wollte ich mein Elternhaus wirklich verkaufen? Die vertraute
Handschrift meiner Mutter versetzte mir einen merkwürdigen
Stich. Nicht auszudenken, wenn Fremde dieses Büchlein gefun-
den hätten!

Neugierig blätterte ich hin und her. Die Kladde war vollge-
schrieben bis zur letzten Seite. »Ich nehme Pfefferminztee, die
Schachtel liegt da auf der Erde!«

»Jetzt?« Rosa sah mich an. »Du willst jetzt in dieser Kladde
lesen?«

»Jetzt.« Ich hielt ihrem Blick stand. »Gehetzt und nach der
Uhr gelebt habe ich mein Leben lang. Und jetzt gönne ich mir
ein Lesestündchen. Vielleicht erfahre ich ja etwas über Oma Anna,
was wir beide noch gar nicht wussten!« Und vielleicht ändere
ich meine Meinung über den Hausverkauf!, dachte ich, sagte
aber nichts.

Rosa musste lächeln. Sie stellte zwei dampfende Tassen Tee
auf den Tisch, und ich sah ihr an, dass sie mit sich kämpfte, ob
sie nun weiterputzen oder sich gemütlich neben mich setzen
sollte.

»Komm, Schatz, wir schmökern ein bisschen darin. Leiste mir
doch Gesellschaft! Die Zeit mit dir ist so kostbar für mich.«

Bald würde sie nur noch mit ihrem Fabian verreisen. Ich
ahnte, dass dies unser letzter gemeinsamer Sommer werden
würde – und selbst wenn wir gerade häufig stritten: Ich wollte

ihn genießen und mit ihr noch mal nach Amerika reisen. Nur wir zwei.

Rosa ließ sich neben mich fallen und rührte in ihrem Tee.

»Okay. Dann lass mal hören. Vielleicht hatte Oma Anna einen heimlichen Geliebten!«

»Oma Anna doch nicht!« Ich warf ihr einen amüsierten Blick zu. »Oma Anna war die preußische Korrektheit und Anständigkeit in Person!«

»Oder sie hat irgendwo ganz viel Geld versteckt …«

»Also bitte, Rosa. Reicht es dir nicht, dass sie uns dieses Haus vererbt hat?«

»Oder sie hatte vor Opa Karl schon einen anderen Mann …«

»Wie kommst du denn darauf?«

»Steht doch da. – Nee. Echt?« Rosa beugte sich mit großen Augen vor und tippte mit dem Finger auf eine bestimmte Stelle. »Wie, sie hat 1944 Egon geheiratet? Wer war Egon?«

Das fragte ich mich allerdings auch. Von einem Egon hatte ich noch nie gehört.

2

ANNA

Auf einem Bauernhof in Pommern, 25. Juni 1943

»Wie, du heiratest Egon? Wer ist Egon?«

Vater saß in seiner bäuerlichen Arbeitskluft am Mittagstisch und ließ sich von Mutter mit der Holzkelle Suppe in den Teller schöpfen. Seine verdreckten Schuhe standen draußen vor der Stube, die ich eben noch ausgekehrt hatte. Trotzdem hatte er den starken Geruch nach Pferd und Landwirtschaft mit in die Stube gebracht.

»Vater, sei bitte nicht besorgt! Aber ich bin jetzt sechsundzwanzig und will keine alte Jungfer werden!«

Mit Herzklopfen drehte ich den Brief in den Händen, den Mutter mir ausgehändigt hatte.

Egon war im letzten Sommer Pensionsgast bei uns gewesen. Ein älterer Junggeselle aus Hannover. Schneidig, zackig, mit modisch kurzem Haarschnitt und angesagtem Schnauzbart. Er war Beamter bei der Post und hatte nie schmutzige Hände, dafür Ärmelschoner. Das hatte mich schwer beeindruckt.

Er hatte deutliches Interesse an mir gezeigt, und wir waren ein paarmal Tanzen gewesen.

»Egon schreibt, er hat eine Wohnung in Hannover für uns, und er mag auch nicht mehr warten. Man weiß schließlich nicht, was kommt, in diesen Zeiten. Er möchte ein tüchtiges, fleißiges deutsches Mädchen heiraten.«

Vaters Mund wurde zu einem schmalen Strich.

»Egon ist erstens viel zu alt für dich und wird zweitens sicherlich noch an die Front einberufen!« Verärgert zupfte er seine Brotscheibe in grobe Stücke und warf sie in die Suppe. »Als überzeugter Nazi.«

Mutter stand mit der Schüssel im Arm daneben und sah mich warnend an.

»Anna, wir sind im Krieg, und nachdem deine Brüder an der Front sind, brauchen wir hier auf dem Hof jede helfende Hand.«

»Ach. Und deswegen soll ich auf Mann und Kind verzichten.« Trotzig hielt ich ihrem Blick stand. Bis eben hatte ich noch unsere zwölf Kühe gemolken und deren Mist weggeschaufelt. In einer groben Schürze und mit Gummistiefeln. Am Nachmittag wartete der Kartoffelacker auf mich. Und am Abend wieder zwölf Kühe. Und so ging das jeden Tag.

»Alle sind verheiratet«, begehrte ich trotzig auf. »Meine Schwester Frieda hat schon zwei Kinder und meine Schwägerin Renate ebenfalls.« Ich schluckte die Tränen herunter. »Nur ich soll als einsamer Blaustrumpf vertrocknen und versauern. Aber das ist euch ja wohl egal.«

Vater schüttelte missbilligend den Kopf. Dieses Gesicht kannte ich aus meiner Kindheit: Immer wenn eines von uns sechs Kindern etwas angestellt hatte, überlegte er auf diese Weise, wie er reagieren sollte. Er war ein ruhiger, bedachter Mann, der selten aus der Haut fuhr.

Ich war das Nesthäkchen, der Nachkömmling, und mir sahen sie so manchen trotzigen Anfall nach. Meine Eltern waren beide schon fast siebzig und rackerten immer noch von früh bis spät.

»Renates Mann ist im Krieg, und Friedas Mann ist verwundet zurückgekommen«, murmelte Vater in seine Suppe hinein. »Der ist ihr im Moment mehr Last als Hilfe. Und mit sechsundzwanzig ist man noch lange keine alte Jungfer.«

»Aber Egon ist gesund und hat zwei Beine«, brauste ich auf. »Und er ist Beamter mit einem sicheren Einkommen. Ich will auch noch Kinder haben!« Selten hatte ich so energisch gegen meine Eltern aufbegehrt. Ich hatte das Gefühl, dass meine Zeit ablief, und das versetzte mich mehr und mehr in Alarmbereitschaft. Mit sechsundzwanzig lief man doch nicht mehr unverheiratet in der Gegend herum, außer man war hässlich wie die Nacht.

»So nimm dir doch wenigstens einen Mann aus unserer Gegend!« Energisch stellte Mutter die Suppenschüssel auf den Tisch, setzte sich und füllte ihren Teller.

»Dieser Egon ist uns einfach nicht sympathisch! Er ist Nationalsozialist, ein Büromensch, der gar nicht richtig zupacken kann. Eine Landwirtschaft ist nichts für den. Und er spricht auch ganz anders als wir. So hochgestochen, so näselnd.« Mutter setzte einen arroganten Blick auf und sprach mit gekünstelter Stimme: »Der stolpert übern spitzen Stein!« Das entlockte Vater ein harsches Lachen. »Recht hast du, Margret, genau. Der passt doch gar nicht zu uns. Er war bei uns Feriengast, und so wird er sich auch immer benehmen!«

»Ach. Nur weil er kein Bauer ist.« Meine Stimme wurde schriller als beabsichtigt. »Und wen bitte schön soll ich denn in dieser Gegend noch finden? Es sind doch alle brauchbaren Männer an der Front!« Und die Hinkebeine will ich nicht!, schoss es mir durch den Kopf. Ich will tanzen und schöne Blusen tragen!

»Du solltest mitten im Krieg überhaupt nicht ans Heiraten denken.« Vater schaufelte sich die eingeweichten Brotbrocken auf den Löffel. »Ihr Mädels müsst uns Eltern kräftig unterstützen, solange unsere Jungs im Krieg sind. Es fehlt doch jetzt jede Arbeitskraft. Und Frieda muss sich ja auch noch um ihre Kleinen kümmern.«

Ich presste die Lippen zusammen. So war das also. Mein Glück war nichts wert. Ich wurde als billige Arbeitskraft gesehen. Dabei war ich eine blühende junge Frau, die endlich mal wieder leben und Spaß haben wollte! Feriengäste kamen keine mehr. Nur polnische Fremdarbeiter. Bald würde ich verblühen! Und dann würde mich niemand mehr wollen. Warum verstand denn das keiner?

Meine Eltern hatten hier in einem winzigen Dörfchen im Kreis Köslin eine beachtliche Landwirtschaft erarbeitet. Sie waren sehr stolz auf ihren Besitz, denn sie hatten ihn durch jahrelange Entbehrungen vergrößert. Jedes Jahr war ein neues Kind dazugekommen; erst die vier Buben, die nun alle an der Front waren, dann Frieda und drei Jahre später schließlich ich, Anna, das Nesthäkchen. Das Wohnhaus und die Stallgebäude hatten meine Eltern zusammen mit meinen Brüdern im Lauf der letzten Jahre neu erbaut. Mit knapp siebzig wollten sie ihnen den Hof, die Landwirtschaft und die dazugehörige Pferdezucht übergeben und dann ihren wohlverdienten Ruhestand antreten, ihren Lebensabend sorgenfrei beschließen.

Aber dann war der Krieg dazwischengekommen. Und alle Pläne und Träume hatten sich in Luft aufgelöst. Ihre und meine. Und die von Millionen anderen Menschen auch. Hitler hatte Millionen von Männern nach Russland geschickt, wo sie »uns verteidigen« sollten. Damals ahnte noch niemand von uns, was für Dimensionen des Schreckens er und seine Gefolgschaft weltweit anrichteten. Am Ende würden weltweit über sechzig Millionen Kriegstote zu betrauern sein. Allein im benachbarten Polen sollte ein Sechstel der Einwohner getötet werden, sechs Millionen Menschen. Am schlimmsten erging es den Juden. In ihren Familien zählte man nicht die Toten, sondern die Überlebenden.

Aber all das wusste ich als junge Frau damals nicht. Das Einzige, was mich interessierte, war, bald zu heiraten und von dieser schweren körperlichen Arbeit wegzukommen. Ich träumte mich in ein Kleid und Seidenstrümpfe, ich träumte mich in eine Großstadt, ohne zu ahnen, dass Hannover schon bald in Schutt und Asche liegen würde.

Hera Lind

**Es ist erst vorbei, wenn du dich wehrst –
die Abrechnung einer mutigen Frau**

978-3-453-42998-7

Leseprobe unter **www.heyne.de**

Eine perfekte Hera-Lind-Story:

voller dramatischer Wendungen vor der Kulisse der ehemaligen DDR

978-3-453-42786-0